大清河回民支队

李伍全 著

华夏出版社

序言：适时的民族文化食粮

中国伊斯兰教协会会长　陈广元*

李伍全先生是位虔诚的穆斯林，多年来一直热心各项伊斯兰事业。在担任工厂厂长、公司总经理等职务时，总是热心帮助少数民族发展经济，自己也成为很有成就的少数民族企业家。他退休后，不图清闲，不求安逸，开始著书立说，力争老有所为。他的专著《文化外贸之路》翔实记录了我国改革开放后20多年的外贸发展轨迹，以及他在丝绸之路沿线国家为中国商品和技术开拓市场、促进文化交流的心路历程。我细读之后，深深为他的胸襟和贡献感到欣慰，也相信会给"一带一路"国家战略的实施以有益借鉴。

他的这部新作是一部纪实小说，其中的主要人物我也很熟悉，有些人在抗战时期、解放战争时期直至解放后和平建设时期，一直是我们的老上级、老领导，他们的故事曾断断续续地被人们讲述过、报道过，但都是不连贯的片段。大清河回民武装的英勇抗日历程作为回族人民在新中国解放事业历史

---

*陈广元，经名哈吉·希拉伦丁·陈广元，回族，1932年8月生，河北文安人。1958年毕业于中国伊斯兰教经学院，1999年3月任北京市伊斯兰教协会会长。2000年1月后历任中国伊斯兰教协会会长、中国伊斯兰教经学院院长、北京市伊斯兰教经学院院长、东城区伊斯兰教协会会长，是第九届、第十届、第十一届、第十二届全国政协常委。现任全国政协民族和宗教委员会副主任、中国宗教与和平委员会副主席、中阿友好协会副主席、世界伊盟执行董事。发表过多篇伊斯兰教方面的文章，出版专著有《伊斯兰教基本知识》《古兰经百问》等。多次被评为民族、宗教和统战系统先进个人。2002—2006年，用毛笔抄写了全本《古兰经》30多万字，并被穆斯林石刻家刻成528块、重约26吨的石碑。

上辉煌的一页，如果无人整理并记录下来，大有失传湮没之虞。

李伍全先生的家庭当时是大清河回民武装的堡垒户、指挥部，他从小在抗战的环境中长大，与那些大哥哥、大姐姐们建立了深厚的感情。他总觉得，把回民抗日武装那些可歌可泣的感人故事写出来，是自己人生的庄严使命。于是，他退休之后用了两年多的时间，走访原冀中各地，采访了那个时期很多亲历的老人，收集了大量第一手资料，经过细心梳理，终于完成了这部作品，同时也完成了他多年的心愿，为回族人民留下了一段壮丽的历史篇章。

李伍全是高级工程师、高级经济师，与文学创作还隔着行。他对祖国和自己的民族始终怀着一颗赤诚的心，是忠诚的信念鼓舞着他数年如一日地学习、废寝忘食地钻研，还专门为此研修了大学文学写作课。我们看到的这部作品就是他多年努力的结晶。作为文学作品虽然瑕疵难免，但作为回族人民与各族人民一道抗击外侮、争取和平的记录，自有其不可替代的历史价值。

经常会有人提出这样一些问题：为什么干一、马志新到文安、霸州回民聚居区宣传抗日、宣传革命不久，很快就有很多回族青年报名参军，几个月就能组织起几百人的队伍？在历次战斗中广大指战员勇敢拼搏、杀敌立功的精神是怎样培养出来的？作品都给予了深入挖掘和探讨，读后使人心悦诚服。

第一，经济原因。具有大分散、小集中特色的回族聚居区，大部分土地集中在地主手里，贫困户比重相当大，有些家庭房无一间、地无一垄，是十足的赤贫阶层。日本侵略者在冀中地区的烧杀抢掠给老百姓的生存、生活造成了极大困难，回民赖以生存的"两把刀"营生——一把卖牛羊肉、一把卖切糕，也随着社会经济的崩溃而倒闭，"穷"字是几代人摆脱不了的顽症。当然，穷则思变是不以人们的意志为转移的阶级属性，无产者比较容易接受改变自身命运的理论，当共产党领头人把道理讲清以后，这个群体会很快靠拢在党的周围。

第二，政治原因。国民党历届政府推行大汉族主义，少数民族受压迫、受歧视的政治局面长期存在。回民曾一度被反动统治阶级污蔑为"毛贼"、"匪徒"，精神上受到了极大压迫和摧残，不时地表达出巨大愤慨并偶尔强烈反抗。当共产党、八路军真诚地帮助他们要从阶级压迫和民族压迫中解放出来的时候，回民群众必然会迸发出极大的积极性，视共产党为大救星。大批回族青年迅速聚集在回民武装的周围，积极要求参军。他们入伍后，自然会勇敢杀敌、视死如归，以大无畏精神报答党的深厚恩情。

第三，政策感召。共产党、八路军真心真意地帮助回民建立自己的抗日武装，在刚成立支队时就明文规定允许配备随军阿訇，伊斯兰的信仰和生活习惯得到充分保障。作品描写的军队过"宰牲节"和"开斋节"的盛况，就是我们过去不曾了解的政策创举。而且，指战员牺牲后完全按照教规去洗礼和下葬，实现了回族为之长期斗争和梦寐以求的愿望。党的民族和宗教政策感召了广大回民指战员，他们一入伍就把部队当成了自己的家。

第四，清真寺的引导。作品引述了大围河清真寺德高望重的刘光庭阿訇在抗战期间讲沃尔兹的一段话："回回民族谨记自己是中国人，这片热土就是我们的祖国！热爱这片土地就是信仰和本分！我们恪守本分，勤奋劳动，为国家创造财富，也时刻向往在这片土地上享受平等、自由和幸福。那些怀着不可告人目的的另类人群，如北平的马良、刘锦标主张建立'回回国'，那肯定是远离信仰的举动，势必把回回民族引向歧途。"据我所知，在抗战期间有为数可观的宗教人士——阿訇们直接参军或投入革命。同时，清真寺的宗教人员都秉承着这样一个信条：爱国是伊玛尼（信仰）的一部分！他们把爱国看成是自己无比神圣的职责。八路军、县大队、回民支队把各地清真寺当成安全岛，尤其是回民支队，常在清真寺开会甚至驻军，清真寺是最可靠的抗战堡垒户。作者搜集资料时走访了河北省、天津市的几十个清真寺，在作品里对清真寺在抗战中的作用做了真实的描述。

这里还要强调两点，回民抗日武装紧紧依靠当地党组织的领导，紧紧依靠广大兄弟民族尤其是汉族人民的支持，在任何情况下都不搞独立性，深深感悟到民族团结的重要性，并成为他们抗日斗争的制胜法宝。众所周知的回民抗日武装领导人马玉槐、马志新、干一等同志都是践行民族大家庭要义的典范。

我自己喜欢纪实题材的小说。这类作品以事实为根据，没有漫无边际的时空穿越，给人一种可信的感觉。作者通过出神入化的描述和妙趣横生的编排，还给我们一种生活的美感，那些英雄人物和指挥若定的领导者都像是我们身边接地气的亲人，读起来有难以忘怀的亲切感。

在中国人民抗战胜利 70 周年之际，我要再次感谢李伍全先生给我们呈献的这部饱含民族文化精神的作品。

2015 年 9 月

目 录

序　　言：适时的民族文化食粮 ……………………………… 陈广元

第 一 章　扎根回回营 ……………………………………………（1）
第 二 章　除暴安良 ………………………………………………（21）
第 三 章　大清河的枪声 …………………………………………（38）
第 四 章　后勤先行 ………………………………………………（65）
第 五 章　折戟沉沙 ………………………………………………（75）
第 六 章　峰回路转 ………………………………………………（97）
第 七 章　惩处叛徒 ………………………………………………（121）
第 八 章　智取海盐 ………………………………………………（145）
第 九 章　挑战禁运 ………………………………………………（163）
第 十 章　新村之战 ………………………………………………（180）
第十一章　粉碎绑架 ………………………………………………（203）
第十二章　特殊任务 ………………………………………………（224）
第十三章　军民大联欢 ……………………………………………（240）
第十四章　劫难见真情 ……………………………………………（257）
第十五章　开辟新战场 ……………………………………………（271）
第十六章　县委的嘱托 ……………………………………………（290）
第十七章　解放新镇文安 …………………………………………（311）
第十八章　抗战胜利 ………………………………………………（334）

后　　记 ……………………………………………………………（350）
行读随感 …………………………………………………… 王志刚（359）
讲好大围河的抗战故事 ………………………………… 马 军 马 超（361）
大清河水系区域示意图 …………………………………………… 封 三

大清河回民支队建制演变及主要人物

（未标民族的人员皆为回族）

马玉槐——冀中回民抗战建国联合会主任，冀中区党委城工部回民工委书记。

1941—1942 年：

干一（王福顺）——文新回民中队政委。

赵玉龙——汉族，文新回民中队队长。

房玉岭——中队参谋。

一连——连长张景茂，指导员杨春圃。

二连——连长马嵩宽，指导员刘宝林。

后勤连——连长孔新，指导员陈佩。

1943—1945 年：

马志新——九分区回民大队，大清河回民支队队长兼政委。

金树江——支队书记。

李河——支队政治部主任。

郭冀中——汉族，支队参谋长。

房玉岭——参谋。

一连——连长辛燕侠，指导员杨春圃（后调三连），后任刘宝伦。

二连——连长辛桂田，指导员白纯。

三连——连长金兴才，指导员马书玉（后调天津），后任杨春圃。

农业连——连长孔新，指导员陈佩。

多种经营连——连长兼指导员李泽生。

天津回民游击队——队长房玉岭，指导员马书玉。

日伪时期，文安县和新镇县是两个行政单位，但共产党的编制称作文新县委员会，是一块牌子、一套人马。

第一章 扎根回回营

一

冀中平原从古至今以地势独特而著称，西靠雄伟的太行山麓，东临浩瀚的渤海之滨，星罗棋布的大小河流，像扇面一样铺在大地上，那扇柄就是海河。海河的支流有许多，最著名的是永定河、大清河、子牙河、滹沱河、北运河、南运河，就河水流量之大和流域之广，莫过于大清河，她孕育的白洋淀、东淀和文安洼、团泊洼是西河文化的基本载体。

大清河发源于太行山、燕山，夏秋季暴雨形成的山洪奔腾而下，切穿高山峻岭，咆哮着冲出峡谷、十渡。经过弯弯曲曲的拒马河、白沟河流向宽阔而平坦的华北平原后，河面舒展开来，流速大大减缓，泥沙逐渐沉淀，水清可以见底，水流方向也从原来的由北往南，经白沟镇转头向东。大清河另一条重要支流是赵王河，它连接着汇集十几条河流的白洋淀，是天津通往西部山区的主要航道。

河北省境内的海河流域，自古以来就是文化积淀丰富深厚的地区之一。

河北南部有重镇邯郸，是古代赵国都城，这里上演过舍命为国、义薄云天的千古传奇，也留下了举国士卒被冤杀坑埋的惨烈悲壮。北部古代是燕国，都于蓟城（今北京市广安门一带），春秋战国时期曾跻身七雄之列。"风萧萧兮易水寒，壮士一去兮不复还"，是荆轲在易水河边的千古绝唱。燕赵多慷慨悲歌之士，自古至今，不胜枚举。

北宋时期，面临北方辽、金两个少数民族政权的蚕食和入侵，曾有近200多年的拉锯战。由于朝廷的昏庸，战场上的失利，大宋的版图逐渐缩小，坐落在大清河北岸的北方三关（瓦桥关雄县、益津关霸州、淤口关信安），成了宋朝初期的边陲。由于连年征战和劳役之灾，人口大减，大片土地荒芜，人们挣扎在死亡线上。这里崛起的梆子腔，是吸取山西、陕西传统戏剧改造而成的，因腔调高亢又善于表达悲情，在这个地区很快传播开来。其中，人们最喜欢元朝关汉卿揭露官场腐败和社会黑暗的戏剧《窦娥冤》，不管是在城镇剧场，还是在农村临时搭起的戏棚里，只要有《窦娥冤》的演出，台上台下都是哭声一片，这是因为窦娥的悲惨命运和他们的命运是一脉相通。戏曲来源于生活而高于生活，环境的恶劣和生活的艰难造就了它的基调。不只是河北梆子，还有高阳老调、河北丝弦以及清末出现的河间梅花调、最终成名于天津卫的西河大鼓，也都以悲调著称。描写才子佳人打情骂俏的情节，在河北的戏剧里几乎没有立足之地。

元朝的野蛮统治，激起人民的极大不满，反抗的浪潮席卷全国。当时最大、最强的一支队伍就是朱元璋领导的起义军，他们南征北战，所向披靡。朱元璋的得力干将徐达、常遇春，是驰骋疆场，兼并群雄的急先锋。在统一中国的征战中，立下汗马功劳。为了保卫新建立起来的明王朝，大批军队开往北部疆土戍边，官兵们在华北广大地区安了家。由于常遇春等军事将领是回回民族，其属下也多有穆斯林劲旅，他们也随着戍边大军进驻了河北的沧州、保定以及廊坊大厂地区。靖难之役取得最后胜利后，明成祖决定在北平建都，进一步加快了山西、山东、河南、江苏、安徽的农民大量向京津冀地区迁徙的速度。

传说中的"康乾盛世"最突出的功绩是建立起多民族的统一国家，使疆域空前扩大，清代的版图仅次于元代，农业、手工业、商业也有了较大发展。但是，满族的放牧和狩猎文化对于以汉族为首的农耕文化总是一种制约，对文化的摧残、闭关锁国、妄自尊大等等贯穿了整个清朝，被欧洲以蒸汽机为标志的技术革命远远甩在身后。"盛世"表象之下，危机的种子已深深埋下,注定一个悲剧时代的必然来临:一是从18世纪末年以后,社会危机不断爆发,昔日表面上的繁荣很快陷入萧条冷落的衰败之中;二是民众反抗不断,自然灾害频仍,官僚腐败盛行,国库空虚,财政极度困难。"康乾盛世"是中国封建社会的回光返照、落日余晖,落后挨打的悲惨命运实际上早已成为定局。

现实生活往往比预想的结果更加惨烈。

海河的各个支流频繁发生泛滥,近500年间,河水泛滥决口就有400余次。每次水灾,大量土地房屋被冲毁,无数个家庭真是应了"一贫如洗"这个词,糠菜半年粮是家常便饭;因衣食无着,外出要饭逃荒的人家不计其数。自然条件恶劣和社会发展畸形,造成两极分化十分严重,冀中曾经爆发多起农民运动,如天理教起义、义和团运动;民国时期,发生了高蠡暴动、定沙分粮起义等。

社会动荡和生活困苦,也造成了社会治安恶化、土匪猖獗。明清时期,冀中地区就普遍存在各类镖局,求安全就要花钱买路。恶势力对民众的暗杀、绑架、勒索也时有发生。人们为了自身安全,练习拳脚和斧钺钩叉成为冀中底层百姓的普遍需求,清末和民国之初的霍元甲、大刀王五等武林高手层出不穷。人们敬仰高超武艺,更崇尚武德,不少武术家也把保护百姓看成是自己的责任。当然,练武和健身在抗击日寇侵略时才有了更大的用武之地。

"七七"卢沟桥事变后,民族矛盾上升到第一位。而国民党军队不但不抵抗,还一个劲地往南撤退,大片领土很快被日寇占领。有着抵御外敌入侵传统的冀中人民,纷纷拿起枪杆子保卫家乡,各种武装组织像雨后春笋一样在各地兴起。当然,免不了鱼龙混杂、真假难辨。共产党和八路军为整合抗日力量,及时派出干部深入到各个抗日组织做统战工作,改编了大批带有联庄会性质的武装,也混杂了一部分地主武装。从后来的抗日斗争效果来看,大部分改造是成功的,只有一小部分反水投降,个别人甚至成了铁杆汉奸。

共产党和八路军为了有效展开游击战争,冀中各军分区、各县委都派出得力干部深入到农村组建各级游击队。实践证明,游击队确实是抗战的有生力量,为争取抗战胜利发挥了巨大作用。

大清河回民武装就是在这样的条件下应运而生。

二

1941年是中国抗战的第十一个年头。

赵王河水从白洋淀急速涌出,一泻而下,在文安、雄县交界处注入大清河。雨季的赵王河,水势汹涌,强大的漩涡卷起杂草和树枝在河中央打转,几里外就能听到激流的咆哮声,像猛兽下山,不可阻挡。湍急的水势告诉人们,可怕的暴雨季节已经提前来临。乡亲们期盼着暴雨赶快停息,以免百草洼的千顷高粱和棒子遭受水灾。人们站在千里堤上往北望去,焦急的心情像河水一样不时地翻滚着。

三伏天是冀中平原最难熬的季节,毒毒的日头像一团火,好像要把人烤焦。前夜虽有一场大雨,不但空气没有凉爽下来,高温加潮湿让这个世界变成了一个大蒸笼,让人更加闷热难忍,汗如雨下,简直喘不过气来,短褂湿漉漉地贴在了身上。一到傍晚,大人小孩都躲到场院里、房顶上,耐心地摇着蒲扇,期待着久违的习习凉风,有时要坚持到后半夜才能进屋入睡。

有两个人傍明儿就离开场院爬上了陡峭的千里堤,一个叫王福顺,一个叫房玉岭。他们是从任丘刘李庄出发的,午后要赶到文安回回营。王福顺瘦瘦的,中等个头,他用半新不旧的羊肚手巾箍着头,肩上搭着褡裢兜,尖顶草帽挂在背后,迈着轻盈的步子往前奔走。膀大腰圆的房玉岭是一个壮汉,黝黑的脸庞浸满汗水,肩上挎着用褪了色的包袱皮儿紧紧裹着的行李卷,手拿油布伞,小跑似的跟在后面。他紧走几步赶上了王福顺,喘着粗气问道:"老王,你到延安抗大学习了多长时间,毕业了吗?"

王福顺说:"我进修的学校不是延安抗大,是华北联大,在河北阜平县,当然延安抗大是它的前身。自从组织上选送我去进修到现在,已经一年半多了。没等我毕业,九分区的领导在征得冀中回建会①的意见后,派我在7月底赶到文安县开展工作。"

"据我了解,你对文安、霸州一带的情况很熟悉,"房玉岭说,"你在大围河清真寺当过二掌教②,在五区担任过区委书记,这一带的人对你的印象都很深。你这是第二次出山吧?"

王福顺很有感触地说道:"两年前,冀中回民第二次代表大会任命我为九分区特派员,让我以宗教人士的身份到大围河清真寺③,一边做宗教事务工作,一边宣传抗日救国的道理,同时广泛走访接触当地民众。那时,清真寺办了一个'经书班',参加者多数是5至8岁的儿童,我主要讲《古兰经》④和《圣训》⑤中的经典故事,同时也编写一些进步歌谣,让孩子们学习传诵。在刘光庭阿訇⑥的支持下,我先后走访了河间果子洼、文安回回营、南庄、小营、雄县西槐村和霸州两间房子村回族聚居区,对那里的经

---

① 冀中回建会:全称"冀中回民抗战建国联合会"。

② 二掌教:清真寺阿訇的助手,也称二阿訇。

③ 清真寺:也称礼拜寺,是伊斯兰教建筑群体的型制之一。是穆斯林举行礼拜、举行宗教功课、举办宗教教育和宣教等活动的中心场所。系阿拉伯语"麦斯吉德"(即叩拜之处)意译。中国唐宋时期称为"堂",元代以后称"寺",明代把伊斯兰教称为"清真教",遂将"礼堂"等改称"清真寺",沿用至今。

④ 《古兰经》:伊斯兰教唯一的根本经典,是穆罕默德在23年的传教过程中陆续宣布的"安拉启示"的汇集,穆罕默德归真后由继承人欧斯曼莱等人收集抄录后整理为定本,共30卷、114章、6236节。"古兰"一词系阿拉伯语Quran的音译,意为"宣读"、"诵读"或"读物"。

⑤ 《圣训》:"圣训"是阿拉伯语"哈底斯"(意为语言、传述、传说)和"逊奈"(先知的行为)的中文意译,"圣训"是伊斯兰教对穆罕默德一生言行的总称,后汇辑成书,在教义等若干方面都可说是对《古兰经》的说明。

⑥ 阿訇:波斯语音译,意为老师或学者,穆斯林对主持清真寺宗教事务人员的称呼。

济情况，群众的抗日决心以及对待伪政权的态度进行深入调查。印象最深的有三件事：一是，抗战一开始，作为大围河清真寺负责人，杨春圃阿訇亲自拉起抗日的大旗，组织三十多人的队伍，与日伪军及恶势力做斗争；二是，在日寇的逼迫下，千里堤上的四十八村组织起了联庄会，是自发的地方武装，有效地抵抗了日伪军的侵扰，保护了广大群众的安全；三是，县大队在储国恩的带领下巧妙地打击日伪军，给文安人长了志气，树立了榜样。通过半年的考察和兼职区委工作，我总的印象是：广大农村孕育着极大的抗日积极性，就像堆满的干柴，星星之火就可以引燃。我这回第二次到文安、霸州，已经不是旁观者的身份，组织上要求我们扎扎实实地建立大清河流域回民武装。"

房玉岭插言道："我知道你是定州人，原名叫王福顺，是什么时候、为什么改叫干一的？"

"是在大围河搞地下工作时改的名字，"王福顺接着说道，"我把王字拆开，就成了干一，是为了保密和工作方便。"

"那我明白了，以后就叫你干一同志吧！从我这里带头做起。"房玉岭接着问道，"听说你在进行社会调查时遇到过一些险情，那是怎么一回事？"

干一很有感触地讲述起了遇险的经过……

那是前年的事，冀中回建会派哈金池秘书长到文安找干一，二人一起去霸州调查马维州叛变造成的后果。在地下组织的帮助下，他们在霸州城里调查两天，第三天到马维州的家乡两间房子村，当即就被敌人内线发现，霸州伪保安队迅速派人盯梢和跟踪，险情就发生在当晚清真寺内。

两间房子村清真寺有几百年历史，坐落在村中央，大门朝东，院内青陶瓦舍，古柏森森，一派大气。大殿建在高台阶上，彰显威严。北房是讲经堂，西侧是沐浴室，经历代修缮，装饰古朴，异彩纷呈。日寇入侵后，历届阿訇都保持着爱国爱教的好传统。因此，进步人士把这里作为重要的活动场所，在整个抗日的岁月里，这里演绎了一出出可歌可泣、威武雄壮的戏剧，给当地社会带来了极大震撼，振奋了民众的抗日热情。这是后话。

二人到该村调查时,哈金池住在亲戚家,干一住在清真寺。本来清真寺是很安全的地方,万万没有想到,在早晨礼邦达①时,突然响起枪声,保安队的十几个人包围了清真寺。那时干一在沐浴室小净②后刚刚穿上衣服,李同贵阿訇迅步跑进来,有些急促地小声说道:"情况不好,保安队简直就像如临大敌,十几个人荷枪实弹地来抓你们,赶快想个办法,否则会落入敌人魔爪。"

干一沉默片刻说道:"从后门出去行不行?"

李阿訇着急地说:"敌人包围了整个大寺,现在是无路可逃!"

干一灵机一动:"李阿訇,你马上拿全套海里发③衣帽给我,我再化点妆,他们肯定就认不出来了。"李阿訇明白了干一的思路,忙说:"好!好!"

干一身罩灰色大褂,脚穿圆口布鞋,头戴'戴斯达尔'④,手捧着《古兰经》,大摇大摆地走出沐浴室。敌人狼嚎似的吼叫着,让宗教人士和参加礼拜的穆斯林⑤群众统统在院内站成两排,保安队一个满脸横肉、走路有点跛脚的矮胖子逼问道:"哪位是哈金池、干一?马上站出来!如果你俩装蒜,肯定要连带乡亲受罪,谁都没有好果子吃!"全院子足有四十几号人,大家怒视着那个逼问的瘸胖子,时间好像凝固了一样,没有一个人开口。

又有一个腆着大肚子像是保安队头子的人问李阿訇:"昨个儿是不是有叫哈金池、干一的住在这里?"

李阿訇沉着地答道:"前儿个是主麻日⑥,他们俩来过,后来匆匆离开了

---

① 礼邦达:每日5时第一次礼拜的名称。"邦达",波斯语音译,即"晨礼"。

② 小净:伊斯兰教净礼之一。阿拉伯语"渥都"和波斯语"阿卜代斯"的意译。一般在参加宗教活动之前都要洗小净,洗法本书有介绍。

③ 海里发:阿拉伯语音译,又译作"哈里发",原意为"代治者"、"代理人"或"继承者",这里指清真寺学习宗教知识的学员。

④ 戴斯达尔:波斯语音译,阿訇和宗教达人戴的用白布缠绕的帽子。

⑤ 穆斯林:伊斯兰教信众的统称,阿拉伯语音译,意为"信仰伊斯兰教者"、"顺从者"、"和平者",与伊斯兰是同一个词根。世界穆斯林总人数达15.7亿人,分布在204个国家和地区,占全世界人口的23%。

⑥ 主麻日:"主麻"是阿拉伯语音译,即"聚礼"。聚礼在星期五,故称作"主麻日"。

村子,我们不知道去向。"

癞胖子骂道:"他妈的!甭耍花招,站出来,一个一个问话,如果不是当地口音统统抓起来!"

40多人都问了一遍,发现唯独干一不是当地口音,癞胖子立即将他拽到前面去。

大肚皮一看这个外地年轻人是宗教人士打扮,心生怀疑,忙问道:"你是做什么的?是不是冒充的?"

李阿訇急忙答道:"他是我内侄,河间果子洼人,是清真寺里的海里发。"旁边有一位乡老①喊道:"老总,我有个建议,共产党、八路军里的回民都不会念经,更不会做礼拜,让年轻的海里发到大殿里念经、领拜,给大伙亮亮相,不就水落石出了吗?"

敌人来清真寺这种神圣的宗教场所抓人,本身就有些胆怯。有点儿阅历的人都知道,过去在挑拨民族冲突中吃过苦头的人不在少数,如果在回回民族群儿里失了礼,陷入民族矛盾泥潭,恐怕一辈子也脱不了身。

他们被这突如其来的带有折中主义的建议打了闷棍,根本找不到任何理由反驳。

干一在乡亲们的簇拥下信心十足地走到大殿里,头也不回地面朝西跪在前排,高声诵咏《古兰经》首章《法谛哈》②和大段的《太阳章》③,平日里5分钟就能诵念完,那天足足诵咏了10分钟,声调平稳,段落清晰,他大胆

---

① 乡老:专指清真寺寺坊管理机构的成员,其职责是协同开学阿訇安排寺内宗教活动和经堂学校经生的生活,经管寺产,料理寺坊事务等。其人选一般需经协商选举产生,由德高望重、热心寺坊宗教事务的人担任。也泛指寺坊穆斯林大众。

② 《法谛哈》:是阿语音译,是《开端》第一章的意思。在礼拜、祈祷、喜庆、悼亡等各种仪式中,都是必读的、首要的一章。因为此章置于全经之首,在礼仪中总是首先朗读的这一章,故以《开端》为章名。

③ 太阳章:《古兰经》第九十一章,共15节。本章章首以太阳起誓,所以用为章名:"奉至仁至慈的真主之名,以太阳及其光辉发誓……"

和沉着的表现极大地激励了乡亲们。按照礼仪规定最后进行领拜，高度警惕的穆斯林们，全神贯注，动作整齐划一，尤其是最后齐声赞主的一句"安拉乎艾克白灵"①，声音整齐洪亮，像是对敌人示威。

保安队的人在门外看着、听着，呆如木鸡，无言以对，只好骂骂咧咧、一无所得地悻悻离开。

干一在清真寺里机智脱险的故事，在回族圈里一直传为佳话。

房玉岭又迫不及待地追问："哈金池后来怎么样了？"

"哈金池听到枪声早就离开了两间房子村。"干一笑着补充道，"前个儿在任丘我和冀中回建会马玉槐主任谈起此事，马主任还伸出大拇指，称赞说：'你知道在关键时刻那位出主意的乡老是谁吗？不是外人，正是房玉岭的父亲，房老爷子！'"

房玉岭恍然大悟，哈哈大笑起来。

二人正有说有笑地快步往前走时，迎面来了两位老人，房玉岭礼貌地问道："两位大叔，前边是哪个村啊？"其中一个年纪更长些的答道："是大苟各庄，那儿有日伪军岗楼，对过路人检查得很仔细，你们要是不想找麻烦，就走小路绕过去。"

房玉岭问清了绕道的方向，向两位老人招手致谢。

三

回回营地处千里堤南侧，站在高处向北眺望是百草洼的绿色天地，脚下的赵王河一泻百里，各种船只在河道里穿梭，往来天津、保定的机动货物包运船，从河中央疾驶而过。逆行的帆船，要靠纤夫合力拉动。人们常说：有礼的街道，无礼的河道，纤夫们图个凉快和方便，都习惯一丝不挂地光着身子拉纤，有时甚至不得不匍匐前进。

---

① 安拉乎艾克白灵：阿拉伯语，"真主至大"。

俯瞰村南甸子洼，洼口宽广，农田密布，青纱帐一望无际，每垄480、960弓的长地头，都在这里集中地出现。东南十几里外的众多村庄是文安四区管辖范围，大留镇及黄李村一带与任丘县毗邻，和二区、三区一样，都是游击队及县委的根据地和堡垒村。回回营西侧，是只有一个苇塘之隔的北斗村，住的也是回回民族，两个村子都以辛姓为大户。卢沟桥事变后，日伪军曾扫荡过附近村庄，这些村子深受其害，有的全家被杀，回回营清真寺也遭洗劫。日伪军犯下的滔天罪行，罄竹难书。千里堤四十八村组织起来的联庄会给敌人以致命打击，日伪军建立的岗楼，都远离回回营，这里村南村北地域广阔，有很大的回旋余地。干一曾在大清河一带搞社会调查近半年时光，他选择在回回营安营扎寨，是有道理的。

辛福田是回回营村的老住户，从祖父那一代就是当地的富裕户，几代人用勤劳加节俭积攒了一定的家业，祖上留下两进院落，是连体式的姊妹大院，坐落在杨树、柳树的怀抱之中。

辛福田个子不高，圆脸庞，黝黑发亮的双眸显示着他的聪明和诚实。他小时候在朱合村上过私塾和小学，后来又跟父亲做小买卖，他的口码账是出了名的，据说比打算盘还快。他思想进步，为人豪爽，对黑恶势力深恶痛绝，是共产党主张的积极拥护者，同时又有很好的人脉关系。他们家是游击队的堡垒户，县委书记阎建、县大队队长储国恩、冀中回建会主任马玉槐、河北省委负责人黄敬等领导干部都在他家住过。两年前辛福田曾对干一阿訇这样说过："我没有出众的能力，但为了打败日寇，我可以贡献一切，肝脑涂地也在所不惜。"后来几十年的实践证明，辛福田的确是这样做的，他不是回民队伍的战士，但每天都牵挂着部队的命运；他没有加入中国共产党，但永远贴近革命。这是后话。

辛福田接到县委和村长的通知，说干一同志等二人要来回回营，经组织商定，还是住在老房东辛福田家，可能要住上一段时间。老辛及其家人很快把后院三间正房腾出来用作办公室和会议室，东西厢房各两间用于住宿，一家人着实收拾了一番。年久熏黑的墙壁用白灰水加咸盐刷了一遍。原来房间里的地面坑洼不平,就把拆墙头的整砖打磨后铺了地面。窗户纸是新糊的,为防雨淋,又涂了一层桐油。临时搭起的木床,上边铺着三棱草编织的草垫子,垫子上还铺了苇席。新增添的夹被虽然有多处补丁,但里儿和面儿都是新拆洗过的。鼓鼓的枕头装满了洗净的荞麦皮,上边还整整齐齐地捆绑着用麦秸编织的凉席枕巾。曾经在这里住过的人都知道,房是老房子,屋是旧屋子,但经过一番精心打扮,立马儿就焕然一新了。

千里堤上的四十八村是村村相连,树林深处的村庄掩映在绿色里,几乎是一模一样,外地人很难区分村庄的名字。唯恐干一等人找不到回回营或者走过头,杨春圃和辛福田已经在千里堤上等候多时了。

四

干一和房玉岭绕路走到一个小村旁,看到一位青年人正在井台儿上打水。房玉岭迫不及待地跑了过去,和气地对老乡说:"老乡,我口渴得厉害……"没等他把话说完,挑水的人急忙把大水瓢递过来,房玉岭从木筲里舀一瓢拔凉的井水咕咚咕咚地喝了下去。随后高兴地喊道:"老王你不渴吗?看看你那一身汗,活像水洗的,快过来喝点井水压压汗吧!"干一正摇动着草帽在大槐树底下扇风乘凉,听见房玉岭招呼,缓步走上井台儿。挑水的人目不转睛地看着他,突然问道:"你是干一阿訇吧?怎么到这里来啦?"

挑水的人是位虎背熊腰的汉子,因为光着膀子,发达的肌肉块闪着亮光。干一打量着他,反问道:"你是哪村的?叫什么名字?"

"我是文安小营村的,叫刘铁头,"挑水的人接着说,"几年前在大围河清真寺曾听你讲沃尔兹①,我至今还印象很深。"

干一说:"你到这里来做什么?"

铁头说:"是村长和杨春圃队长叫我来大龙华村学徒的,这里有家铁匠

---

① 沃尔兹:阿拉伯语音译,伊斯兰教的宣教方式。意为"劝导"、"教诲"、"讲道"。

铺。先不说这些了，你们跟我到铺子里喝茶吧，当阿訇的人，喝凉水是要闹肚子的！"

铁匠铺在大龙华村街里有三间门脸房和一个小后院。业主是交河人，外号黑老赵，个头不高，满脸络腮胡子，眉毛很长，一双大眼睛黑又圆，说话时手脚比画着，声若铜钟，活像《三国演义》中的张飞。

业主见到客人后十分高兴，吩咐铁头和师兄弟在后院阴凉处摆桌沏茶。众人入座后，铁头首先介绍了干一阿訇，并说是从任丘方面来的，目的地是回回营。其实，干一的身份黑老赵早有耳闻，他是个痛快人，说话直来直去，反感别人绕圈子。黑老赵没等铁头介绍完，立马儿站起来，双手挥动着插言道："干阿訇，一家人不说两家话。我弟弟原来在一二〇师贺龙部下，前年围剿叛徒柴恩波部队，曾到文安作战，后来调到九分区工作。我的这个铁匠铺也就成了县大队的后勤供应点，县大队长储国恩去年到铁匠铺考察时，一起商定今后的工作重点。今年初杨春圃和小营村村长把刘铁头送到这里学徒，也是为了抗战培养技术工人。虽然对你只闻大名没见过本人，说不定我们二人干的都是一样的抗日工作。哈哈哈！……"

干一笑着说道："世界上真有这么巧的事啊！"

房玉岭插言道："我叫房玉岭，霸州人，原是冀中回民支队的战士、马本斋的部下。这次调回老家来是协助干一工作的，我想问问老赵，你们铁匠铺咋个给游击队当后勤啊？"

黑老赵抿嘴笑着说："这不是明摆着吗？一是修理枪械，二是造土枪土炮，三是造地雷、手榴弹，对外的招牌还是打农具的。这些简单的武器虽然还很土，但总比大刀、长矛、红缨枪那些冷兵器强百倍吧！"

房玉岭追问道："你们能不能制造大抬杆儿①啊！"

黑老赵胸有成竹地说道："制造那些东西不在话下，白洋淀打野鸭子、打大雁的鸟枪、鸟炮有一部分就是我们造的，一次能打上百只呢！白洋淀雁翎

---

① 大抬杆：枪筒直径较大的火枪，一般装火药和铁丸。

队打鬼子也是靠大抬杆儿起家的，它可以在船上用，也可以在地上打伏击，管用得很啊！"

干一追问道："大抬杆儿与打兔子的火枪有什么区别？"

老赵用手比画着说道："大抬杆儿的枪筒是无缝钢管做的，是进口货，耐受力很强，要比火枪粗得多，当然火药也装得多。另外，把铁砂换成了钢球，可打100多米远，30多米宽，杀伤力极强。但是这种武器后坐力太大了，人的肩膀是顶不住的，所以大抬杆儿又加了一个沉重的铸铁座，有点像山地野炮。响起来声音低沉，瓮声瓮气的。"

房玉岭笑着说："大抬杆儿也是马本斋的秘密武器！"

干一又问："手榴弹、地雷都是你们自己制造的吗？"

"不是，"老赵一说到这儿，话匣子就关不上了，"我们浇铸铁壳没问题，但做不了炸药。过去是装炮仗药，威力太小，现在八路军请了清华大学的专家在山西长治、河北安平进行研究，已经造出了黄色炸药，了不起啊！当然还有雷管和引爆系统，把那些关键部件拿来，在这里装配，应该没问题。如果你们需要手榴弹和地雷，我可以到饶阳、安平求援，我老家可是号称铸造之乡，哪个军工厂没有交河人啊？"

干一高兴而认真地对房玉岭说："你听听这番话，多专业啊！我看老赵也是专家！今天到这里来，收获真不小。以后多联系，看来我们也要从初级阶段做起。"

为赶路，干一离开座位，伸出双手向老赵告别，老赵紧紧握着干一的手说："你们来一趟也不容易，顺路到我们的小工厂看看，以后用什么东西也可以挑选一下。虽然厂子简陋，但现在也能对付一气，说不定会给你们个惊喜。"

干一感激地说道："老赵啊，真的谢谢你，你工作忙，我们也要赶路，以后还有机会到这里来，后会有期吧！"

老赵说道："现在快响午了，这里离回回营还有十几里路，你们走到那里肯定赶不上午饭，这么火烧火燎的大热天，肚子饿了会出虚汗，容易中暑，吃顿便饭算什么呀！"

房玉岭说："不要给你添麻烦了！"

老赵是个粗中有细的人，他听出话中的双重意思，十分诚恳地说："铁头是铁匠铺的司务长，我们吃的都是回民伙食，尤其是今天的午饭，别有风味，不但是素菜，而且敢肯定你们从来都没吃过，尝尝鲜儿吧！"

不知什么时候铁头已经把饭菜做好了，迅速端到桌子上并介绍说："大海碗里盛的是小米粥煮窝头，一人一碗，这叫干稀搭配；瓦盆里是油泼辣子拌野生马齿苋，是我们这儿的特色凉拌菜，香辣可口。就这么简单，这种吃法既解饱又耐久，是冀中地区干重体力活儿的工人的看家饭。"

干一笑着说："你们都是能人啊！客随主便吧！"

五

太阳西下，还有一竿子高的时候，二人终于到达回回营。

干一和老房东见面后寒暄片刻，便被领到后院喝茶休息。

干一刚迈进东厢房门槛儿就急忙退了出来，哈哈大笑着对辛福田说："老辛啊，这是干什么？这明明是结婚的洞房。我参加革命以来还没住过这么漂亮的房子，我们真是不敢承受啊！"

辛福田光是抿着嘴笑个不停，还没来得及开口，心直口快、当家做主的福田嫂腾腾地跑过来说道："干一同志你别怪他，这都是我的一片心意，听说你们这次来要建立我们回回自己的队伍，本来就是比结婚还大的喜事，刷刷房子有什么新鲜的？屋子有人住才有热乎气儿，多好的房子也怕闲着，你们这一来，房子见见新，不是两全其美的事儿吗？你们说说，是不是这个理儿呀！"

房玉岭听着辛大嫂快人快语的讲述，往前迈了两步，深深地鞠了一躬说道："谢谢大嫂，你想得这么细致，做得这么周到，真是一把嘹亮手。这种真心真意的筹措，着实让人感动！恰巧隔壁儿就是清真寺，我们这些人也有更多机会接触穆斯林,这都是好兆头啊!"

干一看着辛福田,幽默地将两只胳膊向左右一伸,表示那就既来之则安之吧,呵呵笑着掀开竹帘子,走进了东厢房。

夜幕徐徐落下,星辰从暗淡渐渐明亮,银河两岸的牛郎星和织女星一年一度鹊桥相会的日子已经临近了。人们仰望着天上星辰,憧憬着光明的未来会是个什么样子……

三人坐在院子的石桌旁。

干一说:"今晚我们开个筹备会,研究一下当前工作。根据对敌斗争形势需要,分区认为尽快组建大清河回民抗日武装势在必行。几天前上级通知我到任丘开会,我从冀中根据地阜平县出发,经山路、水路迂回行进,三天后到达白洋淀南岸刘李庄。冀中回建会主任马玉槐同志接待了我和先期到达的房玉岭。马主任嘱咐我们:分区的决定是对我们大清河流域回族群众的极大信任,也是对回族群众抗战积极性的充分肯定。这项艰巨而光荣的任务交给我们,我们一定要义不容辞地把它担当起来,为抗日增加一份力量。马主任还做了一些具体指示,以后开会再详细传达和研究。你们两位我都很了解,但你们之间可能还不太熟悉,借这个机会你们俩简要地做个自我介绍吧!"

房玉岭说道:"我们俩早就认识。在抗战初期,还在霸州上回民干部学校时,就听说大围河杨春圃阿訇拉起了一支回民队伍,连文安县城里受过高等教育的回族知识分子张其铭、张其钧兄弟也投笔从戎。在杨春圃到两间房子村走亲戚时我们见了面,当时他穿着一件灰大褂,一冒手高的大个头,那张脸更是天庭饱满、地阁方圆,讲起话来不紧不慢,照文化人讲像行云流水,让农民说就是大钐镰钐草,有节奏,有章法。他当过阿訇又教过书,是我见过的这一带年轻人里最优秀的一个,我打心眼儿里敬佩他。见面后谈到了农村青年的理想,他鼓励我去参加八路军这支特殊的队伍,定有远大前途。在他的启发下,我从霸州回民干部学校参军,后编入冀中回民支队三大队,在共产党和马本斋司令员领导下转战河北广大地区。回民支队第三大队长马维州原来就是土匪底子,地下党经过艰苦的工作,他才转变立场参加革命。原为花花公子的马维州，经不住艰苦环境的考验，最终投敌叛变。虽然马维州是我的同乡又是我的上级，但是他的军阀作风我一直看不惯。马维州叛变后，我认为半途而废没出息，便下决心留了下来。这次接受新任务，是我革命生涯的第二站，唱主角的仍是干一同志，我是协助工作。如果我能把配角当好，就心满意足了！我是个直性子，说话像竹筒子倒豆。如果今后有什么不对的，请多批评指教。"

杨春圃同志接着说道："你俩都知道我的情况，我就不多说了，只是表个态。我的家庭和千百万回民家庭一样，都是做小买卖出身，只是我父母省吃俭用供我上学，这一点比别人幸运。从小读四书五经和《古兰经》，按照阶级分析的观点，我顶多算是个小资产阶级知识分子。我非常庆幸的是在抗日的洪流中接受了共产党的教育，冀中回建会前任主任刘文正同志背叛地主家庭，把大部分家产都捐给了抗日军民，他就是我的第一个启蒙老师。后来又遇到干一同志，朝夕相处，对我帮助很大。如果没有这两个人的影响，我可能还稀里糊涂地过日子呢。这次军分区决定组建大清河流域回族抗战队伍，也是我多年的夙愿。干一同志有领导能力，房玉岭同志有第一线战斗经验，你们的长处正是我的缺欠。在这样的环境里跟着你们工作，我正求之不得呢。"

干一说道："组织上交给我们的任务是十分艰巨的。首先是发动群众，着眼点是文安、霸州几个回民聚居村，初期目标是尽快组建一个连的人马，争取用半年时间发展到两个连。其次是选拔干部，尤其要选拔在实战中立场坚定和作战勇敢的人；同时求得地方上的支持，把那些在游击小队、中队中表现优秀的人员调进来，充实我们的队伍；还要征得军分区的支持，调入有指挥作战经验的人来担当领导职务。关于武器来源，争取在地方武装里筹集一部分。当然，还要争取县大队的支持，更重要的是寻找机会，攻打敌人的薄弱环节，缴获一些武器。我们要尽快把队伍组织起来，早日和敌人展开斗争。"

杨春圃补充道："我那里已经有了30个人的队伍，据平日掌握的情况看，能够离开家乡到外地作战的估计有一半左右。大围河这个地方和回回营、两间房子不同，人多地少，地主、富农占着百分之八十的土地，贫下中农人均不到半亩地。有些人家房无一间、地无一垄，只能靠做小买卖为生，有的做勤行——卖点小吃、牛羊肉什么的；还有的做皮货生意，平日维持生活就很艰难。1939年，日本鬼子为防止抗日力量集结，炸开千里堤放水，文安、霸州乃至天津卫等十几个县市都成了汪洋一片，农田颗粒无收，商业萧条，民不聊生。这几年大围河大多数人家沦为赤贫，身无保暖衣，家无隔夜粮。回民因为生活习惯的原因，不能沿街乞讨吃百家饭，在寒冬腊月活活冻饿而死的不在少数。以大围河为中心的回民圈里，好多人都不甘心做亡国奴。只要我们把抗战的道理讲清楚，他们很快就能成为回民武装的骨干力量。"

房玉岭急忙插言道："霸州回民干部学校原来设在一所中学里，那里的老师们也很进步，很多同学和我一样参加了八路军。也有些人回家种地了，这些人我都认识，是一股进步力量，如果需要可以动员他们参加我们的队伍。"

干一边听着二人的讲述，边思索有关组织建设问题。房玉岭曾任冀中回民支队三大队五班班长，是智勇双全的骨干。杨春圃是在第一次冀中回民代表大会后在本村组织"回民抗日挺进队"的领导人，已经坚持了两年时间。干一琢磨着，房、杨二人一武一文，是最好不过的搭档，由三人组成的筹备组，是一个有战斗力的集体。至于成立党小组或党支部，因为条件不成熟，还可放一放。想到这里，干一心里几天来的愁云一下子散去，他抬头看看夜空那亮灿灿的北斗星，顿时觉得有了主心骨。他刚要宣布筹备组的分工，又一想，自己有个老毛病，做决定常有武断之嫌。这次换个方法，还是先听听房、杨二人的意见再定。

干一试探道："按照军分区领导的意见，由我们三人组成临时筹备组，当然还要报告县委备案，你们两位看看我们怎么分工为好？"

房玉岭说话向来是直来直去，首先表态："我同意干一同志担任组长，我本人善于侦察和作战，请分配给我这方面的工作即可。"

杨春圃不慌不忙地说道："本人善于文秘之类，可担任宣传方面的工作。"

干一总结："房玉岭同志除了主管侦察、作战外，再加上军训和后勤工作，先临时统管起来。杨春圃同志除了宣传工作外再加参谋和文秘两项，如果没有不同的意见就这样敲定了，队伍扩大了我们再详细分工。另外，请杨春圃同志最近几天找文新县委和县大队做一次全面汇报，争取得到县委和县大队的支持。"

天色已晚，隔壁儿清真寺里宵礼①的钟声已经敲响，寂静的夜空传来悦耳的邦克②声。

干一急忙站起身来说道："今天大家都起得很早，大长的天，都很累了，好好地睡上一觉，明天见吧！"

站在门洞外警戒的辛福田看到会议要散，三步并作两步地走过来说道："我有急事要找干一同志报告，你们两人先去休息吧！"

六

每逢家里住进与抗日有关的人员，辛福田总是习惯在正门外警戒。方凳上摆着茶壶，茶碗里斟满茶水，一边喝茶一边扇蒲扇，一副农村文化人悠闲自得的劲头儿，不显山不露水地观察着周围动静。他能和普通村民打成一片，但一般人又猜不透他的心思。他把书皮发毛起皱的《三国演义》放在腿上，时不时看上两眼。有时半闭着眼睛，小声吟诵黄承彦骑驴过小桥吟唱过的那首脍炙人口的诗句："一夜北风寒，万里彤云厚。长空雪乱飘，改尽江山旧……"他关心的不是纷纷鳞甲飞的雪景，更不是感叹梅花的凋零和消瘦，最让他牵肠挂肚的是那句"改尽江山旧"，多灾多难的祖国，谁能够挽救她呢？

每逢有人过来问他看到哪一回了，他就合上书，绘声绘色地讲起某一回的精彩内容。时间长了，村里人说辛福田《三国演义》"能倒背如流"，更有

---

① 宵礼：每天五时礼拜的最后一次。
② 邦克：阿拉伯语音译，伊斯兰教拜功仪礼，又称为"宣礼、唤礼"，意为"召唤"、"提醒"，是提醒和召唤穆斯林做礼拜的专用念词。五番拜、聚礼和会礼前，宣礼员在清真寺宣礼塔上用阿拉伯文诵念宣礼词，召唤穆斯林速来礼拜。

甚者，说他"一目十行，过目成诵"，辛福田听了都一笑了之。

当晚辛福田与往常一样坐在门洞外，借着月光，看到远处影影绰绰有个黑影子从街东口走来。走近一看，原来是表弟张杰。张杰是本县苏桥人，来回回营买了四只羊羔，自行车后座上每个柳条筐里装了两只。辛福田见到表弟后十分热情地让他到家里坐坐，张杰执意不去，说："现在是三伏天，运送活羊要趁夜凉赶路。"

辛福田说："那就喝杯茶压压汗再赶路吧！"

张杰把车子靠在北墙山上，端起茶碗一饮而尽。

"表哥，苏桥西边的苑口村前天出事了！"张杰迫不及待地说，"岗楼里的伪团长夜里到各村打劫，抢粮抢物不说，最可气的是他们在辛马庄劫持了两个年轻女子，带回了岗楼。两家爹妈急得要死要活，托保长做说和人也没用。两家人走投无路，就跑到岗楼前要人，结果被岗楼的卫兵打死一男一女，这事在苏桥一带嚷嚷遍了，大家想组织起来把岗楼烧掉。

"一年前，王疙瘩村大地主殷焕的儿子砸了马老三的羊肉摊，马老三提着宰牛刀要和地主家玩儿命。殷焕反咬一口，告到伪政府，伪政府以扰乱社会治安、持刀杀人未遂的罪名，把马老三抓了起来。还是你最后找到大围河杨春圃，杨春圃带着十多个人包围了地主宅院，逼得地主殷焕当天跑到政府去下跪、儒钱，马老三被无罪释放。

"现在苑口出了人命案，比那件事可大多了。你能不能再找杨春圃或县大队长储国恩想想办法。我们老百姓不能让汉奸狗日的骑着脖子拉屎！这口气不出，人们心不平啊！"

辛福田听完表弟这番话，气愤地说道："是啊！是啊！伪军仗着日本人的势力为非作歹，是可忍孰不可忍，是得想想办法，不然就没好人的活路了。"

送走表弟，正好干一等三人的会议也结束了，辛福田一五一十地把苑口的事情向干一诉说了一遍。干一想，目前在日伪军统治下群众的疾苦太多了，但这种深仇大恨的事解决一个会带动一大片，应该是组织回民抗日武装的一个很好切入点。况且，苏桥一带也是回民聚居区，处理好这件事，可能会有敲山震虎、一举多得的效果，当然，要大胆细心，不能出差错。如果不能干脆麻利地解决问题，苑口那边还会有更多的老百姓受伤害。杨春圃的人手不够。现在的唯一办法，就是派房玉岭去，他胆大心细，又对那边的情况了如指掌。

干一安慰道："天不早了，老辛你也休息吧！我找房玉岭商量一下。"

房玉岭家在苏桥以北不到20里路，对那一带的人情地貌都很熟悉。尤其是苏桥镇，是姑表亲扎堆的地方，他在参军之前，常到苏桥串亲戚，一住就是个把月，每家的孩子叫什么，家里有几口人，甚至锅台垒在哪儿他都知晓。

当干一向房玉岭布置任务时，他心领神会，只说了一句话："你放心，我明天就起程。"

第二章　除暴安良

一

房玉岭半夜未合眼，他的想法和干一的思路不谋而合，关键是一个"智"字。《三国演义》里有个以弱胜强的最佳例子，就是吴蜀联合的"赤壁之战，火烧曹营"。火攻不仅需要料到东风劲吹，更巧妙的是利用北方人不擅长水战，说服曹操把船只连在一起。在实施过程中，周瑜的反间计、庞统的连环计、黄盖的苦肉计，都起到了推波助澜的作用。

房玉岭联想到自己参军以来的成长过程，初期是凭着一股初生牛犊不怕虎的勇气参加各种战斗，在冀中五分区①抗战二团里跟随马维州确实打了一些胜仗，但败仗也不少，有时败得很惨，只会蛮干，不懂得总结经验教训。自从二团编入了马本斋冀中回民支队后，他有了截然不同的感觉。这个部队遇到敌人时不轻易动手，有时基层连队急得要命，有些人忍不住还会发牢骚骂大街，其实上级是正在利用各种渠道进行侦察，摸清敌情。尤其是马本斋司令员，在东北军里上过军校、当过团长，在领兵打仗方面有一套章法。自从加入八路军的队伍以后，更是进步飞快。他参加冀中军分区会议时得到了毛泽东新著《抗日游击战争的战略问题》一书，爱不释手，每天必读，挂在口头上的一句话就是"不打无准备之仗，不打无把握之仗"，而且学以致用，

---

① 冀中第五军分区：简称五分区。1940年前，冀中分五个军分区，大清河流域属第五军分区。1940年后，大清河以北属晋察冀第十分区，以南属第九分区。

取得了多次大小战役的胜利。

房玉岭还想到，自己在冀中回民支队工作、战斗两年来，学到不少政治和军事知识，与参军前比较，心里更亮堂了。八路军确实是一所无私宽容的大学校。以前自己只是一个普通战士或侦察班长，现在组织派他到文新县一带协助组织回民抗日队伍，角色变了，担子重了，心里就像小鸟第一次从窝里飞出去扑食或小孩子开始学走路一样，没有大人扶着也要跌跌撞撞地往前迈步，大概世界上一切事物都是这种发展规律。今后要独立执行如此艰巨的任务，出弓没有回头箭，即使胆怯也只能硬着头皮往前闯。现在苦思冥想也拿不出什么方案，那就深入实际去寻找解决办法吧。

二

次日，房玉岭一身农民打扮，箍上手巾，卷起裤腿，背着粪筐、拿着粪权上了路。

到了史各庄正遇上赶集，路过丁家饭馆门口时，见老熟人丁树德正在门前贴杜瓦宜①。几年前，丁树德曾在中共五区党委当通讯员，经常到五区抗战二团送信，当时在二团团部当警卫员的房玉岭负责收发文件，一来二去两人成了好朋友。后来房玉岭所在部队转移了，从此二人断了音讯。房玉岭忙走过去打招呼，丁树德先是一愣，接着惊喜地把这个贵客让到了里屋，沏好茶水倒在大碗里，说："多年没见了，怎么这个打扮？听说你在马本斋的部队里？"

房玉岭微笑着解释："我从回回营过来，要去霸州。不只我回来了，原五区老书记干一同志也回到了回回营。"

"是不是要拉队伍？"丁树德说，"那可别忘了我。"

---

① 杜瓦宜：阿语音译，意为"祈祷"、"祈求"。穆斯林在拜后或教门活动、日常生活中，向真主祈求平安等。这里是指用红纸写的横幅，内容是赞主、求主襄助的吉利之言，表明回民之家有喜事。

房玉岭问:"你在大门上贴杜瓦宜,家里可有什么喜事?"

丁树德笑嘻嘻地说道:"我们的饭馆经营多年了,老爷子执意要扩大规模。门脸重新装修了,'清真古教,西域回回'的堂牌也是新换的。一会儿炸油香①,请阿訇念'知感经'②!你就别走了,一起庆祝一下。"

"不行啊!"房玉岭急忙说道,"重任在身,不能久留。我走路到霸州要很长时间,你借我一辆自行车,我要马上上路,你家的喜事以后再补吧!下一次我领你们五区的老书记到你家拜访好不好?"

"对你房老兄真是没辙,"丁树德无奈地说道,"不知道你哪一天才能清闲下来。"

房玉岭把自行车推到饭馆隔壁儿一个胡同口给轮胎打气,忽然听到不远处有人吵架。他挤进人群一看,原来是两个伪军在收粮,声称只收小麦不收杂粮,一个伪军五短身材像个柳斗,一个细高个子活像麻秆儿。他们俩以小麦水分大为由强行压价,老汉执意不肯,并说道:"多干的麦粒儿三伏天也返潮,我们存点儿细粮不容易,为了换点钱买药才舍得出来祟两斗麦子,如果老总压价我就不祟了。"

"柳斗"骂道:"你个老杂种不识抬举,这小麦是皇军让收的,你惹得起吗?不给钱你敢怎样!"老汉看他们要抢粮,急忙用双手紧紧搂住口袋。"麻秆儿"伸手就抢,二人争夺起来。"柳斗"拿起秤杆儿就朝老汉的头上打去,老人应声倒地,布袋里的麦子撒了一地。

眼前发生的一切让房玉岭气炸了肺,他情急之下,转到"柳斗"背后,拿气管子顶住"柳斗"的后腰,同时吼道:"别动,举起手来,动一动要你的命,我是县大队的人。""柳斗"感到后腰鞴凉的,像是枪把子顶着,赶紧举起了双手。房玉岭趁二人还没回过神来,迅速地把"柳斗"的手枪下掉,

---

① 油香:回族的一种传统油炸食品,一般用发面制作。每逢开斋节、古尔邦节、圣纪节,家家都要煎炸油香,除了自己食用以外,还要相互赠送。有的家里过节纪念亡人,有了红白喜事,也要炸油香以表示尊祖继俗。

② 知感:感知真主。

命令他们一起给老乡收拾地上的麦子，捡完后把口袋用麻绳系紧，把粮食乖乖地交给老汉。接着房玉岭大声喊道："老乡们，有粮食也千万别卖给汉奸卖国贼，不能让他们为非作歹！"

房玉岭朝天打了两枪，整个大集顿时炸了窝。"柳斗"和"麻秆儿"为了保命，比哪一个跑得都快。房玉岭也趁人群混乱之际挤到胡同口，骑上自行车，一溜烟出了村子，钻进了一望无际的青纱帐。

高粱已经秀穗，一丈多高，垅窄地喧，车子只能推着走。

房玉岭对即将晒红米的红高粱情有独钟，说起来还有一段难以忘怀的故事：他出生在文安县董各庄，是文安洼里的一个普通村子。俗话说："蛤蟆撒泡尿，文安就得涝。"这话虽有些夸张，但也反映了那里十年九涝的情况。当春季大水退出洼地时，人们定会尽早抢农时种植一茬早高粱。到了秋收季节如果没有堤坝决口和沥涝，就肯定是一个丰收的年景。即便在立秋、处暑时节大水泛滥，早茬高粱也已经长到丈二以上，接近晒红米阶段，只要不倒伏，肯定还有很好的收成，人们会撑着打鱼的小船去剪高粱穗。有一年剪高粱穗时节的一天，天还没亮，房玉岭就坐在父亲的打鱼船上去收高粱，一个个闪光的贝壳在高粱穗上爬动，他伸出小手去抓，一下子被铁钳似的东西夹住，他惊吓地哭起来。父亲扭过身来，把那铁钳掰开，对他说道："小宝别怕，那是螃蟹。"二人也顾不上剪高粱穗了，只顾抓螃蟹，不一会儿，鱼篓里就装满了，二人像打了胜仗的战士似的凯旋了。

那时节和人们抢夺高粱收成的不是鸟儿，而是顽皮的大螃蟹。它们趁夜深人静的时候，拉家带口倾巢出动，成群结队地爬到高粱穗子上聚餐。人们常说，在高粱晒红米的时候，河螃蟹最肥、黄儿最满，讲的就是这个道理。父亲既会种地又会逮鱼抓蟹，此后他找了二十几个用苇子编织的枣核状大篓子，里边放入用火烤过的羊骨头，篓内还装上只能进不能出的机关，傍晚拴在高粱秆儿上，第二天苇篓里就装满了大螃蟹。父亲一边收高粱，一边到集市上卖螃蟹。全黄的大螃蟹也成了家里的美味佳肴。

后来文安洼闹大水，家里的房屋被冲坏。全家在父亲的带领下，背井离乡，迁徙到了霸州，靠租种地主的土地维生。

房玉岭每逢看到高粱秀穗的时候，就想起螃蟹的香味，这已经成了他的条件反射。

史各庄是大清河沿岸富有传统文化色彩的重要村镇，房玉岭并不陌生，参军前经常到这里串亲戚赶庙会。红极一时的河北梆子剧团就扎根于该地区，抗战前后著名的吉利班曾培养出大批名角，唱红了京南地区。这一带的票友和戏迷水准也很高，人无分老幼都会唱上几段，尤其是人们进了高粱地、棒子地，都会拉开嗓子无拘无束地唱上两嗓子，什么河北梆子、西河大鼓、二黄西皮都不在话下。出了地头则若无其事，该干吗干吗，就像天津人喜欢进澡堂子高唱一曲的情景。房玉岭参军后时常参加五区的联欢会，不时跟战友也学上几句，慢慢地迷上了梆子腔。当他走入这长地头的浩瀚高粱地后，只感到嗓子发痒，不自觉地低声哼起了传统梆子戏《二龙山》"郭得福领兵下山为父报仇"一折：

> 带战马，奔高山，忙把路赶。
> 叫一声众喽兵细听分明：
> 兵卒天职从其令，
> 千万间莫苦害众百姓。
> 一路公买和公卖，
> 哪一个不尊定不容。
> 喽啰兵与我把山下，
> 不杀张仪贼，
> 我气不平啊！

他直奔霸州徐各庄，找到地方抗日联络站站长尹保树。尹和房原是回民干部学校同学，尹没有参军，一直留在地方搞支前和民运工作。二人已多年未见，聊起别后情景，好不热乎。当房玉岭谈到要在大清河流域建立回民武装时，尹保树非常支持。接着房玉岭谈到这次的任务，尹保树说："我这里还有你熟悉的宋宝文等人，支援三五个人没问题。要枪的话，我的家伙什儿太单薄了！"

房玉岭说道："这次来徐各庄是打个招呼，等我到苏桥侦察后有了结果再做商议。如果需要人，我会通知你。我这里有一把搂子①，带在身上惹事，先放你处保管，等需要时你亲手交给我。"

尹保树是霸州人，高高的个头，长方形脸庞，说话先带笑容。他父亲是当地有点名气的皮货商，上宁夏，下江南，跑遍了大半个中国。尹家从老一辈起，就是富有的大家族，做人低调是尹家的特点。尹保树的亲戚朋友都劝他放弃联络站的工作去做生意，他执意不干。尹老爷子也支持儿子在抗日的外围组织里干些有意义的事，多一个锻炼的机会，后来的行动充分显示了他的才能。这是后话。

尹保树嘱咐说："苑口大桥查得很紧，一定要小心。另外给你十块零花钱，都是法币，带在身上，图个方便。"

房玉岭要推辞，尹保树说道："执行任务也得吃饭啊，这是我个人的钱。"

房玉岭身上确实一分钱也没有，看到尹保树实心实意的样子，也不好再拒绝，便说："谢谢老尹，以后有钱再还你！"

房玉岭离开徐各庄，在太阳偏西的时候到了苑口大桥北侧，看到逃难的、乞讨的、头上插着草棍卖孩子的、衣罩褴褛的人们不约而同地在这里聚集着。房玉岭没有立即往桥上走，而是转了个弯，直奔冰窖场。冰窖场是季节性的工场，冬季，人们把大清河上的冰层用钢钎撞透，制成长方体冰块，再运到垫着厚厚麦秸或稻草的地下窖洞里，一层一层码起来。被稻草紧紧裹起来的冰堆和外界的温度几乎隔绝，这样，就可以把冰块从冬季保留到夏季。当三伏天来临之后，冰块就成了防暑降温的抢手货。房玉岭去冰窖场的目的，就是要随着运冰的人力车一起安全过桥。

苑口在大清河南岸，是个百十户人家的小村庄，因为这里有大清河上唯

---

① 搂子：一种半自动手枪。

一的贯通南北的桥梁——苑口大桥，便成了兵家必争之地。自从号称九县剿匪司令的柴恩波投降日本当了汉奸，这里就成了他控制京津保地区的咽喉要道。房玉岭和搬运工们拉着冰车缓步通过大桥时，看到三步一岗，五步一哨，桥头堡里支着机关枪，有如临大敌之势。盘查人员瞪着眼，嘴里不干不净地骂着，盘查着他们认为可疑的往来人员。

三

　　房玉岭傍晚来到苑口南边的东营村。那里有个老房东贾三伯，是村里的拥军模范，见到房玉岭还是热情如初。老人在谈话中述说了近年的家庭变迁：为了维持生活，大儿子外出做买卖，几个月才能回家一次；二儿子贾仲楠原在霸州上中学，毕业后就被招去当了警察，左邻右舍从此另眼相看。老人总是千叮咛万嘱咐，告诫二儿子任何时候都不能干对不起老百姓的事。房玉岭边听边想，贾家的变化确实很大。老二是个聪明老实的孩子，自己前些年在贾家驻防时，那孩子经常趴在他腿上让他讲故事，还总说长大后要当八路军。房玉岭又一想，因为生活所迫和游击区拉锯形势的严峻，在冀中地区也曾出现个别家庭从进步倒向反动的实例，贾家属于这种情况吗？本来房玉岭打算留住一宿，现在心里有些嘀咕。他觉得此地不能久留，便以赶路为名，辞别了贾家二老。

　　刚走到村边，又想起王舜卿老人家。王舜卿原来是村长，儿子参加了八路军，是模范抗属家庭。浓厚的阶级情感驱使他走进王家，一边亲切地喊大娘，一边掀起掉了大片竹莛的破帘子，进了外屋。他环视四周，真是家徒四壁，凄凉不堪。两只老母鸡在水缸下不停地刨土做窝，寻找凉快处。房梁上的小燕子从窝里伸出长脖子，呢呢喃喃地叫着，张着奶黄的小嘴儿，等待妈妈喂食。他掀开锅盖，锅里是吃剩下的一个野菜窝窝。走进里屋，只见大娘躺在炕上，房玉岭忙问道："大娘这是怎么了？还认识我吗？"他问话时眼圈已经红了。

王大娘揉揉眼睛说道:"你不是小房吗?怎么,咱们的队伍又回来啦?哎,我摔了一跤,在炕上躺十来天了,现在将就着能下地。你大伯闲不住,从冰窖场趸了两方冰块,赶时间推车去卖刨冰了,一会儿就回来。"

房玉岭又问道:"儿子有信吗?"

大娘兴奋地说:"有信!有信!说是在太行山呢,还立了个三等功。这孩子老惦记我们,我们这把老骨头了,还能活几天,有什么可惦记的?我蒸的菜窝窝,就在锅里熥着呢,你吃点儿充充饥。"

说起参加革命的儿子,王大娘眼睛里放着亮光。房玉岭擦掉眼角的泪珠,恳切地说:"大娘谢谢你,我还有事要赶路,就不等大伯了。我这里给你放下五块钱法币,你保养保养身子吧!"房玉岭快速走出了王家。

刚到胡同口,迎面有人推着平板车走来,正是王舜卿老人。房玉岭快走几步,赶忙接过车子,王大伯笑着问:"小房你从哪儿来?"没等房玉岭回答,二人已经进了院子。王大伯顺手收拾卖刨冰的工具,发现厚厚的保温被里还包着一小块冰,便说:"小房,我就不给你沏茶了,这些料还能做两盘刨冰,你尝尝!"

王大娘拄着拐杖,从屋里缓缓走出来,笑呵呵地说道:"还是你大伯面子大,真的把小房留住了,进屋说话吧!"

房玉岭吃着刨冰赞道:"大伯,你做得真好吃,这浇汁儿是用啥料做的?怎么这么好吃啊?"

王老伯说道:"是白糖和蜂蜜再加玫瑰露,都是货真价实的东西。你看看咱们院里那些玫瑰花,蜜蜂在花朵上扑棱着,飞走一群又来一群,这就是玫瑰露的原料。"

"你的手艺真是一绝,干什么活儿都要一个精字。"房玉岭点点头继续说道,"我这次来是专门调查苑口岗楼人命案的,不知大伯知不知道?"

王老说道:"别提了!出事那天我正在岗楼前卖刨冰,看了个从头到尾,简直把我气死了,回家后几天吃不好,睡不着。你大娘听我一念叨,也气坏了,干活心不在焉,摔了一跤,到现在还没好利落。"

王老汉原原本本地讲了起来：

十天前，辛马庄有两家的姑娘被伪团长王彪子抢走了，惊动了十里八乡。家人都急坏了，托人调解，苑口保甲长也出面了，但都没用。立秋那天上午，刚刚下过雨，辛马庄老村长带领家属找到岗楼要人，把门的不让进。一会儿工夫，岗楼门口就聚起了一群人，大家往里拥，一直走到第二道门，有个班长模样的走过来吼道："你们别胡闹！团长不在家，放人的事我做不了主！"

苑口村一位老者接腔道："你们净胡嘞嘞，刚才团长还在门口转悠，怎么屁大的工夫就不见了!? 是从天上飞走的，还是从地沟里爬出去了？你们都在糊弄人！"

辛马庄村长走上前去骂道："你们这群畜生不如的东西，兔子都不吃窝边草，你们专门祸害周围乡亲，还有没有王法！"村长说着就带头往里冲，伪班长气急败坏地掏出手枪威胁道："谁敢多迈一步，我就开枪！"

村长不听那一套，继续往里走，伪班长扣动了扳机，村长腿上受了伤，倒在了地上。

两位女子的家人被伪军的暴行激怒了，推开挡路的伪军拼死往院子里冲，刚跑到岗楼下，伪班长又开两枪，又有两人中枪倒下。十几个伪军一下子又跑了出来，挡住了去路。

王舜卿大伯看势不好，赶紧放下平板车跑到人群里拦住乡亲们，喊道："乡亲们！好汉不吃眼前亏，咱一定能找到说理的地方，天下没有摆不平的事。再这样下去，吃亏的还是咱自己！"

房玉岭听完了，激动地说道，"大伯，这笔账一定要清算，血债要用血来还！"

王大伯追问道："你这次来是谁送的信？"

房玉岭说："是苏桥张杰啊！"

"那就对了，"王大伯说，"张杰到我们村摆摊卖羊肉，是我亲口告诉他的。"

房玉岭见天色不早了，就赶紧辞别大伯和大娘，离开了村子。

四

天已擦黑,他加快速度赶往苏桥镇。

他在苏桥镇的亲戚朋友很多,不愁落脚地,顺便还能调查苑口岗楼的实力和防务情况。刚出小村,他就觉察到有两个黑孤影儿似乎在跟踪他,他加快步伐抄青纱帐的小路疾步而行,但是跟踪的人始终甩不掉。他走到一棵大树下,突然蹲下身子用力磕磕滚进鞋帮儿里的土坷垃,隐隐约约地看到跟踪人掏出手枪比画着,但没有过分举动。房玉岭断定,二人不是打劫的,肯定是警察局派出的探子,看来跟踪者的意图是想抓人质。他琢磨着这事是否与贾家有关。

快到苏桥时,房玉岭当机立断快步走进镇北的一个饭馆。跟踪人不见了,他暗地高兴,精神一放松,肚子就咕噜起来,就急忙上二楼点了熏鱼和贴饼子,这是他几年来没有享受过的家乡美味。香味扑鼻的熏鱼和黄灿灿的大饼子刚摆到八仙桌上,两位陌生人就坐在了桌子对面。房留意这二人的举止神态,认出就是跟踪自己的那两位。他灵机一动,佯装找手纸去厕所的样子,麻利地离开桌子往一楼走。两个跟踪的人也不是吃素的,随影而行,追到楼下。房玉岭刚走出大门,就看到有四人扑过来,他以迅雷不及掩耳之势拳脚相加,两人应声倒地,有一位朝天开了枪,好像是在报信。另一位又扑过来,房玉岭一勾腿,胳膊肘突然向外发力,那人来了个嘴啃泥。五人的打斗声和呐喊声引来了很多人围观。刹那间其余三人又扑过来,当房玉岭往侧面退时,被手推车绊倒,无奈束手被擒。房玉岭骂道:"你们这些无恶不作的土匪,随意抓人,天理不容。我可以跟你们走,但是饭钱要交,不能亏待百姓!"

其中一人喊道:"我们不是土匪,是警察所的警察。"

房玉岭咬紧牙关,瞪着眼,被几个人五花大绑地带走了。

苏桥警察所坐落在下码头街上,此地原是乾隆行宫,想当年也曾兴盛一时,现在虽已是断垣残壁,但遗迹清晰可见。后人在一个角落里盖起三进院落，几经变迁，目前成了警察所。前院办公，中院是审理犯人的地方，后院有两间库房，是看押犯人的场所。

中院的南道座有三间房子已经打通，所有窗户用土坯堵死，屋里摆满各种刑具：有押杠子的长凳、灌凉水的铁床，房梁上悬挂着长短不同的绳锁，不远处有烧铁钎和火钳子的煤火炉，铁架子上挂满了竹签和皮鞭，墙壁上有飞溅的血迹，阴森森的大厅里充满血腥和毛发烧焦的味道，马灯昏暗的光线像鬼火一样不停地闪动着。这里比人们想象中的地狱阎王殿还要恐怖。

四人把房玉岭带到警察所，直奔南道座过堂，其中一个家伙一屁股坐在漆皮掉光的太师椅上，跷起二郎腿，声嘶力竭地吼道："你叫啥名字？到东营村王舜卿家干啥去了？"

房玉岭被捆绑着立在一旁不慌不忙地说道："我姓户名方，是户口的户，方圆的方，到王舜卿家要账去了。"

那人骂道："净他妈的胡嘞嘞，中国人有姓户的吗？王舜卿欠你什么钱？"

"中国人有不少姓户的，邯郸县就有两千多户，"房玉岭说，"我是卖冰块的，王舜卿卖刨冰，欠我冰钱。"

那人又把调门儿突然降下来说道："我直接问你，你是不是县大队的马得骏？特意到村里看望八路军家属？你老实说，不然的话这些家伙什儿可不是摆设，听懂了吗？"

房玉岭听到这儿明白了，他们是憋足了劲想抓县大队政委马得骏，恐怕他们连马政委的影子都没有见过。房玉岭用余光扫了下其余三人，他们站在旁边，一副心不在焉的样子，好像很不情愿耽误工夫。房玉岭想到这里还没来得及说话，突然从门外走进一个人来。四人立即立正朝门口行了个军礼，并齐声说道："所长好！"

所长说："小天津马骁今儿晚上结婚，找你们四人去喝喜酒，你们快去吧！今儿我值夜班，我接着审！"四人忙不迭地离开了刑讯室。

"你认识我吗？"所长问道："你怎么被抓来的？"

房玉岭说道:"如果我没认错的话,你就是贾家老二贾仲楠。几年不见了,听说你当了警察,没想到你们家变化这么大!你的这帮喽啰,是在老村长王舜卿家门口跟上我的,是你指使的吧!?"

"是不是我的指使,由您琢磨吧!"所长一边说着一边向窗外望去,确认中院周围无人后,迅速来到房玉岭跟前,把绳子解开,抱歉地说:"房大哥对不起,让您吃苦了!"

"你别这样客气,"房玉岭不买账地说道,"伪警察所是摧残人的地方,我既然被你们带来了,就不敢有任何奢望。"

贾仲楠诚恳地说:"你怀疑我也很正常。您坐下来,喝点水,咱慢慢聊。"

贾仲楠20岁了,中等个头,是个眉清目秀的小伙子,有着远超年龄的成熟。虽然家里十分困难,父母仍决意送他到霸州中学念书,盼望着将来有朝一日他能改变家境,他也一直是个品学兼优的好学生。班主任韩老师在讲历史课时,总是穿插一些时事,什么"九一八"事变、"西安事变"、"淞沪会战"和"南京大屠杀"等,以及国民党只顾内战,实行逃跑主义和不抵抗政策,中国人被欺负、被侮辱,再不抗争就要沦为亡国奴,等等,讲到激动处常常慷慨激昂,声泪俱下。很多学生被韩老师的爱国之情所感染,主动行动起来,积极参加抗日宣传活动。贾仲楠经常到韩老师寝室聊天,二人谈天论地,走动得越来越密切。

毕业那年,县警察局到学校招人,学校推荐了贾仲楠。他听到这个消息后十分反感,甚至打算回家务农。当贾仲楠把自己的想法告诉时任副校长的地下党领导人韩老师时,韩老师把贾仲楠叫到家中,通知他中共候补党员的申请已获批准,并面授机宜,指示他到警察局工作。

房玉岭听了贾仲楠一席话,确实坐不住了,歉意地说道:"老二啊!真的对不起,我误会你了!"

贾仲楠紧紧握着房玉岭的手说道:"这种误会不只你有,自从我到警察所,村里人也都不理解。这一切我不在乎,只要能给共产党、八路军干点事,我心甘情愿,有点误会算什么!"

房玉岭问道："为什么到过王舜卿家的人警察就要跟踪啊？"

贾仲楠解释说："文安警察局发来消息，说是县大队政委马得骏到苏桥一带慰问抗日家属，抓到有重奖。这帮王八羔子一心想发财，你就成了被怀疑的对象。其实，他们根本不认识马得骏。另外，你到苏桥一带有什么任务，我能帮忙吗？"

房玉岭讲了他来此地的目的，贾仲楠说道："房大哥您来得正好。前天王口村有个叫王成勇的青年送来一封信，内容是揭发他叔叔——苑口岗楼伪团长王汉彪，外号叫'王彪子'的为非作歹的事。他对岗楼发生的人命案深恶痛绝，要求把王汉彪法办，以此还王家一个清白。"

房玉岭说道："目前岗楼上的情况如何？"

"岗楼上原来有30多人，20人调到了新镇柴恩波总部，那里形势告急暂时回不来，现在只剩一个班。"贾仲楠接着说，"他们一般晚上出去搜查，白天上午睡觉，下午打牌。伪团长贪色，抱病不出，一直待在岗楼里。"

房玉岭高兴地说道："好！这些情况很重要，我估计一两天内就能行动，请老二多多关照。我现在要走了！"

贾仲楠关切地说："我知道您还没吃晚饭，肯定饿坏了，这里有两个羊肉馅包子你拿着，是小天津办喜事送来的，我领你从后门出去。"

房玉岭谢道："谢谢二弟，今后还有见面的机会！"

五

日伪军的苑口岗楼建成已有两年，汉奸柴恩波派部下王彪子在这里镇守。王彪子本来已经是团长了，但岗楼的人还不到一个连，他实际上成了一个有职无权的摆设。说到他的升迁，还有一段滑稽故事：

1939年初，王彪子跟随柴恩波从冀中区独立二支队叛变投敌，出卖共产党的政治干部，投靠日本人当了汉奸，被赏赐了一个营长的官位。河北军区司令吕正操会同贺龙领导的一二〇师及时派兵平叛，对盘踞在新镇、文安各地的敌军进行有力打击。用了15天时间，近3000人的叛军大部分被歼灭，原来被绑架的中共政治人员，有的被杀害，有些经相互交换，又重新回到了冀中军区。柴恩波及其一小撮残余势力偷偷逃到一片汪洋的文安洼，在日本主子的保护下，侥幸保命。

王彪子进入孤岛一样的马营村时，身边只剩下一个连的兵力，大地主韩有籁在村里给他们安排了住宿。韩家是当地有名的大地主，不但有多顷土地，在胜芳还开着买卖，可谓家存万贯、骡马成群。该人爱财如命，对长工和佃户十分苛刻狠毒。韩有籁在这兵荒马乱的年代，生怕财产受损，虽有少量家丁，但还觉势单力薄，有个风吹草动都让他夜不成寐。韩有籁多年都想找个好靠山，没有一日不苦思冥想，今日碰上王营长，觉得机会来了，就把王彪子安排在他家侧院。韩是好吃好喝好招待地伺候着王彪子，还会每天邀请王一起抽上几炮大烟。王从话里话外也看出了对方的心思，进而提出了以后的合作计划。韩喜出望外，只觉得相识恨晚，从此二人以兄弟相称。

韩有籁的四房太太叫尹春儿，有几分姿色，又善于卖弄风情。王营长自从看到尹春儿，两眼就像被勾住了。王对尹春儿的那点意思，韩是心知肚明，便有意无意地叫尹春儿常常陪着王营长点炮抽烟，就这样时间长了，王营长有恃无恐，便与尹春儿搞在了一起。

王彪子接到命令要带着部队开拔时，提出要把尹春儿带走。韩有籁提出条件，要王留下10个士兵，并带全副武装，所需给养由部队供给。除此之外，如果韩家遇到大事，王营长要充当后盾，及时提供帮助。王觉得要价不高，韩也觉得保护家产的事终于有了着落，二人各怀鬼胎却也一拍即合。王营长用力一拍桌子说道："君子一言，驷马难追！谁也不能反悔！"

王彪子兴致勃勃地把尹春儿带到了新镇。别人多是"金屋藏娇"，不显山、不露水，以免惹是生非。而王彪子是个爱显摆的人，部队和伪政府有什么活动，他都带着尹春儿参加，那种挡不住的风情到处飘荡。新镇保安总队葛副官一眼就看中了尹春儿，很快以提拔王彪子当团长为条件向王提出交换，王拱手将尹春儿送给了葛副官，从此被发配到苑口岗楼。

六

房玉岭用了一整天的工夫进行筹划，直到他认为万无一失。计划定在第三天上午实施。

苑口街上，一个头戴破草帽、裤腿卷得老高的人，一边推着平板车一边喊着："刨冰香，刨冰甜，一角一碗不找钱！"接着又喊道，"天气热，出大汗，吃碗刨冰打冷战儿！"这时有个年轻人走过来买了一碗，边吃边赞："真是又凉又甜，名不虚传啊！"

卖刨冰的问道："小伙子是专来吃刨冰的吗？"

小伙儿说："不是，我是到岗楼找我叔叔的！"

接着又有几个人相继来到平板车前买刨冰。卖刨冰的一边应酬，一边看着那个小伙子走到岗楼前，和站岗的门卫说着什么，结果被门卫狠狠揉了一把。小伙子交涉半天全无结果，十分扫兴地又回到刨冰摊。

卖刨冰的把车子朝着岗楼方向推，大声喊道："老总！大热的天，吃碗刨冰解解暑吧！你们在阳光底下这样暴晒，太辛苦了。"

岗楼大门执勤的警卫问道："没带钱，赊账行吗？"

卖刨冰的说："我今天犒赏老总，没问题！"两个执勤的一听就明白，赊账就是白吃，于是走过来，一人端起一碗，大口大口地吃起来。说时迟，那时快，卖刨冰的和那几个在车前买刨冰的同时行动，一个搂脖子，一个下枪，另一个给嘴里堵棉布，麻利地将二人捆绑起来，拉到僻静的胡同口听候处置。

卖刨冰的人就是房玉岭。他马上带领徐各庄联络站的五个人快步朝岗楼大院里奔去，剩余三人在外面接应。院子里有两个住宿大棚，一个紧锁，另一个大门紧闭，但窗户都开着。房玉岭命令一人在外警戒，四人从窗户跳进去。只见12个士兵在通炕上呼呼大睡，房玉岭赶忙打开房门，让尹保树把戳在门后的十几条枪转移到门外，然后厉声喊道："都给我立马起床！脸朝墙，举起手来！"睡梦中的伪军突然被惊醒，其中11人都乖乖地爬起来，面向墙壁举手站好了，只有一个秃头的人呼噜打得震天响，酣睡不醒。房玉岭问道："这个秃小子是什么人？"

其中一个士兵应道："他是副连长，昨晚酒喝得太多了。"

房玉岭又问："你们团长在哪里？"

士兵说："在楼上朝南的屋子里。"

房玉岭嘱咐同伴宋宝文："你们监视着这些人，表现好的、没有罪恶的可以放他们回家，表现不好的就地枪决！让他们自报家门，听候处理！"

房玉岭领着王成勇提着手枪迅速到了楼上，王成勇朝着楼道里的南门猛踹一脚，房门大开，屋里正是王彪子和一个哭哭啼啼的姑娘。王彪子突然发现门外站着两个人，吓得一机灵，定神一看，闯进来的分明是侄子王成勇和一个陌生人，就开口对侄子骂道："你小子混账，带外人来干什么？！"

王成勇说："我是来劝你回家的，你的所作所为把爷爷都气疯了，这些年净给王家丢人现眼，别在这里再干伤天害理的事了！"

王彪子恼羞成怒，跳过来轮圆胳膊给了侄子一记耳光，扭身去衣架上拿枪。王成勇一个箭步蹿上去，抢先把他的王八盒子①拿到手，往后退了两步说道："我好心好意来劝你，你还想跟我动真格的，我哪能饶你！"王成勇嘴里说着，食指扣下扳机，只听"噌"的一声，王彪子应声倒地。

房玉岭对王成勇说："好！小伙子，这就是正义的审判！多行不义必自毙，这是王彪子应有的下场。"接着扭过头对吓得瑟瑟发抖的姑娘说："我们是游击队，是来解救你们的！听说还有一个姐妹被抓来了，她在哪里？"

姑娘说："在地下室捆着哪！"

王成勇从王彪子裤兜里掏出一串钥匙，说道："你跟我下楼，快带着你的姐妹回家吧！"扭头又对房玉岭说，"叔叔，我在楼下等你！"

房玉岭回到楼下的驻军大棚，看到宋宝文二人还在逐个审查，插言道："情况搞清楚了吗？"

---

① 王八盒子：中国人给日本南部"十四年式8mm半自动手枪"起的一个既形象又贴切的俗名。

宋宝文说:"基本搞清了,他们大多是农民出身,是随大流混饭吃的,大部分坏事都是副连长、团长干的。"

房玉岭问道:"两个女孩子的家属是谁打死的?"

士兵异口同声地说:"就是这个光头打死的。他因为打死了那两个老乡,就被团长破格从班长提拔为副连长了。"

房玉岭斩钉截铁地说道:"放你们回家好好种地,如果将来再碰见你们在伪军圈里混,欺负老百姓,到时候老账新账一起算!现在秃子还没醒,我代表被杀害的老乡让他永远睡下去吧!"房玉岭一边说着,一边掏出手枪,一枪就结束了秃头连长的性命。

尹保树找到王成勇,拿上钥匙打开了另一个仓库,看到里边架上摆满了日伪军的全套军服、鞋帽、袖章等物品。他不知怎么处置,就退出仓库问房玉岭:"里面有很多日伪军新军服,还有一把日本指挥刀,要不要带走?"

房玉岭说:"统统收走,一点儿也不留,将来对付敌人一定用得着。"

五人与接应的人会合后迅速离开了苑口岗楼。他们把缴获的一支歪把子机枪、两只手枪、12支三八大盖和上千发子弹以及军服、鞋帽、皮带等,都装到在村口等候多时的牛车上,上边用干草严严实实地遮盖起来。王成勇走过来将王彪子的王八盒子交给尹保树,房玉岭拿过一把日本战刀交给王成勇留作纪念。二人亲切话别后,房玉岭等八人带着战利品,当日回到了文新安全地带。

第三章 大清河的枪声

一

干一送走房玉岭和杨春圃后，刚回办公室，只听见辛福田喊了一声："任丘有人来访，是回建会的人！"话音未落，人就进了屋子。干一看到是几年未见面的冀中回建会孔新同志，十分高兴，上前边握手边发问："哪阵风把你刮来了？"

孔新对老朋友说："你昨个刚到，我今天就匆匆忙忙追过来了，奇怪吧？马玉槐主任让我来传达一个新命令，九分区任命赵玉龙为文新回民中队队长。另外让我也留在咱部队，分配适当工作。"

"这个任命很及时嘛！"干一说，"我本人不太熟悉军事工作，离开任丘时，向组织上要求派一位有军事斗争经验的人担任部队指挥，我专职做好政治工作。"

孔新说："我们党向来是党指挥枪，政委是一把手，军事工作你哪能不过问？"

"对，你说得对！"干一补充说，"你知道房玉岭同志是昨个儿一起跟我到这里来的，今儿早上他去苏桥处理苑口村日伪岗楼杀害老百姓一事。杨春圃同志我也是刚送走，他先到大李村找文新县委和县大队汇报回民中队的筹备情况，然后到大围河去组织基本队伍。这两个同志都有丰富的基层工作经验，我是仰仗他们支摊子的，但愿有个好的开头。"

孔新说："以前我跟马玉槐主任到过文安大围河镇和霸州两间房子村，这两个地方给我留下了深刻印象，老百姓穷人多，要求变革的心理比较强烈，同时家庭牵挂少，是扩充队伍的好地方。尤其是这两个村子的清真寺，多届阿訇都很进步，是我党团结各阶层人士的可靠基地。"

干一说道："你说得不错，明天我们俩一起去霸州看看怎么样？"

"没有问题，我听从领导指挥，"孔新说，"是否直奔两间房子村清真寺啊？最好今天晚上就行动，夜里走路又安全又凉快！"

干一说："没错，几年没见，你还是那么干脆，而且更成熟了。"

两间房子村清真寺，因李同贵阿訇最近调到回建会工作，清真寺民管会聘请白阿訇为主持人。白阿訇叫白广德，本地人，中等个头，圆脸庞，从30多岁起就蓄有黝黑的长胡须，50岁之后更显气度，人称"美髯公"。他从小学习《古兰经》，对伊斯兰教①知识、宗教法规等造诣很深。他20岁穿衣挂幛②当了阿訇，诵经时有浑厚的堂音，听起来非常悦耳，在当地自成一派。其父是知名的开明绅士，祖辈除了种地外，还在县城里开了中药铺。他家是一处宽敞的四合院，整个院落都种满了人工培养的中药材，奇花异草，好不绚烂！为承父业，十几年前他就在县城中药铺当了掌柜。近年由于药材奇缺，价格猛涨，中药铺关了门。他回到村里，就被聘为清真寺主持。他为人诚恳，乐于助人，人际关系很广。尤其是他爱国爱教的实际行动，在当地是出了名的，譬如在他的劝说下，有十几个年轻人先后参加了八路军和回民支队。和其他地方一样，他主持的清真寺也成了进步人士的活动场所。

---

① 伊斯兰教：伊斯兰教是世界性的宗教之一，与佛教、基督教并称为世界三大宗教。伊斯兰系阿拉伯语音译，原意为"顺从"、"和平"，又译作伊斯俩目，指顺从和信仰创造宇宙的独一无二的主宰安拉及其意志，以求得两世的和平与安宁。

② 穿衣挂幛：挂幛即穿衣，是对伊斯兰教经堂学校学生毕业仪式的称谓，即授予阿訇资格。一般选择在学生受教育的清真寺和经堂学校内、在开斋节、古尔邦节、圣纪节以及主麻日举行。典礼仪式庄严隆重，须由本坊阿訇向广大穆斯林群众总结汇报学生的学习过程和成绩或造诣后再颁授资格。

白阿訇对干一和孔新二人并不陌生，前几年回建会的人到这一带宣传抗日，多数时间都住在他家。今日约定在清真寺见面，白阿訇热情地接待了他们二人。

干一笑着说道："白阿訇您好，我们无事不登三宝殿！"

白阿訇说道："有话直说吧！我们之间不用客气。"

"上级让我们组织大清河流域回民武装，今天找您老一起商量一下。"干一说道，"这几年你鼓励和推荐十几个进步青年参加了革命，据说在部队表现都很好。现在轮到文安、霸州一带的回回民族自己要建立抗日武装了，你看看周围有哪些人比较优秀，有无参军的可能。"

白阿訇说道："这里不但有很多进步青年，还有一些在伪军服役的人也想参加八路军，这一部分你们要不要？"

干一插言道："是哪里人，有些什么背景？"

"我一说你就知道，都是大围河人。"

干一急忙问道："是谁啊？大围河的人瞒不过我，请说吧！"

白阿訇说："东庄你知道吗？与大围河只有一个水坑之隔，张景茂、张积茂两兄弟都是东庄人，几年前为了生计参加了伪军。哥哥是永清县韩寨村伪军副中队长，弟弟张积茂也在这个中队，两人到两间房子村探亲访友时曾到清真寺做礼拜。下殿后二人找我谈心，我问张景茂，在永清当兵景况如何？张景茂说：'这年头就是混碗饭吃，没有什么目的，纯属瞎混。日本人当前的角色就像耍木偶戏的，在后边充当那个押线儿的人，你再能耐也挣脱不了那根线。我们这些人在外边表演，每天干的都是想方设法逼迫中国老百姓的事，我们兄弟俩也不忍心，反正尽量少做坏事就是了。'我说：'我知道你们家的底细，父母都是老实巴交的买卖人，在我看来，你们都是好人，可惜投错了庙门儿。我们回民绝大多数都是爱国爱教的人，应该寻求正道才是。'张景茂说：'是不是要投靠八路军，当时也想过。听说那边很苦，我没有勇气。'我说：'河北一带目前有两支出名的回民抗日队伍，一是马本斋领导的冀中回民支队；二是刘震寰领导的渤海回民支队，都是自己的队伍。人活着不能没有良心，咱们都是中国人，哪能给日本人干事？你们的老人都健在，如果知道你们在伪政府里瞎混，不会轻饶你们。目前是艰苦一些，这是暂时的，抗战胜利后，一定会过上好日子。你们哥俩儿考虑一下，想参加哪支队伍，我可以担当介绍人。'就这样，二人动了心，委托我跟部队联系。现在的条件更好了，就在家门口建立自己的队伍，还有什么可说的呢！"

孔新抢先说："有件事一直没有跟白阿訇、干一同志说，张景茂、张积茂是我的两个舅舅，我也曾劝说他们参加革命队伍，但小辈儿的说服力比较差，没奏效。今天白阿訇的建议非常好，我举双手赞成。"

干一高兴地说："敢情好，真是两个好消息！请他们二人早日到回回营见面吧！"

白阿訇接着说："我这里还有个名单，是我写日记时记录下来的，你们拿回去商量一下。这些人多数是房玉岭的同学。房玉岭你们认识吧？那是我的表外甥，他一直在冀中回民支队。"

孔新补充说道："房玉岭已经从冀中回民支队调回来了，现在是干一同志的助手。"

"太好了，因式安拉①！"白阿訇继续说道，"那是个好人，也是个聪明人。"

三人正说着话，一位老太太突然推门进来，在座各位很有礼貌地站起来，纷纷向老人点头。白阿訇介绍说："这位是刘大婶，是虔诚的穆斯林。每天五时礼拜②，不管刮风下雨，也不管头痛脑热，没有落空儿的时候。"白阿訇回头又问道，"大婶今天来清真寺是不是有事找我？"

刘大婶说："我今天来找白阿訇还是想说说儿子的事，不知方不方便？"

---

① 因式安拉：阿拉伯语译音，求主襄助。
② 五时礼拜：也叫每天五番礼拜。1. 辰礼：从黎明第二次破晓开始，直至日出前。2. 晌礼：从日偏开始，直至影子是原物的两倍。3. 晡礼：从晌礼末时开始，至日落前。4. 昏礼：从日落开始，至晚霞消失前。5. 宵礼：从晚霞消失直至黎明破晓前。每天礼拜的时间不是固定的，因为每天天亮的时间不一样。

白阿訇说:"这是冀中回建会派来的干部,都是自家人,你要想谈谈儿子的事,碰巧了,正是个好机会。"

刘大婶说:"两位虽然没见过,但都是给我们回回办事的,我信得过。今儿我就不怕寒碜了,想和白阿訇念叨念叨家里的丑事,你们都是明白人,给出点主意。"

刘大婶倾吐了心中的苦闷。

刘大婶叫王桂淑,是一位勤劳善良的农村知识女性。她的儿子刘思刚原来是冀中回民支队第三大队长马维州的警卫员,两年前随马维州叛变当了汉奸,在霸州一带为非作歹。一开始刘大婶并不知道儿子的劣迹,后经老姨转告提示,母亲才如梦方醒,从此吃不下、睡不着,心里像是长了草,总觉得对不起刘家和死去的丈夫,更对不起亲戚朋友和老乡亲。只要有机会,她就到清真寺去讨白①,找阿訇求教怎么才能把儿子从邪路上拉回来。原来好端端的刘大婶,如今精神恍惚,身体也慢慢消瘦下来,但是,她从来也没有放弃对儿子的挽救。

刘婶接着说道:"儿子的事我跟白阿訇念叨过多次,今天回建会的领导正好也在场,能不能帮我想个办法,让儿子早日回头。我对刘家的祖宗要有个交代,对我的良心也要有个交代……"刘婶说到这里,不禁哽咽着、抽泣着,直至号啕大哭起来。

孔新倒了杯水给刘婶递过去,耐心问道:"大婶,听口音你好像是白沟河人,是吗?"孔新这一问倒是比劝解管用得多,大婶很快停止了哭泣,说道:"我是白沟河人,叫王桂淑。"

孔新接着说:"我家在白沟河有亲戚,听我老爸说,有个叫王成涛的是我远房表叔……"

没等他把话说完,刘婶迫不及待地插话说道:"王成涛是我亲哥,你是任丘城里孔家的人吗?我姥姥家姓孔。"

---

① 讨白:阿拉伯语译音,对错误的一种悔过和忏悔。

白阿訇恍然大悟，指着孔新，对刘大婶说道："孔新的本家姑奶奶是刘大婶的母亲，对吗？"

孔新激动地说："没错，我不能叫刘大婶，是我表姑。"他边说边向前紧迈几步，抱住了表姑。

表姑擦了擦眼泪说道："因为我母亲去世早，哥、妹和我都没有住过姥姥家。今天真是巧极了，想不到在这里能见到孔家的后代，我的表侄子。"

干一有感而发，说道："刚才我还一头雾水呢，白阿訇就明白了，真让人佩服。俗话说，'回回民族都是亲，砸断骨头连着筋'，想不到姑侄在这里相认，真是奇遇了！"

孔新说道："姑姑刚才谈到的事，我在冀中回建会工作时曾做过初步调查。刘思刚的变化取决于两个方面，第一，脱离冀中回民支队就是一个极大的错误。他投靠日伪军，与人民为敌，肯定是死路一条；第二，是日寇为了灭亡中国，分化群众，实施了预谋已久的建立独立的'回回国'的计划。他们挖空心思、伎俩百出，到了不遗余力的地步。日本人纠合一些回族败类在北平筹组反动组织，刘思刚积极参加并为之效劳。他的作为已经不是什么个人行为，而是有计划、有组织地为反动势力卖命。要解决刘思刚的问题，关键在于他个人，首先必须切断他与反动组织的联系。目前看来，彻底切断困难很大，他已经成为北平回奸组织派到霸州的骨干分子。姑姑的想法我很理解，爱子心切，想让他走正道。但是，孩子走向社会以后，就是一个社会人了，绝不是您教育无方。事到如今，我劝姑姑想开点……"

干一插言道："孔新这番话是肺腑之言，我们都要多想办法、多做工作，最起码让不良后果降到最低。您老也要想开些，别把责任都揽在自己身上。德国人海涅说过，'我播下的是龙种，收获的却是跳蚤'，这是常有的事。"

孔新站起身来，给姑姑深深地鞠了一躬，说道："姑姑啊！我就是你的亲儿子……"

刘大婶心平气和地说："实在是感谢各位，虽然儿子的事还悬着，但我心里亮堂多了。"

二

杨春圃向县委和县大队汇报工作后,县大队派大围河籍的战士辛桂田来护送他回大围河。为了避开有日伪岗楼的村庄,他们选择了大留镇西边一条杂草丛生、少有人走的名叫史各庄道的小路。在这一望无际的大洼里,除了高粱、棒子这些作物外,还有些谷子、黍子和糜子等杂粮。大暑季节,黄灿灿的穗子已经灌满原浆,穗头沉甸甸地低垂着,如果日伪军不来抢粮,肯定是个好年景。一群群麻雀叽叽喳喳地飞来飞去,侦察着哪块庄稼成熟得早,好先下手与主人争食。小沙百灵鸟领着已经长大的子女,无拘无束地在天空中"喔啦喔啦"地歌唱,对人类来说,它们要仁义得多,是吞吃害虫的益鸟。秋收就要到了,各种生物都在忙碌着。

二人大步流星地往前走着,小白河就横在眼前。它从白洋淀附近流向文安洼,干旱年景用于浇灌,沥涝时节用于排水,虽然流量不大,却是两岸庄稼人的依靠。河里生长一种麦穗鱼,经过滚面、油炸、红烧等工序加工,就成了当地的美味佳肴,据说当年还是苏桥皇帝行宫的一道主菜。在空荡荡的河道里,有渔民划着一叶小舟,晃晃悠悠地撒网捕鱼,还有人撑着木筏子捞水草。这里的人们就是这样靠河吃河,祖祖辈辈劳作着。

二人在堤坝上一直往东行走着,西北方向一片乌云伴随着一阵狂风骤然刮过来,须臾之间天空黑下来,一道拉得长长的闪电好像要把整个天空切成两半,接着是一记震耳欲聋的响雷直接劈向大地。杨春圃说道:"今天从大李村出发时,天气特别晴朗,想不到会遇上暴风雨,我们连个雨伞也没带,今天肯定会要做落汤鸡了。"

辛桂田不慌不忙地说道:"一般情况下,雨在风后。狂风刮过去,雨若没跟上,说明下不起来。俗话说,'晚看西北,早看东南',现在离晌午还将近一个时辰,西北风是在耍笑咱俩呢,你放心,大雨小雨都没有戏。"二人又走了很长一段路,天就放晴了。

杨春圃好奇地问道:"过去咱村人背地里叫你傻桂田,我从来就不认同。就说刚才你那番话,真叫我吃惊。你是我教过的学生没错,上学时你表现不算出众,你这学问是从哪儿来的?"

辛桂田抿着嘴不好意思地说道:"杨老师,我知道您学问不小,都是念四书五经和背诵《古兰经》学到的。我没有念过几年书,有些道理也说不清。但是我知道,种地有种地的学问,打仗有打仗的学问,难道世界上只有书本才是学问吗?我自从参加了县大队,除了打仗就是上政治课、文化课,还有一位指导员给上了几堂'观云测天'的课呢!说是搞军事的要懂天文地理。我总觉得干什么学什么比死读书强……"

杨春圃信服地说道:"对,对!你学以致用进步很快,革命队伍就是出息人啊!"

说起辛桂田,大围河无人不知,无人不晓,一冒手高的大个子,方脸盘,说起话来瓮声瓮气。辛桂田有个好人缘,谁家有脏活、累活需要帮忙时都会找到他。两年前他参加了抗日队伍县大队,当上了一名出色的机枪手。战斗中他端起机枪扫射,就像战友使用三八大盖一样轻松。县大队在文新地区的大部分战役和各次突袭战斗,都有他的身影。

二人不知不觉地走到了李庄大桥。杨春圃一抬头,突然看到桥头底下有两个人在啼哭,一位50多岁的女人挣扎着要跳河,一个少年用力拽住老人,二人不停地来回揪扯着。杨春圃立即从桥头跑到河边,但觉得不方便伸手阻止妇道人家,只好站在河边挡住二人。这时,辛桂田也跑过来帮忙拦着。杨春圃焦急地说道:"大婶别这样,有什么难处跟我们说说。"

杨春圃给了少年一些鼓舞,孩子也着急地说:"妈妈别这样,你看把两位大哥急得什么似的,赶快跟他们说说吧!"

老人瞅了瞅二人没吭声,继续使劲往下扯。

辛桂田看出了大婶的顾虑,便粗声粗气地说道:"我是县大队的战士,是专门打鬼子和地主恶霸的人,难道你信不过吗?再说,人都要有自立的精神,哪能让土坷垃绊倒呢?"

老人听了这发自肺腑的话，脑袋轰的一声……丈夫在村里当教师时，县大队里有好几个知心朋友，都是爱打抱不平的好汉，难道救命恩人真的来了吗？大婶一下子瘫坐到地上，儿子说了话："妈妈你不说我替你说，我不相信找不到说理的地方。"少年一五一十地讲起了家里出事的经过：

他们家在杨庄村，去年在本村任教的父亲韩老师因病去世，只剩娘儿俩相依为命，妈妈种地，儿子上学。暑假里表姐梅淑芳来看姑姑，三个人过了一段愉快的时光。临近开学了，表姐要回天津上大学。前天是赵庄大集，打算买些土特产给姥姥带去，不料在街上碰到了两个警察，其中一个警察眼珠死盯着姐姐，问从哪里来的，姐姐告诉他们是从独流镇来探亲的，那个警察以检查通行证为由还是缠着姐姐不放。

后来才知道，那个警察叫兰世铎，周庄人，是当地出了名的花花公子，仰仗家族势力混进了警察所，老百姓无人敢惹。

"后来怎么样了？"辛桂田十分焦急地问道。

大婶愤恨地说道："我们好不容易脱了身，结果当晚姓兰的就追到我们家，非拉他表姐去周庄。我跟孩子出来拦着，他一脚把我踹到门后，我爬起来就和他撕扯扭打起来，姓兰的掏出手枪威胁我们娘儿俩。孩子他表姐说道：'我进屋换件衣裳就跟你走，只要你别伤害我姑姑和表弟就行。'"

"后来怎么样了？"辛桂田追问道。

大婶说道："姓兰的等了会儿，见他表姐没出来，就冲进屋找人，发现人已经不在了，窗户大开着，这个坏蛋就赶忙跑出院子去追。"

少年补充道："表姐偷偷地把一个纸条放进我挂在墙上的衣服口袋里，上面写着：'姑姑、表弟，对不起，我先走了，请你们保重。'"

杨春圃憋不住了，诧异地说道："这不是很好吗？有惊无险！"

大婶顿时又哭了起来，一边哭一边说道："我们娘儿俩也以为没事了，第二天从地里回来，发现房子被大火烧个精光！"

辛桂田斩钉截铁地说道："大婶，跟我们到大围河住几天，我保证把姓兰的那家伙制服，尽快给你家盖起新房子。"

三

  大围河是文安县最大的回民村镇,多年前被大清河决口的洪水冲成的河道所包围,从而得名。村南的河水在芦苇荡中潺潺流过,燕子低飞忙碌着衔泥、衔草,为子女搭建新窝,垂柳上的知了不停地发出"知啦知啦"的叫声。南来北往的过路人,在洪水季节需乘摆渡船才能到达彼岸;春季里河水退却,人工搭建的木桥也可以通行。

  站在南岸往北眺望,清真寺高耸的宣礼塔①尽收眼底,那是招呼人们按时礼拜的地方。大寺坐西朝东,始建于明代永乐年间,清代乾隆时期在容妃关照下再次大修。雕梁画栋的大殿恢宏庄严,磨砖对缝的灰色墙壁古朴典雅,在文安地区也属一景。清真寺北侧是一条东西大街,有一里半长,两侧布满具有伊斯兰特色的各类建筑,如阿拉伯式的桃形拱券门、尖形拱券窗和大小各异的穹顶,都给人留下了深刻印象。

  由于制革业多为继承世袭,商店里的各种皮衣、皮裤、皮鞋充斥货架,派生而来的是骡马大牲口的花样笼头、马鞍、套拥和皮鞭等,与牛羊肉一样远近闻名,堪称文安地区皮革制品的集散地,逢五排十大集吸引着无数客商蜂拥而至。大街上的饭馆、客栈也一个连着一个,热闹非凡。

  大围河虽然具有得天独厚的自然条件,但贫富分化十分严重,有土地的住户是极少数,多数人是靠繁重的体力劳动填满肚子、维持基本生活。外村人以好奇的眼光看着这群伊斯兰教的虔诚信民,多数人是友好和尊重的,少数人虽不理解,但不会说什么,也有极少数人会说什么"回子村"、"回子镇"等无知的侮辱话。

  杨春圃和辛桂田刚回到大围河,就碰到了一件让人气炸肺的事。

  周庄恶霸地主兰明辉丢了一匹小马驹儿,百般无赖地说是大围河人偷的,

---

  ① 宣礼塔:伊斯兰教清真寺群体建筑的组成部分之一,又称"唤礼塔",是召唤穆斯林礼拜的高塔。中国穆斯林称为邦克楼、望月楼。

派狗腿子独眼龙领着十几个打手到大围河挨家挨户地搜查，全村三百多户搜了个遍。他们肆无忌惮地折腾，稍有反抗就砸锅、摔碗、牵羊，闹得全村鸡犬不宁。陈二愣就因为拦着他们牵走自己仅有的三只绵羊而被暴打一顿，头打破了，腿也给打折了。

下午，挺进队员刘宝林和陈佩听说此事后义愤填膺，脑门子上急出的汗珠来不及擦就直奔杨春圃家。杨春圃说："兰明辉一家欺侮人已经不止一次了，他的二儿子兰世铎仗势欺人，把杨庄村姓韩的一家房子给烧了。你们俩找桂田商量一下，最好两件事一块儿处理。兰家仰仗恶势力为所欲为，一定要把他们的威风打下去。"

刘宝林说道："杨队长你放心，我们绝对饶不了他！"

刘宝林组织回民抗日挺进队和自愿参加者40多人，在擦黑时包围了兰家大院。陈佩带领马嵩宽等五人，顺着大树爬上了高高的围墙，然后跳进后院，直奔家眷卧室，将兰明辉的两个孙子逮个正着，然后迅速从后门带走。

兰明辉正在前厅里吃饭，独眼龙慌慌张张地破门而入，上气不接下气地报告："老爷不好了！大围河一帮'回子'包围了兰家大院。"

"有多少人？"兰明辉故作镇定地问道，"都带的是什么家伙什儿？"

独眼龙磕磕绊绊地回答："不下四五十人，有拿长枪的、短枪的，还有拿宰牛刀的……"独眼龙话没说完，兰明辉的大老婆嚷嚷着从后院跌跌撞撞地跑过来，声嘶力竭地喊道："当家的不好了，两个孙子被人绑走了！"

兰明辉眼一直，神一惊，饭碗掉在地上摔了个粉碎。

在兰家多次哀求下，大围河村刘宝林、陈佩和马嵩宽大摇大摆地来到兰家前厅，兰明辉、独眼龙和兰的大老婆弯腰恭请入座，下人斟茶倒水。兰明辉首先开了腔："各位对不起，今天对大围河各家的冒犯，鄙人表示歉意。我们的主要目的是找马驹儿，除了到各家搜查，也没做什么伤天害理的事啊？不至于要对我家搞这么大的动作吧！"

刘宝林气愤地说道："你兰明辉不要打马虎眼，更不要装蒜。第一，私闯民宅就是犯法，你凭什么到各家各户去翻腾，砸锅摔碗，还把羊牵走？第二，你们十几个壮汉把陈二愣打伤了，就这么算了吗?!"

独眼龙插言道："这件事的责任都在我，与东家没关系。"

陈佩瞪圆眼睛，攥紧拳头向桌子猛砸下去，啪啦一声，桌上的茶壶茶碗蹦得老高。他大声怒斥道："独眼龙我告诉你，这个责任你揽不起！今天早晨你在大围河不是还喊来着：'挨家挨户搜查是东家的命令，谁有怨恨就去找县衙门！'你们牵走的17只羊就拴在兰家后院里，难道兰明辉瞎了眼，没看见？你独眼龙口口声声老爷、东家的，你算是个什么东西！还不撒泡尿照照自己啥模样儿！"

马嵩宽发狠说道："既然兰明辉没诚意，我们就不要谈了。你牵了我们的羊，打了我们的人，我们抓了你家孙子，这盘棋就算扯平了，双方各自处理好了！"马嵩宽话音未落，三人起身就往外走……

突然兰明辉的大老婆跑到门口，挡住三人的去路，"咕咚"一声跪在地上，平日盛气凌人的气势已荡然无存。她一把鼻涕一把泪地哭诉道："你们提什么条件我们都答应，只要把我的两个宝贝孙子安全放回来，以后保证不欺负乡亲们……"

兰明辉也快步走过来，低声下气说道："我开头讲话有错误，都是我的责任，三位请息怒，哪能这样就走呢？请坐下来再谈谈。"

三人又回到谈判桌。兰明辉按捺不住，忙说道："请三位提提条件吧，我不是小气人！"

马嵩宽嘲笑着说道："你是周围十里八村有名的吝啬鬼，属螃蟹篓子的，许进不许出！"

兰明辉摇着手说："外边传言是诋毁我，我们家都是守法良民。"

陈佩站起来愤怒地反驳说："兰明辉我告诉你，你别自己老唱'哈哈腔'，今天的事绝不是小事。还有你家老二，自从到了警察所，净干欺负老百姓的事，连点儿德行都不留……"

陈佩话音未落，兰世铎就被五花大绑地推进屋内，后边紧跟着的正是高出兰世铎半个身子的辛桂田。辛桂田右手提着手枪，左手用肩上的手巾擦着汗，大声喝道："兰世铎快跪下！给你老子说说你到底干了哪些坏事？！"

兰世铎五花大绑着进了屋，兰家人着着实实吓了一跳。兰明辉强装镇静，大老婆已经像捣蒜一样哆嗦成了一团。

兰世铎看到众人咄咄逼人的眼神，感到从没有过的惊恐。以前他曾跟辛桂田过过招，是因为在村边欺负两个小女孩，被放羊的辛桂田制止，知道辛桂田的厉害。现在辛桂田在县大队，是周围各村有头有脸儿的人，韩家的事情栽在他手里，恐怕鬼门大开，活路渺茫。

兰世铎跪在地上，脑子里一团乱麻，只知道把头一个劲往地上磕。兰明辉气急败坏地问道："老二你到底干了些什么见不得人的事？快说！你想气死我呀！"

兰世铎哆哆嗦嗦地说道："在赵庄集上，看上一个妞，不是，不是，是个女学生，我想拉她到家里住，人家不答应……后来她跑了，一气之下，我就跑到杨庄村把她姑姑家的房子给烧了……我犯下不可饶恕的罪过，对不起父母，对不起乡亲，祈求各位饶我一命！"

兰明辉推开椅子突然站起来，双手颤抖着，脸憋得像牛腰子一样紫青，半天说不出话来。

最后，他长叹一声，有气无力地说道："什么也甭说了，看来我的家要败在他手上了，只求各位高抬贵手，饶他一命，是打是罚……"

兰的大老婆急忙插言道："请乡亲们多关照，我们认罚！认罚！"

刘宝林说："你们要想解决问题，老老实实认罪是最重要的。打开天窗说亮话，这年头做人别太张扬也别太狂妄了，老老少少要留点德行，免得秋后算账。我们也不会干出那些让你们皮肉受苦的事，但是下边的条件必须答应：第一，杨庄村韩家被兰世铎烧掉的房子必须赔偿，要完完整整地给人家盖一栋卧板的三间新瓦房，估计要5000法币，你们掏钱我们托人去办，以后保证不再欺负老百姓；第二，你们砸的锅、摔的碗要全部赔偿新锅新碗，牵走的羊要全部退回；第三，打伤的人要送医院看病，一切治疗费由兰家负担；第四，赔偿全村十口袋麦子、十口袋小米，折合2000斤，用以补偿全村人担惊受怕一场。以上条件明天上午兑现，下午便可把孙子领回。还有第五条，过去你们把回民叫作'回子'，还把'回子村'、'回子镇'挂在嘴头上，是对回民的不尊重，以后要称大围河为回民村或回民镇，如果再听到这种歧视的话就不客气了！"

兰明辉迫不及待地频频点头说道："答应！答应！明天上午就兑现。我和家人的冒犯，请不要见怪，以后保证两个村子友好相处。"

辛桂田走上前去，给兰世铎解开了捆绑的绳子。

第二天上午，兰明辉兑现了条件，大围河人搬掉了压在心头的一块顽石，村民无不拍手称快。

四

下午，清真寺北讲堂里挤满了人，大围河回民抗日挺进队全体会议在这里召开，研究该队的去留问题。

人们议论纷纷，有的说，大围河回民抗日挺进队的旗帜不能倒，任何想吃掉我们的做法都是不可接受的，挺进队应该坚持下去，不能离开家乡的二亩三分地儿；有的说，参加共产党领导的军队能够开赴外线作战，更能实现青年人的抱负。大家各抒己见，争论不休，声浪一阵高过一阵。主持人杨春圃按捺不住激动，站在椅子上把干一同志的指示又解释了一遍。

他说："我们的队伍虽然成立了两年，但一直是自卫性质的村镇武装，距离共产党领导的革命部队还有很大距离。我们整体加入到回民武装，不存在谁吃掉谁的问题，用现代的话说，就叫整编。大家知道，干一阿訇曾在这里工作过很长一段时间，他从事的抗日救国大业，是正义的事业，有这样的领导我们还信不过吗？我再强调一遍，如果谁家里有困难离不开，仍然留在村里；凡是能够离开的，我们就要信心百倍地接受整编。主张不强迫、不凑数，有几个算几个，现在不能再拖延了，今明两天一定要把名单定下来。"

召集人刘宝林说："请陈佩做记录，凡是同意接受整编参加回民中队的请报名！如果需要跟家人商量的明天报名也不晚。"

这时门口有人大声喊道："我虽不是回民抗日挺进队成员，但我愿舍弃家业，报名参军。"大家扭头一看，不是别人，正是昨天和兰明辉谈判的本村青年马嵩宽。

马嵩宽高高的个子，圆方脸，留着光头，是保甲长的助理，在村里跑跑颠颠已经多年，是一个能说会道善打圆场的人，也是一个讲究外表穿戴的人，按照辛桂田的说法："喜鹊屎掉在窝头上，我会扑撸扑撸照吃不误。如果掉在马嵩宽的裤子上，他不洗三遍都不会穿！"干一在大围河时经常住在马嵩宽家，是他最要好的朋友之一。

陈佩把记录念给大家听，已经确定的名单有15人。这时，大乡老马同骥和刘光庭阿訇走进北讲堂，杨春圃礼貌地让二老坐下，接着说道："请二老过来，有一件事需要商量，就是昨天晚上大围河人包围了周庄兰明辉的宅子，经谈判，兰明辉答应了我们提的五个条件，赔偿的2000斤粮食已经交到清真寺仓库暂时保管。这批粮食我们打算分给被搜户作为补偿，这样做大家能否接受？看看还有什么更妥当的办法？"

刘阿訇和马同骥咬了咬耳朵后说道："首先要说，我们世世代代和周围那些汉民村子关系都不错，我们修寺或遇到什么天灾人祸，人家都来帮忙，像兰明辉那样的人是极少数。其实，恶霸地主是回汉两族的共同死对头，这方面我们心里头像明镜似的。另外，大围河的穷人家是不少，但是每户分上十几斤粮也解不了穷，现在最困难、最需要粮食的是抗日政府和县大队，我们村里的辛桂田就在这个队伍里，他们在东淀苇塘里已经和日伪军周旋一段时间了，因为没粮只能天天吃野菜，有时三天不吃饭饿着肚子还要急行军。县大队是我们自己的队伍，能否将这2000斤粮食给他们救救急，也算我们大围河人对抗战做的一点贡献！"

刘阿訇的这番话引来了震耳的掌声。

五

在干一和房玉岭等人的积极筹措下，从1941年三伏时节开始，不到三个月时间，回民中队已见雏形，总人数达到210人。枪支来源有多个渠道，县大队支持是主渠道，其次是房玉岭拿下苑口岗楼缴获的武器，还有杨春圃的抗日回民挺进队及四十八村联庄会支援一部分，大小枪支百余支、机枪两挺。

在中队成立的干部大会上，干一政委介绍了部队组建情况。他说："我没想到，在三个月的时间里，我们就建立了一支200多人的队伍。房玉岭同志带领精干突击队深入虎穴，一举拿下苑口岗楼，给敌人以震慑，《冀中导报》也登了消息。大围河抗日回民挺进队齐心协力制服了恶霸地主兰明辉，这类人是回汉两族人民共同的敌人，制服一个就是向民族团结方向迈进了一步。今天是抗日的文新回民中队成立的日子，从今往后，我们要按照八路军的宗旨建设壮大这支队伍。利用这个机会，我给大家介绍一下最近调入我们部队的赵玉龙同志，他被上级任命为我们的中队长。老赵是个老八路，原来在贺龙一二〇师当连长，在平叛汉奸柴恩波的作战中来到文安。他作战勇敢，身先士卒，多次受到上级表扬，经组织动员留在冀中九分区，是营级干部。老赵的到来说明上级对建立文新回民武装十分重视。"

掌声响起，赵玉龙起身频频鞠躬。干一补充说："部队编制我一会儿再讲，现在请中队长赵玉龙讲话。"

赵玉龙是大龙华村铁匠铺黑老赵的弟弟，虽然哥俩儿很像，但弟弟要秀气得多，说话很有分寸，办事干脆利落，有职业军人特质。他讲话不管内容多少，总是要梳理成一、二、三等几个问题，言简意赅，一点儿也不啰唆，就像钢珠掉在搪瓷盆里，真是一个叮当脆。他参军以后，一直战斗、生活在大部队里。这次调到回民中队是他第一次到最基层工作，尤其是一个新建的少数民族部队，他感到相当陌生。他出发前曾向上级表示踌躇之意，军分区首长和他促膝谈心，充分肯定了他的能力和长处，鼓励他大胆工作，一定会带出一支好队伍。赵玉龙是个硬汉子，聊过后欣然赴任。

赵玉龙向大家行了个军礼，铿锵有力地说道："我这次调到文新回民中队，是组织对我的信任。有了在座各位的支持，我们一定能够干成大事。会后要做个很好的计划来指导我们的行动：一是上好政治课，提高觉悟，知道为谁而战，枪口到底指向谁；二是上好军事训练课，学会爱枪、用枪，练好枪法；三是培养团结友爱精神，不管过去有什么隔阂，都要通过谈心来解决，不准把地方上的分歧带到部队里；四是找准切入点，年前年后要打一两个漂亮仗给敌人以威慑，给老百姓以鼓舞！我就讲这么多！"

最后干一政委把中队编制向大会做了说明：中队长赵玉龙，政委干一，参谋由房玉岭、孔新担任；一连连长张景茂，指导员杨春圃；二连连长马嵩宽，指导员刘宝林；直属连连长孔新兼任，指导员陈佩。

六

天气渐渐冷了下来，霜冻撒向树梢和草丛，大地一片肃穆。保护群众收割秋粮的任务已经完成，夏涝地段的大部分积水已经退去，正是播种小麦的好时机。俗话说，"要吃麦，泥里踹"，说明小麦性喜潮湿。部队抓住农时，帮助抗属和困难户种上了犁沟犁小麦①，农村进入农闲季节。赵队长不失时机地召开了中队干部会议。

部队参谋房玉岭在墙上挂好文安、新镇地图后首先发言："我受赵队长和干一政委委托，今天把打日伪军包运船的计划向大家做一简要汇报：从天津到保定的水路运输是华北地区日伪军的重要补给线，大批物资是通过机动船只从海河、大清河、赵王河和白洋淀等水路运达的，每周都有几十艘机动船在河道里往返航行，给我们打包运船提供了极好的机会。"他停顿片刻，拿起一根柳树枝在地图上边比画边继续说，"此前赵队长曾带领我们进行实地侦

---

① 犁沟犁小麦：在比较潮湿的土地里播种小麦，用三角犁在泥土里刮成V形沟，将麦种撒在沟里，上边不需覆盖泥土。

察，初选了两个比较有利的地段供大家参考。一是河道分叉处，在新镇西边崔马庄一带，那里地势平坦，好进好出，距离回回营只有二十几里路；二是善来营西边的武各庄，那里河道狭窄，堤坝陡峭，树木茂盛，部队容易隐蔽。两地各有利弊，需要认真比较，选择一处。要讨论的第二个问题是，日伪包运船在大清河、东淀及文安洼水域已被劫多次，敌人也长了教训，已经不敢单个出动了，总是成群结队，一出来就最少十艘或更多，而且前后都有武装船只押运，给劫持行动增加了难度。我们要衡量一下自己的力量，到底是全歼还是歼其一部。如果选择歼其一部，是打头还是打尾？要分析透彻，搞好了事半功倍，搞不好是事倍功半。同时，人员和武器怎样准备，也请大家提出建议。"

一连连长张景茂发言："我同意在善来营或旁边的武各庄动手。前些年常到善来营走亲戚，比较熟悉那里的地形。两岸堤坝很高，种满了柳树。那里是大清河道最窄的一段，有'一夫当关，万夫莫开'之势。"

政委干一说道："我也同意你们的说法，打仗嘛，地形很重要；当然全歼敌人那是最为理想，如果力量不足，我看打前边的船只较为有利，这些船都是逆水行舟，速度不会太快，一旦枪声响起，后边的船肯定会掉头逃跑，放跑几艘也不算啥！这是我个人意见，不代表党组织。"

二连连长马嵩宽举手后站起来说道："我同意干一政委的意见，我们连保证一马当先，绝不拖后腿！"

队长赵玉龙不慌不忙地站起来说道："大家各抒己见，越说越清，越辩越明，这就是军事民主，但要注意保密。目前，我们号称有三个连，但编制严重不足，一下子打十几条船不现实，还是歼其一部为好。选在武各庄，地形应该没问题，我亲眼看过实地了。到底是打头还是打尾，还需要慎重考虑。如果打前边几艘，后边的船发现后即使想调头，在狭窄的河道里也不容易。他们无法快速逃脱，就可能横下一条心来全力抵抗，这样我们的对手等于增加一倍，对我方极为不利。还要考虑到，敌人是洋枪洋炮，我们是土打土闹，搞不好就被动了，会加大我方损失。所以，我的意见是先打尾，比如说有十艘船，我们打后五艘。前边的船为了逃命一般不会抵抗，很快会向上游逃跑。

我们集中火力打后五艘，可以充分发挥优势，获得全胜的可能性最大。这在军事上叫作'对己扬长避短，对敌抑长击短'，是我们的制胜法宝。"

干一政委插言道："赵队长说得好，真是名不虚传。还是你经验多，就按照你的主意办吧！"

"政委请等一等，我还没有说完，"赵队长继续说道，"还有两点补充：第一，只靠手上现有的那些武器还不够，房玉岭和陈佩到大龙华村请铁匠铺支援大抬杆儿6支、火枪10支以及相应弹药，还有手榴弹150枚；第二，我们这支队伍是在很短时间内组建起来的，缺乏战斗经验，我建议向县大队汇报和求援，争取让他们助我一臂之力。我们必须有一种信念，不打则已，打则必胜。"

干一政委笑着说道："大家统一了认识，这很好。关于外援的事，我们马上派人到县大队联系。大家回去后要做好准备，首要是练好队伍。我们还要下连队检查，在训练真正合格后才能行动。"

善来营在文安县最北端，大清河从村北流过。堤坝上柳树成林，强大的根系紧紧抓住泥土，两岸如同铜墙铁壁，被称为"万柳金堤"，肆意不羁的洪水在这里被驯服，从西向东乖乖地流淌着，它是千里堤上最美的一段。全村近二百户，回回民族占十分之一，多数靠种地为生，少数以打鱼为生。

秋雨连绵几日，阴晦的天气使人情绪低沉。刮了半夜的西北风，早晨终于放晴了，真是深秋季节难得的一个好天。懒洋洋的大太阳刚刚爬到两竿子高，打谷场上整齐地站着一支部队，有人在训话。不一会儿，一声令下，队伍解散，人们很快把枪支从肩上摘下，自觉地将枪托朝下，刺刀朝上，搭成像窝窝头一样的锥形。带队人吹响哨子，人们很快站成方队，整齐地进行着操练。

为了打胜包运船这场战斗，一连提前一天到达善来营。带领操练的是排长张积茂，他中等个头，眼睛又大又圆，有练武的身材，裹腿打得紧紧的，动作利索，发令清晰，哨声清脆，一看就是个行家里手。

场院西边不远处，从李家黑梢门里走过来三个人，是房玉岭、孔新和杨春圃。连长张景茂迎过去，房玉岭让张景茂抽调5名战士，随后，八个人便消失在附近的小树林里。

七

在文安、新镇地面上，自从柴恩波叛变后，大清河地段成了他们猖狂活动的区域。前一天柴恩波家人过生日，在十字街大摆酒席，霸州伪军头目任广斌带领30多人前去祝贺。任广斌端着酒杯走到柴恩波面前，一边鞠躬一边说道："你我都是一条路上奔波的人，在新镇、文安、霸州一带你大名鼎鼎，实力高强，小弟甘拜下风，请多多关照。我今天来迟了，自罚一杯，以表敬意。"

柴恩波因为烧酒喝得多了，脸涨得通红，眼睛眯成一道缝，晃晃悠悠地举着酒杯，舌头直打卷儿："老弟，我知道你这人有一套，心眼儿都藏在肚子里，小日子过得挺踏实，听说姨太太也挺漂亮，不错！不错！你该明白，这年头，管得多麻烦就多，咱都是给皇军扛活的，得看人家脸色，少迈一步、多迈一步都是祸啊！甭想那么多，过一天算一天，今朝有酒今朝醉，有权不用枉做官！喝，干杯！"

酒席直到后半夜才散场。

清晨，任广斌领着30余人，头戴红帽子，从新镇返回霸州。他们不走大道偏走小路，直奔善来营方向而来。当看到南场院里有部队操练时，还以为是柴恩波的部下，仔细一看，其中有戴白帽子的，认定是回民武装。任广斌的属下小声说道："任司令，他们还在地上练匍匐前进呢，武器就支在旁边，我们跑过去抢吧！"

任广斌横下心说："冤家路窄，不抢白不抢！"话音未落，30多人一窝蜂似的朝场院跑去。正在此时，旁边坟圈里响起了枪声，红帽子惊慌中调转枪头就往坟地里开枪。连长张景茂听到枪声立即令战士爬起来，排长张积茂迅速带领几个战士控制了枪支。红帽子一看抢不到武器，便向操练部队开枪，当场打倒两人。张积茂端起歪把子机枪向敌人扫射，坟圈里有人喊了一声："同志们冲啊！"几个人在房玉岭带领下冲出坟地，向红帽子射击。任广斌两面受敌，支撑不住，往东逃窜。张景茂和房玉岭带人追击，一直跑出二里路，看到红帽子被打散才停住脚步。

打扫战场时,发现打死敌人7人,缴获6支大枪,1支王八盒子。我方受伤2人。

张景茂走过来歉意地对房玉岭说:"对不起各位领导,是我的疏忽造成了损失,请领导给予处分。"

房玉岭安慰道:"是杨春圃同志提醒我,这块地界不平静,公开操练会有危险。我们八人就埋伏在坟地的树林里警戒,真是不幸中的万幸啊!你不要背包袱,今天算是演习,明天要执行重要任务,轻装上阵为部队立功吧!"

这次与霸州红帽子伪军的遭遇,是回民中队成立后第一次牛刀小试,提高了队伍的战斗士气。

八

日本人亲自押运的包运船14艘,另加武装快艇两艘,在天津三岔口码头出发前两个小时,警备司令部突然下达命令,一个日本武装小队要搭乘包运船调往保定。伪军头目张建臣为了讨好日本人,向小野三郎队长建议说:"从安全和舒适考虑,我准备调一艘80个座位的小客船供皇军乘坐,您看如何?"

小野三郎眯缝着眼睛说道:"吆西,吆西!要钞票的有?"

张建臣对翻译金永哲悄悄说道:"请告诉队长,客船不收费,完全是友好的表示!"

小野走过来紧紧握着张建臣的手说道:"今日走运,你是大大的好人!"停顿片刻继续问道,"大清河目前安全吗?会不会出问题?"

张建臣鞠躬回道:"今年我跑这条线有六趟了,还没出过问题。原来问题多出在东淀和西淀,那里水域宽,苇塘多,'八猴子'① 埋伏在哪儿也看不见。今年雨水少、河道窄,再想劫持船只很难。何况我们前后有武装押运快

---

① 八猴子:日伪军对八路军的蔑称。

艇，机动性好，武器精良，土八路根本不敢靠近，请皇军放心吧！"

小野又问道："用中国人的话说，在哪里打尖？"

张建臣满脸堆笑地说："是在苏桥吃午饭，我有个同学在那里主事儿，今天保证让皇军吃个痛快！"

苏桥警察所与保安团有合作有分工，一起负责保障河道的交通安全。有些包运船要求警察所安排一顿午餐，既有安全保障，又让警察所捞些外快，两全其美。为此，警察所把包运船的午餐供应当成了一项重要差事，安排专人负责。这个船队的行程，两天前就下达通知了。

今天包运船到苏桥，由贾仲楠所长亲自安排。老同学带队，无疑会得到特别关照。张建臣刚从船上下来，就急忙找到贾仲楠说道："老弟对不起，今天进餐人数有变，临开船两个小时，接到司令部紧急通知，有61位日本官兵随包运船队紧急调往保定，整体编队由14条货船、2条武装保卫船和1条客船组成，人数从原定150人增加到211人。敬请老弟按照现有人数安排就餐，不知有无难处？"

贾仲楠迟疑片刻说道："当然有难处。不过，我理解你，当差不由己啊！我们的关系还有什么说的？我会想办法安排好的！不过你说的日本人的人数不对，武装船上还有5个日本督查呢。"

"烦劳之处容当后谢！"张建臣笑嘻嘻地说道，"我去组织押运人员和日本人尽快下船用餐。"

贾仲楠刚刚向属下交代完任务，冷不丁屋外有人敲门，推门进来的是个陌生人，个子不高，有些消瘦，穿一件褪了色的蓝布褂，两眼炯炯有神，一看就是个精明干练的人。那人问道："您是贾先生吗？"

贾仲楠端详着客人说道："是啊，你是何人？"

"我叫孔新，"客人说道，"有房玉岭给你的亲笔信。"

贾仲楠看完信后很亲切地将孔新领进套房里屋……

前一天晚上在善来营房东家，房玉岭嘱咐孔新，第二天上午骑自行车到苏桥，摸清包运船的相关消息，以及到武各庄的具体时间。两地距离十几里路，骑单车打个来回只需几十分钟。与贾仲楠谈完话，孔新没有久留，踌躇满志地急速返回了武各庄。

午饭安排在前院里，押运员十四桌，每桌两个冷盘四个热菜；另外八桌有特别加餐，其中日本人六桌，船长两桌。平日在此打尖，并无酒水，这日有贾仲楠所长的关照，刘伶醉白酒管喝管添。俗话说"酒不醉人人自醉"，刘伶醉点燃了全场气氛，说笑打闹，乱成一团。日本人忘了喝清酒的习惯，也端起白酒大口大口地干杯，人们拦都拦不住。平日用餐满打满算也就三四十分钟，这天用了一个半小时还意犹未尽。贾仲楠把张建臣找来说道："张兄，现在都下午1点半了，结算收摊吧，千万别耽误了行程！"

张说："大家都很满意，耽误这么久，都是白酒闹的。"

贾说："不是你带队来，哪能给他们这么大面子！"

张说："谢谢老弟的关照，抓紧时间收摊吧！"

贾把张拉到一边关切地说了几分钟，贾建议把日本人乘坐的客船从编组的队首改在最后一组武装押运船的前面。张建臣完全理解老同学的一片好心，最后点头表示接受新的编队办法，满意地说道："这次日本人调动匆忙，说明保定一带战事吃紧，我赶上这件重大差事，心里一直忐忑不安。人们都知道白洋淀水域不平静，每次走到这里都提心吊胆的，日本人更晓得雁翎队的厉害。我上头船，皇军改在更加安全的尾船位置，料想他们会欣然接受的。"说完便与贾仲楠握手告别。

贾仲楠看着那些酒足饭饱的人步履蹒跚地向船上走去，暗暗自语："喝得越醉越好！"

九

武各庄大堤旁有个五道庙，此时用秫秸秆和棒子秸围了起来，只留一个通道可以进出。这就是临时指挥所所在地，在外面看不出破绽，而从五道庙的窗户能窥视大清河上的一切。干一接受赵队长的建议，联系上了县大队。

储国恩队长非常重视,派参谋郭冀中带队前来支援,这对回民中队是一个极大的鼓舞。

郭参谋和中队及各连的几位干部都坐在庙台上说话,孔新突然走了进来。赵队长迎上前去介绍说:"这是县大队郭参谋,带着一个连、全套家伙什儿来支援我们了,真是雪中送炭啊!正好大家都在,你快把苏桥的事说说吧。"

孔新说道:"向领导们做个简单汇报。有一个让人惊喜的好消息,包运船临时增加了六十几个日本兵,是要调往保定的,乘坐一艘小客轮,货船加武装快艇等共有 17 艘。他们在苏桥是两点开船,大概两点四十分就能到达这里。警察所贾所长在招待他们吃饭时特别安排了白酒,估计那些馋虫挡不住诱惑,不但身体支撑不住,精神上也解除了武装,给我们的行动创造了极其有利的条件。"

郭参谋惊讶地说:"一个船队有那么多日本官兵乘船,实属罕见,县大队打包运船已经有十几次了,但多是伪军为主。这次储大队长派我带队参加,真是赶上捞干货的机会了。请赵队长、干一政委把最艰巨的任务派给我们,真刀真枪地和日本人较量较量!"

干一关心地问道:"那条客船是在船队的前面还是后边?这可能影响最终的战斗效果!"

"贾仲楠已经按照我们的要求给予关照了。"孔新补充说。

陈佩接着汇报了武器筹备情况:"前不久我和房玉岭同志从大龙华村取回了大抬杆和火枪。赵厂长建议数量增加一倍,理由是:这两种土枪打一次装一次药,前后相隔几分钟,数量少了续不上,会错失战机。还说战时保障供应,平时用不着可以交回工厂保管。"

赵玉龙看了看手表说:"时间不早了,马上准备。二连一分为二,一半布置在战场东侧二里处,防止苏桥保安团捣鬼;一半布置在西侧,防止新镇、老堤村有敌对势力接应。一连作为主力布置在南岸,县大队布置在北岸,主力放在船队尾部。大家都要明白,日本人是不会轻易缴枪认输的,要有打肉搏战的准备,一南一北要打好配合。现在一切准备就绪,大家马上各就各位,丝毫不能怠慢。以我的手枪枪响为开战信号！"

干一政委最后说："现在我们都到第一线吧！"

十

张建臣把金翻译叫过来，对小野说明船队排位理由，小野苦笑着说道："你的好意我理解。不过，在华北乃至中国，没有绝对的安全，搞不好就会出事。有句成语怎么说？"

"在劫难逃！"张建臣鞠着躬殷勤地说道，"队长您放心，没问题。皇军的安全是第一位的，我会全力保护你们。"

包运船徐徐离开了苏桥码头。午后的暖阳加上刘伶醉的威力，让船上的人开始眼皮打架，昏昏欲睡，有的人索性躺在甲板上呼呼大睡起来。张建臣见势不好，忙用喇叭喊话，但无济于事。酒这东西很奇怪，装在瓶子里放多少年也没动静，只要一进人的肚子里，什么怪相儿都能冒出来。

两点四十分，包运船进入了伏击圈，一艘、两艘、三艘，徐徐往上游移动。初冬的千里堤上一切都是懒洋洋的，突然，一声清脆的枪响划破了宁静，紧接着一阵巨响震撼了大河两岸。树木晃动，鸟儿乱飞，像火山喷发烟雾四起，像地震爆发地动山摇。船上的日伪军顿时乱了营，有的在昏睡中被打死，有的被打伤，有的稀里糊涂地跳下了河。第九条船受损最重，船舱进了水，整个船体开始下沉。前面的八条船因为没有受到攻击，头也不回地逃离现场，向上游开去。船队队尾的武装快艇舵轮被打掉了，整个船体只能在水中转圈儿。几个日军在船头上架起机枪向两岸开火，但岸上攻击坚决，冰雹似的飞弹怎么也挡不住，几个日本人抵抗数分钟后就陆续倒在了甲板上。客船急忙调头，打算往下游逃跑，但打转的武装快艇挡住了它的去路。客船上的日本兵看势不好，纷纷抢着躲进船舱，通过圆形窗户向两岸射击，火力很强，中队战士很难靠近。

剩下的几艘货船渐渐失去了抵抗力，前后又无人救援，有些伪军钻进货舱里躲了起来。张景茂站在南堤上用喇叭筒子喊道:"缴枪不杀,举手投降,回民中队优待俘虏。钻进船舱里不出来的,格杀勿论!"

一连和县大队的战士奋勇跳进水里爬到船上,和敌人展开了搏斗。排长张积茂像撑竿跳高运动员一样,借助竹篙的支撑纵身一跃,飞也似的跳到了一艘货船上。他左手提着手枪,腰里别着手榴弹,右手拿着砍刀,他练过拳脚和斧钺钩叉,一身本领到了此时终于得以施展。伪军被砍死砍伤的不在少数,剩余的龟缩在船舱里。他配合战友们把投降的伪军带到岸上看管起来,对个别坚持不出舱的死硬分子,则掀开舱盖,就地正法。

赵玉龙在南坡召开了现场紧急会议,商量如何将日本客船拿下。房玉岭说:"我们组织了20多人的敢死队,打算把成捆的手榴弹塞进客船的几个窗户里,让日本人就地报销!"

郭参谋说道:"房玉岭同志的办法可行,但是伤亡可能很大,这是敌人巴不得的。我们来时,储队长让带着三十几颗大地雷,都是装的黄色炸药,如果从岸上一起推下去在船帮处同时引爆,再结实的船也会粉身碎骨!"

赵玉龙马上搭话说:"好主意,听说雁翎队使用过这个办法!"

在郭参谋和张景茂的指挥下,战士们很快将地雷用绳索系到船帮处,一声令下,同时引爆了。哪知道,船未被炸穿,但被整体掀翻了。房玉岭见时机已到,命令吹响了冲锋号。在枪声、手榴弹声响起之后,从船内钻出的日本官兵,一经露头即被打死,水面上漂浮了一片尸体。

整个战斗用了一个半钟头。

赵玉龙、干一、郭冀中站在堤岸上看着战士们打扫战场,心中无比喜悦。干一面对战士和周围越来越多的群众,大声赞扬道:"打得漂亮,打得干脆麻利快,震我军威啊!"群众激动地高呼:"向回民中队贺喜!向县大队致敬!"善来营和武各庄的两位村长也带领群众赶了过来,向中队领导祝贺。

过了半个时辰,孔新从船上下来报告说:"经初步统计,歼灭伪军55人,俘虏32人;击毙日本官兵66人。缴获机枪两挺,大小枪支140余支,子弹几千发;还有3船大米、两船食盐、一船布匹。"

干一说道:"让村长马上组织群众把大米按人口分发给善来营、武各庄和老堤各村的困难户;食盐和布匹交到九分区。船上的机器和有用部件不能丢掉,更不能损毁,通知大龙华村赵厂长,把有用的东西拆下运走。"

赵玉龙走到郭参谋面前说道:"感谢县大队的无私支援,请向马得骏政委、储国恩大队长问好。武器之类的战利品,我们收拾一下,大部分上交县大队。"郭参谋紧紧握着赵队长的手,深情地说道:"回民中队计划缜密、指挥有方,让我佩服得很啊!"

赵玉龙扭过头来对干一、杨春圃说:"我虽然不是回民,但我知道你们的风俗习惯,大年初一、正月十五不吃饺子,而是吃大米饭炖牛肉。在不产大米的北方地区,搞几斤大米谈何容易?我建议给善来营、苏桥、回回营的回民家庭都发几斤大米,让他们过个好年。"

干一、杨春圃笑着伸出了大拇指。

第四章　后勤先行

一

1942年，太平洋战争爆发，侵华日军在冈村宁次的直接指挥下，纠集日伪军5万余人，出动大批坦克、几百辆汽车，在空军支援下，对我冀中军民发动了空前残酷野蛮的铁壁合围式大扫荡，惨绝人寰的烧光、杀光、抢光的"三光"政策，使冀中大地顿时变成血与火的海洋。

日伪军推行的"五一"大扫荡，采取多路密集的拉网式、梳篦式战术，企图从北往南推进，把冀中抗日主力部队和领导机关压向南部根据地的深（州）、武（强）、饶（阳）、安（平）等四县相接的腹心地带并包围全歼。冀中军民日夜和敌人周旋、鏖战，在敌我力量悬殊的情况下，我主力部队实行战术撤退，迅速转入太行山区以保存有生力量。遵照九分区和县委的指示，县大队、回民中队除少数人留守外，其他主力逐步转移到东淀和文安洼苇塘里隐蔽，根据形势变化伺机而动。

文新回民中队几位领导连夜讨论行动路线。因各人阅历和认识水平、思想方法的差异，大家得出不同结论，从而影响到后来各个连队的认识和行动。

干一同志说："目前一连在新城县①的白沟镇，位于大清河北，那里的环境很差，王凤岗伪保安队到处修三角碉堡、深挖交通沟，紧盯抗日力量，在

---

① 新城县：现为高碑店市，当时的县城现为新城镇。

各村日夜巡查，已经威胁到一连的安全；二连驻在文安潘庄一带，属大清河南，柴恩波的伪军像狼群一样，天天在此地寻衅滋事，曾多次调动小围河和史各庄岗楼日伪军挤压二连地盘；后勤连驻在回回营东边的大郭庄村，也常有敌探通风报信，利用伪军据点监视其行动。我们的目标是把队伍转移到东淀苇塘最隐蔽的地方，大家知道这里距东淀不远，各连地处不同环境，主张存在差异，所以我的想法是不求时间和行动上的统一，各连队根据具体情况提出行动方案，大体路线可在大清河南北两岸纵深处迂回往东。要求7月中旬完成转移任务，到达目的地。"

赵玉龙中队长做了更深入的分析。他说道："根据目前的严峻局势，任何部队调动都要采取严谨措施，不管是大队人马还是少数几个人的行动，都不能马虎从事。伪军发了疯似的利用一切机会打压抗日力量，我们的一个连有上百人，是个大目标。日伪军在各村强征民夫，为他们修筑工事，整个华北地区，低头见公路，抬头见岗楼，一片恐怖局面，有个风吹草动，都会引起连锁反应。"赵队长每次讲话，中间总是抽几口烟。他的习惯动作首先是举双手表示歉意，接着从上衣兜里掏出纸条，又打开随身携带的小布包，从中掐一些搓碎的烟丝，熟练地卷上一支土烟，借助泡子灯的明火，用力吸起来。

他站起来语重心长地接着说："第一，大家要设想不同路线方案并认真推敲和比较，这不是小事，不要怕麻烦。第二，把危险和困难想得多些，总比盲干、蛮干要好。越是重要的问题越是不能急，不管别人怎么催你，甚至骂你，都要冷静。第三，后勤部队先行。在东淀苇塘里吃喝是个大问题，后勤要想方设法让大家吃饱，不得或少得疾病。第四，以不出乱子、不受损失为最高目标。俗话说，留得青山在，不愁没柴烧。我建议，首先，部队调动以化整为零为宜，这样目标小，有灵活性；其次，大清河已成为日伪军华北地区主要运输通道，敌人会把它作为重点地区加强警戒，所以，大清河两岸绝不是安全地带，部队调动最好远离大清河，这一点要牢记。各县边缘地带是敌人管制比较薄弱的环节，如任丘、文安两县的交界处，那里都是老区。我在一二〇师平叛柴恩波的战斗中，曾在大留镇、北李村驻防，那里的老乡对八路军非常好。大家都有体会，八路军、游击队驻在一个党支部强、老乡觉悟高的村子，从心底里都是放松的，能睡个安稳觉，反之一宿也睡不踏实，转天无精打采。所以，我劝大家时时刻刻要保持清醒头脑，多走百十里路不算什么，一失足成千古恨，侥幸心理害死人啊！"

房玉岭是个有头脑的人，虽然性格直爽，但多年的斗争经验，让他思考问题更全面，处理问题更慎重，掌握分寸更灵活。

房玉岭说道："赵队长的建议是肺腑之言，非常中肯，提出的原则也有深度，这次组织上让后勤连先行是正确的。东淀苇塘是个隐蔽的好地方，但隐蔽是为了出击，敌人不是傻蛋，也知道芦苇荡对游击队是多么重要，会尽一切力量封锁。苇塘里的物资供应是头等大事，兵马未动粮草先行是兵家常识。我们的部队大多是文安、霸州人，他们熟悉当地人情、地形，又有很好的水性，这是优于敌人的地方。我和孔新、陈佩商量过，虽然三连是最小的连，只有60人，但行动起来也不能马虎。我们可选择南线，就是顺着四区、二区迂回往东，那里的群众觉悟高，游击队驻进村子犹如鱼儿得水。可先派侦察员和向导趟趟路，万无一失再往前行。进入文安洼后，再乘老乡的渔船分批到达东淀。"

马嵩宽和张景茂虽没有发言，但他们更同意干一同志的想法，认为赵玉龙把事情想复杂了。自己多少年来都生长在这片土地上，闭着眼也能走到东淀，不过几十里路的行军，没有必要绕道而行。

杨春圃补充说："为解决东淀芦苇荡中的后勤供应问题，我给大家介绍一下周围情况：东淀和大清河是相通的，但东淀和文安洼隔着千里堤，两个水域都有大片苇塘，是隐蔽的好地方。大清河南岸属文新伪保安部队柴恩波管辖，北岸属霸州伪军头子黄金榜势力范围。二人虽然都是日军的走狗，但处事上还是有些区别。根据徐各庄交通员尹保树介绍，黄金榜是霸州人，是我冀中抗日游击军五路军黄司令的侄子。一次尹保树以老乡的身份找到他，商量给苇塘里住户运输物资的可能性时，他提出的底线是：只要八路军、县大队不进攻任庄子和王疙瘩等据点，保证给予进出东淀苇塘的方便。为顺利解决苇塘给养，各连可充分考虑这一通道。"

赵玉龙建议说："最好让房玉岭带徐各庄联络站的人早日进入东淀苇塘，选一个靠近千里堤的位置为宜。"

干一最后说道："在今天紧急会上有两种不同意见，我们来不及充分辩论，权力就交给各连队，每个连的行动方案由连务会决定，总目标已经确定，不能改变。"

会后两周内，三个连队演绎了不同的命运归宿。

二

仲夏的一天，后勤连连长孔新和指导员陈佩奉命带领全连按照走南线方案转移。入夜的甸子洼，凉爽宜人，南风习习吹来，麦浪起伏，溜腰的小麦，已接近收获季节。在向导的带领下，大家小心翼翼地从田间小路穿行，调皮的麦芒扎在手上、腿上，活像一群蚂蚁在身上爬。战士们多数是当地农民子弟，平日吃的都是糠窝窝、菜团子，谁看到长势这么好的麦子能不动心呢？那饫面的大白馒头，那厚实松软、中间撒着椒盐的白面大饼，想起来就让人垂涎三尺。

几十人行军鸦雀无声。部队到达小务村东边时，远远望去，一座被遗弃的旧砖窑旁，有火光闪烁，再走近一些，还隐约听到人们的喧闹声。陈佩悄悄走到孔新身旁，小声说道："这事蹊跷，为什么大半夜里有人这样放肆？莫非是日伪军联欢或是土匪集会？"

孔新马上把队伍前面的侦察员宋宝文找来问道："干一同志在我们出发前给找了一个当地向导，能不能叫来问问。"

借助微弱月光，只见一个中等身材的年轻人走过来，在圆脸的轮廓上，端正的五官清晰可见。年轻人走到陈佩和孔新面前，立正并礼貌地鞠了一躬。陈佩问道："小伙子很精神也很懂事，你叫什么名字？哪个村子哒？"

"我姓李叫泽生，你们就叫我小李吧，是大留镇人。"向导指着远处的村

第四章 后勤先行

子继续说,"东边那个村子是当地最大的集镇,转入地下的四区区委经常在那里开会。这片地大部分属于大留镇和西边小务村共有。"

向导小李全家在本镇以开饭馆为生,和辛福田家一样,是八路军、游击队的堡垒户。前些年,干一来往于任丘和文安之间,这里是必经之路。李泽生是该镇早期的共产党员,三年前受上级委托,把一封党的密信放进烧饼篮子的最底层,妥善地送到大围河清真寺,交到干一手中,从此干一认识了他。后来,凡是党内有紧急或重要通知,都委托他给任丘、河间传信,是一个非常可靠的地下交通员,干一总是亲切地叫他的乳名——"大全"同志。

孔新迫不及待地问道:"小李,旧砖窑那边是怎么回事?"

小李胸有成竹地说道:"今天是芒种节气,俗话说,'芒种三天见麦茬',因为这里属于低洼地带,收小麦总比外地要晚五六天。从回回营到大留镇是十七八里路的大洼口,有千顷良田。这里的土地多为地主所有,农民只能租种。由于租子太高,农民没有积极性,每年有大片土地被撂荒。共产党、八路军实行减租减息政策后,农民种地的积极性十分高涨。去年秋末,大洼里的积水顺着小白河排掉了,人们千方百计用犁沟犁的方法种上了一茬小麦。谁知长势忒好,丰收在望,日伪军看着眼馋了,便不顾百姓的死活,丧心病狂地在夜间抢收。"

孔新又问道:"你怎么知道得那么清楚?"

"听村里人念叨过。伪军的头子是我们村翟家的外甥,因为嘴巴上有个大硬块,外号就叫孙疙瘩。"小李接着说,"前年村民为制止敌人抢收,有12个老乡被打死,孙疙瘩在这一带的恶行尽人皆知。"小李刚把话说完,宋宝文押着一个伪军哨兵来到他们面前。哨兵头也不抬地跪在地上求饶,嘴里嘟囔着:"老总饶我一命,我是连长贴身卫兵,今天被派到西道口执勤,正撒尿的当儿就被下了枪。老总要问什么,我绝不撒谎,否则……"陈佩打断伪军哨兵的发誓赌咒,为他松了绑,让其老实交代,争取宽大处理。

今年小麦长势良好,文安县日伪军头子下达命令,各个岗楼要组织人手抢收。为混淆视听,还强调要跨地区进行,到甸子洼抢收的伪军是赵庄岗楼派出的，有百人之多。为防止百姓阻拦，几天前就在周围各村散布甸子洼有军事行动的传言，各路口也派人执勤，禁止通行。晚上全连人员出动，用镰刀迅速割掉麦穗，装入麻袋，准备运回岗楼。孙疙瘩是伪军连长，夸下海口准备在旧砖窑里督战五天，直到把最好的麦田抢收完为止。今天是第二天，天黑以后已经割了一个时辰，现在正在旧砖窑外吃夜宵。

陈佩又仔细问了敌军内部的一些情况，伪军哨兵都一一做了回答。

向导小李从附近的井里用帆布桶打来了两桶井拔凉水，大家迅速围拢过来，一边喝水一边听孔新和陈佩进行作战部署。

陈佩个子不高，胡子茬刮得净净的，大眼睛，双眼皮，左脸有个深深的酒窝，即便发怒也像微笑。他办事认真，事必躬亲，是部队里出类拔萃的后勤人员。眼下情况已经完全超出后勤的任务范围，他预计一场恶战不可避免。

全连在田埂上匍匐前进，以最快的速度包围了旧砖窑，宋宝文带20个人控制了伪军临时搭建的武器弹药库；班长马梁带领机枪手辛德鑫等11人攀登至砖窑顶，居高临下，控制了全局；孔新带领排长王子明等五人从侧面爬进了窑洞口。

陈佩从后槽帮登上卡车，大声喊道："赵庄敌伪岗楼的各位，你们被游击队包围了，举手交枪者不杀！顽抗和逃跑者就地枪决！你们抢收农民的小麦，是强盗行为，天理不容⋯⋯"话音未落，王排长押着孙疙瘩和副连长走出窑洞，孔新紧随其后。王子明是用汽车上捆货的绳子随手捆的，绳子很长，在地上拖拉着，二人看起来像拖着长尾巴的大鳄鱼。孙疙瘩平日里威风凛凛、盛气凌人的样子已荡然无存，手脚哆嗦成一团。

孔新站在洞口大声说道："孙疙瘩为了向日本人报头功，命令你们到几十里路外的甸子洼抢收小麦，你们在地里干活，他们在窑洞里喝酒。俗话说，'善有善报，恶有恶报，不是不报，时间未到'，在窑洞里喝酒的还有孙疙瘩的表弟——你们的排长姚秃子，在我们抓捕前到野地里去解手，看事不妙藏起来了，希望大家检举立功。我们共产党的一贯政策是⋯⋯"孔新讲到这里，突然听到连续两声枪响，后勤连指导员陈佩倒在了卡车上，伪军排长姚秃子躺在了窑洞边。原来当姚秃子举枪瞄准陈佩时，王子明也对准姚的头开了枪。

王子明一个箭步跳到卡车上，用力扶起陈佩，只见陈佩的左胳膊受了伤，鲜血直流，他一招手，卫生员马上跳到车上进行包扎。

孔新走到窑洞旁用手试探姚秃子的鼻息，发现他已经断气，就直起腰对大家说："诸位看到了，是姚秃子开的第一枪。他自投罗网，罪有应得。各位老乡，你们想想，这里的老百姓容易吗？文安这块洼地，不是鱼米之乡，是糠菜半年粮的灾区，好不容易今年小麦有个好收成，乡亲们饿着肚子眼巴巴看着这些救命的粮食哪。我相信你们多数也是农民子弟，给日本人卖命昧不昧良心？"

突然有个伪军站起来哭着说道："我姥姥家就住在小务村，他们在这里种的5亩小麦，昨天已经被抢光了。我真对不起姥姥和舅舅。老总，你说得对，我们不能再当日寇的炮灰了，还是赶快回家种地，和伪军一刀两断！"

"这个年轻人说到点儿上了，"孔新说道，"我们的政策是首恶必办，胁从不问。"

此时，抗日游击队四区小队在区委书记张德明和小队长赵诚的带领下赶到此地，大留镇和小务村的党支书也赶到了，这是行动前孔新和陈佩安排好的，因为保护夏收是各区党组织和区小队的主要责任。这次战斗完全是敌人撞到了枪口上，回民中队借机开了个好头。但转移任务不能耽搁，双方马上交接现场，未尽事宜交地方党组织处理。

黎明时分，文新回民中队后勤连向任丘、文安边界地区继续迅速转移。大留镇党支书李成书和向导小李装扮成车夫，借用保甲长刘以庄家的带篷马车将受伤的陈佩顺利接走。

三

陈佩住在小李家西厢房的一个夹层间，木门伪装成墙壁，外人很难发现。墙山旁摆放着旧式立柜，立柜后是地道口。这些设施轻易不用，只是有备无患，以防万一。陈佩由于失血过多，被抬上马车后就陷入昏迷。李妈妈是当地拥军模范，听说有伤员来住，已把屋子打扫得干干净净，犄角旮旯撒上了白灰，外屋点上巴兰香，一缕缕清香的白烟飘浮在空中。还到邻居家借了白面，拣了两个大鸡蛋；又找到在本村赶集的阿訇宰了一只大公鸡，捋了鸡毛，拾掇干净，已经炖在锅里。看到伤员还没醒过来，她赶忙跑到村南叫来西医王金富，给伤员消毒、换药、打针。小李遵照母亲的嘱咐，又请来老中医田大夫，几个人合计着治疗方案。这种中西医结合治疗的方法在抗日战争时期已经盛行，尤其是抢救八路军伤员，已经成了有默契的一条龙作业。

田大夫和李妈妈开玩笑说："李大嫂，这位伤员又是你什么亲戚啊？"

"不是干儿子就是侄子，最远也超不出外甥。"李妈妈开玩笑说，"田大夫是明知故问呢，那么多伤病员都是喊着妈妈走出这个大门的。"

一会儿工夫，李妈妈端来一碗热腾腾的细条面，中间卧着两个荷包蛋，因为放了香油，远远地就闻得到香味儿。田大夫把避瘟散放在小纸片上，悉心地将药面吹到伤员的鼻孔里，只见伤员打了个喷嚏，眼帘徐徐睁开，眼珠环视着四周，神智也清醒了，诧异地问道："小李，这是什么地方？我们的部队、我的战友哪儿去了？"

"你放心，这是我家，很安全。"小李急忙说，"你是受伤后被送到这里的。部队正向文安洼挺进。等伤情好了，我送你归队。"

李妈妈把香喷喷的面条端了过来。伤员感动地看着李妈妈，朦朦胧胧地像是做梦，有点不相信自己的眼睛，这么亲切而善良的面容怎么这样熟悉呢？他好像突然回忆起了什么事情，激动地喊了一声："大姨！我是大围河陈石头！"

李妈妈放下碗筷，仔细端详着伤员，两手颤抖着一下子抱住了他。李妈妈哽咽地说道："我的主啊①！顿涅②上怎么还有这么巧的事！我的宝贝孩子，没伤到性命就得感知真主啊！如今世道，兵荒马乱，我好多年没回娘家了，

---

① 我的主啊：祈求真主襄助。
② 顿涅：阿拉伯语，泛指宇宙或世界。

这么近的亲戚都没走动过,我有罪过呀!"

陈佩擦着眼泪急忙说道:"大姨,这事怪我!自从在大围河相见已有十年的光景,是我早应该来看您,怪外甥不孝。"

王大夫、田大夫还有小李在一旁都愣住了,谁也没想到大姨和外甥会在这种情况下相见。田大夫安慰道:"大嫂你真行!说外甥,外甥就到。过去你伺候过的都是干儿子,这次真儿子不请自来。八路军有你这样的好妈妈,看谁还敢欺侮我们!"

李妈妈激动地说道:"我表姐去世得早,石头和弟弟是跟姥姥长大的,是个可怜孩子。如今长大了,出息了,又参加了自己的队伍,这让老一辈感到骄傲。我是最好的见证人,可以告慰你妈妈和姥姥的在天之灵了。"

四

在陈佩养伤的几天里,不时和表弟小李聊聊天,陈佩问表弟:"泽生啊,你虽然年轻,但是几年前就入党了,有文化又聪明,怎么不参军呢?"

表弟说:"我在村党支部担任一点职务,负责组织青年挖地道。因为村子大,任务重,这里离不开我。就拿这间房子说吧,这个老式大立柜后边是一堵山墙,墙角下是一个洞口,爬过两个翻眼就进入全村地道网。地道出口遍及全村:驴槽下、牛棚里、北小街古槐树洞、关帝庙供桌、玉皇阁门洞,都有暗道机关,是游击队抗击敌人的秘密通道,也是老百姓的藏身之地。这项工程十分浩大,全村上百个青年几乎挖了两年半,下一步是跟周边各村都挖通。这是多么了不起的壮举啊!"

陈佩插言道:"听说最近还要建地上通道,是怎么回事?你们村里开始了吗?"

表弟说道:"一个月前,上级又布置任务,要求打开各家围墙,做到户户相通,以防情况紧急时来不及下地道,为躲避敌人追捕可在地面上串户逃走。你知道,要想打通各家墙头谈何容易,有时三天也说不服一户人家。那些地主大户阻力就更大了，让他们跟贫下中农走一个大门太难了，估计全村都打通还得半年时间，这两件事就把我拴住了。我本人早就盼着参军，父母也很支持，就是村里的事情放心不下。如果今年这两项任务都能顺利完成，我打算明年参加回民中队。"

陈佩深深地点了点头。

第三天，干一同志代表中队到大留镇巡访，看到陈佩伤情有显著好转时十分高兴，感谢李妈妈对陈佩无微不至的照顾和治疗。干一对陈佩说："在看望你之前，我已经顺便看了四区区委和区小队，他们对回民中队这次果断的行动非常满意，不但经济收获大，同时在政治上也给四区人民以极大鼓舞，伪军横行霸道的气焰被有效地压制下去了。"

陈佩关心地问道："孙疙瘩几个坏人是怎么处理的？这次收到的战利品是否已经上交了？"

干一说道："孙疙瘩在文安县西部各村民愤极大，罪恶累累，昨天被拉到小务村，由区委组织召开公审大会，文安县县长宣布命令，就地枪决，十里八村都喜出望外，奔走相告。这次行动收获小麦8000余斤，各村正在调查落实，最终要把小麦返还给被盗农户。收缴各种长短枪120支，机枪两挺，还有大批弹药。武器弹药已经交给了县大队和四区小队处理，据说其中有两挺机枪、20杆大枪要分配给回民中队；卡车1辆，已上交九分区。"

陈佩笑着说道："很好，我们确实打了场胜仗，是大扫荡不幸中的万幸啊！我虽然挂了彩，也很高兴和自豪。"

干一接着说道："还有一个让你沮丧的消息，赵玉龙队长调到九分区了！"

陈佩惊奇地说道："赵队长是把好手，他来的时间不长，但看得出指挥能力一流！他一走，你肩上的担子就更重了。"

"对呀！我们要齐心协力把这个特殊时期扛过去！"

十天后，陈佩伤情痊愈，还是小李做向导，把表哥送到了东淀苇塘。

后勤连向东淀苇塘的转移，因选择行动路线正确，不但没有受挫，还立了新功。

第五章　折戟沉沙

一

1942年，丰收在望，已铁定会是个不错的年景，上级要求各游击队和地方武装，积极配合民主政权反扫荡，要从虎口夺粮。文新回民中队一连在白沟镇驻防半月有余，在保护农民夏收夺粮和二五减租的斗争中，受到当地民众的好评。

一连连长张景茂和指导员杨春圃从回回营开会回来，正召集班排干部开会，突然一个陌生人闯进会场，说是请杨阿訇给宰两只羊，是给父亲过五周年的。该人光头，小眼睛，穿一身绸布裤褂，整个商人打扮。杨春圃走上前问这个中年人："你是回回吗？"

中年人回答："是！"

又问："你从什么时候是回回？"

中年人又答："从小就是回回。"

杨春圃感到这个人很怪，明明不是回民却佯装回民，莫非是反动组织派人收集情报、窥探回民中队的行踪？

杨春圃换了口气，严肃地说道："这里没有阿訇，也都不会宰羊，看来你找错地方了。"

中年光头人说："你们是哪部分的？"

杨春圃煞有介事地说道："我们是邻县保安队的，不要多问了，该干什么就干什么去吧！"

中年光头人发现问不到底细，只得悻悻离去。

杨春圃回头向大家说道："我判定这个人是敌探，看来敌人已经盯上我们了！"

会场上有人问："为什么不把他抓起来？"

杨春圃说："若把他抓起来，等于承认了我们自己的身份。"

侦察员马文江恍然大悟，说道："杨指导员问的两个问题，作为一个中年回回，本应对答如流，但是一句也没答对，所以判定他是假回回。后边的话都是应酬话，还是指导员的脑子转得快。"

有一个年轻班长问道："没有听出中年光头人说错什么话，怎么认定他是冒牌回民呢？"

杨春圃惋惜地说道："有些年轻回民，既不去清真寺学习宗教知识，也不接受父母的传授。我们队伍里也存在这种状况，以后休整时要补充一些宗教知识，改变一下现状才是，否则会出笑话。"杨春圃继续说道，"人家问你是不是回回，应该说一句'一切赞颂全归真主'，念作'艾勒罕目独various俩习'；又问从多大是回回，应该说一句从'米萨戈'——就是在你出世前，灵魂与真主定好约会的时候。今天有重要会议，这方面的知识以后还有机会普及。"

张景茂说道："刚才是一个插曲，现在书归正传。根据目前的严峻形势和上级指示，一连要在三天内转移到东淀芦苇塘，在那里度过一段隐蔽生活。如果走北道直奔信安、堂二里，从胜芳东边进入东淀，最多两天就能到达；如果选择南路绕过文安城，要走四天。大家发表一下意见，统一一下思想。"

会上意见纷争很厉害，多数人不愿绕路，最后大家提议听听指导员杨春圃的看法。

杨春圃说："根据刚才的情况判定，伪军保安队已经盯上了我们，此地不宜久留。我建议今晚就动身，首先进入老驻地霸州杨铺村，躲开土匪王凤岗地盘这个危险区，在那里再作定夺。请侦察员马文江带俩人马上出发，了解一下杨铺村的敌情，听听村长韩宝山的意见。"

一连战士中，霸州、永清人较多，近一年之内，他们曾多次在附近各村驻防，有极好的人脉关系，对地形也很熟悉。几天前这里的小麦已经收割归仓，张景茂带队绕开大路，一路踏着生地往前行进。拔过麦子的土地十分暄腾，脚底下像是踩着棉花套，行不了几里路，人们就已经气喘吁吁了。杨春圃吃力地紧跟在队伍后边，通讯员给他找了一根柳木棍，让他当拐杖拄着走。微弱的月光被云层遮盖着，天是黑压压的，这是部队秘密行军的极好天气。不知不觉走出了三十几里路，队伍在距离杨铺村不远的地方停下来，那里有一座土地庙和一眼甜水井，适于部队休整，也是与侦察员接头的地方。

扩大会议在土地庙召开，排长以上干部全部参加。不一会儿等来了侦察员，马文江对敌情做了介绍。

老村长韩宝山是村里的文化人，本来是爱说爱笑的性格，今天却不然，低头不语，显得十分沉闷。在马文江追问下，韩大伯讲述了该村的政治变故："在去年以前，这一带是霸州共产党政权比较稳固的地区，虽有拉锯形势，但日伪军实力薄弱，他们怕挨打，一般不敢在这里久留。村里的反动势力被压制下去，不法地主也不敢刺毛，减租减息收到很大成绩，是穷苦老百姓拍手称快的日子。今年'五一'大扫荡，周围建起了好几个岗楼，日伪军的实力明显增强了，以前逃到外地的反动地主相继回村，要反攻倒算和复仇。地主汉奸高俫生是在大扫荡的第三天回到村子里的，不到一个月的时间建立了十几个人的武装，实质上是恶势力复辟团。他们首先推翻减租减息成果，凡是从中得益的农户包括佃农都要如数补缴减掉的租子。其次是农会、青联会、妇救会的头面人物，都给安上'通共、亲共'等罪名，抓的抓，杀的杀。高俫生的儿子高石头在县伪警察局任职，几乎天天回到村里为非作歹。他们经常从外村抓来进步青年，带到家里审讯。一天傍晚，有三个青年从高高的院墙上跳下来准备逃跑，被护院武装人员开枪打死了。现在的杨铺村，乌云遮天，万马齐喑，已经是高家的天下了。"

马文江插言道："这个村子的恶势力这么猖獗，县委、县大队的领导知道吗？他们有什么说法？"

韩大伯把烟叶捏碎装进烟袋锅，用手指压紧，又用火镰打着火绒，一边吧嗒吧嗒吸烟，一边深有感触地说道："县委、县大队的人很清楚，过去冀中地区大多数乡村政权都在共产党手里，他们来去自由，群众的心气也很高。'五一'大扫荡后，大部分农村根据地丢失了，不但穷苦老百姓遭殃，就连县委、县大队也无法进村落脚，那些堡垒户成了伪政权的眼中钉、肉中刺。过去人们对两面政权不理解，也常常引起误会，现在倒盼着两面政权呢！如果当地进步绅士组成新班子，无论如何会比反动势力当权要好。"

张景茂听到侦察员的介绍，像是磨盘压在胸口，一口恶气憋在心头，虽是义愤填膺，但又不知所措，只是不停地搓着手，在庙台上踱来踱去，嘴里一声声感叹着。

杨春圃若有所思地说道："其实，事实已经十分清楚，我们如果干预，那是为民除害，作为人民武装责无旁贷。但是，我们目前的主要任务是带部队转移，实现军分区和县委的战略目标。如果在这里耽搁时间，会不会影响整个进度，现在还看不准。我一直主张走南道即任丘、文安边界，但大家又不能取得一致意见。我认为地方的事先放一放，缓一缓，待以后解决也不迟。"

张景茂是个急性子人，眼里不揉沙子，他长出了一口气说道："杨老师，我这口气咽不下去！我们搞革命到底是为了什么？见到不平事绕着走，于心不忍啊！"

马文江说："扫平高俫生这个土围子不费多大干戈，恐怕就是一顿饭的工夫，杨指导员甭担心。至于走南线还是北线问题，实在说不清我们就分开走，到达一个目的地就行了呗！我知道张景茂家在两间房子村的亲戚很多，有保护伞撑着，一般不会出太大问题。当然我这是建议，采不采纳，由领导决定。"

还有人跃跃欲试想发言，杨春圃摇摇手制止了，他起身说道："大家不要争了，我看全连分成三个部分，由张景茂抽调50个精干战士，采取速战速决的办法处理高俫生。要注意执行政策，宽严适度，该杀的杀，该放的放，不留后遗症；由张积茂带领30人，连夜赶到两间房子村驻防，并注意杨铺村的动静，随时给予接应；剩下35人由我带队，今夜赶到徐各庄。大家要认识到时局的复杂性,霸州警察局有个刘思刚,原来是冀中回民支队的战士,后来叛变投敌,是个地地道道的回奸。他心毒手辣,作孽多端,不知杀了多少回汉干部,我们在这个地面上,要处处留神他的黑手。各排侦察员、通讯员要加强联系,彼此通气,互相有个照应。"

张景茂最后说道:"杨指导员的意见很中肯也很全面,我们照办,现在抓紧行动!"

二

高家宅子是村西一幢独宅,坐北朝南,大门外一对石狮傲视前方,正门和侧门都有警卫日夜执勤。

张景茂命令二排排长马清波等30人从外部包围高宅,自己带领20人实施抓捕。首先把卫兵的枪下掉,用手枪逼着其中一个卫兵带路,走进后院,正在西厢房熟睡的十几个卫兵被惊醒,侦察员马文江喊道:"你们被游击队包围了,立即举手投降,跪在地上,哪个敢于拒绝和磨蹭的,一律枪毙。"

在此同时,张景茂等闯进前院,正房的灯发出微光,分明有人在屋里走动。张喊道:"高俅生一家人听着,你家已被回民中队包围了,缴枪投降的不杀,抗拒者自食其果!"

屋里的灯突然被吹灭,从窗户内往外打出了两枪。张景茂等躲在窗台下,继续大声喊道:"你们顽抗到底,死路一条!立即举枪投降才有出路!"

屋内又向院内打出了一梭子,小战士王建奎被扫射的流弹打中,刹那间倒在地上。张景茂命令几个人同时向屋里射击,屋内的枪声被压下去。马清波听到枪响立即从院外跑进来支援,高喊一声:"冲进去,活捉高俅生!"

张景茂用手电照射后发现,高俅生和大老婆都躺在地上,女的还没断气。马清波问道:"刚才是谁打的枪?"

大老婆用微弱声音答道:"是儿子打的枪。"

"你儿子哪里去了?"

"从地洞里走了。"女人上气不接下气地憋出六个字,头一歪就咽了气。

张景茂从歪斜的立柜后发现了一个地洞,高石头携带手枪从这里逃走了。

张景茂按照指导员杨春圃的指示,妥善处理了现场。先期到达两间房子村驻防的三排战士,当夜特地到这里接应,并安排部队食宿。牺牲的战士王建奎被抬到清真寺,按照穆斯林礼仪发送。

三

次日,乌云低飞,闷雷滚动,天空像是矮了半截,使人心里萌生出一种压抑感,不一会儿就下起了雨。

早饭后,张景茂正在清真寺的北讲堂召开会议,侦察员马文江冒雨跑来报告:"霸州方向有一股武装正向东快速移动,经观察像伪警察部队,目前距两间房子村不到五里路,请连长指示。"

张景茂听后有些纳闷,说道:"怎么这么寸?伪警察局怎么会知道我们的行踪?"

马文江推测说:"第一,昨天那个光头中年人可能是敌人的侦探;第二,高石头带走了消息,会到警察局求援;第三,放了那么多地主卫兵,难保有人去报信,哪条线走漏风声都有可能。"

排长张积茂严肃地说道:"事不宜迟,搞不好我们会被敌人包围,马上行动还来得及。"

张景茂刚要发言强调些什么,忽听村西响起枪声,他急忙补充说:"集合部队,边打边撤,向东南方突围。马文江你要马上通知……"

话音未落,一发炮弹落在街中央爆炸。

侦察员分析得八九不离十。高石头从堂屋的地洞口钻进去,从苇塘口爬出,天黑路泞,磕磕绊绊,滚成了泥猴,一路狂奔直到霸州伪警察局。他倒在刘思刚卧室前,喘着粗气,玩儿命尖叫了一声:"刘哥不好了!出事啦!"刘思刚被惊醒,随即开门把盟兄弟拽到屋里。高石头把家庭被洗劫的经过说了一遍，最后请求为父母报仇。

刘思刚说道："八路军为躲避日本人和保安团的追杀，大部分都进了太行山，游击队进了芦苇塘。我知道张景茂要带部队去东淀，昨个派人到白沟河侦察，没想到今天就到了两间房子村，这里有他们家几门子亲戚。你放心，抓他们一伙很容易，明早派人讨伐，非要斩草除根不可！"

东西大街、南北胡同都成了战场，张景茂带领十几个人躲在大影碑后面向敌人射击，排长等五人在房顶上支起机关枪，两个阻击队彼此配合，掩护战士从胡同和各家院落通道撤退。排长张积茂带领20人在第一时间占领了回民公墓，碑林和坟头是最好掩体，他们打算在这里摆好战场，如果部队多数人撤不下来，就准备决一死战。

万万没想到，伪警察局和保安队拼凑的两百人对这个地区的地形也很熟悉，敌人的兵力迅速从西南边包抄过来，形成以公墓为中心的阵地争夺战。一连战士三面受敌，仅有的轻机枪被敌人重机枪无情地压制了。张景茂等人也从村子里撤下来，进入公墓，增加了反击力量。后勤人员把手榴弹分发下去，每当敌人冲上来的时候，靠手榴弹的威力阻止敌人前进。天将中午，敌人三次冲锋都被打退。因补充弹药，曾有短暂停火，一连战士利用这个喘息机会往东南缺口匍匐前进，在极度困难的时候，有几十个人弃阵脱逃。两袋烟的工夫，双方又一次交火，枪声更加猛烈。

正午时分，忽听南面更远的地方也响起了枪声，排长张积茂用望远镜观察，看见有一支强悍队伍向敌人猛杀过来。他有点莫名其妙，沉默片刻，用力喊了一声："有部队在支援我们！"

张景茂恍然大悟，急忙说道："我都急糊涂了，远处那支部队不是外人，是指导员杨春圃带人支援我们来了，是我派侦察员去搬兵的。"

战场上的风云就像夏季的天气一样，说变就变。眼看着东南方向的敌人被打散，清出一个缺口，一连部分战士就趁机突围了。

敌人咬住不放，在重机枪的掩护下，打前阵的刘思刚和紧跟其后的高石头也奔公墓而来。排长张积茂为了掩护战士突围，亲自端起机关枪向对方扫射，敌人停止了脚步，个个趴在地上。突然，一颗飞弹击中张积茂的头部，人与机枪一起倒在了地上。高石头站起身来喊了一声："兄弟们冲啊！抓活的！"连长张景茂立即接过弟弟的机枪，向敌人猛烈射击，高石头当场被打死。张景茂士气正盛时，发现子弹打光了，敌人冲上来抓住了他。

刘思刚对这次突袭期望很高，妄想把回民中队一连全部歼灭，好在日本主子面前讨个头功；再者，为高家报仇成功，不言而喻，财源也会滚滚而来。现在这一切使他大失所望，一连的人有些已经突围，小兄弟高石头又含恨而死，其后果是名利双失。一股无名火冲向头顶，眼前冒出金花，身子一软躺在了地上。众喽啰赶忙跑过来抢救，当刘思刚跟跟跄跄站起来的时候，看到了一连连长张景茂，二人的视线不约而同地连成了一条线，谁也不肯从这条线上移开。

保安队一个副队长向刘思刚献计说："一枪把他撂倒算了，省得后患！"

"那太便宜他了，"刘思刚说道，"不远处有个苦水井，把他捆起来，拉过去扔到井里，让他尝尝霸州苦水的滋味！"

张景茂怒斥道："你这个可耻的叛徒，日本人的哈巴狗，纯粹是披着人皮的野兽，什么伤天害理的事情都干得出来！"

敌人纠集五个壮汉把张景茂摁倒在地，用绳子捆绑起来，拉到井台上。张景茂知道自己的最后时刻已到，挣扎着站起来喊道："中国必胜！日寇必败！一切叛徒卖国贼都没有好下场！"

当敌人把他推向井口时，人们听到最后高喊："中国共产党万岁！"

四

当晚，两间房子村的亲友和村民将张景茂兄弟的遗体抬到清真寺，分别做了简单的洗水和白布包裹。村长派出20多人做代表，连夜将埋帖[①]安全地

---

① 埋帖：穆斯林称呼归真后的亡人。

护送到文安大围河镇，黎明时分，停靠在清真寺。

大围河镇是回民中队的支柱，不但参加的人数最多，而且绝大多数家庭都是抗战堡垒户。日寇和伪军深知大围河镇的背景，虽然这里是五天一集的大镇店，但日伪军对这里强烈的反日情绪心知肚明，自始至终都没敢在这里修岗楼、建据点。乡亲们听到张景茂兄弟被回奸杀害的消息后，无不义愤填膺，有些老人声泪俱下，纷纷为亡人祈祷。镇上大乡老马同骥、陈景重，乡绅辛玉坤等召集刘光庭阿訇和各位乡老召开紧急会议。会议提出，为了震慑敌人，拥护共产党的抗日主张，按照镇上最高规格给张家兄弟举办葬礼，并邀请回民中队领导参加。

回回营清真寺、两间房村清真寺各出散黄牛一头。下午3点，刘光庭阿訇和多位海里发带领全体乡老、村干部和亲友上百人在清真寺举意，宰牛两头，以资祭祀，慰藉英灵。

南庄、小营村送来白面和香油，按照回民礼仪，在送葬日炸油香、炖牛肉，供亲友和乡亲食用。

翌日是主麻日，参加聚礼的足有二百人，刘阿訇亲自上大殿讲沃尔兹，题目是《弘扬爱国爱教精神，坚持抗战，用实际行动粉碎回奸一切阴谋诡计》。刘阿訇饱含激情地讲道：

> 圣人穆罕默德教诲我们，"爱国是伊玛尼①的一部分"，我们每个穆斯林应尊为信条，要始终坚持爱国爱教的传统，在任何复杂的环境下，也不要迷失方向。回回民族谨记自己是中国人，这片热土就是我们的祖国，热爱这片土地就是信仰和本分！我们恪守本分，勤奋劳动，也为国家创造财富，更向往在这片土地上享受平等、自由和幸福。虽然回回民族有大分散、小集中的居住特点，但仍与各兄弟民族共同生活在这片神圣的土地上，民族团结和包容是我们永恒的追求。那些怀着不可告人目的的另类人群，如北平的马良、刘

---

① 伊玛尼：阿拉伯语音译，意为"信仰"。

锦标主张建立"回回国",肯定是背离信仰的举动,势必把回回民族引向歧途。当代中国四大阿訇之一的天津王静斋阿訇在《伊光》杂志上发表文章,痛斥回奸刘锦标的谬论,给我们以深刻启发。王静斋阿訇在文章中写道,自抗战以来,伊斯兰人最普遍的口号是"救国就是救教","国权一日不恢复,则宗教就增加一日的堕落";他还鄙视地写道:"学者一当汉奸,他那人格破产,他那学业就连带得一文不值了。"

刘阿訇激动地继续说道:

张景茂兄弟二人是大围河东庄人,是虔诚的穆斯林。他们参加回民中队后,作战勇敢,奋勇杀敌,很快被提升为连长和排长。他们的作为是我们穆斯林的骄傲,也是大围河人的骄傲。一切革命行动也必定触动那些死心塌地为日寇效劳的回奸,那些丧心病狂的伊布里斯①,一切作恶举动,是他们走向末日的开始。张景茂兄弟虽然离我们而去,但他们永远活在我们心里。《黄牛章》②写道:"为主道而被戕害的人,你们不要说他们死了,其实他们还在活着。"在日本军国主义面前,需要的是坚决斗争的毅力,杀死魔鬼是保护人民的壮举,这种斗争时刻有牺牲的危险,世界任何正义的行为都需要人们付出代价。张景茂兄弟走了,我们为之悲痛,没有悲痛哪有快乐?我是看着这兄弟俩长大的,他们的父母都是老实巴交的农民,张家老人表现得很坚强,不怨天、不尤人,表示会领着几个孙子顽强地活下去,这是多么好的父母!当然,我们作为穆斯林,要对这样的家庭伸出援助之手,预祝张家兄弟天堂有位!

---

① 伊布里斯:阿拉伯语音译,意为"魔鬼"、"恶魔"。
② 《黄牛章》:《古兰经》的第二章,也是全书最长的一章,前后跨越三卷,共286节。有关伊斯兰教的许多典章、制度、律例,包括宗教教义与世俗生活的各个方面,几乎都有涉及。章名源于第67—71节讲有关黄牛的故事。

刘光庭阿訇是一位广受人们尊重的阿訇,他的高尚品德、渊博知识、循循善诱的性格,是大围河的一面旗帜。他的讲话,字里行间渗透着对一切恶势力的憎恨,对普通善良人的尊敬和爱戴,说出了绝大多数回族民众的心声。

回民中队考虑到孔新负责组织工作,又是张家的姑表亲,特派他前来处理后事。他在葬礼上介绍了张景茂、张积茂兄弟俩的生平和英勇事迹,高度评价了他们坚强不屈的民族精神,并代表干一政委向家属表示慰问。

回民中队为保证安全发送埋帖,调来两个班的兵力,在大围河镇周围警戒。

刘阿訇亲自主持葬礼,率多位海里发高声诵咏《古兰经》。按照伊斯兰殡礼仪式,为亡人做洗水净身,用凯凡①布裹好身体。全部礼仪完成后依次加盖两个埋帖匣。几百人围成圆圈,传香、念赞主、赞圣词。人们面向西方肃立,在刘阿訇带领下站"者那哉"②,以隆重的祈祷送别二位烈士。

在精心安排下,两个埋帖匣放在塔布③上,每个塔布用木杠子扎成16人抬,亲友轮流抬杠,表示对烈士的爱戴和尊敬,空前隆重地送至墓地,按照伊斯兰传统礼仪下葬,这是大围河发送"埋帖"的最高礼遇,充分表达了全体村民对烈士的沉痛哀悼,对那些汉奸、回奸的无比憎恨和中国人民抗日救国、不屈不挠的决心。

在小围河岗楼上的伪军,清楚看到了这一切,但是对大围河已经燃烧起来的熊熊烈火,只能望而生叹,无可奈何。

五

二连连长马嵩宽和指导员刘宝林在商量部队转移的事时,突然有人传来

---

① 凯凡:阿拉伯语音译,即"寿衣"、"殓衣",穆斯林入葬时的裹尸白布,纯棉质地,不含任何化学纤维成分。男性三件:大卧单(大殓)、小卧单(小殓)、坎肩;女性在三件外还有缠腰布和盖头。
② 站"者那哉":阿拉伯语音译,意为"殡礼"、"葬礼",伊斯兰教殡礼仪式。
③ 塔布:抬匣用的罩架。

消息,说是在大围河镇赶集时,有人说八路军三十五区队要到附近驻防,通过内线打算与文新回民中队联系。马嵩宽觉得这个情报很重要,马上命令侦察员刘兰亭去追问核实。消息来自潘庄村,马嵩宽立即派人把村长樊东来请到连部以问个究竟。

樊东来具有双重身份,白天应付伪政府、敌特、土匪和地痞流氓,晚上参加党支部会并负责向游击队汇报敌情。他40岁出头,两眼炯炯有神,中等个头,身材精瘦,面部黝黑,像是经过大风大浪的船老大。几年前他是村民兵连长,自从父亲——老村长去世后,群众推选他接替了这个特殊职务。儿子樊继发也是个热血青年,也帮着他一起做抗日的事情。回民中队二连能在此地安全驻防,都要归功于樊东来的保护。

马嵩宽见樊东来卷着裤腿、拖着两脚泥来到连部,诧异地问道:"老樊同志你真忙啊!真是出水才见两腿泥,天黑了还忙活什么?"

樊东来说:"我的两亩菜园子几天没浇水了,叶子有些发黄,部队不吃青菜哪行?连长找我有什么事吗?"

"听说三十五区队要到这里来,你知道吗?"马嵩宽着急地问。

樊东来不慌不忙地说:"听说了,也有人向我打听你们。"

樊东来把事情经过原原本本地讲述了一遍:

有一个穿着八路军军装、打着裹腿的人,骑一匹红鬃马,到村里找樊东来,打听回民中队是否在本村驻防,以及连长叫什么名字等等。樊东来心里犯嘀咕,没有立即回答他的问题,觉得现在是日寇扫荡的特殊时期,八路军不可能派出一个战士只身骑马执行任务。而且,该人东张西望、鬼鬼祟祟的神态也令人起疑。骑马人最终讲清来意:八路军一个支队为了执行命令,急速向东淀转移,明天在这里打尖,希望村长提供方便,并且要创造条件让两个兄弟部队会面。也不管村长承不承认,还说回民中队二连就驻扎在该村,必须想方设法跟他们接上头,如果事情耽误了,要村长负全部责任。

马嵩宽好奇地问道:"骑马人是否说清部队番号?部队首长是谁?"

"说清了,就是八路军三十五区队,队长叫国振华!"樊东来回答。

马嵩宽点头说道："没错！三十五区队、国振华、红鬃马，他们曾在大围河镇驻防半个月，为回民中队和县大队的建设做了很多有益工作。那位国队长是大清河北的人，曾在延安抗大受过训，是位战功赫赫、平易近人的领导。"

指导员刘宝林疑虑地说："是否让侦察员刘兰亭再去干一同志那里了解一下，我们心里才有底。"

马嵩宽蛮有把握地说道："人家三十五区队是到村里打个尖，说到底就是吃顿饭、喝口水，请村长在村西树林里支上几口大锅，送些菜面之类就行了，人家晚上肯定要离开。"

刘宝林又质疑道："樊东来的话讲得很明白，他们不光是吃饭、歇脚，还要见二连领导呢。"

马嵩宽果断地说道："都是老朋友、老同志，见就见呗！"

刘宝林说道："马连长，你别忘了，明天我们就要按计划动身去东淀，不管走哪条路，都不能耽误，这一来你怎么向中队领导交代？！"

马嵩宽不耐烦地说："转移到东淀，我本来就不同意走南道，从大柳河大堤往东一天就到，你着什么急啊！三十五区队不见合适吗？你们甭担心，出了事一切由我负责。"

马嵩宽固执的态度让樊东来、刘宝林无言以对。樊东来使了个眼色，约刘宝林当晚到他家，和儿子樊继发一起，商量接待细节。

六

第二天，日头刚刚偏西，有一位穿便衣的人来请马嵩宽连长，说是国振华队长在王家大院等候，要求回民中队二连排长以上干部一起前往。其实，人选此前已定，由马嵩宽带队，另有一个排长和两个警卫员随行。樊东来以向导身份，主动报名参加。

王家大院是开明绅士王向荣的家，八路军和伪军保安队等都在此驻扎过。

善于应酬的和事佬王向荣,表面上是一碗水端平,其实内心也有自己的小九九,他觉得八路军更有前途。樊东来和父亲曾给王家扛过长活,对各层院落布局很熟悉。

樊东来在前边带路,马嵩宽等人缓缓跟随。王家有个老规矩,接待外人都在后院,进入大门后,那些荷枪实弹的警戒士兵像木头人似的不动声色。马嵩宽心想,三十五区队的人员可换了不少。在大围河镇驻防时,队长周围的人他都很熟悉,哪怕是通讯员、警卫员、司务长,见面后总是热情地打招呼,有时也无拘无束地开几句玩笑,今天这是怎么了?而且,国队长是老八路,从不摆架子,就算很忙也会派副手到大门口迎接。樊东来看周围警卫的装备和神情,心里凉了半截,感觉凶多吉少,不由得暗生盘算。当马嵩宽等四人迈向第一组台阶时,那位穿便衣的人高声喊了一嗓子:"贵客临门,请到中堂,首长正在等着。"有一个满脸横肉的黑大个撩开竹帘跨出门槛,厉声问道:"客人是哪一部分的?"

马嵩宽答道:"是回民中队二连连长马嵩宽,来拜访三十五区队国振华队长!"

"什么他妈的国振华队长!"黑大个骂道,"快把枪下掉,捆起来带到西厢房审问!"

没等伪军保安走过来,樊东来一个箭步跳到井台上,紧紧抓住辘轳上的绳子,纵身跳入深井,只见歪把辘轳哗啦哗啦地飞速转动起来。一个警卫举枪追过去,突然有人喊:"住手!不要开枪!"黑大个瞪着眼睛命令道,"枪响会惊动村里的人。你们把辘轳绳和水桶摇上来,往井里扔大块石头,让他插翅难逃,变成水鬼!"

伪军一帮人忙着落井下石,另一帮人把马嵩宽等四人带走。马连长睁大眼睛向四周扫视了一圈,只感叹地说了句"天真哪!还真是个陷阱!"马嵩宽等四人就这样成了伪军的阶下囚。

在马嵩宽去王家大院的当儿,刘宝林通知刘兰亭外出侦察,自己带机枪手、狙击手、司号员等六人登上十字街关帝庙制高点,指示司号员紧盯着王家大院大烟囱,如果冒出浓浓白烟,要立即报告。他仔细观察制高点的地势,虽然是居高临下,但也容易暴露目标,就命令战士们把狙击点立即转移到小学二楼房顶上,两挺机关枪也搬过去。这是全村唯一的二层楼房,楼顶四周有一道高高厚厚的女儿墙,活像长城城垛,是能攻能守的绝妙地点。

片刻,司号员报告,王家大院大烟囱冒出浓浓白烟,按照指导员指示,立即吹响了集结号,部队迅速在十字街集合。当时,只有刘宝林知道其中的原委,这浓浓白烟是樊东来的表弟崔庆忠在危机时刻点燃的,他是王家大院多年的厨师,按照樊东来的嘱托,一旦发现三十五区队是假八路军时,要刻不容缓地点燃大捆麦秸子,利用大烟囱迅速将白烟送向空中,可见村长做事足智多谋、滴水不漏。而好大喜功、自信过度的马嵩宽,却看不穿敌人的拙劣把戏。可惜呀,一名久经锻炼、经验丰富的村干部,眨眼间落入敌人的陷阱,是死是活,还真难以预料。

侦察员刘兰亭跑过来,喘着粗气对刘宝林说:"敌人…从东边…过来,据说是小围河岗楼的伪军,最好阻挡在……"

刘宝林明白刘兰亭的意思,抢先说道:"对!尽量在村边打伏击,把战斗引向村外,以免老百姓的房子受损。"

"还要保护大人、小孩的生命安全。"刘兰亭补充说。

刘宝林解释道:"一大早樊继发就做了动员,全村老少已被带到李各庄小白河一带,村里只留下民工队几十个人,"停了片刻继续对刘兰亭说,"通知三排留守,一、二排立即赶到村东苇塘边,准备战斗!"

小围河岗楼建在村西,为了震慑大围河一带的抗日行动和频繁的地下串联活动,岗楼建筑规模比其他村子的要大。后院正面有一座小二楼,在史队长办公室斜上方,有两间特殊住房,日本监军小松和冈崎常住在这里。为确保安全,这两个房间特别安装了木楼梯直通地下室。前院平房十几间,可住两个排。岗楼周围修筑了很深的沟壕并布满铁丝网,有一座吊桥限制出入。当地人把这个造型阴森怪异的岗楼叫作"阎王殿"。

自从史队长从新镇回来,就踌躇满志,自认为葛副官冒充八路军的招数很高明,只要葛副官的妙计一得逞,马嵩宽上了套,便能够将驻在潘庄的回民中队二连一网打尽,他就可以立功领赏了。

在伪保安总队的统一安排下,史队长纠集各据点上百号人,浩浩荡荡地向潘庄进发,小松和冈崎认为这一仗是囊中取物,有十分把握,二人骑着高头大马趾高气扬地跟在队伍后边。

七

没等一、二排走出村子,敌人已经到达村边,两个排只好迅速撤到十字街,准备巷战。

正在此时,樊继发和十几个老乡推着鬼头车、平板车从西街快速走过来,刘宝林迎上前去问道:"是不是受骗了?"

樊继发骂道:"可不是吗?哪是什么三十五区队,是新镇伪保安三队的人。我们隔着一条壕沟看到敌人把村里给准备的三口大锅砸了个粉碎,真是气坏了,立马收起米面蔬菜,返回村里来!"

刘宝林急切地说道:"请樊继发帮忙,带领各个排从不同地点下地道,"他又扭头对排长们说,"下地道后埋伏在十字街周围各建筑物下,尤其要注意在老槐树底下、龙王庙旁、自行车修理部墙角处,把各种枪支都支起来,以学校楼上的机枪声为令……"

有些战士对下地道比较犹豫,甭看都是文安人,多数人生活在低洼地带,根本没见过地道。过去一些村子曾有些日伪军用水灌、烟熏的方法对付地道里的百姓,那是初期的地道,还没有后来的翻眼、迷宫等措施。潘庄属文安老龙岗高地,挖地道的条件非常好。不过部队里这种训练平时做得不够,有30多人临阵脱逃,从南街溜走了。

敌人向村中心涌来,街上死一样的寂静。伪军们东看看、西转转,觉得街面平静,无人抵抗,警觉性也就松弛下来。有的撬开茶馆大门找水喝,有的砸开杂货铺门窗找烟抽,还有些人干脆坐在树下乘凉。新镇保安三队潘队副和小围河岗楼史队长交谈起来。

潘队副问史队长:"是不是回民中队的人往南跑了,要不要去追?"

史队长肯定地说:"有一部分跑掉了,估计多数都钻进了地道。"

潘队副信心十足地说:"那就挖地三尺,不信找不到一个土八路!"两个人正要商量下一步行动,两个日本人从马背上跳下来,走到队长跟前。小松问:"十字街八路的有?"

史队长恭恭敬敬地鞠了一躬,答道:"很少一部分往南边跑了,大部分下了地道。"

翻译官还没来得及翻译,嘣嘣两声枪响划破了长空,两个日本人应声倒地,伪军惊恐地寻找枪声的来处。刹那间,房顶上的机枪也响了起来,街中心各个射击孔同时冒出火光。伪军躲闪不及,一群人倒在地上。

潘队副发现大槐树底下有十几个枪孔往外射击,火力连续猛烈,难以招架。他指挥副手一帮人捆了30余枚手榴弹,放在树根下拉响,须臾间百年古槐被炸歪倒,树根的一侧被拔起,整个地道露出半截。伪军见到此景,又绑了几十颗手榴弹扔进洞口,大槐树底下的火力熄灭了……

史队长等人终于发现雨点似的机关枪是从学校楼顶打来的,就命令向学校开炮。前三发炮弹在刘宝林头上飞过,全部落在院内,炸出三个大坑。第四发炮弹打来,女儿墙被摧毁,机枪手和狙击手完全暴露。刘宝林下令撤退,打红了眼的射手们死活不下火线,坚持与阵地共存亡,刘宝林声嘶力竭地喊道:"服从命令!快撤!"

侦察员是个细心人,此前他把两块长木板固定在梯子上,又把它们的坡度拉大,下去时就可以双腿骑在梯子上,两手抱着枪支和没有打完的子弹,快速滑下。几个人下到地面,登上一个砖台儿,从关帝庙窗户纵身跳入庙内,掀开厚厚的供品桌,钻进地道。

天无绝人之路,十字街的枪声刚刚停息,北风就呼啸而来,黑压压的乌云快速往南移动,一阵凉风刮过,下起了瓢泼大雨。伪军离开岗楼一般有三怕:一怕天黑作战,二怕雨天行军,三怕八路军打伏击。回民中队下了地道,不知什么时候又会冒出来打他们一个措手不及。史队长和潘队副不谋而合，都认为此地不是久留之处，尽快撤回小围河岗楼为上策。

八

在向导的带领下，二连撤下的人员来到一个最大的岔洞口。刘宝林突然发现，在手提马灯微弱的光线下，村长樊东来正在那里神采奕奕地讲话，像往常一样，双手用力比画着。有人喊道："指导员过来了，大家闪开路！"

刘宝林快步走过去，激动地和樊东来紧紧拥抱在一起，二人的眼圈都湿润了。刘宝林急忙问道："你是怎么逃出来的？"

樊东来笑着说道："在王家大院看到伪军要动手了，我灵机一动，借助辘轳的绳子，跳入深井里，迅速钻进深井的地道口，任凭敌人怎样往井里扔石头，也无奈我一根毫毛。王家大院原来只有一个地道口，藏在厨房里的风箱底下。后来王向荣老人坚持在水井内打一个洞口，我和民兵接受了这个建议，这是全村第十个井内洞口，是防止日伪军向洞内注水的有效措施。为防止敌人用烟熏，按照定州的做法，加了几十个翻眼儿和迷宫，这两项新招，让地道的安全做到了万无一失。"

"马连长的情况如何？"刘宝林追问道。

樊东来痛惜地说道："马嵩宽等四人被伪军带走了……"

正在这时，侦察员刘兰亭报告说："经过各排核查，没有下地道擅自脱离部队的有38人，老槐树底下牺牲的战士有14人，目前在地道内的总人数是42人。请指导员指示！"

"我们是98人的队伍，加上马连长4人，这个数字就完全对上了。"刘宝林念叨着。

樊东来村长提议："为壮烈牺牲的14名同胞兄弟默哀！"

村长接着说道："烈士的后事由樊继发负责处理，趁着夜深人静我带你们从西桥村爬出洞口，向安全地带转移。"

刘宝林说道:"感谢村长和乡亲们对我们的爱护和关照,以后有机会一定回来看望你们!请村长告诉我走哪个洞眼就行了。"

樊东来说:"我不但要把你们送出洞口,还要带你们绕道堂子辛庄、孙氏镇一带,直到文安洼和东淀。"

第二天,樊继发拜会王向荣老人,王老见到小樊特别高兴,一边胡噜着年轻人的头,一边说:"你爸是个好样的,在敌人围剿和连长被骗的情况下,事情还办得那么漂亮!"

樊继发恭敬地问道:"王老,我老爸让我打扫战场,给死去的人处理后事,您有什么要嘱咐的吗?"

王向荣老人恳切地说:"这事我也想到了,由你操持不合适,我来办吧!二连的14个烈士都是回民,要找大围河马同骥和刘光庭阿訇一起处理。小围河岗楼和新镇保安三队的41个死者,虽是汉族,也不能马虎,也给他们做41个体面的木匣子,按照本地习俗土葬,让两边都说不出话来,因为'王向荣'这块牌子还要打一段时间。对了,还有两个日本人,让小围河岗楼自己去处理吧,你说好吗?"

"好!好!王老想得周到!"樊继发接着说道,"新镇那边传言说,回民中队二连全部人马被歼灭在潘庄了。"

王向荣老人捋着长长的花白胡须说:"当然,我们的损失不小,但没他们吹嘘得那么严重,依靠地道,我们的主力还是保存了下来。俗话说,叫唤雀儿没有肉,靠打肿脸充胖子能撑几时?"

九

东淀苇塘里一小片难得的陆地,成了回民中队的活动中心,用渔船搭建的简易窝棚,分布在陆地周围。

孔新拿着各连队报来的减员人数和名单找房玉岭、杨春圃,问道:"这份资料能否马上交给干一同志过目?"

房玉岭看后说道:"他迟早也会知道,应该交给他看一下。如果他能正确对待,说明有一定的认识水平。"

杨春圃想了想说道:"人不是神仙,允许犯错也允许改正错误。我们讲话要从正面讲,切忌带刺儿。我看只给他看看数字就行了,名单我收起来,留给后人吧!"

排长王子明善于下苇塘用迷宫逮鱼,干一起大早跟王子明去收,二人下船后抬着上百斤鱼篓,高高兴兴地往岸上走,岸边的人都围过来。

干一问孔新:"下午的总结会准备好了没有?要讨论哪些问题?"

孔新拿出一张统计单交给干一看:

文新回民中队在战略转移中减员人数报表

一连共115人,私自离队34人,牺牲28人,到达东淀53人。

二连共98人,私自离队38人,牺牲14人,被俘4人,到达东淀42人。

后勤连共60人,全部到达东淀。

文新回民中队总人数原为275人,现在为159人。

干一读着报表,脸色越来越白,腿一软,身子打了个趔趄。孔新赶忙紧紧搂住他的后腰,房玉岭叫来卫生员,其他人也围拢过来,紧张地问长问短。卫生员检查后说:"政委无大碍,可能是没吃早饭肚子空,一着急引起了头晕。先抬到卫生室休息,大家暂时不要打扰,等一会儿就会缓解。"

孔新坐在床头,见干一同志苏醒过来环视四周,便把水递过去。干一喝了几口水问道:"我怎么了,为什么躺在卫生室里?"

孔新说道:"你是不是没吃早饭,又赶上天热,可能是虚脱了。"

"对,对,你说的两个原因都有……我想起来了,这不是主要原因,刚才看统计表,让我的心直痛。哎!牺牲了那么多好同志,脱队了那么多人,我有责任,有罪啊!"

孔新忙说:"还是好好休息,养养精神。下午开会你发个言,表个态,从总结工作的高度看问题,大家会原谅,党组织也会原谅的。"

下午的党政联席会在一个临时窝棚里召开,没等主持人杨春圃讲开场白,干一就主动做了检讨。

干一用低沉的声音说道:"同志们都看到了,我最近的情绪不高,有时心不在焉,饭吃不香,觉睡不实,主要是反思部队转移当中我所犯的错误,半个月来总是在这个圈子里绕来绕去,不能自拔。后来杨春圃同志给我看了延安整风文件,我才如梦初醒,开始学着解剖自己,总算找到了一些根源。

"我在学生时期就向党靠拢,要求进步。后来入了党,当了干部,没有遇到什么沟沟坎坎,一切顺风顺水。在工农干部圈里,我算是上过几年学的人,自认为脑子快、点子多,有些飘飘然。后来发展到深入群众少,脱离实际多。部队转移是件大事,敌情又复杂,需要认真对待,我却把问题看简单了,犯了老毛病,就是太自信。有些老领导也指出过我的这个缺点,自己也晓得性格上的弱点,但是改起来还是很难的啊!当时赵玉龙同志明确地提醒过我,并现身说法,掰开了揉碎了给我讲道理,不知自己为什么听不进去。看来,要把别人的正确思想变成自己的思想和行动,不跌几跤是不会有深刻体会的,即便是真知灼见也很难变成自己的东西。我们要写个总结,向上级报告,我要……"

杨春圃很有感触地说道:"干一同志的态度是认真的,反思很有深度,是共产党员应有的本色,这对下级也是很好的教育。党的干部允许在实践中犯错误,觉悟了就好。一连、二连在十分困难的环境下,还不遗余力地顽强坚持抗争,把损失减到最小,这是我们队伍中一直传承的好传统。从这一点看,干一同志应该得到安慰。"

干一十分惋惜地继续补充说道:"我要彻底改正遥控领导的旧习惯,要与同志们一起在东淀苇塘坚持下去,一起吃苦、挨饿、暴晒、雨淋,一起忍耐蚊叮、虫咬,与战士们摸爬滚打在一起,渡过目前的难关。我们看到,县大队纪律严明,管理有方,决策民主,勇敢善战,屡建奇功,同时比较好地解决了在苇塘里吃喝拉撒睡等几个大问题。我以后要以县大队为榜样,在斗争中学会坚强。"

会上,孔新、房玉岭、陈佩也语重心长地相继发言,认为总结会开得很成功，干一同志的检讨和表态也很深刻和端正；希望他放下包袱，再接再厉，就像在大清河上打包运船一样，争取回民中队再立新功！

1942年深秋时节，干一调到九分区，另行分配工作。回民中队由孔新和杨春圃、房玉岭临时负责，继续坚持斗争。

第六章 峰回路转

一

上一年深秋的几场大雨，使文安低洼地区出现了沥涝，积水排不出去。直到寒露季节，小麦也无法播种。大多数农户都揪着心，转眼间的春荒怎样度过？大片洼地被冰雪覆盖着，冬季显得寒冷而漫长，人们的痛苦比往年又加了一层。

1943年初的一个早晨，有一位头戴黑毡帽的年轻人在北李村边下了拖床。他脖子上缠着线围巾，身穿厚棉衣，一边向撑拖床的师傅挥手告别，一边把行李卷甩向背后，快步走到村边的黑梢门前轻轻敲门。管家杜大爷打开小套门，见到熟人到来，热情地把客人领到前院西厢房，问道："马同志是不是起了个大早，从任丘赶过来的？"

客人说："是从白洋淀乘拖床过来的，早晨大洼的冰凌又硬又滑，撑起拖床来特别省劲儿。"

"你放下行李卷，洗把脸，就去伙房吃早饭吧！"杜大爷说着离开了屋子。

客人就是马志新，是由冀中回建会主任马玉槐推荐，经九分区批准，调到文新县接替干一同志的。他原来在唐县担任晋察冀军区白求恩学校党支部书记，考虑到学校和游击队在环境和任务方面差别较大，他担心自己难以胜任，要求先到文安县大队当普通战士，再抽时间搞一些社会调查，有一定经验积累后再赴任，上级同意了他的意见。他五天前向县大队请假，回白洋淀军分区述职，今日归队参加县委召开的会议。

任家大院在当地很有名。清朝中期，任家是武术世家，有两代人相继考取武举功名，进入官场，曾富甲一方。到第四代时办起了北方昆曲班，唱红了京城。民国时期家境败落，只留下这片空荡荡的院落。第五代人同情革命，把前院腾出，交给县委和县大队使用。东厢房是五间通套房，据说是当年戏班的排练场，现在是县委和县大队经常开会的场所，有一个班的警卫人员驻侧院耳房，实施全天候保卫工作。村里还有一家叫作"油坊老大"的堡垒户，也是游击队的可靠驻地。

县委根据对敌斗争的严峻形势，决定年前召开一次会议，任命回民中队领导人。县委书记、组织部门和县大队的几位领导提前到了北李村。

县委组织部的王干事主持会议，他说："县委、县大队很重视回民中队的建设，县委书记阎建、县大队政委马得骏和大队长储国恩从二区专程赶来，主要议题是讨论回民中队有关事宜。这个问题也搁置一段时间了，春节临近，抓紧时间解决才是。马志新同志今早赶到，还有中队临时负责人孔新、房玉岭及杨春圃参加，大家相互都很熟悉，我就不一一介绍了。现在请县委书记阎建同志讲话。"

阎建摆摆手："今天会议的主角是马志新同志，让他先谈一谈基本情况，然后大家再讨论，这样更节省时间。"

马志新环视一下周围，说道："首先感谢上级和县委给我到县大队当兵的机会。提起县大队这个英雄集体，我肃然起敬，在去年最困难的时候，接连取得了'砸监狱、救战友、夜袭文安城'，'里应外合、瓜熟蒂落、智取左各庄据点'，'精英卧底、敢拼敢杀、姜庄子斧头战'这'半月三捷'，受到《冀中导报》的高度赞扬，英雄美名在冀中大地广为传诵，长了人民的志气，灭了敌人的威风，确实是我们文安人的骄傲。三个月来我参加了几场战斗，其中有两次给我留下了深刻印象：

"一次是在初冬季节，文安洼的芦苇开始枯萎，但还能遮身。为伏击日伪运输船，我和县大队一连三班的战友在小渔船上蹲了一宿，寒风中三五个人只能背靠背贴身取暖。熬到天上出现鱼肚白时，我向后方一望才发现，前一夜埋伏在这里的几乎是一个整连。密密麻麻的小船儿眯在芦苇荡里，耐心等待着那个重要时刻的到来。不一会儿，远处飘起了黑烟，隆隆的马达声越来越大，敌船徐徐开了过来，一条、两条、三条……当日伪军第六条运输船进入视线后，一个信号弹升到了半空，我军的子弹雨点似的射向敌船。我抄起手榴弹要往外甩，立即被班长制止了。后来我才知道，打运输船用散弹容易引燃船只，船上的物资会化为灰烬。在集中射击时，因后坐力太大，小船会往后飘移摇晃，射击精度会大打折扣。司号员毫不犹豫地跳到冰冷的水中，一手推船，一手抓住芦苇，小船被固定住，战友们的射击更准了，各船看到这招很灵也纷纷效仿。战斗很快结束，伪军死的死，俘的俘，装满面粉的六条大船都成了战利品。

"另一次是前些天发生在四区小务村的一场战斗。县委为了总结去年反扫荡工作，迎接新一年的战斗，在小务村召开了动员大会，县机关、县大队和二、三、四区的领导都赶来参加。会议开始后，侦察员跑来报告，大留镇岗楼纠集史各庄等地日伪军150多人进攻小务村，想把文安抗日主力一网打尽，激烈的战斗在村里展开。当敌人感到这个硬骨头不好啃时，又从江村调来伪军近300人支援。在村民的大力支持下，只有150人的县大队和区小队，打退敌人多次进攻，战斗持续9个小时。在夜幕降临敌人疲惫之际，我方通过喊话瓦解了部分伪军。县大队采取声东击西的策略，选择小务村东北方向有厚冰层的地方为突破口，最终成功突围。整个战斗，共打死日伪军50多人，打伤10人，我方无一伤亡，是一场以少胜多的漂亮仗。

"在座的领导都参加过多次惊险战斗，对这两场小规模战斗不会感到稀奇，但对于我这个新兵来说，收获颇多。我在实践中学到了书本上没有的东西，从政治动员到军事部署都是活教材，希望在今后的工作中能够逐步领会，做到活学活用。

"再说社会调查，这也是我的工作重点。在部队休整期间，我走访了文安、霸州、河间等几个回民聚居的村庄，感觉到那里贫困户非常多。归根结底，有历史原因也有现实原因。远的不说，就在国民党统治时期，受反动民族政策的影响，回民是一个受压迫、受歧视的民族，经济贫困，受教育程度低，普通百姓的土地少得可怜，有两三顷土地的人家寥寥无几。多数回民为了生计，只有选择做小生意。俗话说，'回民两把刀，一把是卖牛羊肉，一把是卖切糕'。小营村一家姓李的回民，开着一个烧饼馃子铺，已经是第五代人了，无耕地，无房屋，连门脸也是租的。遇上大集、庙会，生意还过得去，因为有现钱收入；平常日子，即便卖出一些货，也是赊账居多，大年临近时才能收回少量现钱。买来小麦磨面出售，仅仅能赚取一些麦麸当口粮。主人李大伯对我说：'两个儿子都参加了八路军，全家都很支持，一是在革命队伍里能受锻炼、走正路；二是参军后家里也少些负担。'小营村李家的状况，可谓回民生活的真实写照。

"从阶级分析观点看，赤贫者有改变现状的强烈愿望，经过党的引导和教育，能够较快地接受革命道理，属于无产阶级革命的基本力量。干一同志在文安发展回民武装时，不到一年时间就组织起一支近300人的队伍，说明赤贫者由于家庭牵挂少，顾虑也少，参加革命极少有思想包袱。毛泽东同志在阶级分析中已有明确阐述。

"还有一部分回民朋友，受官府和恶势力欺辱，在走投无路时加入了土匪。一旦走上这条路，在回回圈里很难再抬起头，他们不敢回村，不敢见家人和亲戚，思想压力极大，渴望有朝一日获得解救。我曾找这种人聊天，问他们愿不愿走正路，他们说：'只要还能走回正路，肝脑涂地也在所不惜。'我在向分区汇报这个问题时，领导说：'所谓统一战线，就是动员一切力量抗日。浪子回头金不换，这种人经过教育完全可以吸收过来，把反面的东西转变到正面来，是我们共产党人的责任。'在调查中，还遇到一些开明绅士要为抗日贡献土地，这些土地敢不敢收？收下后怎样利用？上边还没有说法。

"在调查中我找到了十分区回建会主任王若平同志，他肯定地表示，河间、文安、霸州、永清等县的广大回民群众，绝大多数人拥护共产党、八路军。只要我们深入下去，那里的大多数青年都会踊跃报名。另外，队伍拉起来后，关键是加强党的领导，首先要把连队建设好，慢慢积累力量，我们是完全能够打下一片红色天地的。

"总之，通过三个月的锻炼和调查，我对重新组织文安、霸州地区回民武装信心更足了。"

阎建同志微笑着说道："知识分子和大老粗就是不一样，马志新同志的讲话条理清楚，层次分明，结合无产阶级革命理论和实践进行分析，让人佩服。其他不谈，就他本人提出的到连队当兵同时搞社会调查这一点就很不简单，这种脚踏实地的作风值得大家学习。

"县委的意见有三条：第一是干部问题，要在实践中选择连排级干部，把那些忠诚老实、一心一意抗日又经过战争锻炼的人放在重要岗位上，这是建立一支过硬队伍的必备条件。过去这方面是否有教训，要认真总结。

"第二是军事方面，无论是回民中队、大队还是支队，都是由九分区直接领导，地方只起协调作用。这里我强调的是我们之间的协调配合，要不怕麻烦多通气，'三大纪律八项注意'里说道：步调一致才能得胜利。以前我们主动通气不够，失去了一些重要发展机会，这一点今后双方都要注意。

"第三是武器、枪支和后勤供给问题，地方要多承担责任。

"总之，从现在起，马志新同志要立即上任，建立强有力的领导班子，保证半年内把队伍拉起来，争取打几场漂亮仗。"

大队政委马得骏说道："完全同意阎建同志的意见。此前我们和回民中队有过往来和交流，但还不够，主要是从组织上、思想上沟通不够，今后要加强。我和大队长储国恩商量过，我们可以支援一些武器弹药，由于来源不同，只能分步交接，一部分由县大队直接运到指定地点，另一部分由马志新同志指定专人运走，时间上越快越好。另外，县大队里有个大围河籍的回民战士叫辛桂田，是一位非常能干的机枪手，立过功，上过榜，趁这次支援回民中队就调给你们。还有一些技术问题，会后我们双方沟通。"

马志新、房玉岭、杨春圃、孔新站起来，向各位领导鞠躬表示感谢。

阎建同志说道："春节临近，有些贫困户过不去年关，我们有责任帮一把，这一带是我们可靠的根据地，他们对抗战都有过贡献。县委决定，从大留镇保甲长刘以庄家的仓库里取出部分打包运船缴获的大米、白面、海盐，分发给五留镇、四李村等地的贫苦农户，保证他们在灾害之年吃上五更饺子，也是县委的一点心意。"

会议结束后，储国恩走过来紧紧握住马志新的手说："你大胆干吧！我们是你的后盾。后天就要过大年了，你的老家献县东辛庄是回不去了，就在文安过吧。我不能陪你，建议你到堡垒户家里住一住，一个是回回营辛福田家，一个是大留镇李泽生家，两家都忠实可靠。"

马志新频频点头，在会场外等候已久的辛桂田也迫不及待地跑进来和新战友见面。

二

大留镇是当地著名集市，镇中有一条南北主街道，玉皇阁巍然屹立在大街南端，像一座城门。街北有龙王庙、娘娘庙、药王庙，街道中段分布着十几座大小不同的关帝庙，供果丰富，香火缭绕。

街道两侧布满了商号，都是木板门脸。商家为能在雨雪天正常营业，争相在铺前搭建起错落有序的偏厦，形成了气势恢宏的长廊。据记载，明朝就有了街貌的雏形，清朝康乾盛世逐步发展，历经了几百年的积累变迁。每逢春节，街上张灯结彩，上千只五彩红灯高挂，观灯人络绎不绝。街中高台上的刘家大厅，一对石狮在门前屹立，彰显威严。街北有民国初期李宗弼县长的老宅，人称"性致别墅"，是不可或缺的点缀。大留镇的建筑布局，是仿白洋淀著名古镇鄚州而建，凸显繁华与魅力。

抗战爆发之后，四区大留镇一带一直处于抗日根据地的包围之中，镇里住着一个鬼子兵小队和一个伪军中队，天天抓夫建岗楼、修公路，形势非常严峻。加上两年前区小队队长夏树凯叛变投降，造成多个区干部被捕，四区的抗日形势急转直下，坠入低谷。尤其是村政权一直控制在地主上层人物手里，给民主政府造成了针插不进、水泼不进的局面。县委认为，扭转大留镇政权一边倒的问题已经迫在眉睫。

文新县委指派组织部长兼农运部长冈长城到镇上做统战工作，他进村后首先深入基层摸查情况，然后约见上层人物。经过多次耐心的思想工作，刘本忠、刘以庄二人被冈长城的爱国情怀和真诚关心所感动，三人慢慢成了知己朋友。最后在刘本忠弟弟刘立忠和韩村王彦章等进步人士的撮合下，几个人在王家拜了把子，成为要好的盟兄弟。

保甲长刘以庄是过继给叔叔的，叔叔是大地主，家道殷实。刘以庄是一位白面书生，善于左右逢源，过继后很快就主持家业。自从和冈长城结为盟兄弟，他积极为共产党、八路军、游击队办事，如抗日民主政府交给的收缴公粮、筹集物资等任务，都能很好地完成。同时，刘本忠领导的30多人杂牌武装，也按照上级要求，适时向县大队投诚。从此大留镇一带又成了共产党、八路军的天下。

孔新领着马志新等人启程奔大留镇时，天上下起了鹅毛大雪，不一会儿，整个大地仿佛铺上厚厚一层棉絮。

到了五里以外的李泽生家，进入大门，院子里恰有一个少年正在扫雪，他看有人进来，马上放下扫帚迎过来喊道："孔新哥哥来啦！快到屋里坐。"这位少年是李家老四，乳名保全，进到堂屋马上把煤球炉子捅开并坐上水壶。

孔新问保全："大伯、大娘和你大哥去哪儿了？"

老四说："我先给你们沏茶，然后去叫家里人！"

孔新对马志新几位说："李家是个大家庭，大伯、大娘共有七个孩子，人称五男二女，是独户回民，原籍也是大围河人。"

李泽生进了屋，孔新介绍说："这一位你认识一下，他是马志新同志，是上级派来的回民中队新领导。"

李泽生上前紧紧握住马志新的手："太好了！这里的回民都盼着新领导早日到来，想不到大年根儿我能在家里见到你。这回有盼头了。"

马志新高个大眼，长方脸，胡子茬刮得净净的，穿着得体的便装，举止文雅，见人先带微笑，说话慢条斯理，给人谦和稳重之感。

马志新对李泽生说道："今天到你家，给你们添麻烦了。"

李泽生笑呵呵地说道："哪里，请都请不来啊！说来也巧，回回营辛少卿是我的一个远方舅舅，一年前在我们后院开了个牛肉铺。按照伊斯兰教规，特别请一位阿訇常住这里按规定屠宰，每天要宰一两头牛。年关临近，他们给了两条牛腿来抵偿地皮和房屋租金；另有郑州一个亲戚，前天到这里赶集，在白洋淀边拣了两只受重伤的大雁，阿訇一看还活着，马上赶了刀①，宰后立即捋毛下锅；两年来我在村里组织挖地道，从没想过会有什么报偿，今年地下党组织奖了 5 斗绿豆和 4 斗黍子，还有 50 斤大米。平常亲戚朋友来了能管顿便饭就算不错了，今天各位运气忒好，米有了，肉也有了，在这里提前过个大年吧！我父母向来好客，听老四说家里有客人来，二老正在门脸处准备今晚饭菜呢！"

辛桂田从坐柜上站起来，说道："论辈分，泽生的母亲我应该叫大姑，我是小字辈，不能等着吃现成的。你们聊，我到门脸处见见大姑和姑父，帮着打打杂。"说完就出了门。

孔新摘掉厚厚的壶套给各位碗里添上茶水，对李泽生说："现在要重新组建回民中队，你能趁这个机会参军吗？"

李泽生毫不犹豫地回答："几位领导都在座，我决定参军，到部队做些力所能及的工作是我多年的愿望。"

马志新问道："你善于做哪方面的工作？"

没等李泽生回答，孔新抢着说道："泽生在部队外围跑了这么多年，主要是担任党的交通员，从河间、文安到霸州、天津，各个联络站都非常熟悉。他聪明干练，在复杂环境中临危不惧，总是能找到符合党的利益的解决方法。这几年完成了难度很大的传递情报和物资转运工作，在财务管理上也是高手，他经手的每笔业务从没出过差错，受到各级领导的好评。"

---

① 赶刀：回族口语，指阿訇或师傅在牛羊健康鲜活时宰牲，也指趁着阿訇的时间方便请其宰牲。

第六章　峰回路转

马志新喝了一口热茶后目不转睛地盯着李泽生，说道："好！好！我正想找这样一个人，担任一份特殊工作，解决冀中地区的一个老大难问题。后方缺乏药品和食盐已经是公开的秘密了，我们要想办法打破敌人封锁，搞到这些东西，如能搞到一些奇缺的武器就更圆满了，这三件事是上级领导最关心的。要知道，在这个领域有所突破，比打一两场胜仗还重要。"

"这个担子很重，"李泽生感到任务的光荣和艰巨，谨慎地说道，"不敢打保票，可以先试试手，最好再配备一两个帮手。"

房玉岭听出门道来了，感到马志新提到的问题是件大事。这些年在冀中回民支队、文新回民中队里的摸爬滚打，让他深知部队后勤供给的重要性。他说道："我推荐一个人，就是徐各庄的尹保树，他是商人世家出身，为人低调，做事谨慎，跟泽生有很多相似之处，两人搭档一定能在这个隐蔽战线上做出成绩。"

马志新扭过头去问杨春圃："你的意见如何？"

杨春圃说："搞物资是一件创造性的工作，从小到大慢慢来，功夫不负有心人。还有开明绅士献土地的事情，也应该好好研究一番。去年毛主席在延安号召'自己动手，丰衣足食'，提倡开荒种地搞大生产。据说三五九旅在南泥湾开荒成效显著，受到党中央嘉奖。延安给我们做了榜样，联系实际，能否利用开明绅士献出的土地种庄稼，打了粮食可供部队使用，给人民减轻经济负担，一举多得。百草洼和甸子洼开垦三五百亩土地不成问题，若达到平均一个战士一亩土地的水准，部队全年的吃喝就有着落了。"

马志新听后脸颊放光，抑制不住内心的喜悦，说道："虽然今天只是聊天，但每个人的发言都擦出火花，群策群力出智慧。我们在打仗的同时，再把这两个议题妥善解决好，这支军队肯定能成为一支战无不胜的新型部队。"

孔新对马志新说道："我和陈佩在朱合村驻防时有个姓王的老乡叫王峰之，是一个种地的好把式，他自己种30亩地不说，还给人代耕10亩，小日子过得很殷实，请这样的人当个参谋、顾问，不是很好嘛！"

马志新胸有成竹地说道："我去年搞社会调查见过王峰之，老王很勤恳，但种地的方法还是老套子，当然，经验也是一宝。我家乡邻近的饶阳五公村，耿长锁互助组很有名气，据说有农业专家在那里指导，采用先进的育种技术，大量使用发酵绿肥，改造后的双力双铧犁提高了耕种效率，庄稼长势超过一般村子。去年向东淀转移时你们后勤三连是唯一没受损失的连队，得益于你和陈佩二人配合默契，这次在开荒种地方面再配合一次，搞出一点名堂来，你看如何？"

孔新微笑着说："好！没有问题，不过……"

大伯、大娘被辛桂田和孩子们簇拥着，端锅的、端盆的、拿碗筷的一起来到堂屋，把一张八仙桌布置得整洁丰盛，热气腾腾。李泽生一边张罗着请客人入座，一边介绍着各位的名字。马志新走到老人面前说道："给大伯、大娘添麻烦了，今天是腊月二十九，我代表这几位给老人家拜个早年！"

大娘说："一家人不说两家话，你们这些贵客平日请都请不来，能到我家吃个年饭，那是我们的造化，应该感知真主。今天又是瑞雪临门，盼望明年是个好年景。"

杨春圃走过来鞠躬后说："大姨，我是大围河的杨春圃，还认识我吗？"

大娘说："乍一看面生，细端详就想起来了，你当过阿訇吧？你父母和我娘家是邻居，乡里乡亲都很熟。大家坐下来吃饭吧！我们家老大跟你们在一起，都是兄弟，也是亲戚，回回路子窄，将来你们从我家这门口过，一定要进来吃顿饭，喝个茶，谁也不能见外啊！贺龙领导的老红军部队到文安平叛，有二十几个人在我家住过，他们进门就扫院子挑水，说话都是江西老表味。我长到这把年纪，从没见过那么好的部队。现在我们要重建回民自己的队伍，也应该像老红军那样，老百姓谁不欢迎呢！我这话说多了，快吃饭吧！"

马志新笑着说："还是老区人民觉悟高，大娘的话句句都说到点子上。"

李大伯问道："今天村支书李成书和村长王庄听说你们来，特地送来一瓶白酒，大伙儿喝上一杯，驱驱寒气，凑个热闹！"

杨春圃急忙说："谢谢姨夫，酒是大禁，回民中队也不例外，不能破这个规矩啊。"

房玉岭一边吃一边赞叹："牛尾炖大雁也叫走兽炖飞禽，我从来没吃过，真香啊！"

大娘说："如果饭菜对口味，就别放下筷子，多吃点！"

第二天一大早，马志新等人离开大留镇直奔回回营。

三

马志新去年到文安、霸州、河间等回民聚居区做社会调研期间，与贫苦农民同吃同住同劳动，野菜团子、山药叶烀饼也能吃得津津有味，他的真诚和谦虚，让人们愿意对他说真话、吐真情。

马志新当了回民中队政委兼队长的消息一经传开，准备归队的老战士和新报名的青年人就络绎不绝，不到两个月，花名册上已记满了150人，加上原有的人员，总共有309人。人员集中后，由房玉岭、杨春圃、孔新负责，把队伍拉到安全地带，系统地进行政治教育和军事训练。

马志新把有培养前途的苗子带到身边，交给他们一些工作，观察其立场、方法和组织能力，利用各种机会言传身教，以期迅速培养一些干部。对差距较大的人，则安排到基层接受锻炼。在九分区和回建会的支持下，从任丘调来金树江同志任书记，从高阳调来李河同志任政治部主任，县大队抽调参谋郭冀中同志到中队任职。其实，郭参谋长对回民中队很熟悉，两年前打包运船曾经有过成功的合作。中队基层领导是从地方抽调一些政治素质高的干部来担任。

马志新根据上级要求，召开了党总支扩大会，对过去的工作进行总结，由孔新记录、整理成文，向上级做了详细汇报。重点有以下几项：一是连队政治工作薄弱、政治学习走过场。党支部对于各种思想苗头，不闻不问，甚至放任自流，结果是队伍涣散，丧失战斗力。二是队伍分散，各行其是，互相之间缺乏支援和关照，形不成合力，中队变成了单一连队。总部对各连队控制能力差，上下有梗阻现象，各连队之间也缺乏必要的联络，消息滞后，只能一方有难一方承担,得不到支援。三是领导班子中好人主义占上风,彼此恭恭敬敬,思想从不交锋,久而久之,正确意见得不到贯彻,错误意见得不到纠正。四是只注重联系分区直属领导,很少向地方县委领导汇报工作,给工作造成被动。孔新将中队成立一年多来的整个工作进程,包括成功的、失败的各种经验教训,提纲挈领地撰写了总结报告,尤其是部队向东淀转移时党内出现的严重分歧,查找了根源,理清了事实。针对以上四项问题,党总支制定了新的议事规则,强化了民主集中制。三天的总结会,也成了一次深刻的整风学习。

杨春圃深有感触地说道:"穆斯林进清真寺或参加任何庆典活动都要进行洗浴,这是清规也是戒律。我们共产党人,为了人民的利益,为了革命少走弯路,完全应该经常洗洗澡、照照镜子。这次总结会对于我来说是一次重要的路线教育,我会终身受益。"

孔新完成总结初稿后,马志新同志又逐字做了修改,经集体讨论通过,上报九分区和中共文新县委。

四

县大队支援调拨的轻武器,包括各种枪支和大量弹药,按照回民中队的要求,已经运到指定地点;另有8挺轻重机枪和几千发子弹,要求中队派得力人员自行解决运输问题。马志新派二连连长辛桂田和多种经营连指导员李泽生执行此项任务,临行前又特意嘱咐他们:"运送武器是一项秘密任务,是考验二位大智大勇的机会。你们是新任命的连级干部,丝毫不能懈怠,必须保证圆满完成任务,给中队领导一个交代。"

辛桂田拍着胸脯说道:"政委放心,凭我的个头和力气,完成这点任务,那是探囊取物。"

马志新眼睛盯住李泽生说道:"光靠力气不讲智慧会把事情搞坏的,要靠谋略取胜才行。"

第六章　峰回路转

二人一身农民打扮上了路，路过大留镇时，李泽生对辛桂田说回家里办点事，只需吃顿饭的时间，再赶到目的地会面。

这批重武器藏在大李村地下仓库，临时负责保管的是县大队的李宗州。李宗州是大留镇早期党员，也是县大队主力队员。该人胆大心细，有勇有谋，曾参加过砸文安监狱、小务村巷战、突袭胜芳镇恶霸地主的战斗，因岁数偏大被分配到后勤部门工作。

他和辛桂田原来在一个连队，二人都是爱开玩笑的人，每逢碰到一起，免不了要耍贫嘴。辛桂田见到李宗州说道："原来咱俩在县大队同事几年，见面就吵吵，三个月未见，管仓库这美差竟然让你抢到手了，比在前线打仗强多了，既有权又没危险。"

李宗州不屑地说道："这差事傻小子可干不了，这是仓库重地，属绝密工作，一有闪失是要吃瓜落的，关禁闭、坐大牢你懂吗？！"

辛桂田撇着嘴说道："李大爷，我知道你在县大队立过功。这几年我也不含糊，奖章、奖状咱也都拿了。我看你除了脸上的麻子点比我多点儿，还有哪儿比我强啊？"

李宗州在十里八乡确实有个李大麻子的绰号，一听这话立马瞪着眼睛说："你当机枪手还是我推荐的，你露脸了，倒把大爷给忘了，你这个没出息的东西！"

"我笨嘴拙舌说不过你，大侄子认输了。"辛桂田鞠了一躬继续说道，"我今天有要事，是奉命领取武器的，这是县大队和回民中队的联合介绍信。"

李宗州严肃地问道："你跟谁来的？不能一个人办这个事吧？另外我告诉你，光是介绍信不行，要有运输保密措施才能放行。"

辛桂田说道："我跟你们村的李泽生一起来的，一会儿他就到。"

辛桂田老远看到李泽生骑自行车过来，马上迎上前去把情况交代了一番，李泽生笑着说道："我琢磨着此事不那么简单，好在我想出一个办法，你先留步，等我和宗州大伯商量后再做安排。"

李泽生跑到李宗州身旁，把他准备的运输方案一一相告，李宗州频频点头，二人商定三天以后再来取货。

李宗州站在高处送二位年轻人离开，用手势表达了他的幽默：右手伸出大拇指，左手伸出小拇指，分明是夸一个，贬一个。

辛桂田回头说道："这老爷子真厉害，干什么事都那么认真！"

李泽生请辛桂田到家里坐定，不紧不慢地说道："我因为常到回回营给回民中队送信，认识了北斗村一位昵称叫杜鹃的李姓姑娘，彼此有了好感，逐步建立了感情，后来托领导和亲戚出面挑明了关系。按照回民习俗，下聘礼后才能确定关系。母亲天天催办这件事，由于工作忙，这事就拖下来了。"

辛桂田不解地问道："这是你个人的秘密，今天告诉表哥，算是对我的信任。不过，这和运送武器有什么关系？"

李泽生继续说道："我上午回到家里，母亲看出我心里有事，问我遇到了什么难处，我知道母亲一心向着共产党、八路军，告诉她实情也可能引出新点子，就实话实说了。想不到母亲琢磨出一个出奇的招数，她提出利用送订婚彩礼的机会，把军用品带过去，这样定亲的事儿办妥了，军用品也悄悄地运到了目的地，母亲说这叫好事成双。老爸在里屋听到后也出来出主意，军用品每件两拃粗，一人高，30斤左右，共8件，一对大立柜就行了，本来订婚也需要这两件东西。"

辛桂田问道："机枪放在柜子里让鬼子查出来怎么办？"

李泽生说道："老爸说，柜子打成两层，里层放武器，外边放里面儿讲究的被褥。按照回民规矩，还要制作点心和酥饼400件，装入五层提盒内。运输时把食品放在显眼处，你想，日伪军见到点心都会抢着吃，谁还去翻腾你的柜子呢？"

辛桂田又问道："打这种柜子需要多少天？来得及吗？"

"来得及，老爸已经找到本村的高级木匠李宗汉叔叔，改造一对立柜，两天交货，包括雕花和喷涂大红漆。酥皮点心已经委托给点心师王宗茂大叔去做了，完全是素油的。"

辛桂田激动地说："哎呀！我真服了，你们家真是一个革命家庭！"

李家迁徙到大留镇已有几代人，他们的生活也不免会融入一些汉族习俗，两位老人选定农历二月初二龙抬头那一天送礼。当晚，辛桂田和李泽生把武器等物资从大李村运来，妥善地装进立柜里层，外层装满被褥和花枕头，最后等李泽生父亲检查上锁。

李泽生父亲李同和是个15口家庭的男主人，他做勤行买卖是把能手，种庄稼、赶大车也是有点名气的好把式，即使是桀骜不驯的大牲口，在他的响鞭之下都会乖乖入套。当贺龙部队在镇上驻防时，他结识了几个革命战士，成为最要好的朋友。他热心镇上的支前工作，曾担任担架队队长。昨晚他到对门刘以梁家借了一辕马车，傍晚就牵过来喂上草料，按照回民习俗，要五更动身，在太阳升起的时候把礼品送到女方家。

李同和按时叫醒儿子和辛桂田，首先在车上绑好架子，妥当放平两个大立柜。另外，把昨晚已经捆好的芦花大公鸡放在车头上，一是吉祥，二是避邪；五屉提盒点心显眼地捆在立柜之上。在启明星刚刚露头的时候，三人赶着马车出了村子。

大留镇到回回营约有十七八里，初春季节，西北风劲吹，刮在脸上像刀子一样。他们走到平大公路时，发现前方竖着一块牌子，上面写着："接文新保安队命令，平大公路从新镇到任丘段，戒严一天，停止一切人员和车辆通行。"李泽生等人在寒风中冻得瑟瑟发抖，只好赶着马车转到邻近的小务村口武术家徐勇祥的场院里避风。

日军侵占华北后，为了加强对广大平原地区的统治，曾强迫和抓扣大量民夫在较短时间内修建了一条从北平到大名府的上千里公路。日伪军把平大公路视为生命线，南来北往的汽车、马车络绎不绝，多为日伪军运输军用物资和快速补充兵力，老百姓把这条路看成是鬼门路、死亡路。

五

前一天,辛福田在回回营参加了马志新召开的开荒种地会议,他知道古代就有军队屯田,所以从内心里支持这项主张。会后,受马志新委托他要迅速送出两封信,一封是写给朱合村支书王福生的,一封是写给小务村村长田宏图的。枕头下藏着两封密信,他一夜都没睡踏实。当天他早早起了床,胡乱吃点东西,急急忙忙戴上毡帽,背着粪筐就出了村。在朱合村,事情办得很顺利,支书看信后非常痛快地写了纸条,同意在百草洼划拨荒地300亩交给回民中队耕种,让他喜出望外。想不到在赶往小务村的平大公路上他也遇到了阻拦,经当地人指点,往西绕地下涵洞,交10元费用后放行。辛福田离小务村半里路时,看到场院的秫秸垛后边有一挂漂亮马车,车上两个大红柜子闪着光,还有显眼的五屉点心盒和一只芦花大公鸡,断定是回民下彩礼的车。他三步并作两步走过去,发现都是熟人。四人寒暄后辛福田说:"平大路戒严是经常的事,恐怕一天也不能解禁,不过朱合村西边有个涵洞,日伪军在那里设了路卡,我带你们走一趟如何?"

辛桂田客气地说:"老哥从回回营出来,肯定是给马政委送信去,你的事更重要,我们自己去闯闯。我问老兄,你知道泽生是给谁下的彩礼?"

辛福田笑着说道:"老弟小看我了,秀才不出门全知天下事,回回营、北斗村的事瞒不过我,泽生和杜鹃搞对象已有段时间了,肯定是幸福美满的一对,我就等着吃油香道知感呢!"

大车走到涵洞时被两个值班的保安队员拦住,说要做全面检查,李泽生马上走过去递上香烟,保安员问:"提盒里是什么?"

李泽生说:"是给亲戚们带的点心。"

保安员命令说:"拿下来检查一下!"

李泽生不慌不忙地把提盒取下,递了过去。

保安员说:"我们这帮兄弟还没吃早饭呢,把点心留下来走吧!"

第六章 峰回路转

李泽生和辛桂田急忙赶车过了涵洞，心里的石头总算是落了地。突然另一个保安员跑过来，大声喊道："站住！你们拉这么多东西，给盒点心就算完了？哪有这么便宜的事！"

辛桂田说："一提盒点心400块，够你们全班吃三天，折合成法币也有两百元，别人过涵洞只掏10元，怎么就跟我们过不去？想找茬啊？"

"再交300元就放你们走，否则甭想离开这里！"

李泽生和父亲赶忙上前和颜悦色地说好话，但是保安一直摇头，父子俩凑了100元递给他，他把钱扔在地上，说道："车上拉着这么贵重的大立柜，手头上愣是凑不够300元，谁信哪！今天我们哥俩儿就跟你们磕上了，看你们谁敢疵毛？！"辛桂田在一旁气得两眼冒火，手里抓着一根长绳向两个保安背后凑过去。

辛桂田是个硬汉子，最大的爱好就是打抱不平。三年前他到白沟镇串亲戚，走在拒马河大堤上时，看到一个日本军官骑着马跟在日伪军队伍后面。不知怎的，骑马的日本军官走得很慢，等跟队伍拉远了，突然下马把坐骑拴在一棵歪脖树上，跑到河边调戏一位正在洗衣裳的青年妇女，当即遭到拒绝推搡。后来，日本军官索性要拽她上马，二人扭打起来。辛桂田看到后，简直气炸了肺。他一个箭步蹿过去，弓着身子把日本军官推到河里。那个日本人会游泳，挣扎着往上爬。他又纵身跳到河里，掐住日本人的脖子，摁到水下，直至淹死，同时下了日本人的手枪，回头喊道："姑娘快回家！这里不能久留！"接着游到河对岸，当日回到了大围河。父亲生怕日伪军追究，第二天就亲自送儿子到县大队参了军。

今天遇到这等不讲理的事，辛桂田实在咽不下这口气，决心狠狠教训一下这两个坏蛋。他在两人背后突然发力，一拳一脚把二人撂倒，迅速用绳子捆绑起来，把破手巾塞进他们的嘴里，然后拽到涵洞里拴在一个铁柱子上。辛桂田整理一下衣襟，定定神，瞧了一眼过路的人，用力喊道："不收费了，大家迅速离开这里！"

李泽生把鞭子交给父亲，三人迅速跳上车辕和车帮，只听见空中一声脆响,马车飞也似的跑起来,很快消失在前边的村庄里。

辛桂田问姑父,400 件酥皮点心扔在涵洞了,又拿什么东西下礼呢?姑父说:"我在立柜里额外准备了400件,你放心吧,咱们不会失礼的!"

六

三年前,千里堤上的四十八村联庄会与日本鬼子曾有一场恶战,从那时起敌人就不敢在这一带撒野和轻举妄动,这里的老百姓获得了一段相对平静的生活。1943年初春,新城、雄县的伪军在王凤岗的指使下,经常派出几十人有时甚至上百人到大清河南岸抢劫、抓人。伪军的暴行激起了广大群众的极大愤慨,军分区得到消息后,指示回民中队配合四十二区队对王凤岗的伪军进行回击,打死和活捉了上百个伪军,并一直往北追杀,最后占领了大清河中游的白沟镇。

大清河从白沟镇西南折弯后,一路向东流去。白沟镇就像是一颗明珠镶嵌在大清河东岸,几百年前就是平原通往山区的水陆码头。回民中队和四十二区队对白沟镇的占领,截断了天津通往敌占区的水上运输线,这无疑触动了汉奸王凤岗的神经,他随时都有反扑的可能。

部队完成任务后,回建会派崔志嵩专程送来一封军分区的信函,主要内容是:为扩大文新回民武装实力,上级决定把四十二区队中的回民战士和肃宁抗日回民小队合编到文新回民中队中,并希望他们再接再厉,在新的一年里取得抗战的更大胜利。

回民中队领导班子在白沟镇驻防修整期间,对中层干部做了充实和调整:宣教委员:杨春圃;组织委员:孔新;军事参谋:房玉岭。

一连指导员杨春圃(兼),连长辛燕侠;二连指导员白纯,连长辛桂田;三连指导员马书玉,连长金兴才;后勤连(兼开荒种地)指导员陈佩,连长孔新(兼);多种经营连指导员兼连长李泽生。

马志新在干部会上说:"1943年刚刚过去两个多月,整个政治形势就像这天气一样，让我们感到春天的来临。世界反法西斯联盟已经形成，伟大的苏联人民顶住了德国法西斯的进攻；日本军国主义在太平洋战争的失败，使其自顾不暇；在中国共产党和毛泽东同志的领导下，敌后抗战越打越勇，日寇从扩张转为收缩，中国的抗战牵制了日本的军事力量，这是对世界反法西斯阵线的重要贡献。

"当前，回民中队有四件事摆在议事日程上：第一，经过整编和充实，加上县委、县大队的大力支援，队伍从人员到武器配备都有了较大改观，接下来要想方设法干点大事，谨慎选择切入点和突破口，打一两场较大战役，用以检验我们的指挥能力和战斗力。第二，在回民聚居区有很多做小买卖的人，他们每天穿梭于白区和红区，如买卖牛羊、收购皮货、运输物资等等，这些人到了白区被说是通共、通八路军，回到红区又给扣上密探和间谍的帽子，有些地方甚至没收了他们的商品和财产。其实这些人绝大多数是买卖人，和政治没多大关系。这个问题不解决，将会直接影响回民中队的稳定和发展。我们要和县委、县大队商量个意见，以彻底解除他们的后顾之忧。第三，为了回民中队自身建设，准备调一两位阿訇到部队来，以满足穆斯林生活习惯的需要，尤其是对于在战场上牺牲的同志，一定要按照伊斯兰的教规习俗安排葬礼。第四，经过整编，部队成立了三个武装连，还有后勤连、多种经营连，希望从现在起，抓紧开展工作。前些天我请辛福田同志到朱合村、小务村商量给中队提供土地开荒种庄稼，两个村子都大力支持，痛快地答应了，看来开垦500亩土地没有问题。另外，李泽生和辛桂田也机智地将8挺机关枪和几千发子弹运回了中队，很了不起，这是一次实战演练，希望继续发挥专长，把多种经营搞出成绩。"

刚刚散会，中队侦察排长丁树德就急急火火地找到了马志新，说是有急事汇报，马志新说："正好几位领导都在这里，就一起听吧！"

丁树德说："马政委，事情是这样的。我的房东是白沟清真寺三掌教王志存，昨天有个叫陈三儿的人来找他，说是新城伪军保安中队副队长佟弘魁要给儿子过百岁儿（100天），准备大摆宴席，因为他是回民，特地派陈三儿来清真寺请三掌教到周兴村下刀宰羊。本来三掌教不想伺候这些人，但是从教规上说，宰牛宰羊、服务穆斯林是分内的事，找不到推辞理由。陈三儿还不知深浅地露了一句话：县保安中队一周前就打算到白沟来清剿回民中队，因为队长有喜事在身，行动被推迟了……"

马志新插言道："真是说者无意听者有心，这是送上门来的好情报。好，你接着说。"

丁树德继续说道："随后我追问了一句，陈三儿和佟弘魁是什么关系？他说：'陈三儿是当村人，一个破落地主的后代，属于游手好闲浪荡公子之辈，和佟弘魁只是牌友关系。'"

马志新看着两位参谋，说道："你们两位有什么意见？要不要派人去摸一下情况？人家要到这里清剿，我们也不能坐等着。"

房玉岭说道："我认为有必要派人去，找一个懂宗教知识又能眼观六路、耳听八方的人为好，争取通过现场应酬，拿到实质性情报。"

参谋长郭冀中说道："这是个求之不得的好情报，县大队遇到这种情况，完全能够接招发力，是变被动为主动的好机会。只要把敌人的行动时间和路线摸透，就可以打一场漂亮的伏击战。"

马志新思索片刻说道："房玉岭提出的人选标准很高啊，我从所有熟悉的人头里搜索了一遍，派张其钧最合适。"

张其钧上过大学，见多识广，人又精明机灵，来到部队后也没有知识分子的架子，始终和群众打成一片。

次日上午，张其钧作为王掌教的助手一起赶到了周兴村。下午，王掌教引领亲友举意①后宰羊，张其钧主动要收拾五只绵羊。只见他挥舞剃肉刀，刀刀都割到肯结上，不到一顿饭工夫就把羊肉分割利索，引来周围人一片叫好声，主人也挽留张其钧继续为宴会服务。次日，张其钧脚下生风，为主桌布菜、斟茶、倒水、点烟，样样在行，县里来的大大小小头面人物在他面前

---

① 举意：穆斯林办理喜事或丧事，请阿訇宰牛羊时所举行的宗教仪式。

也都无拘无束地谈笑风生，没把他当外人看待。

主桌上坐着县稽查大队队长，看到佟弘魁过来，笑眯眯地说道："今天到这儿来，是给佟总道喜的，祝福儿子百岁喜庆，全家安康！"大队长往前走了两步，压低声音继续说道："听说佟总要清剿土八路，还要我们支援上百人，怎么至今没个信儿啊？是计划有变，还是土八路转移了……"

佟弘魁凑过去恭恭敬敬地答道："清剿任务推迟了。本来前天就要动手，我夫人知道后骂我个溜够。"

保安中队参谋长把行动时间和参与人数说了一遍，表示总体计划没变，最后嘱咐说："这是军事秘密，出了这屋子，谁也不能瞎说乱传。"

七

马志新正同河间果子洼新调来的金阿訇谈话，忽然张其钧从外边走进来，马志新赶快安排金阿訇到里屋等候。他首先听取了张其钧的详细汇报，心中逐步形成了一个行动计划。他深深懂得，此事非同小可，又事不宜迟，像打鱼一样，必须把网子编织妥当，等待最后的收网。

郭冀中参谋长接到命令，带领连级干部及有关人员到现场察看地形。走到拒马河歪脖树下，李泽生问辛桂田："你是在这儿把日本军官推到河里去的？"

辛桂田说道："没错！你们看见河边那块大石头了吗？就是那位姑娘洗衣裳的地方。"

他们俩一问一答，听得其他人一头雾水。陈佩插言道："辛桂田的故事多啦，你们两个到底说的哪一出，别让我们蒙在鼓里呀！"

李泽生从头到尾述说了一遍，大家都惊讶地点了点头，赞叹辛桂田在关键时刻敢于出手打抱不平的侠肝义胆。只有陈佩嬉笑着摇头说："你们光知道辛桂田立功露脸的一面，我和他是一个村子的，从小一起长大，他小时候的糗事可多呢！"

辛桂田是一个憨厚又不拘小节的人，常常给人留下话把和笑柄，人们拿辛桂田插科打诨是常有的事。

郭参谋诧异地问:"这倒是新闻,到底有什么糗事啊?"

陈佩说:"辛桂田小时候,有一次在村边的大水坑里与小伙伴们玩扎猛子,因为水性好,几个汉族孩子都玩儿不过他。有个大孩子出主意,让同伴们跑到岸上,挖岸边的稀泥朝辛桂田身上甩。结果,辛桂田的脸上和肩膀上落满了稀泥,整个人成了泥猴。他刚想上岸去追赶甩稀泥的孩子,却发现一群妇女坐在岸边树下洗衣裳,便游到远处岸边悄悄对我说:'人家汉族孩子小鸡子都是包皮的,活像个小瓷珠,光着屁股也不显眼。我的小鸡子割过损①,像个成年人,上了岸必定会遭打,怎么办啊?'我一抬头,突然看到他挂在小树上的衣裳,摘下来就往苇塘边跑。辛桂田看出我为他解围的用意,就在那里爬上了岸,穿上了裤子。那群毛孩子就这样戏弄我们的辛桂田!"

几位连队领导看着辛桂田都哈哈大笑起来。

郭冀中对回民男孩从小要割包皮的事不理解,甚至怀疑割包皮会影响生理功能。陈佩做了解释:这是一种宗教规定,因为随着年龄的增长,生殖器的分泌物会增加,每日几次小净,冲洗下部是重点程序,所以割损只有好处没有坏处。当然,农村由于卫生条件的限制,也有发炎、红肿等现象发生,不过很快就会痊愈。

几人说说笑笑中来到了十三里铺旁边的高桥村,这里是拒马河故道,是新城县城通往白沟的必经之路,两边的堤坡上布满了刚发芽的灌木。低洼处有一段公路,远处有一座桥,但干枯的桥下只有零星的残冰。

郭冀中走到这里突然停下向四周观望,大家也围拢过来。郭冀中说:"这里是平原地区最好的战场,只要侦察人员把时间搞清搞准,我们又能做好隐蔽工作,这场战斗有的打。"

房玉岭说:"我建议把主战场往南移,挪到大桥南侧一里路的地方,桥上布置适当火力点,居高临下,左右开弓,效果更好。"

---

① 割损:割礼,阿拉伯语"赫特乃"的意译,亦称为"割包皮",指穆斯林男孩割掉阴茎包皮的仪式。

八

惊蛰那天黄昏，回民中队开始调动，晚9时全部进入阵地。这时通讯员报来消息，四十二区队派来一个机枪排参战，服从统一指挥。早春的夜晚，北风冷飕飕的，战士们趴在地上，时间一长，冻得瑟瑟发抖。按照情报，午夜时分敌军应进入高桥区，但是从天上七星勺的位置看，已进入后半夜两点，仍不见敌人动静。一些战士实在难忍，便站起来跺脚搓手，防止瞌睡、感冒。

正在不耐烦之时，北方天际忽然有亮光闪动，不大一会儿又传来了马达的轰鸣声，应该是开路摩托车的声响。中队战士一下子清醒过来，迅速各就各位。等到敌人的全部人马都进入了伏击圈，天上突然亮起了照明弹，清晰地照见了敌人的位置，霎时，枪声大作，步枪、手榴弹响成一片。面对这突如其来的袭击，敌人有的抱头乱窜，有的支起机关枪还击。辛燕侠是有名的神枪手，但在夜战中发挥不出来，他夺过陈二愣的轻机枪，站起来全力射击，只见枪膛的火光对准哪儿，哪儿就像推倒麦捆个子一样躺倒一大片。看到敌人的火力被彻底压倒，郭参谋长命令司号员吹响了冲锋号。战士们一边冲向敌阵一边高喊："举起手来！缴枪不杀！"敌人的先头部队看势不好，撒腿就往前边逃跑，被埋伏在远处的四十二区队机枪排全歼，后边的敌军被桥上的火力拦截，只有押后阵的部分伪军逃窜。整个战役不到40分钟。

马志新召集各连和机枪排长开了简短的现场会，他说："在中队统一指挥下，我们打了一场漂亮的伏击战，值得庆贺。估计敌人出动两百人，我支队出动的人数两倍于敌，这是速决战的一个成功例子。现在我们各连队查一下人数，看看有什么损失。另外，各连队抽调人员积极组织白沟、高桥支前老乡清理战场。注意要征用一些简易木质棺材，被歼敌人也给一个体面的归宿。"

马志新政委是个细心人，在县大队当兵时就注意被歼敌军的后事处理。他认为不虐待俘虏和妥善处理敌军的后事同等重要，这是共产党人对人道主义的一种深刻理解，也有利于争取民心。

中队侦察排长丁树德跑过来报告："初步统计，这次战斗共打死敌人52名，伤12人，俘虏77人；我方阵亡8人，重伤1人。缴获的枪支弹药正在清点中。据被俘的一位连长说：新城出动的200人里，有回民士兵21人，请首长考虑，被打死的伪军回民士兵葬礼怎么处理？"

马志新一时也拿不出主意，正在这时，王掌教和金阿訇领着担架队来到马政委跟前，他突然想到，把这个事交给两位宗教人士处理比较恰当，于是说道："金阿訇、王掌教，你们能不能从52个伪军死者中把回民挑出来，按回族习俗处理他们的后事？"

金阿訇和王掌教咬了一下耳朵后说道："没问题，扒开裤子看一眼就知道了，那些回民士兵都割过损。"伏击战的第二天，新城保安队的12名回族战士就弃暗投明，加入了回民中队。

高桥伏击战受到了九分区的通报表扬，命名文新回民中队为九分区回民大队。

第七章　惩处叛徒

一

1943年初春的一天，冀中回建会马玉槐主任来到回回营，见到老房东辛福田后非常高兴。辛福田注视着马主任，方脸上露着青色胡子茬，面容放光，带着微笑，因身罩长衫，高大的身躯显得有些瘦弱。他深情地问道："马主任，两年没有见面了，大家总惦记着您，您还好吧？"

马主任关切地回答："我很好，总想来看看大家！乡亲们还好？驻防部队如何？"

辛福田夸奖说："自从马志新同志到文新县以后，部队变化很大，新气象不少，上周在白沟河又打了一场胜仗，队伍士气很高。"

马玉槐问道："回回圈里和周围群众的反应如何？"

辛福田说道："在大围河、回回营和两间房子村反响最突出，每天都有要求参军的各路青年人到这里报名，军队不断扩编。马志新让我到朱合村和小务村联系开荒一事，人家二话没说就划拨了500亩地，现在陈佩和孔新都搬到朱合村去住了，差不多一个整连的人在那里筹备春耕。李泽生新开辟的多种经营也着手在河间建商店……"辛福田话还没说完，马志新走进了房间。他和马玉槐同志已经几个月没见面了，二人紧紧握手，彼此问候。

马志新问道："首长怎么不声不响就来了？如果能多住几天，我安排时间领你到各个连队去看看，对大家也是个鼓舞。"

马玉槐说:"我是去天津从这里路过,顺便看看你们,今后有机会我一定在这里多住几天。"

"那好,"马志新说,"我简要汇报一下中队工作,吃过午饭我送你一程。"

马志新把近三个月来的工作情况和存在的问题做了汇报,马玉槐记录着,问道:"回民跨越红区和白区做买卖曾经出现不少干扰,有些地方还把小商人当特务给抓起来,还有的没收人家的财产,这种做法很不应该,不知解决了没有?"

马志新答道:"此事已向上级做了书面汇报,两周前县委下发了一个批复文件,明确提出,跨越红区、白区的商业行为不存在政治问题,只是商品流通的方式,这种流通越活跃对红区的发展越有利,各级组织要给予保护。这件事已基本解决,各村反响很好。"

当谈到刘思刚叛变当了汉奸的危害时,马玉槐气愤地说:"刘思刚真是罪大恶极,到目前为止,他杀害的革命志士和回民干部不下40人。他不是孤立一个人,而是与北平回民反动组织有联系。你们要到霸州等地做些调查,争取霸州县委、县政府的支持,把他和同伙的罪行进行整理,在适当场合公布于众,最好公开处置,让更多的人知道事实真相,把革命和反革命的界限划清楚,用事实教育人。"

二

下午,马玉槐由马志新陪同,李泽生做向导,踏上了去天津的路途。

路线仍选择沿任丘、文安交界往东,这条路线比较安全。走到小务洼时,见到成千上万的人在野地里刨土,有的用铁锹,有的用铁挠子。马玉槐停下脚步,问李泽生:"这些人在刨什么?"

李泽生答道:"去年秋天,冀中地区下了几场大雨,低洼的地方都被淹了,秋粮减产,直到寒露水也没下去,小麦也没耩上,今春就出了饥荒。这个地区因为沥涝时间长,水中长出一种叫三棱草的植物,它们的根在地表之下两三尺处生成圆圆的球茎，当地人叫作地梨儿。这东西冬天冻不死，春暖时节人们便想法给刨出来，洗净晒干后磨成面粉可以食用，是穷苦老百姓最好的代食品。"三人正议论着，陈佩和孔新从荒地里走出来，马志新惊讶地问道："你们俩怎么来这儿啦？"

孔新笑道："冀中平原还是太小了，想不到在小务洼里能见到老领导。我俩今天带十几个人到这里来看荒地，基本把两百亩土地圈下来了，等春分就开始耕种。看到老乡都在刨地梨儿，我们也参加进来，如果能刨它百八十斤，也给后勤连补充点口粮。"

马玉槐问道："这地梨儿是个好东西，怎么才能顺利挖出来呢？一个劳力一天能挖多少？"

陈佩说："俗话说，'地梨儿一撮毛，好吃不好刨'。刨地梨儿有两种方法：一是先把地面上的土层挖两锹深，清出一间像家里火炕那么大的面积，然后用挠子挠，看到有黑点出现，立即用小铲子抠出，那就是一颗圆滚滚的地梨儿。熟练的人一天可挖三到五斤，够一家三口人两天的口粮。二是在地里打一个长方埫子，埫子里的土层用铁锹掘软，再往埫子内灌满水，用木棍或铁锹在泥浆里搅拌，地梨儿比较轻，一搅就会浮到水面。这种方法每天可收获七八斤。不过第一种方法劳动强度较轻，妇女、孩子都能办到；第二种方法就不然了，必须是强劳力才能胜任。"

马志新问道："这上万人是从哪里来的？"

李泽生答道："文安县有两个地方产地梨儿，一个是小务洼，一个是文安洼。据说今年刨地梨儿的有十万人，文安人且不说，还有从任丘、河间、肃宁、大城、雄县、新安、霸州、永清等县拉家带口来刨地梨儿的。"

孔新补充道："为了保障人们度荒，县委、县大队还派专人暗地保护，以免发生争斗和流氓破坏事件。"

马志新说："都说文安有三件宝，地梨儿、榨菜、三棱草。这'三宝'帮助文安洼和周围地区的穷苦百姓度过了多少难关呀！"

李泽生答道："就是！榨菜不是四川那种榨菜，而是文安洼里的一种水草，它长得长长的，有嫩梗和小尖叶，打捞上来可以食用。三棱草就是地梨儿长出地面的枝叶，有三四尺高，截面是三棱形，用镰刀割下来，晒干后可编成越冬草鞋和草褥子，是穷人御寒的物品。都说东北有'三宝'，人参、貂皮、鹿茸角，人家那都是贵重东西，可文安的三件宝却是帮着穷苦农民度荒年的。文安这片土地十年九涝，是个可怜的穷地方。可是穷则思变，就说打日本保家乡，跟着共产党闹革命，文安人的表现就很积极，涌现了很多英雄模范人物。"

马玉槐环视周围，小白河大堤上的榆树叶子和榆钱已被捋得精光，就连榆树皮也断断续续地被铲掉，树干像得了皮肤病，露出一片片光秃秃的白色。柳树上的'毛毛虫'也被掐掉。他叹息道："这些树叶、树皮都要当粮食，可见老乡们的生活是多么艰难。"

孔新诧异地问李泽生："老乡扒树皮干什么？"

李泽生笑着说道："榆树皮晒干后磨成粉，可以当黏合剂，棒子面里掺上榆树皮粉可以擀成面条，还可以轧秫米面饸饹。"

马玉槐心情十分沉重地嘱咐孔新："咱们部队就不要和老百姓争地梨儿了，更不能捋树叶、扒树皮，把大自然的这点恩惠就留给老乡吧，这样我们的心还能踏实点。"

三人辞别孔新等人，来到北李村村口时，马志新对马玉槐同志说道："老领导，我就送你到这里吧！我去县委、县大队汇报今年的工作计划，委托李泽生同志陪你到天津。"

李泽生在路边恰巧找到一辆去王口的马车，双方伸出右手在袖口里掐了掐指头，算是谈定了价钱，二人搭上马车向天津奔驰而去。

三

一辆铁轴平板独轮车，停放在霸州北岗村南街一条胡同口，车上摆放着几张大小不一、颜色各异的羊皮，十几条赶大车的长皮鞭子整齐地戳在旁边。

一个人站在车旁,大声吆喝着:"有羊皮的卖!"另一个进胡同找人,不到一袋烟的工夫,一位拄着拐杖的老大爷从胡同里缓缓走出来,颤巍巍地喊道:"把车…推…进来吧!俺家…有上等皮子。"收羊皮的马上把车推进胡同,往里走不过十丈远,左拐进了一个大院,老大爷随手把大门闩上。

这家有一个上门女婿叫王德才,是辛福田的干哥,夏庄人,中等个头,强壮的身体好像有永远用不完的劲儿。他家因弟兄8个、母亲体弱,家境一直贫困,他从小是吃辛福田母亲的奶长大的。成年后因为娶不上媳妇,就倒插门来到霸州,结婚有三年了。为养家糊口,两年前进了伪县长大院当了一名掌勺的大师傅。今天特意请了一天假,款待来访的亲戚。

为了尽快落实马玉槐同志关于调查叛徒刘思刚的指示,马志新采纳了知情人的推荐,派辛福田和丁树德担当调查任务,二人乔装打扮成皮货商进入了霸州。

走到大院里,辛福田向王德才介绍:"这是我的同事丁树德,三年前我送你到霸州相亲,走到半路天黑了,是在史各庄回民饭馆吃的饭,掌柜的就是丁树德的父亲丁大伯。"

王德才高兴地说道:"我记得!那天住在他们家,是丁大伯教我炒菜。从那时起我开始喜欢上了厨艺。天不早了,咱们边吃边聊。"

嫂子立马儿端上饭菜,说道:"大弟弟你们都不是外人,担待着吃吧,这是你哥特意准备的回民菜,有爆三样、素烩面筋,主食是死面卷子。别看手艺一般,材料却都是从伪县长小灶上买来的,也算近水楼台先得月吧!"说完就离开了堂屋。

辛福田耍了个鬼脸,说道:"想不到,伪军的饭菜犒赏了抗日军民!"

王德才问:"你们这次来有什么公干啊?"

辛福田马上说:"一会儿到里屋再说吧,我们先吃饭,快点腾地方,让老爷子和嫂子也早点吃。"

三人进了里屋,一边喝茶,一边聊了起来。

王德才问道:"你们推车进村时有狗乱叫吗?"

丁树德纳闷地反问："是啊，你怎么知道的？有几个大狗追着车子叫个不停。后来我们只好离开东街口出了村，从村外绕到了南街。"

"你们两位都是书呆子，"王德才笑着说，"我看见你们车上摆着羊皮和赶马车用的皮鞭子，还有编成串的狗皮鞭梢，特别是成卷包裹着的那张狗皮。狗鼻子比人灵敏百倍，它们闻到同类的味道还能饶你？过去干这一行的都是推木轴车，人们还没见到车，就听到木轴吱呀吱呀的转声，村头的大狗小狗都会一股脑地跑出去围着叫，人们误以为是木轴车的噪音招惹的，其实是狗皮惹的祸。"

辛福田笑着说道："我们为了在路上少找麻烦，匆匆扮成了皮货商，特意从大围河马三伯那里借的车子和皮货，哪知道这里边还有这么大学问，看来干什么活计都要学习。"

丁树德自嘲地说道："我不但对羊皮等级分类搞不清，就是多少钱一张也没有打听清楚，幸亏路上还没有遇上卖羊皮的，真要碰见行家里手还麻烦呢！"

辛福田说："书归正传，这次找你是想调查刘思刚的事，据说伪警察局和县政府在一个院里办公，你能否提供一些线索？"

王德才说道："我是吃回民母亲的奶长大的，对回民就是感觉亲近，本想在原籍过上正常人的生活，但命运把我发配到了霸州。'七七事变'后，日伪军火烧四十八村，我恨透了这帮狗杂种，若是仍生活在夏庄，也可能早就参加抗日队伍了。万万没有想到我会走进日伪县大院，干起伺候敌人这不光彩的勾当。我心里很矛盾，也很郁闷，这差事到底干还是不干，一直拿不准。干吧于心不忍，不干吧没有饭吃。"

辛福田说："德才哥，你在什么地方干事并不重要，关键是怎么干。一个月前文新县委、县大队开会，还讨论怎么打入敌人营垒内部。你已经打进去了，是一个大好机会。三顿饭还是应该做好，要多观察里边的情况。"

王德才说："我岳父的一个亲戚是霸州中学的韩老师，毕业于保定中学，思想进步，待人诚恳。你们看，北山墙上这幅书法作品就是他写的，是岳飞的

《满江红》。后来韩老师当了副校长，上个月找过我，只是一般聊聊，还约定三天后让我到他家做客。你这一提醒我才恍然大悟，看来好事找上门来了。"

丁树德指着墙上另一幅字问："这个条幅是谁写的？"

王德才不好意思地说："是我跟一位老秀才学写的行书，那枚闲章和名章也是跟人家学刻的。"

丁树德羡慕地说："我上过四年小学，还不如你这个没进过学堂门的，惭愧啊！"

"好，"辛福田说，"再接着说说伪大院吧！"

王德才说道："刘思刚是伪县长介绍我认识的。县长知道我会做回民菜，有一天北平牛街来了两位客人，晚上警察局安排了一桌宴席，我负责采买和制作。客人吃了特别满意，把我叫到饭桌上聊了几句。据说刘思刚从马本斋回民支队逃跑后去了北平，参加了后台是日本人的伪'回民青年培训班'。北平'回奸'组织对冀中回民支队的逃兵很感兴趣，觉得这种人会死心塌地为他们卖命。刘思刚回到霸州后被安排到警察局工作，实际是北平'回奸'组织有意安排的耳目……"

辛福田插言道："没想到，干哥掌握的情况这么准确和细致，今儿一晚上肯定谈不完。明儿个你正常上班，我俩去两间房子村走走亲戚，了解一下刘思刚的家庭背景。晚上回来还住你家，一定要把这件事谈透。"

王德才胸有成竹地说："没问题，刘思刚爱吃我做的菜，也爱和我闲聊，我保证给你们多搞到些消息。"

德才很聪明，小时候上不起学，就把辛福田念过的书揣在怀里，干完农活，就躲在树后或苇塘边，大地当纸，树枝做笔，一遍遍念诵抄写，一年半工夫国文就达到四年级水平。他有一次肩背打草筐、手拿镰刀到朱合村校园里找辛福田，学生还在上课，他偷偷地把头伸进窗户纸脱落的窗框里，正好听见老师出谜语给学生们猜："上不在上，下不在下，不可在上，且宜在下，打一个字。"老师重复三遍后说，如果还没人猜出正确答案，奖品就不发了。老师话音未落，只听见教室外面有人喊了一嗓子："是个一字！"四年级教室里立马乱了营,学生们一股脑地涌出教室,操场里没见大人,只有一个背筐打草、穿着破衣衫、满脸污垢的赤脚孩子,辛福田一看是干哥王德才,马上跑上前去诧异地问:"干哥,你来干什么?"

德才说:"我来找你。"

"刚才说出谜底的是你吗?"福田问。

"是我啊!"德才马上说道,"答案不对吗?"

学生们怔然了,大家都围拢过来,好奇地盯着这个穷孩子。

老师走过来问道:"哪村的?叫什么名字?"

德才说:"夏庄的,叫王德才。"

"上过学吗?"老师又问。

"没上过。"德才羞涩地说。

这时,辛福田走过来向老师深鞠一躬说:"李老师,他是我干哥,因为家里穷,没钱进学校,是拿我念过的旧书自学的。"

李老师是任丘鄚州人,在四十八村辗转教书已有30多年,富有同情心,看到这样聪明的孩子上不起学,心里很不是滋味。李老师对王德才说:"你来上学吧,哪怕半天上学半天打草也行,学费我来掏。"

王德才把草筐和镰刀往地上一扔,扑通一声给李老师跪下了。

四

"七七事变"后,日寇为了分化、灭亡中国,实施预谋已久的建立独立"回回国"的计划,可谓挖空心思、不遗余力,其用心之恶毒、手段之卑鄙,达到无以复加的地步!

日本华北军派顾问高垣信造及回奸刘锦标,纠合一些甘心附逆的回族败类如马良之徒在北平筹组伪"中国回教总联合会"和下属"华北联合总部"。他们还在北平组建"中国回教青年团",招收18岁以上、25岁以下的职业青年和地痞流氓进行奴化教育,在两年多的时间里共培训10期,毕业几百人,这些回民青年毕业后大多分配到日伪宪警机关，从事特务活动。

河北安国县回族青年刘中庭是刘锦标的侄子，原为冀中回民支队的敌工科长，一个上好的年轻人。后经不住叔叔的劝说和引诱，叛变投敌当了伪警察所长兼日寇的翻译官。刘思刚到北平进入奴化教育培训班的时候，二人勾搭在一起，臭味相投、沆瀣一气，真有相识恨晚之感。三个月后，刘思刚回到霸州，得益于刘中庭的关照，很快进入霸州伪警察局，遵照北平回奸组织的旨意，变本加厉地迫害抗日进步人士。

刘思刚时常来往于霸州、北平之间，到北平时，刘中庭总是把他安排在前门外煤市街一带居住，二人转遍了前门外的大街小巷，又多次光顾天桥"八大怪"，有时在广和戏院看看戏。吃喝玩乐，刘中庭出手都很大方。有一天，刘中庭问刘思刚结婚了没有，回答说没有，刘中庭拍着胸脯说："相信我，一定在北平给你找个好媳妇。"稍停片刻又接着问道，"这次到北平带了多少钱？"

"带了一百大洋，你要买什么吗？"

"不是我买什么，是你自己要添一身儿中山服、一双皮鞋，再买点首饰作为见面礼。"

其实，介绍对象这步棋，刘中庭早有盘算。

第二天傍晚，刘中庭带着刘思刚来到菜市口，刚踏上南来顺饭庄的高台阶，肩搭羊肚手巾、头戴礼拜帽的伙计就立马跑过来，边鞠躬边拉着长声喊道："欢迎二位先生光临，里面请，雅座的您哪！"二人挑了靠窗户的四人间坐下，堂倌将沏好的一壶香片花茶端来。二人品着茶，津津有味地聊了起来。

刘中庭说："待会儿要来的这位姑娘，论长相是一等人才，品性乖巧又懂事，真是打着探照灯也难找啊。"

刘思刚用心打扮了一番，穿着浅灰色中山服，脚蹬三接头皮鞋，只是亮堂堂的光头和左耳旁的一道刀疤无法修饰。一对老鼠眼不停地眨着，原来杀气腾腾的可憎模样也着实有些和缓。

"这姑娘是做什么的？"刘思刚问道。

刘中庭一怔，赶忙说道："是杂货铺的会计，识文断字，又会算账，是过日子的好手……"

刘中庭一边搭讪着一边往窗外看，突然像悟到了什么，说："菜市口这个地方是丁字街，北面是宣武门关厢，东面是骡马市大街，这都没什么，只是西面就是鹤年堂老药铺，是清朝时期的刑场，你说选在这里吃饭吉利吗？"

刘思刚若无其事地说道："军人不怕这个，我常把杀人当成过节，将来共产党处死我的时候是否会万人空巷？不敢想啊！"

"别说傻话了，"刘中庭急忙说，"姑娘来了，你往外看！"

只见一位年轻女子一扭一扭地从马路对面走过来，刘中庭离开座位走到大门口把女子领到包间，替姑娘把手提包挂在衣架上，然后介绍说："这是我的好朋友刘思刚，专门选了这家有名的饭庄做东，够意思吧？"

刘思刚礼貌地说："见到您很高兴，谢谢赏光！"

姑娘姓黄名小玲，桃李年华，椭圆脸、大眼睛，皮肤属于北平人称为黑俏的那一种。不过口红抹得过重，嘴唇像刚吃过槟榔一样猩红。头发蓬松，用时髦的发卡包笼着。上衣是黄色短袖衫，下身是镶着银边的黑纱裙。一双把瘦脚板几乎戳直的高跟鞋，让人看了替她捏一把汗，生怕她随时会摔倒。

席间，刘思刚把金项链大胆地戴到了黄小姐脖子上，黄小姐倒是没有坚决拒绝。

刘中庭两个月前就想把二人捏在一起，今天终于如愿以偿。

第二天，黄小玲不高兴地找到刘中庭说："怎么介绍这样一个人？既没文化又粗粗拉拉的。"

"怎么啦？四年前你也是农村来的，来北平几年就忘本了？人家在霸州是有身份的人。你不是不知道，日本高垣信造首席顾问给我介绍了他的侄女，我叔叔也痛快地答应了。两年前我从胭脂胡同把你赎出来，又养了你两年，你不嫁也行，把钱还我。话又说回来，你嫁到霸州，还可以经常回来，我们仍然保持来往，不是挺好吗？"

黄小玲勉强地说："好吧，明天我去见刘思刚。"

第三天晚饭后,黄小玲到煤市街旅馆找刘思刚。旅馆不大,但窗明几净。刘思刚住标准单间,见黄来访,马上让进来伺候入座,沏好茶水双手捧过去。

黄小玲既然能来与刘思刚见面,也是心中拿定了主意。她深知刘中庭是混伪事的人,上面的旨意无法违背,胳膊拧不过大腿,是不是有意抛弃她倒在其次了。对于这门亲事,不管愿不愿意,她都没有退路,嫁给刘思刚是唯一的选择。

黄小玲凑到刘的身边,委婉地问起他的身世和家庭状况。刘思刚告诉她,自己既无亲人可以依靠,至今也未娶妻,一直是孤单一人过日子,只是为了生计才与刘中庭一起做事。在讲述过程中,他掩盖不住自己无人疼爱的可怜样。黄小玲看在眼里,心中不由地升起一股怜悯之情,进而演变成了一种同是天涯沦落人的亲近感,自然地贴靠在刘思刚的身上。一个人的凶相被掩盖后,往往会有一些人看不破。

二人虽不是一丘之貉,但也算臭味相投。话越说越多,声音越来越小,动作越来越亲昵……三天后,刘思刚带着黄小玲一起回到了霸州。

五

刘思刚与北平回奸组织"华北联合总部"挂上钩之后,更加肆无忌惮地迫害冀中回民支队指战员及各村抗日积极分子,直接或指使杀害的抗战志士就有40多人,包括冀中回民抗战建国总会秘书长哈金池,回民中队连长张景茂,排长张积茂,回民战士胡四虎、池玉龙,抗日积极分子韩磊、王顺金等,人称"杀人魔王"。即便是刘的母亲和亲戚,也反对刘思刚这样倒行逆施。

刘思刚母亲是白沟河人,名叫王桂淑,是一位勤劳、善良、识文断字的农村妇女,在本村小学上到五年级,因母亲生病而辍学。出嫁后,曾在附近村子教过几年书,从儿子3岁起就守寡,家有土地三亩、土坯房两间,遇到丰收年景勉强过得去,遇到灾年就是吃了上顿没下顿,年年紧扒扯,孤儿寡母掐着手指艰难度日。刘母有一个妹妹,住附近张庄,是刘家最亲近最可靠的帮手。

自从刘思刚参加冀中回民支队后,邻居和乡亲们对刘家都敬重有加,高看一眼。虽然刘母过着十分拮据的日子,但有大伙的守望相助和妹妹的关照,让她觉得日子过得有盼头。

谁知这样只过了两年,日子就大大变了样。儿子离开了冀中回民支队,特别是从北平学习回来投靠了伪警察局,乡亲们对刘家都变了脸色,碰面时那种热情的招呼不见了,大人、小孩都躲着走,好像刘家得了瘟疫。到底儿子在外边做了些什么事,刘母并不知晓。

刘母是一位虔诚的穆斯林,每天严格按照五时礼拜,主麻日准时参加清真寺聚礼,在拉马丹①的日子里,按时把斋整整30天。儿子变故以来,刘母病倒过两次,但仍坚持聚礼。她把清真寺当作讨白自己、清洁灵魂的唯一场所。在寺里断断续续听人说起儿子在外的劣迹,但每每靠上前去,人们就闭嘴不言了,越是这样刘母就越是着急。后来索性把妹妹叫来,打听到底出了什么事。妹妹不好再遮掩,向姐姐讲述了刘思刚杀害回民干部的事。刘母听后一下子晕倒在炕沿下,经村卫生所抢救才醒转过来,第一句话就是:"他老姨啊,赶快找人通知傻牛儿回趟家,就说母亲病重!"

两天后,有人捎来口信说:"刘思刚公务很忙,暂时抽不出时间回家看您老。"

刘母心里像长了草一样坐立不安,她下定决心,必须立即找到傻牛儿问个究竟。最后,老姨和姨夫借了一辆铁轴平板车,把枕头被褥铺在车上,搀扶刘母上了车,一个推一个拉,跌跌撞撞地走了十几里路,来到霸州伪警察局门前。老姨扶着车,老姨夫到门卫那边打听。那个荷枪实弹的警卫大声吼

---

① 拉马丹:伊斯兰教历九月的名称,也是穆斯林的斋月。伊斯兰教认为,这个月是真主安拉将《古兰经》下降给穆罕默德圣人的月份。《古兰经》里也有明文规定,符合条件的穆斯林必须在此月守斋戒,每天从日出到日落期间停止饮食,日落后直至晨礼前都可正常作息吃喝,晨礼唤拜一开始便又进入斋戒状态;整个斋月停止房事等活动。

道:"你他妈的停住脚,别往前走了!干什么的?"

"我找傻牛儿,不是……是找刘思刚。"姨夫惶恐地答道,"我是他姨夫,车上坐的是他母亲。"

警卫慢腾腾地走过来,斜着眼冷冷问道:"你是哪村的?找刘科长有什么事?"

老姨夫略微定了一下神说道:"我们是城东两间房子村人,刘科长的母亲病了,想找他托人为老人看看病。"

警卫说道:"你们在路边等着,我去禀告长官。"

从警察局走出一个人来,像是管事的下属官员,招呼道:"我姓韩,是负责接待的。刘科长因公外出不在局里,你们到接待室歇会儿吧!"

大家坐定后韩长官又说:"刘科长夫人也在这里上班,你们要不要见个面?"刘母三人听说傻牛儿有夫人在这里上班,都惊傻了,对视了一下,谁也没吱声。心想,什么时候结的婚,怎么全然不知?还是姨妈反应快:"好哇,我们见见吧。"

不一会儿,韩长官陪着一个打扮时髦的女人走了进来。韩长官对三位老人说:"这黄女士就是刘夫人,"转过身来接着说道,"这位老人是刘科长母亲,那两位是姨妈和姨夫,你们自己聊。"说完就离开了接待室。

四个人相视片刻,刘夫人气冲冲地问道:"刘思刚和我结婚时说父母早已双亡,在霸州没一个亲人了,你们佇是不是诈我啊?"

刘母脸都气紫了,双手哆嗦着,上气不接下气地说道:"岂有此理!刘思刚是我身上掉下来的肉,3岁丧父,我守寡几十年,母子相依为命,不是我拉扯大的难道是喝西北风长大的?"

刘夫人恼羞成怒地反驳道:"反正我不认识你们!"

姨妈强压怒火,耐心问道:"你是哪里人?什么时候和刘思刚结的婚?"

刘夫人不耐烦地答道:"我是北平人,我们结婚十个多月了,他从没说起家人的事,我要是知道他有你们这帮穷亲戚,才不会正眼瞧他。"

姨妈是张庄妇女会主任,走南闯北见过些世面,正色说道:"你姓黄是吧，看你搔首弄姿的样子、接人待物的态度，就不像个正经人，我们家也不会认你这个媳妇。"

刘夫人被说得脸色刷白，愤愤地转过身，一扭一扭地出了接待室。

三天后的傍晚掌灯时分，刘思刚带着两个警卫来到两间房子村。他一进家门，看到姨妈正在煎药，喊了一声老姨便进了里屋。姨妈礼貌地让两个警卫在院子里树下就座："你们在外边等一会儿，我去给你们沏茶。"

母亲见到久久盼望的儿子，悲喜交加："傻牛儿啊，什么也甭说了，这几年你干的事我都知道了，做妈的只有一句话求你，你能不能立即辞掉现在的工作回家种地？你以前干的坏事咱慢慢向真主讨白，求主饶恕。你不能再任着性子执迷不悟地走下去了，赶紧回头还来得及！"

"妈，你不知道，我干的是国家大事，现在正是被重用的时候，哪能辞职呢？"

"你干的是哪家的大事啊，不就是围着日本人转吗？日本人到处烧杀抢掠，跟着他们混有什么前途？难道你忘了自己是哪国人？"

刘思刚还在狡辩："日本人要建立东亚共荣圈，中国也包括在内。只要人们服帖了，社会稳定下来了，对每个人都有好处。"

刘母拼着全身气力喊道："你还相信那套鬼话！想不到这几年你完全变成了日本鬼子的走狗，做了卖国贼、回奸，还不以为耻、反以为荣……真是罪过呀！……"刘母越说越气，突然呼吸急促，脸色煞白，身子往后一仰挺了过去。姨妈跳到炕上用拇指掐住人中，嘴里喊着："姐姐，你醒醒！姐姐，你醒醒！……"片刻之后，刘母长出一口气苏醒过来，姨妈急忙将水杯递过去。

面对不悔改的儿子，刘母悲泣道："我一把屎一把尿地把你拉扯大，8岁送你上学，虽说小学没毕业，但也会写会算，做个诚实本分的人自食其力也够了。后来看你跟着马维州到霸州回民干部培训学校学习，又加入了冀中回民支队，当妈的别提多高兴了，村里人也高看咱一眼。没想到好景不长，马维州投降了日本人，你也紧跟着走上了邪路，我的心一落千丈……再说你找对象的事，我不是守旧的人，但那位黄女士一看就品行不端，你看看自己哪儿还像个农民的儿子？"

刘思刚嘟囔着："我也没干什么坏事啊。"

"你干的丧尽天良的事还少吗？你害了多少人，周围乡亲没有不知道的。就说冀中抗战回建会的哈金池，他到过咱们村清真寺宣传抗日，大家都很敬重他；"刘母说到这里已是泪流满面，"回民中队的张景茂、张积茂是我们王家的表亲，你在我们家门口就把他们杀害了。你怎么下得去手呢?！我种的是玉米，怎么长出了'枪杆'①？我对不起刘家、王家的先人，更对不起你爹啊！我哪还有脸去见父老乡亲，恨不得一头撞在南墙上，一了百了。最好你也跟我一起死，省得再造孽了！"

刘母上气不接下气，强打精神继续说道，"你老姨听着，我有口唤②相告，我无常③后，暂时把我的埋帖放在清真寺内西边空屋子里停靠，不要再玷污那两间土坯房，当天就把三亩土地和全部庄房拍卖掉，用在出埋帖的花费上。如果还有剩余，就交给清真寺出乜贴④……主啊！让我跟儿子一起走吧！我亲自送他去地狱，把这些顿涅上活着的伊布里斯，统统送到他们应该归宿的地方！……"刘母说着又晕了过去。姨妈爬到炕上一边抢救，一边对刘思刚说："你要是还想要这个妈，就改邪归正，按照她的话去做。如果是铁了心不想回头，就赶紧走吧！"

夜深了，刘思刚在两个警卫陪同下遛出了村子。

第二天，姨妈到清真寺将刘家夜里发生的事原原本本地告诉了白阿訇。

丁树德和辛福田用三天时间走访了霸州和两间房子的知情群众，又抽出时间跟王德才透彻地谈了一次，基本搞清了刘思刚的家庭背景和所犯的罪恶，一起写了一个报告，交给了部队组织部门。

---

① 枪杆：指不结果实的玉米秸子
② 口唤：回族日常用语，泛指嘱托或遗嘱。
③ 无常：回族日常用语，即去世、死亡。
④ 乜贴：阿拉伯语音译，意为"心愿、意图、决心"等，经堂语为"举意"，多指自愿真诚地以钱或物的形式举办的公益善事或向他人施舍的一种意愿。

六

在主麻日，天上下起了牛毛春雨。刘母坚持参加聚礼，由姨妈搀扶着走进女沐浴室，因身体不适只做了小净，然后走进女寺大殿，倾听阿訇讲沃尔兹，题目是"帮助抗战家属排忧解难就是出乜贴、行善功"。白阿訇是当地出了名的爱国进步人士，他胆大心细，敢在游击区讲解穆斯林爱国的道理，把帮助抗战家属排忧解难纳入穆斯林五功的范畴，给抗日家属以崇高地位。当然，当天所讲的内容又深深触动了刘母，她反复思考着一个躲不开的主题：如果有一天归真①，怎么跟养育宇宙万类的主、普慈特慈的真主去交代。她心烦意乱，脸颊通红，各种念头在脑海里翻滚着、纠结着……

主麻日聚礼完毕后，刘母刚刚站起身来，突然打了一个趔趄，姨妈马上扶住她，刘母腿一软，躺在地上。乡亲们迅速围拢过来抢救，有人跑到村里请医生，当医生赶到现场时人已经没了气息。

按照刘母遗嘱，清真寺里的女帮手和姨妈将亡人抬到西屋，轻轻放在水溜子上，两头垫起宽板凳，头朝西。接着脱去内外衣，用洁净白布覆盖，周围支起白色帐子，同时在黄铜香炉里点燃多支巴兰香，香火冒出的缕缕白烟在空中飘浮。屋内一片肃静，清香弥漫，亲友轮流守候在亡人身旁。

刘母无常的消息当晚就传到了回民大队，马志新政委立即召集房玉岭、杨春圃、孔新开会。马志新说："接到霸州两间房子村白阿訇派人送来的消息，刘思刚的母亲今日在清真寺聚礼时无常。刘母在病重期间，把儿子叫到身边，苦口婆心地劝说他改邪归正。刘的姨妈是党的地下交通员，一直在刘母身边伺候，知晓事情的全过程。白阿訇和王桂荣建议我们利用刘思刚回家办丧事的机会择机抓捕他。这是个好方案，但不排除伪警察局会派多些人参加葬礼，给抓捕增加难度，我们要有充分准备才是。"

---

① 归真：回族对死亡的一种称谓。

房玉岭说道:"我是当地人,对那里情况比较熟悉。上次中队派人到霸州调查,因为怕暴露没有让我去,这次我自告奋勇,政委看合不合适?"

马志新说:"没问题。听孔新说,白沟王家与河间孔家是姑表亲,孔新是王家的表侄,所以必须参加。你们看还带哪些人去?具体怎么行动?"

孔新建议说:"派三人即可,人多了容易暴露。除了我和房玉岭外,杨春圃对那里也很熟。"

房玉岭补充道:"如果人手不够,可在当地徐各庄地下联络站叫上张玉林、刘珍二人,还有当村武委会主任辛应林,每人携带短枪一支。我们三人可骑自行车,绕道苏桥过大清河,经徐各庄,可在明日早晨6点到达。"

孔新说:"另外派丁树德去找王德才,随时掌握伪警察局内部情况。具体行动计划,等散会后我单独向政委汇报。"

周六清晨,孔新三人和徐各庄联络站二人准时到达,直奔白阿訇家里。刚刚礼完邦达的白阿訇正站在大梢门前迎接,礼貌地将客人领到前院堂屋,白阿訇夫人忙着斟茶倒水。村武委会主任辛应林、王乡老、姨妈王桂荣也按照约定时间赶到白家开会。

白阿訇说道:"大家凑在一起,都是为着一个目标,那就是彻底解决刘思刚的问题。必须周密计划,严密组织,做到滴水不漏。敌人绝不会是一个人来,也不会空手来,必有武器藏身,所以要认真对待。按照伊斯兰教规,穆斯林无常后到出埋帖不能超过两个晌午,有从速从简的习俗。昨个是第一天,已经通知了各位亲属;今天是第二天(周六),要派人修坟,接待亲友敬拜亡人;第三天(周日)中午出埋帖。"

孔新说:"白阿訇说得对。霸州那边有消息说,他们可能会出动至少一个班的人,都是全副武装。我们这里要做好充分准备,千万不能松懈马虎。我和房玉岭、杨春圃、白阿訇商量好三点意见:第一,村武委会要挑选36个可靠民兵,并指定三个负责人,今晚在这里开会,布置具体任务;第二,要求警察局的人按照清真寺的规定,每个人都要戴上藏蓝色呢帽才能进入墓地,表示对刘母的尊重,其他送埋帖的亲友一律戴白色礼拜帽;第三,把沐浴室和通往西屋

（亡人停靠的屋子）的那道门重新加锁，把钥匙交给我们掌握……"

白阿訇强调说："亡人的洗水沐浴我专门派两名女士处理，由家属王桂荣跟随，其他人禁止进入西屋。"

大家听明白了孔新和白阿訇等人精心设计的方案，各位又相继补充，严格分工后落实了各项事宜。会议结束后，客人们暂到幽静的后院休息。

天渐渐黑下来，亲友找到王姨妈打听，为什么快两天了，还不见刘思刚的踪影？"是不是没通知儿子为无常的母亲送埋帖？"

老姨夫听到亲友的疑问，马上说道："我是当日到霸州送信的，亲自找到思刚，谈到主麻日姐姐在清真寺聚礼时突然栽倒，经抢救无效而归真，按照姐姐遗愿，亡人停靠在清真寺西屋；周六下午举行宰牲仪式，周日中午开始站'者那则'出埋帖。你是姐姐唯一的后人，尽快回家料理后事。"

周日巳时左右，刘思刚和12个伪警察局保镖骑车来到清真寺。王乡老和管理人员分别做了安排，老姨夫走过来代表家属向来宾致谢，然后领着刘思刚到了西屋。看到母亲遗体在围帐里静静地躺着，刘思刚一下子跪到地上，呜呜咽咽地哭了起来。亲友们走过来将刘思刚搀起，老姨介绍说："在地上跪着的都是白沟和张庄来的表兄表弟，"又指点刘思刚，"傻牛儿啊，赶快擦擦眼泪，到水房里沐浴，然后把大孝穿上！"

午时已到，孝子和亲友们都跪在清真寺院内，阿訇和寺里的忙活人按照习俗有条不紊地操持着。穿普通孝（白布缠腰）的足有上百人，近一半是刘母的学生，有些特地从北平、天津、保定赶来，为的是再看一眼心地善良、循循善诱的王老师。刘母虽然生养了孽子，含恨归真，但是她精心培养的后生，多数都是栋梁之材。

按照伊斯兰教出埋帖的规定，将亡人放在水溜子①上进行沐浴、裹凯凡布，在院内由白阿訇率领亲友举行站"者那则"。礼仪刚刚结束，老姨走到白阿訇面前说道："我姐姐临终前有口唤：当埋帖离开清真寺时，务必对整个

---

① 水溜子：给埋帖（尸体）洗浴的水床。

屋子和其全身喷洒冰片和香料，给人们留下好感。"白阿訇点头示意：将埋帖抬进屋子，让老姨一个人完成亡人的意愿。一会儿工夫，散发着芳香的埋帖匣放在塔布上。四人抬上肩，亲友和乡亲们已经哭成一片，走出清真寺东门，所有女士都被拦住，按规定女性不准到坟地送埋帖。长子走在塔布前边，四个抬手多是亲友和乡亲交替轮换。坟地在村南，前一天已经将围坑修缮完毕。

埋帖到达墓地后，亲友和乡亲们在墓地南侧朝北跪下，伪警察局的12个人也在人群中分散跪下，因为帽子颜色不一样，很容易区别。阿訇和几位掌教、海里发在墓地北侧，面向南，此时开始诵经。整个墓地只有高亢的诵经声。

按照规定，长子要下到挖好的墓穴里试坑，刘思刚由张玉林、刘珍两人搀扶着下到坑内，钻进围坑里仰面躺下，做抬头、伸腿等动作，他爬起来时说了声："很好！很好！"这时上边已把匣子打开，亡人脚朝下、头朝上仰着身子顺水溜子送下，刘思刚和搀扶的两位壮汉用双手拖住亡人。哪知道，亡人突然甩掉身上覆盖的白布，噌的一声站了起来，刘思刚以为是母亲憋着一口怨气，出现了人们传说中的灵魂附体，惊吓得跪在地上，浑身哆嗦，口里不停地说着："妈妈饶命！妈妈饶命！"说时迟，那时快，三人迅速将刘思刚摁倒，手枪对准腰眼，只听见"不许动！别出声"六个字，刘思刚就束手就擒了。

从水溜子上站起身甩掉身上白布的人正是房玉岭，他从沐浴室拿钥匙打开房门进到西屋，躺在另一个水溜子上盖上白布。第一个抬出的是刘母，站"者那则"礼仪后，趁喷洒冰片和香水之机再行抬出的是房玉玲，守在门旁的王乡老顺手将门锁牢。

房玉岭一边用绳子绑紧刘思刚的双手，一边对上边大声喊道："围坑已经试好！"

地上坟圈里的36个人同时行动，把戴藏蓝色呢帽的12个人统统摁倒在地，下了枪，五花大绑地捆了起来。

房玉岭从围坑坟穴里走出来大声说道："刘思刚罪大恶极，经县委和回民大队批准现予逮捕，听候处理！现在把这13个人押到旁边树林里跪下，我们进行正式的葬礼。"

人们不约而同地向村边望去，上百人送埋帖的队伍走了过来，八人抬的塔布显得威风凛凛，塔布尖顶的金色月牙闪烁着光芒。一群女学生拦在路上，阻止送埋帖的大队前行，有一位年轻女性站出来说："我们是王老师的学生，有回族也有汉族人，按照伊斯兰规定我们不能到坟地参加葬礼，让我们在路边再陪一会儿老师吧，安慰一下我们心中的悲痛。"话音未落，这些人就都跪在地上大哭起来。女学生边哭边说，悲痛地哭诉王老师为人师表的感人事迹，聆听的人个个难忍悲泣。这地方的乡村里没有开追悼会的习惯，民间流传的悼念形式就是哭丧，隆重、悲情、撕心裂肺：

  王老师我们的亲人啊，
  您示教四年感情至深。
  不成想您走得这么仓促，
  未能相见只有失声痛哭哇！

  一日为师终身为母啊，
  如丧考妣谁不揪心。
  顽皮的我们经常惹你生气，
  你循循善诱宽以待人哪！

  同学的疾苦你挂在心上啊，
  穷人的孩子你亲上加亲。
  你爱校爱教人品一等，
  家中的事儿一人担承呀！

  "三字经"你讲得出神入化啊，
  书中人物都栩栩如生。
  从小教我们怎样做人，
  潜移默化都入脑入心哪！

  "修身"课程你现身说法啊，

尊老携幼你始终是带头人。
鬼子的暴行你恨之入骨,
胸有大志仰望光明啊!

小学算术是你的拿手好戏啊,
掰着指头教我们加减乘除。
从倍差演算到鸡兔同笼,
四则难题似取物在囊中呀!

圆周率精确到一百位呀,
圆面积球体积公式倍清。
珠算换算十兑十六两呀,
口诀烂熟手到必功啊!

你教的历史课十分生动啊,
从三皇五帝直到元明清。
人从哪里来又到哪里去?
为和平为自由奋斗终生啊!

当年霸中高分录取啊,
保定二师有同学的大名,
你的学子遍及华北各地,
谁不感激那启蒙的园丁哪!

你家庭不幸事出有因啊,
竭尽全力挽救无终,
你的一生仍光芒四射,
愿天堂有位普照后生啊!

杨春圃从人群里走出来对大家说:"今天是个特殊情况,我提个建议,所有妇女不管大人小孩,可跪在离坟地不远的路边上参加葬礼,不准大声哭泣,不准喧哗。送埋帖的队伍继续前进。"

白阿訇示意坟圈旁的所有人都跪下，继续诵经。

刘母安详地躺在围坑里，人们用石板将敞口的一侧堵上，亲友和乡亲们开始填土。白阿訇诵完《黄牛章》，大家接杜瓦宜，并共同诵念"安拉胡艾克拜尔！"

亲友站成一排，向来宾致谢。

以刘思刚为首的13个伪警察局人员，被带到附近另一个村庄看管起来。

七

丁树德从霸州传来消息，强调两点：第一，刘思刚等13人向伪警察局请假三天回乡处理丧事，明后两天他们不用回霸州；第二，牛驼镇发生了反日行动，整个伪警察局的主力都调往那里，霸州城内警戒力量空虚，利用这个机会大张旗鼓地处置刘思刚等人正当其时。

第二天是本村逢五排十大集，是召开群众大会的好时机，用这种方式来震慑日伪军气焰，彰显广大人民群众抗战到底的决心。据查证，12个伪警察中有一人是杀害张景茂、张积茂等人的凶手，经县委批准跟刘思刚一并处理。

按照马志新的嘱咐，为了保护地方干部和热心群众，回民大队的行动可在明处，村干部和积极分子则要尽量隐蔽避免暴露。

周一大集正是1943年农历三月十五，周围村子的人已经知晓今日有特殊大会，人们像赶庙会一样，熙熙攘攘好不热闹。大会场设在小学校，平日升旗的地方临时搭建了台子，一条横幅醒目地挂在教室的窗户上，写着："罪大恶极刘思刚等公审大会"。学校院内、围墙上、树上全都站满了人，荷枪实弹的民兵在人群外围巡逻。

辰时已到，大会开始。主持人杨春圃走上台来，严肃地向群众行了军礼。会场上还是乱哄哄的，杨春圃默默地四周环视，会场突然寂静下来。杨春圃开始大声说道："今天的群众大会，是霸州县委、县政府和回民大队一起召开的。请大家聚精会神，提高警惕，不准大声喧哗，不准拥挤骚动。如有不测事件发生,请冷静对待,听从大会指挥。希望我们大家齐心协力把大会开好,同志们有没有信心啊?"群众大声回答:"有信心!"杨春圃不愧是主持大会的高手,几句话就让万人规模的会场鸦雀无声。杨春圃接着说:"下边请回民大队代表孔新同志讲话。"

孔新已有充分准备。他首先谈到了刘思刚的简历:刘思刚较早参加霸州回民干部培训学校,后来成为冀中回民支队的战士,两年后他追随叛徒马维州投靠了日本,成为伪警察局骨干人员,从一个革命者蜕化成反革命……孔新讲到这里,群众突然骚动起来,一个警卫气喘吁吁地跑到台上大声说道:"有三个农民要上主席台,已经被警卫拦住。"主持人和房玉岭有些惊讶,难道有坏人要冲场子吗?房玉岭立即跟着警卫走下台去,当他看到那个箍着手巾的大高个子时就完全明白了,原来是三联县县长孔庆英带着两个警卫员来参加大会。房玉岭、杨春圃赶紧请县长上台,房玉岭一边伸手将县长头上的羊肚手巾拿掉,一边大声说:"同志们,乡亲们,这就是我们三联县县长孔庆英同志,特地风尘仆仆赶来参加大会,大家表示欢迎!"顿时,群众报以雷鸣般的掌声和呐喊声。在他们心目中,县长一直是骑在人民头上的高不可攀的县老爷,眼前的县长明明就是一个普通农民,时代真的变了……

孔庆英向群众频频举手致意,说道:"大家继续开会!继续开会!"孔县长、房玉岭、杨春圃一起在后排板凳上落座,会场顿时静了下来。

孔新接着讲道:"刘思刚在三年里杀害回汉革命干部和普通老百姓40余人,其手段特别凶残、恶劣,广大群众对刘的倒行逆施早已义愤填膺,要求尽快逮捕并给予镇压。在这里要补充说明的是,刘的母亲王桂淑是一位爱国爱教、助人为乐的知识女性,她对儿子的规劝已经做到仁至义尽。刘母的突然归真,与刘思刚不听劝阻、顽固坚持反动立场有关……我们在这里呼吁那些给日本人当走狗至今还执迷不悟的人,赶快悬崖勒马,早日回到人民大众中来。"

孔新继续说道:"昨天逮捕的12人,其中有一个人叫寇崧,是直接杀害张景茂、张积茂的凶手,另外11人是伪警察局一般成员。在这里我们郑重向县委和县政府报告，根据刘思刚、寇崧的罪行，要求判处他们死刑并立即执行，对另外 11 人进行教育后释放回家。"

主持人杨春圃走到台中央说道："请孔县长宣判。"

孔县长走到台前："我宣布，经中共霸州县委和县政府批准，将罪大恶极的刘思刚、寇崧判处死刑并立即执行。"

会场上有人带头高呼口号："打倒日本军国主义！""一切汉奸卖国贼统统枪毙！""中华各民族团结抗战万岁！"

人们多年来被压抑的情绪终于得到了一些释放，那种痛快劲儿和久违的笑容很自然地显现在脸上。这样一个大会的召开，让人见到了希望的曙光。

刘思刚等二人被带到村南执行了枪决，万人空巷是最好的见证。

第八章　智取海盐

一

广大根据地军民缺少食盐和各类药品的问题一直困扰着马志新。一个人三天不吃盐，则浑身无力，更甭说打仗了；缺少各类药品，使很多本可以治愈的伤病员，因失掉治疗时机，轻者截肢，重者牺牲在病床上。自从到了地方部队任职，打破禁运的问题又摆在他眼前。孔新推荐的李泽生是个聪明人，又善于交往，但到底有多大智慧和能量来完成这一艰巨工作，至今还是个问号。

马志新带着这些疑问把几位负责人找来。他直截了当地问李泽生："对于打破禁运你有什么想法？"

李泽生说道："自从在大留镇提到这个议题，又任命我负责多种经营这项工作以来，我虽然苦思冥想，但还没找到解决的办法。护送马玉槐同志去天津时，我顺便到了塘沽、军粮城，感觉直接搞到食盐很不容易，因为日伪军要扼杀八路军、游击队和红区的发展，把塘沽盐场和永利碱厂像铁柜上锁一样严密地控制起来，海盐被列入禁运品，不准买卖也不准运输。想到天津卫是北方最大的商贸中心，成功的回民商业家不少，我就找了几个朋友，从他们的只言片语中我得到一种感觉，那就是千方百计接近用盐大户，求得他们的支持，我们的难题可能会迎刃而解。不过，最关键的还是运输问题，因为陆路、水路都被敌人控制着，想把禁运货物运出天津卫，难上加难。

"关于医疗药品，不是拿钱就能够买到的。若想搞到手，无旁路可走，只有打入敌人内部获得必要信息，摸清药品流转渠道，内外配合想办法。"

马志新很欣赏李泽生的初步想法，有些思路和他不谋而合。他进而问道："货源是一方面的难题，周转资金又如何解决？你有什么打算吗？"

"有，准备成立贸易公司。"李泽生拿出笔记本，低头看了一眼本子上密密麻麻的字迹，继续说道，"公司之下设各种商店，做到一个商店两种身份，严格分级管理，开辟农产品和城市工业品的交流渠道，最大限度地改善红区物资缺乏的现状。我们已经找到一些大户，他们愿意出资，商品周转速度是出资人最关心的问题，按时结算利息是必要条件。商品流转搞活了，打破禁运就有了希望。"

马志新补充说："此前我也有这个想法，比如在定州、河间城内设立商店，各种物资就比较容易运到敌后的太行山根据地。"

李泽生信心十足地说道："我们连队派了六个人在河间张罗了一个月，商店和饭馆都已开张，饭馆的生意还不错，只是商店还是缺货，我们正在积极筹措。房东是天津酱油厂老板，也是回民，双方商定三个月结一次租金，租期三年。像这样的点，在苏桥、霸州、信安、胜芳这些通往天津的交通沿线上还要搞几个才行。"

杨春圃建言道："搞商品流转我不懂，但是要搞货物运输，我建议到大龙华村找找黑老赵，他们那里曾经制造胶皮轮手推车，据说轻快无比。黑老赵是个技术能人，泽生也是人中骐骥，如果你们联合起来，准能干点大事。"

房玉岭有感而发："听了政委和泽生一席话，我很受启发。此前总觉得打破禁运是不可能的事，现在看来，敌人封锁得再严密也会有漏洞，关键是找到缝隙，设法动员一切力量打入敌人内部，难题就有破解的办法了。"

孔新建言道："可找霸州中学韩副校长咨询一下，他为我党培养输送了不少秘密战线的人才，如王德才、贾仲楠这些人都有一定活动能力，可给我们提供更多的信息。"

马志新强调说："大家要牢记，在这个领域的突破，比打一两场胜仗更重要。"

第二天，李泽生带领房玉岭推荐的尹保树到了大龙华村。黑老赵见回民大队派人来访，非常高兴，带领二人参观他们的产品，有农民用的锄头、铁锹、洋镐、钢叉，猎人用的火枪、大抬杆，还有新制造的胶皮轮手推车，平板的、鬼头的，应有尽有……

李泽生首先问道："老赵哥，你们后院堆放着很多汽车旧轮胎，能不能用这些废东西制造胶皮轮马车？如果可行，那是一大创举，现在的铁轴木轮车既沉重又不耐用……"

老赵干脆地说："没问题！是个好主意！我干了这么多年铁工厂，怎么都没想到呢？我这几年收了很多日本鬼子的旧汽车，各种零部件应有尽有，正愁没用处呢，看来还是旁观者清啊！好兄弟，今天见到你真是收获不小！"

"老赵哥，咱们做一笔买卖好不好？"李泽生恳切地说。

"什么买卖？"

"你负责造大车，我来卖，"李泽生继续说道，"保证你我双方都能赚钱，回民大队也缺少这种运输工具，孔新、陈佩开荒500亩，光是运肥料、秸秆儿，你说要多大的量？回民大队买车会照常付款，你看如何？"

老赵一拍大腿，大笑道："好哇，兄弟！就这么说定了！不过回民大队用车不收钱，也算我的一点贡献吧！"

李泽生问道："赵大哥，手榴弹和地雷你们造吗？"

"开头都是自己造，但因为里边装的都是炮仗药，威力不大，游击队不爱用。后来经军分区介绍，我们与定州、饶阳合作制造出新的手榴弹和地雷，也有手雷——当地人叫'小癞瓜儿'的那种，统一装上黄色炸药，威力极大。我这里有个伙计叫刘铁头，是小营人，他一直在饶阳军工厂学习，你们什么时候要货，我们一起去饶阳一趟，那里有个田厂长，非常豪爽……"

尹保树插言问道："听说你在天津三条石学过徒，现在那儿还有朋友吗？"

"我在三条石干过五年翻砂工，"老赵回答，"现在还有工友在那里干活，不过都是普通工人。有一个最要好的老乡叫沙达鲁，也是回民，他跳槽到大红桥码头扛脚去了,去年还回来了一趟,听他说想把码头上整个脚行都接过来……"

李泽生不失时机地坦言:"老赵哥,我知道你是自己人,你提到大红桥码头上有认识人,这太巧了,我们连队有一批海盐需要上船运过来,一直找不到熟人,能否帮忙托托人家,我们花点钱都没问题。"

老赵说道:"我知道八路军和根据地缺盐,上个月我弟弟赵玉龙派九分区通讯员来找我,也是商量搞盐的事,我觉得办不到,当时就拒绝了。如果你们真的搞到了海盐,我可以陪你们去天津找找老乡,掏弄掏弄运盐的路子,但是没太大把握,只能试试。"

二

杜鹃大名叫李富春,高高的个头、椭圆形脸蛋儿、白皙的皮肤,梳着两个时髦的解放型小辫。她是文安小营人,3岁时父母双亡,一夜间成了孤儿。姥姥看着孩子可怜,就抱到身边抚养,在那样艰苦的岁月里用糨糊喂大了。姥姥说过,别看孩子瘦弱,从小就懂事能干,从会走路起就没让大人着过急。干一到回回营后,周围一大批青年要求入伍,杜鹃也是其中一个,因为只有14岁,未被批准,为此她还大哭一场。干一看她可怜,专门叫到一旁说道:"好孩子,你当业余通信员吧,也算是小八路。"杜鹃擦干眼泪,满口答应了,蹦蹦跳跳地离开了。两年多过去了,杜鹃给游击队传送信件,经常拽着羊尾巴趟水过河,从没出过一次差错;宣传减租减息,她与男青年一起到地主家耐心动员做工作;组织乡亲做军被军鞋,把布料掣好,分均匀,然后送到每一家,做好后又收回保管。每一件事她都用心去做,天天忙个不停,成了村里支前青年的先进典型。

杜鹃听说李泽生要去天津执行任务,不知怎的心里忐忑不安。她跟泽生认识已有很长时间,以前他也走南闯北,自己对他并没有多大牵挂。自从李家下了定礼,心中不知不觉有了变化,朝思暮想成了常事。天黑人静了,她决心到回回营找泽生当面嘱咐几句，否则夜里又不能心安。为避开街坊的视线，她从千里堤上绕道过去。

杜鹃往前正走着，突然发现有个黑影在前面移动。她机警地躲在大柳树后，看着月光下、路中间的黑影越走越近，走路的姿势有点像她要找的人，不由地壮胆问了声："是泽生吗？"

"是啊！杜鹃你怎么在这里？"泽生说，"我正要到北斗村找你！"

二人面对面地站着说话，还不好意思靠得太近。越说越投机，就索性坐在堤坡上的大柳树下长谈起来。泽生大杜鹃8岁，像一个能撑起保护伞的大哥哥，二人越说越热乎，谈起了以往、当下和将来，互相靠得也越来越近。杜鹃从小缺少温暖和爱，在这赵王河畔，朦胧的月光下，心头爱恋的冲动像火苗一样熊熊燃烧，最后情不自禁地靠在了泽生怀里。两人甜甜蜜蜜，不知不觉聊了大半夜。

三

尹保树先行一步去霸州找到父亲，谈起了回民大队准备打破禁运的想法，尹保树说："老爸，我正式参加回民大队后被分配到多种经营连，主要任务是为八路军、游击队购买食盐和各类药品，现在看，一没有路数，二没有流动资金，难度很大，期盼老爸给予帮助和支持。"

尹保树的父亲叫尹宗信，50岁出头，留着八字胡须，微胖，脸上泛着亮光，是当地很有名气的皮货商。他走南闯北，经商经验丰富，心胸豁达，乐于助人，政治上也进步开明，对儿子参军十分支持。没想到儿子刚入伍不久，就提出了一个大难题，他觉得不能袖手旁观，应助以一臂之力。

他沉思片刻后说道："你们用什么手段把食盐搞到手我不参与，如果需要周转资金，我可以帮忙。只要在运输上不出问题，搞食盐买卖是不会赔钱的。"

"我们的两大难题总算解决了一个，感谢老爸的解囊相助。另外，还要问老爸，您在天津一带有没有熟人，多个朋友多条路嘛。"

"天津穆庄子和霸州两间房子村都是回民聚居区，儿女亲家很多，虽然相距有不下百十里，但来往很频繁。有一个搞皮货和羊肠衣的老板，叫穆祥铮，是我要好的朋友，我俩在西北收货时被土匪抓走，在贺兰山下一个小乡村里押了三个月。穆庄子村凑了两千块大洋准备把我俩赎出来，后来是你巴巴（爷爷）找到在冯玉祥部队当营长的舅舅给保出来的，我们算是患难挚友，有事去找他应该不会推辞的。你去天津购盐携带现金不方便，可把我的书信交给他，让穆叔叔垫款，而后我再找他结算。"

尹保树给父亲深深鞠了一躬，携带书信匆忙离去。

尹保树等三人在天津分头联系相关人，并约定在北营门星辰旅馆会面。

李泽生在天津西北角蔡家胡同找到河间房东白佳崎，刚被礼让到堂屋的八仙桌旁坐定，便掏出一沓钱放在桌子上。白佳崎诧异地问道："李先生这是干什么？"

"这是三个月的房租，"李泽生认真地说道，"你很长时间没回老家了，我特意把租金给你送来，按照租用合同我不能违约啊！"

白佳崎笑了，拿起钱来便揣到李泽生口袋里，快言快语地说道："李先生见外了。我把房子租给你们，就是让你们给看看家，尤其是开个回民饭馆和杂货铺，是我最理想的，租金不租金的不重要。原来这房子空着，后来冀中回民支队地下交通站用过一段时间，'五一'大扫荡后，支队被调到山东、河南一带，房子就空下来了。不瞒你说，马本斋的母亲白文冠是我们当家的姑妈，老人的壮烈牺牲，让河间白家深感悲痛，同时也感到无比骄傲。虽然你们与他们没有直接联系，我同样把你们当老表亲来对待。"

李泽生见白佳崎话语间饱含着对冀中回民支队的同情，显见得不是外人，便大胆地开门见山："我是文新回民大队的，政委马志新也是献县东辛庄人，是马本斋的当家侄子。根据形势变化需要，我们在河间等地开了商店，主要是给后方购些海盐、药品。我冒昧地问一句，不知白先生能否帮忙解决部分货源？"

白佳崎说道："你这一说，我们的关系更近了，帮助八路军和回民队伍解决难题，我责无旁贷，也算为抗日出一份力。搞到海盐不是太大的难题，我的酱油厂每天都要购进一定数量的海盐，可能数量不大，这没关系，多找几家就行了；还有一家酱菜厂我比较熟悉，是雄县马梁柱开办的，他们使用海盐数量较大，大家凑一凑数量就蛮大的！你们第一批具体要多少？"

李泽生喜上眉梢，真有"踏破铁鞋无觅处，得来全不费功夫"的感觉："您说得对！通过酱油厂和酱菜厂这些用盐大户搞到海盐，是唯一的安全途径。如果直接去盐场，只会自我暴露。目前急需10吨，第一批如果能先搞5吨就算是不小的胜利。"

"先搞3吨试试，大概需要两个月的时间，就这样说定了！你们准备资金，我去筹措货源。关键是运输问题，你们自己要想办法才是。愿真主襄助，千万别出事。"

傍晚在星辰旅馆碰头时老赵没回来，尹保树高兴地汇报："海盐货源你解决得不错，我那里也有收获。穆庄子穆祥铮先生答应垫付资金，周转量最好别超过5吨，和你讲的数量接近。如果增大需求量，需要提前告知。剩下的就是运输问题了，不知老赵那边有无进展？"

四

老赵为了找到沙达鲁费了不少周折。他打听到，大红桥的搬运工大多居住在河北大街脚行胡同。在临街工棚，老赵找到一个姓韩的工友，说明来意后，小韩主动带路，在北大关一处很像样的房子里找到了沙达鲁。老赵打量着从小一起长大的发小，简直不敢相信自己的眼睛，原来膀大腰圆的沙达鲁，怎么变得如此消瘦？眼窝深陷，拄着双拐，好像苍老了很多。老赵快步走过去，二人激动地抱在一起。老赵哽咽地问道："老弟，你怎么了？是得了重病，还是出了工伤？"

沙达鲁缓缓松开了双手："没什么，赵哥你先坐下喝茶，我慢慢跟你道来：三年前我为了多挣几个钱，让老家父母和弟妹维持正常生活，辞去了三条石翻砂厂工作,到大红桥码头脚行做苦力。我天生一副壮实的身子骨,别人一次勉强扛两百斤,我能扛三四百斤,而且腿脚麻利,总比别人跑得快。脚行把头对我很赏识,越来越倚重我。我收入增加了,生活也有了改善。

"去年,脚行老把头突然得了脑溢血死了,我挑头带领工友们找到码头总管交涉,为家属争得了更多的补贴,但老家亲属仍是不依不饶,竟然提出让15岁的堂侄顶替伯父管理脚行,不答应这个条件,就不让死者入殓。工友们本来持同情的态度,到后来因家属要价太高,越来越不满,脚行内外议论纷纷。这个私人帮会当下群龙无首,卸货、装货经常停顿,乱成一团,当地混混们也乘机捣乱。经码头当局和多方人士出面调解,提出用传统方法解决把头的接替人选问题。"

老赵诧异地问:"传统方法是什么,是否要工友们选举产生?"

"在如今这个社会里哪有选举一说!像码头、车站这些地盘,把头们拼的都是骨头硬。那些能过'熬刑'这一关的,才能坐上把头的交椅。"

老赵又问道:"据我所知,脚行里有威望的人才可能竞争把头,否则社会上的混混儿们会来捣乱,官府捞不到好处也不会买账!"

小韩插言道:"沙大哥的为人是出了名的,在脚行无人不知无人不晓,对我韩庆举更是有救命之恩。我是河北黄骅县人,从小没了母亲,和老爸相依为命。前年因为缴不起租子,地主把地收回了。我跟老爸要饭到了天津,白天乞讨,晚上钻进运河边的水泥管子里睡觉。那年冬天冷得要命,老爸连饿带冻犯了哮喘病,死在运河边上,我趴在老爸身上哭得死去活来。这时候有个慈祥的大哥蹲在我身边,问起我的身世。"说到这里韩庆举的眼圈红了,"沙达鲁大我9岁,像亲哥哥一样收养了我,我的身世脚行的人都知道。16岁那年我进了脚行,开始干些轻活,半年后就能扛两百斤麻袋了。沙大哥对穷苦工友都一样,受过他帮助的不在少数。我们好多工友都想让沙大哥做把头,并写了血书摁了手印,内容是:如果沙达鲁因为争夺领头人造成身体残疾而失去劳动能力,保证抚养沙达鲁及其家人一辈子!"

沙达鲁补充说:"本来我很犹豫,但大家这么信得过我,让我十分感动。

事也凑巧，大红桥码头总管是沧州老乡，他们也害怕脚行落入混混儿手里。我决定一不做二不休，索性拼到底。"

老赵感慨道："我明白了，这是被逼上梁山啊！老弟的为人和品性我比任何人都了解，在三条石翻砂厂有一次浇铸时我被铁水严重烧伤，还是你解囊相助，结清了医院所有的治疗费，我一辈子也不会忘记。"

老赵递给沙达鲁一支烟，接着说道："天津车站码头的'熬刑'我以前听说过，但没亲眼见过，小韩你参加了全过程，到底怎么回事？"

韩庆举说道："是在春分那一天，早晨下了一阵小雨儿，到上午9点当儿，天空突然放晴，码头后院挤满了人。搬运协会的马主管是码头车站'熬刑'的老主持人。当时盛行三种'熬刑'：一是把烧红的煤球放在裸露的大腿上，二是从胳膊或大腿上割肉，三是砸核桃骨①。不管哪一种，竞争者都不能眨眼或有任何痛苦表现。参加竞争的共有4人，他们先要在文书上签字画押，文书中最关键的一条是——因参与'熬刑'而致残甚至死亡者，后果自负。9点半一到，上百斤重的铁砧子和8磅大锤被抬到院内。10点整，沙大哥第一个出场，他昂首走到铁砧前，端坐在方凳上，把裸露的左脚放在铁砧上，外踝朝下，内踝朝上。当大汉把大锤举起时，人们都捂住眼睛不敢看，只听见咔嚓一声响，再睁眼时，医生已把白纱布盖到沙大哥的脚踝上，鲜血不停地滴在铁砧上。其他三人看到这阵势早吓软了，不得不认输退出，主持者宣布沙达鲁获胜。工友们都拥过来，内心里真不是滋味，既佩服又心疼。大家七手八脚地把沙达鲁抬上三轮车，急急忙忙送到医院。"

老赵站起来走到沙达鲁跟前握住他的手说："老弟受苦了！一个穷小子熬到这一步不容易。你当了把头，经济状况会有很大改善，但是哥哥要向你进一言，不管在什么情况下，都不要忘了那些推举你的穷苦工友，要坚持善行，不能忘本！"

"赵大哥你放心，我虽然当了把头，但心还和从前一样。我那把头的位置

---

① 核桃骨：即踝子骨。

是用这种方式获得的，也没什么光荣可谈。前年我回老家，到文安大龙华村找你时，见到了你弟弟赵玉龙，人家才称得上荣光。你也是给八路军、共产党做事的，真让我羡慕。什么时候八路军、共产党打到天津卫，我一定放弃这把头的行当……天不早了，门口耳朵眼炸糕铺的小吃不错，我们三人先把肚子填饱。今晚赵大哥就住我这儿吧，咱俩好好聊聊。"

饭后韩庆举到北营门的旅馆去送信，老哥俩兴致勃勃地聊起了别后情景。

五

李泽生等三人正在旅馆房间里开碰头会，白佳崎突然闯了进来，看到屋里有陌生人，吞吞吐吐地对李泽生说道："情况有变……"

李泽生上前握住老白的手，用安慰的口气说道："老白甭着急，坐下来慢慢说，天大的事我们一起顶着！这里都是自家人，有什么事你大胆说吧。"

白佳崎被让到茶几旁坐下，谈了事情的来龙去脉：

杨柳镇酱菜厂厂长马梁柱是雄县西槐村人，高中毕业后，继承了父业，逐渐在厂里挑起了大梁，在这一片的食品行业里算是文化水平最高的一个。他善于学习和经营，敢于突破酱菜业的老套套，开发了不少受欢迎的新品种。在理财方面他也是个高手，没有几年工夫，工厂扩大了几倍，在津西一带颇有名气。他深知，从古至今盐类物资都是专营商品，囤积海盐比囤积黄金、白银更有升值把握，因而在酱菜生产过程中特别注意节俭，几年中积攒了十几吨海盐。在马厂长看来，酱菜生意是季节性的，而盐类生意却一年四季都能做，没淡旺季之分。近年盐价暴涨，他已尝到用海盐赚钱的甜头，把库存海盐看成一笔可观的财富，平日无时不在关注市场价格变化，等待时机出手。

日本人占领天津以后，日伪当局对盐的管制尤其严格，得知酱菜厂囤有大量海盐时，警察局颁发紧急通知令：十日内把库存交给日伪军，价格按市价一半计算。对马厂长来说，自己囤积的海盐是一粒一粒积攒下来的，每一个大盐粒儿都是一颗金豆子，这个哑巴亏哪能咽得下去？接到通令后，他像

第八章　智取海盐

掉了魂似的，吃不香，睡不实，真是上天无路入地无门。白佳崎找到他时，他像见到亲人一样，把事情原委一五一十地抖搂了一遍，最后耷拉着双手有气无力地说道："白老兄你看怎么办?！真是要命呀！"

白佳崎说道："我今天来找你就是商量匀点盐的事，想不到你这里出了大事。依我看，现在离日伪军清库还有十来天工夫，你应该派得力下属在夜深人静的时候从库里倒出一部分，把损失降到最低限度。"

"哎，你哪知道啊，警察局从昨个就把仓库看管起来了。"马厂长摇着头无奈地说道。

白佳崎也是个精明能干的企业家，琢磨着这件事有两大难关，一是按照法律，海盐是专卖商品，个人经营确实犯禁条；二是日伪军和警察局已经盯上了他，目前很难解套。平日里白佳崎最痛恨那些说话不算数的人，如今自己要食言，就开始懊悔这么轻易地答应李泽生筹集海盐的事情，怕误了人家的大事，脸面也很难过得去。想到这里真有些发愁，但看到马梁柱沮丧的样子，他暗暗自语：我就是帮不上忙，也不能给马厂长添堵。他急忙违心地安慰道："老弟别急，我在警察局有认识的人，抓紧时间去跑跑关系，死马当活马医吧！"

李泽生是个善动脑筋的人，听了白大哥的介绍，总觉得这个难题也许有空可钻。如果十几吨盐仍在马梁柱的控制下，而且日伪军又知道他准备大量出售，那无论如何也不能把盐偷偷运走，否则等于给货主找麻烦，马厂长要吃官司的。现在的情况是，日伪警察局已介入此事，又派人日夜看管起来，货物的控制权和支配权实质上已经转移。如果能从敌人手里硬夺过来，责任就是警察局的了。李泽生是这样想的，但又不能挑明。怎么夺，是硬夺还是智取，都需要向上级汇报。

李泽生回头扫了老赵和尹保树一眼，笑嘻嘻地对白佳崎说："白大哥，这件事我们搞明白了，现在不光是几吨盐的问题，看来需要伸出援手解救马老板的家产才是正理。这件事非同小可，需要向上级汇报，你等信吧。马政委常说，在共产党领导下，没有过不去的火焰山！"

六

马志新在朱合村刚刚结束开荒种地的会议，通讯员陈文会急忙来到身边说道："我到白洋淀西大坞九分区交换信件，赵玉龙同志找到我，他传达了分区领导一个口信：八路军和红区一带急缺咸盐，听说文新回民大队已经派人去天津解决此事，上级要求一个月内将盐运到唐县，那里有人接收，希望马政委亲自过问此事。"马志新把手中的文件放在桌子上，扭头看了看窗外西下的残阳，吩咐道："请文会把政治部主任李河同志、参谋长郭冀中和房玉岭找来，我们一起商量一下。"

马志新让各位就座，说道："李泽生等三人去天津筹集海盐已经有三四天了，至今没有音信，分区又传来紧急命令，让我们在一个月内把7吨海盐运到唐县。明天我打算去天津，走哪条道更安全，郭参谋长，我想听听你的意见。"

郭冀中瘦瘦的身材，眉间嵌着两道深深的皱纹，说话慢条斯理，每个字都交代得非常清楚。他掐掉手中的烟头，站起来说道："你应该走大清河北边那条路，苑口大桥北侧属霸州黄金榜的部队驻守，我在文安县大队时经常和他们打交道，房玉岭同志去年也见过黄金榜，建议明天让他陪你一起去天津，肯定平安无事。再说，如果我们真的搞到大批海盐，需要往红区运输，不管是陆路还是水路，都要经过他的管辖区。黄金榜爱抽好烟，上次在白沟的战斗中缴获的三条哈德门香烟，我一直留着，你带在身上可能用得着。"

政治部主任李河拿出一打报表指着上边的数字说道："这是河间商店和瀛洲饭馆的报表。李泽生的下属在那里开业刚满三个月，已经赚了1万多法币，胶皮轮马车光是交订金的就有10辆，我看李泽生确实是个非常精明的人。他去天津前，我们谈过一次话，他的表态很实在，他说：'党交给的任务非常重要，是九分区对我们的信任和考验，搞海盐的差事要当作一场战役来打，只要方法得当，一定能够拿下这个高地。'马政委这次亲自督战，一定要依靠这批骨干。为了加强联系，随时通气，建议通讯员陈文会也一起去。如果有需要，我们随时接应。从长远看，天津这个地方还要下功夫，目前需要想方设法往日伪军内部打入楔子……"

马志新插话道："好，我的行程里有这项任务，秘密战线的事我们抽时间再详细研究。大家的意见都很好，有些是我没想到的。我们三人明天就动身，家里的事暂时由金树江负责，请各位支持他的工作。"

七

穆庄子清真北寺建于明朝永乐年间，是津门历史上较早的古寺。寺内由礼拜殿、南北讲堂、对厅、沐浴室和藏经楼组成，是一座中国宫殿式建筑群。院落宽阔，大殿气势恢宏，有前后院之分，是津北伊斯兰教的重要活动场所。

马志新在房玉岭的陪同下，来到北大寺藏经楼召开会议，李泽生等三人参加。马志新说道："这个开会地点是清真寺马阿訇给提供的。因为北大寺是警察分局经常检查的地方，院内几十个房间都有可能被搜查，但藏经楼从不对外人开放。已派陈文会身着海里发服装在清真寺内外放哨，这里相对安全。大家看一下周围，室内保存的都是宝贵的伊斯兰经典，其中有几百年前的《古兰经》手抄本。我们在藏经楼的一切言行都要自我约束，一不能翻阅藏品，二不准吸烟。

"这次从文安出来，首先去了苏桥和霸州，到了天津后又专门拜访了城工部马玉槐同志，为了打破敌人禁运，早日获得海盐和药品，特别对秘密战线做了部署，争取给今后的行动打个基础。你们知道，霸州伪政府和警察局有个做饭的大师傅，名叫王德才，是我党秘密战线上的战士。组织上让其辞掉伪差事，调到穆庄子搞联络站，暂时在北运河东岸河堤上搭建了临时窝棚，明天就可以在河边扳罾逮鱼出售。另外苏桥警察所贾仲楠的工作也有了变动，具体进入天津什么部门目前还不清楚，以后如有需要我们再跟有关部门联系。这两件事离不开霸州和文安县委的大力支持，同时马玉槐同志从天津城工部的角度也给了很多帮助。第三件事是为了与李泽生的多种经营联系起来，互相配合，跟分区一起在天津注册了一个永茂有限公司。

"昨天在星辰旅馆听取了李泽生同志的汇报，虽然你们到天津没几天，但已做了大量工作，海盐的货源问题基本已搞清楚了。我和马玉槐同志又研究了一番，觉得要获得杨柳镇酱菜厂的海盐最好不用或尽量少用武力，应该把李泽生提出的方案分阶段执行，第一步是智取，第二步是偷运，两个步骤在执行细节上要反复推敲，保证不出现任何纰漏。在人员组织方面要调动精兵强将，把回民大队的力量用在刀刃上，还要千方百计保护业主不受牵连和损失。杨柳镇的海盐仓库已经被警察局接管五天了，按照他们的时限还有五天时间，我们要保证在四天内解决问题，如果条件成熟还可以提前，防止中间生变。"

老赵说道："马政委真没拿我当外人。我很少参加这种重要会议，你的一番部署，让我感到胸中自有雄兵百万的气势。我是个粗人，但是兵不厌诈我还是听说过的。我只补充一点，要在短时间内把十几吨海盐装上车船，必须有专人搬运。本来明天我要回文安，现在我不走了，我负责联系大红桥脚行，让我的好哥们沙达鲁和他的弟兄也为抗战出把子力气，他们一定会举双手赞成的。"

房玉岭插言道："我认识老赵大哥已经几年了，你为回民大队做了许多事。你和泽生在胶皮轮大车方面的合作，我听政治部主任说，有10辆大车已收了定金，很不简单。从提供大抬杆打日本包运船，到帮助回民大队做大笔买卖，你的贡献很大，应该是一位不在册的回民大队有功人员。这次到天津又找到沙达鲁，为我们打通水路运输再立新功，我代表回民大队向你表示衷心感谢。"房玉岭走到老赵面前，严肃地立正后行了一个军礼。然后接着说："这次行动应该按照马政委批准的最后方案执行，请泽生在天津做全面指挥，我努力配合，明日带王德才和小陈到杨柳镇仓库勘查一遍，首先把地形和敌人对这批海盐的安排去向搞清楚；留小陈在那里潜伏下来，密切监视敌人的动静。我和王德才迅速回文安组织队伍并做必要筹备，预计第四天，即5月

19日夜里行动,请各路人马按照这个时间表安排工作,只能提前不能拖后。"

马志新对尹保树说道:"保树同志,你要把货款筹备好,一旦海盐按照我们的方案到手了,第二天就要把全部货款按市价结给马老板,不要让人家吃亏。"

"请放心,我一定办到。"

大家握手告别。

八

三天后,杨柳镇,天阴沉沉的,黑夜比平日来得早,马路上没有照明,伸手不见五指,周围一片死寂。陈文会在酱菜厂库房里蹲了两天,老酱汤的臭味熏得他头昏脑涨。为了吸收一点新鲜空气,也看看周围动静,他爬上了一个高凳子,透过镶有铁栏杆的小窗向外观望。只见马路对面仓库大门口有四个伪军在光线微弱的提灯下打牌,还有几个散兵来回巡逻。他不停地思忖,十几个伪军天天荷枪实弹地巡逻把守,把仓库围得像铁桶一样,到底该怎么智取呢?如果智取不成,只要有一声枪响,杨柳镇东边的岗楼就会被惊动,那不是前功尽弃了吗?!越想越不得其解。

陈文会的肚子叽里咕噜地叫了起来,他慢慢从高凳上爬下来,打开兜子,拿出吃了两天的天津大煎饼,像咬猴皮筋似的撕扯着。本来很美味的大煎饼全然变了样,白天省下的一瓶凉水还剩半瓶,喝两口泅泅嗓子。他倚着墙旮旯坐在地上,半闭着眼睛,似睡非睡地回想起自己的童年:小时候被父母逼着去清真寺学经,他觉得学经太难了,经常逃学。老人生怕他在街上乱跑学坏了,买了三只小羊羔让他放养,他几年间扑棱了十几只,成了村子里名副其实的小羊倌。有一年冬天,一个羊羔跑出羊群啃吃了周村地主家的麦苗,地主管家拿着木棍子追着打他,他玩儿命地跑,跑到高粱茬子地时栽倒了,前胸被茬子扎伤,伤口痊愈后结了个大疙瘩,村里人就叫他"大疙瘩",时间长了就成了他的外号,有些人甚至忘记了他的真名。前一年马志新到大围河考察时住在陈家,小陈倍感亲切，每晚都烧一大壶开水送到马志新屋里，马志新很喜欢这个懂事的孩子，抽空就给他讲故事。时间一久，小陈提出了想参军的愿望，政委就破格接收了这个 17 岁的孩子。参军后，生活有了保证，又当上了通讯员，天天跟领导在一起，心里有说不出的高兴。他自参军后就没有离开过部队，这几天单独执行任务，觉得特别孤独……想着想着，慢慢地就睡着了。

深夜，他突然被窗外的响声惊醒。

他摸黑爬到高凳子上，透过铁栏杆往街上望去，借助伪军的提灯和手电筒的光线，看到大批伪军已经占领了街道，远处还有日本人嘀哩嘟噜的说话声。陈文会感觉脑袋突然涨得如柳斗般大，日伪军真的提前动手了。房参谋提出的行动时间是 5 月 19 日夜里，今天是 18 日，日伪军抢在了前头，这个突如其来的变化，会让部队的所有行动计划付诸东流。可在这个节骨眼上，怎样及时通知在津的领导，他急得抓耳挠腮，一时没了主意。

陈文会忐忑的心情无法平复，一会儿从高凳上爬下来，一会儿又爬上去，对外边的动静总想探个究竟。他隐约听到一个执勤的戴眼镜伪军问提货的人："你们是哪一部分的？这海盐要运到哪里？"操河北口音、戴着大盖帽、满脸胡子的一个人说道："我们是张家口皇军司令部派来的，按照与天津警察局的商定，这批海盐要在今夜运走，东站三号门的车皮是运送海盐的专列，明天一大早就开车，耽误了军用品的运输，你们小小的警察九分局可吃不了兜着走！"

那个戴眼镜的警察似乎是一个头头，听语气像有些生气，用满口的天津话大声说道："甭来这一套，这货是给张家口皇军的没错，但你得有手续啊！没手续就想提货，门儿也没有！"

提货的大胡子伪军头头手里提着亮闪闪的德国式手枪，指指点点地骂道："你们这群土豹子真是有眼不识泰山，皇军吉田茂小队长亲自过来督查运货，我请过来让你问问！"

正说着，翻译官陪吉田茂走了过来。吉田茂身穿日军军服，头戴钢盔，见到天津警察分局的人时，阴沉严肃地吼了几声，走上前去，对准警察头头的脸狠狠地打了两个脖捆，打得警察一个趔趄。

翻译官头戴军帽，打着领结，穿戴也十分得体，接着对警察头头喝道："你没有听见吉田茂队长骂你们是蠢驴吗？如果张家口皇军司令部没有跟天津警察局协商好，谁敢这样兴师动众到此地提货？你们这帮人是不是只吃罚酒不吃敬酒啊？！"

管事的警察哭丧着脸申诉道："如果货发错了，我们这些人的饭碗就砸了，搞不好军法论处，请皇军理解我们，没有正常手续任何人也不能提货。"

翻译官追问警察头头："到底需要那些证明，你们赶快说清楚。"取货的大胡子伪军头头像应声虫一样跟着重复了一遍。

"天津警察局批件和张家口司令部的介绍信，二者缺一不可。"

吉田茂用生疏的汉语说道："证明信的有，耽误提货的不要！让副官提交！"

副官把批件和提货介绍信很快拿过来，还有一位士兵手拿提盒和礼品。警察头头一边看着批件，一边用眼角余光扫了一下礼品，微笑着点点头，随手把证件交给了副手……

警察头头向吉田茂深深地鞠了一躬，说道："实在对不起，请皇军下令提货吧！"

陈文会从窗户上看到这里真是心急如焚，一不做二不休，打死个日本鬼子也够本了。他掏出别在腰中的搂子，用力翘起脚尖，把头探出窗外，刚要瞄准搂机儿，突然听到窗下有熟悉的乡音，仔细一看，分明是弟弟二愣。陈二愣曾是贺龙部队的战士，后转到回民大队任机枪手，现在还双手抱着机枪呢，像是在等待命令。

看到这里，陈文会恍然大悟，仰面长出一口气。自己的部队就在眼前，压在心口的那块大石头终于落地。他高兴地差点喊出声来，赶忙爬下高凳子往街上跑去。

负责提货的伪军头头接过警察交出的钥匙，在众人陪伴下不慌不忙地走向仓库大门。警察分局的人退出了现场，到值班室喝酒打牌去了。门外的十几辆马车走进大院，二十几个膀大腰圆的搬运工快速行动，百十几麻袋的海盐全部装到了大车上，提货人和押运部队悄悄地疾速离开了仓库。杨柳镇往北不远就是子牙河大桥，李泽生和沙达鲁预先安排的5艘大船和两艘小船早已在桥下等候，马车到达后，大家七手八脚地把海盐装到了大船上，船老大拿手电照了照吃水线，估计货物重量大约在19吨上下。押运部队上了大船，借着东北风，张开船帆，向西驶去。沙达鲁挂着双拐在王德才、尹保树的陪同下，带领全部脚行工人登上小船，快速向相反的方向划去。

大船首尾相连，蜿蜒航行在夜幕下，只听见河水拍打着船头的声响。没多久，船队进入了东淀开阔地，危险地段已经过去，人们的紧张情绪放松了很多。陈文会小声问弟弟："我现在还没搞清楚，那个日本军官是谁扮的，怎么那么像啊！"

"听说是霸州王德才，原来他在伪警察局当厨师，平日学了不少日语。这人可不简单，非常聪明，还会篆刻，那些警察局和伪军司令部的图章都是他刻的，不是专门干这一行的根本分不出真假。"

陈文会又问："那个满脸大胡子的伪军头头是谁扮的？"

二愣微笑着说道："是军事参谋房玉岭呗！那胡子粘得太密了，伪军服装一穿，派头十足呢！那个翻译官你应该认识，就是咱们的表哥李泽生啊！他瓜皮军帽一戴，尖领白褂扎在腰带里，胳膊上下挥舞，说话撇音撇调的，活像个高丽人，谁能分辨出来呢！"

"那伪军的穿戴和日本的军官服是从哪里找来的？"

二愣说："是前年房玉岭拿下苑口岗楼时缴获的。"

陈文会很有感触地说道："我们回民大队真有人才，学啥像啥，干啥成啥。尤其这半年来，李泽生表哥不但买卖做得活，跟日伪军斗智斗勇也如鱼得水，总能占上风，让我佩服！"

二愣补充道："泽生哥文武双全，是个赵子龙式的干将，加上马政委诸葛亮式的运筹帷幄，才能干成惊天动地的事儿。"

第九章 挑战禁运

一

1943年仲夏，几场大雨后北运河的水量就涨了起来，流速也快多了。逆流而上的白鲢鱼有时蹿出水面，在阳光照耀下闪着一道道白光。王德才在河堤上用竹竿儿和几根细杉篙搭起了两个扳罾渔网，用火燎过的羊骨头捆在网底，举起杠杆，方形大网可吃水两三尺，杠杆的另一头捆上大块坠石，整个扳罾操作起来得心应手。自从安装好后，网网不落空儿，从天刚蒙蒙亮到吃早饭时，水中的网兜里就有上百斤活鱼了。

上级李泽生对主副业交代得很清楚，主业是办好联络站，逮鱼卖钱是副业。王德才琢磨着，副业也很有抓头，能给回民大队解决一些经费问题，领导不会怪罪吧。

王德才在霸州伪政府当厨师时，精心研究过各种鱼的烹调技术，尤其是炸鱼、熏鱼最为拿手。如今现逮的鱼都是活蹦乱跳的，如果再加工一下，那可是赚钱的好卖相。几天前领导派来了米国勇做他的助手，他们商量好在旁边大杨树底下又搭了一间工棚，准备了锅灶和各种佐料，挂起了老米请北大寺马阿訇写的大字横幅"杜瓦宜"，在穆庄子一带做食品生意，没有伊斯兰标志是行不通的。小买卖很快就开张了，谁知道十几天工夫，一传十、十传百，穆庄子、天齐庙几百户人家家喻户晓。每天一大早就有人从四面八方赶来，叽叽喳喳地排起长队等着买他们的鱼，熏鱼既有五香味也有糖熏的甜香味，炸鱼则外焦里嫩，香酥可口。

二十几天过去，穆庄子外号叫穆耙子的大地主听说了，非要到大堤上看看。这个人是当地有权有势的人物，家里经常请客，发愁的是没有拿得出手的好吃喝。他高高的个子，白皙的脸皮上只有星星点点的胡子茬，梳着油光的背头，一副老花镜卡在鼻梁上。这天，他身穿长衫，手提鸟笼，晃晃悠悠地来到大堤上，在几个随从的前呼后拥下，好不威风。

穆耙子拉着公鸭嗓问道："谁是掌柜的？从哪里学的手艺？"

王德才恭恭敬敬地递过一个方凳，说道："老先生请坐。我叫王德才，霸州人，是在本县学的手艺，初学乍练，多有欠缺，敬请指教。"王德才用一只小瓷盘托着两条刚出锅的小炸鱼，加上一双发亮的竹筷，递给随从："请老先生品尝。"

穆耙子把鱼放在嘴里，异常的香脆味儿征服了他刁钻的舌头，他频频点头并伸出大拇指。接着问道："除了做炸鱼、熏鱼，你还有什么手艺？"

王德才信心十足地说道："煎炒烹炸、闷溜熬炖都有自己的特色，如果方便可到府上试试厨艺。"穆耙子像是遇到了知音一般，干脆地发出邀请："好！交个朋友，明天我有贵客要请，烦劳王师傅费心掌勺，报酬上好说。"

事后王德才暗想，自己贸然答应恐怕不妥，想汇报又远水解不了近渴，老米在红区待的时间较长，有丰富的斗争经验，还是找他商量一下。

王德才对老米说："刚才你也听见了，穆耙子请我去他家做酒席，你帮着参谋参谋，看该不该去。"

老米说："我调来时在信安清真寺见到了李泽生同志，他运完海盐后又忙着开商店。今天下午我骑单车跑一趟，万一泽生同志还在那里，我请他一起到穆庄子来商量此事，你看如何？"

"那敢情好！"

米国勇风风火火地骑车跑了一趟，回来告知李泽生同志到城工部去了，第二天下午才能回来。他安慰道："明天你见机行事，有什么做不了主的事就搪塞一下，争取缓冲时间。"

第九章 挑战禁运

王德才明白，不管发生什么，自己设的地雷阵还要自己去趟。次日他硬着头皮跨进了穆耙子家大门。

王德才直接进了厨房，有两个帮厨急忙走过来迎接。他洗过手，换上大厨工作服和白帽子，圆方脸好像被高帽子拉长了一些，更显气质不凡。他逐样检查食材和配料，心里琢磨着，真是个大户人家，各种配料应有尽有。接着问大胖子帮厨："东家有菜谱吗？"大胖子眨眨眼说："东家有个习惯，厨师根据食材自己列菜谱，你看，笔墨和大红纸都在那里，请师傅挥墨吧。"

王德才心想，哪有厨师写菜谱的，这不是刁难人吗？可巧，在霸州当厨师的闲暇时间，王德才跟老秀才学了一段时间的书法，逐渐爱上了行书，苏轼的《寒食帖》写了几百遍，想不到今天有了用武之地。大胖子帮厨本来要找总管兼账房先生来写，为了给王德才一个下马威才出此难题，想不到王德才真的不怕这一套。

蘸满墨汁的毛笔在红纸上飞舞，刹那间菜谱跃然纸上，大胖子帮厨识不了几个字，端详半天，莫名其妙，就恭恭敬敬地求王德才给介绍菜单：

尊敬的来宾台鉴：

　　承黄道吉日，敬献菜点，请各位贵宾指正：

　　熏烤鲢子鱼、清蒸海底鲜、大焐牛窝骨、油焖多味虾、新疆它似蜜、姜汁栗子鸡、红烧地三鲜。另加：炸羊尾、蟹肉包和乳鲜汤。

　　　　　　　　　　　　　　　癸未仲夏于穆公宅
　　　　　　　　　　　　　　　王德才率二帮厨鞠躬

王德才把写好的菜谱交给大胖子帮厨说道："请交给管家先生，如有不妥，望尽早通知……"话音未落，管家掀开门帘进了厨房，他拿过菜单一看，大吃一惊，开口便问这菜单是谁写的。大胖子用手一指，管家有些愕然，走到王德才身边说道："王师傅到这里来，昨天就听说了，不知道你的书法也这样好。我叫马瑞卿，是永清安育人，我们应该是老乡，但愿你今天的菜肴出类拔萃，一炮打响，以后就是永远的朋友。"

看得出这位马先生是个走南闯北、通情达理的人，在这陌生之地遇见一个知音，王德才脸上踌躇的阴云一扫而光，笑嘻嘻地说道："我新来乍到摸不着门儿，你刚才的一番话让我心胸开朗多了。俗话说，在家靠父母，在外靠朋友，我衷心地希望得到马先生的关照。"

马先生把王德才叫到后厨小声说道："王师傅，我告诉你，今天请的客人是警察八分局侯局长，外号叫'大马猴'，是东家的拜把兄弟，也是这里的常客。菜单我看过了，没问题，你要严格按照菜谱制作，不能马虎。如果客人满意了，东家打算把你留下，要有个思想准备才是。另外，那个大胖子帮厨，是东家大老婆的侄子，四六不懂，靠后台混饭吃，不要跟他一般见识，但要防他打小报告、嚼舌头根子。时间久了你就什么都知道了。"王德才频频点头。

10点左右，侯局长乘坐的吉普车开到了大门外，穆耙子和马先生立马上前迎接。只见局长大盖帽下的方框墨镜闪着亮光，笔挺的制服和擦得锃亮的皮鞋彰显着派头，身后还有一个副官和两个保镖跟随。握手寒暄之后走进前院正厅，穆耙子三姨太从套间里笑嘻嘻地走出来，卖弄风情地说道："哪阵风把局长大人刮来了，贵客临门，定是穆家的福分啊！"

侯局长走上前去，眼神从头到脚打量着三姨太："哪里哪里，我巴不得天天到这里做客，那才是福分哪。可惜公务在身不由己啊！"

客人坐定，下人把茶点摆放在茶几上。穆耙子说："局长先品品正兴德穆老板送来的特级花茶，你是行家，看看味道如何。我们有两个多月没见面了，是不是局里还忙活本村那起凶杀案？现在有头绪吗？"

"这真是一个无头案，一宿杀了一家十一口，查起来很费劲，再加上市里乱事太多，日本人又一天一个主意，乱糟糟的理不出个头绪。"

"津北穆庄子、天齐庙两个村子虽然不大，但南来北往的三教九流都在这里落脚，既是牛羊肉集散地，又是皮货集散地，虽不是城市但比城市还热闹，每天进出的人流很大，吵闹械斗、结伙打劫的到处都是。"

"你说得对，真是不好办。有件事我问你，上次你提到的那个仓库大院，保安总队搬走了吗？"

"搬走了！要不是你找他们头头，猴年马月也走不了，那哪是保安团，纯粹是个流氓团。八路军、游击队打过三次，打跑了还卷土再来，我的仓库烧了十几间，自从搬走后，这里清静多了。"

三姨太插言道："别提那些陈芝麻烂谷子的事了，今天是特意请侯局长，天近中午，快快进餐吧！"

在餐厅沙发上小憩，穆耙子笑呵呵地说："今天我请了一位高级厨师，据说手艺不凡，马先生早晨在后厨监工，请他介绍介绍。"

马先生走到局长面前，把红菜单用双手递过去。局长瞄了一眼，有些吃惊，接着问道："这是马先生写的吗？"

"这是厨师王德才书写的，我一看这字就没敢动笔。"

侯局长夸奖说："这行书很有功夫，有苏轼笔法的味道，不像出自厨师之手，你们各位传着看看。到底王德才是何等人，厨艺又如何？"

马先生郑重其事地说道："王德才是霸州人，在政府餐厅供职，练得一手好厨艺，红案、白案都是一流……"

三姨太打断马管家的话，眼睛扫着侯局长，柔声柔气地说："不要吹得太大，侯局长是见过世面的人，只要把菜端上来一尝，一切都会明白的。"

保镖和司机到后厨用餐，主客五人从容地走向餐桌。

下人来回穿梭准备着，首先斟茶倒酒。副官闻到沁人肺腑的酒香味，禁不住端起酒杯抿了一口，随即说道："顶级的浓香味啊！平日很少见到。"

马先生说："这是东家深藏了12年的老酒，只有侯局长来，才有这个口福。"

第一道菜是大焐牛窝骨，那松软滑嫩的外形和香气四溢的美味，吸引着每个人。侯局长用大汤勺舀了一块中段放在旁边三姨太的盘子里，三姨太忙说："谢谢局长，我从来不吃肥的，如果胖了，就没人要了！"侯局长挑逗地说道："这是牛筋，牛身上最瘦的部位，公认的养颜佳品。你吃了不但不会胖，肯定是细皮嫩肉，美丽动人！"三姨太瞟了局长一眼，在桌子底下又伸腿轻轻踩了局长一脚，嗲声嗲气地说道："局长真坏，别拿我开心了啊！"

马先生手捧酒瓶，热情地给每个人斟满，自己也带头痛饮。酒到三巡，菜过五味，在人们陶醉于美味佳肴之时，侯局长抬起头来说道："我们这些人什么没吃过，今天怎么了，连穆老板也不抬头不说话，真的给王师傅的厨艺征服了?!"众人哈哈大笑起来。

穆耙子说："这些菜每一样都不错，但若论起门道来就不容易了。侯局长见多识广，想听听您的高论。"

侯局长从下人手中接过热腾腾的面巾，擦了擦脸后说道："中国八大菜系各有特色，有南甜、北咸、东辣、西酸之说，实际并不尽然。我们只说今天，你们感觉到了吗？那盘油焖多味虾，在天津是一道常见菜，但厨师做出了不同凡响的味道，这里边一定有独到之处。还有那个乳鲜汤，并不是用什么牛奶、黄油之类烧制的，但怎么那么鲜美？这一菜一汤是我从没尝过的。"众人频频点头，表示认同。穆老板插言道："还是局长的品评有水准，我也有同感，请管家把王德才叫来问个明白。"

王德才整整衣冠走出厨房，炯炯有神的大眼睛，透着精明与诚实，给人一种亲切感。马先生把局长的意思复述一遍，请王师傅给讲讲。

王德才不慌不忙地说道："客人提出这两个问题，不愧是行家。就说油焖多味虾吧，是个平常菜，旧式做法的最大缺点就是味道都在虾壳上，钻不进虾肉里。我的做法是：把沙线和须子去除以后，将整体虾肉脱壳，用特制细竹签刺成若干小孔，加佐料腌制15分钟，然后仍放进虾壳内，再用通常方法烧制，虾肉充分吸收了美味。乳鲜汤是用炸过的鲫鱼加水烧成汤，调味后加入新鲜羊肚和羊头肉，直至把汤烧成乳白色。中国汉字'鲜'本身就是取鱼和羊组合而成，乳鲜汤已经把此汤的做法写在'鲜'字里了。"

众人心悦诚服。

穆老板有感而发地说："今日请王师傅献艺，我是打算留到我家任主厨的，今后接待各路神仙就有了着落，也能给穆家增光添彩……"

侯局长急忙插言道："穆老板，这话我本来要说，您倒是抢在前头了。我们局里一直物色不到一个好厨师，今天与王师傅相见，感到相识恨晚。当然一个女儿不能找两个婆家，我的意思一是希望王师傅能够答应到警察局供职，今后肯定会高看一眼的，一切待遇从优；二是穆老板高高手，也算是对老朋友的支持。"

三姨太说道："那今后想再享受这些美味就到局长府上去了！"

穆耙子点点头，看来胳膊拧不过大腿。

王德才说："我是个小买卖人，一切事情要跟家人商量，请原谅今天还无法答复。"

侯局长说："那好，等你的消息。"

二

傍晚，李泽生带干一同志来到北运河东岸窝棚看望王德才和米国勇。老米伸手将蒲棒席子铺在地上，四人席地而坐。王德才说："我估计二位还没吃晚饭，这里有刚出锅的贴饼子熬小鱼，一起吃吧！"

干一忙说："太好了，很长时间没享这个口福了，看看你们的手艺如何！"

李泽生介绍说："这位老大哥你俩可能不认识，是干一同志，原来是文新回民中队政委，在文安、霸州很有名气。1942年'五一'大扫荡后，调军分区工作，今年又转战天津城工部，在马玉槐同志领导下，负责穆庄子一带的抗日活动。今天我把干一同志请来，是商量我们今后的工作大计，有什么问题请你俩谈谈。"

王德才详细介绍了在穆耙子家遇到的情况。干一说道："我和房玉岭都在穆耙子家住过，他是保甲长，是个两面政权的代表。本名叫穆晟伦，因为会算计又会搂钱，家产是从他这一辈儿发展起来的，所以得了这个外号。我们做社会调查时发现，虽然他趋炎附势讨好官场，但目的只有一个，就是保护自家财产，还没有什么劣迹。此前他家靠近运河的那片仓库，住着保安团，竟干偷鸡摸狗欺压百姓的勾当。游击队也曾下功夫铲除，但总是打跑了又来。我们跟穆耙子商量此事，他答应找官府要回仓库，不久这事真的解决了。现在我们能安全地在穆庄子落脚，就是穆耙子给我们制造的机会。"

李泽生问道:"干一同志,现在的问题是警察局要王德才去当厨师,到底该不该去?"

"当然要去,这是千载难逢的好事。马志新调王德才到运河边上扳罾逮鱼,这只是个过渡,充分利用厨师手艺进入天津要害部门、参与天津的地下斗争才是最终目的,没想到机会这么快就来了!至于怎样开展工作,今晚我带王德才到小伙巷联络站去,在那里再详细交代。有两点要记住,第一,德才到警察分局工作后,一定要提出兼搞采买;第二,淡水活鱼指定用北运河打捞上来的。这样一来,王德才可以走出警察局,米国勇也可以随时进入警察局,大家明白了吧?"

米国勇说:"干一同志的名字我早就知道,但没见过面,其实我们是亲戚。"

干一乐呵呵地问道:"你是哪儿人,怎么那么巧?在这偌大的天津郊区碰上亲戚不容易。"

"我是肃宁人,哈月是我表姐,我应该叫你表姐夫。你放心吧,德才走后我会努力把工作担起来,再添一个人就行。"

李泽生拍拍米国勇的肩膀说:"老米自从肃宁回民小队合编过来后,积极肯干,是我们连队的主力。德才走了,我在这里暂时顶几天,炸鱼熏鱼的小买卖不能耽误,更不能停业,要给大家一个正常门市的好印象,10天后再调人来。"

干一嘱咐说:"我的联系人是刘步伦和马同贵,以后他们会登门拜访。这两个村子大多数村民都是支持抗日的,也有少数汉奸、回奸和恶霸,稍远一点儿有日伪军岗楼,我们要做好保密和防范,万不可粗心大意。"

李泽生送走干一和王德才,一个人在大堤上漫步。北运河的水涨了不少,在皎洁的月光下,漩涡里闪烁着一个个光圈,大堤上整齐成行的钻天杨在西风吹拂下沙沙作响。他回想这一段的工作,有踌躇也有开心,有惊险也有喜悦。马政委掌管这一摊儿后,虚心听取不同意见,关键时刻敢于担当拍板,他的方案都是经过深思熟虑的,都收到了很好的结果。海盐已成功运往根据地，让王德才到穆庄子运河边建联络点，才一个月工夫，天津伪警察八分局就把王德才调去了，马政委简直是料事如神！马政委有两本书经常带在身上，一本是毛泽东的《矛盾论》《实践论》合订本，一本是艾思奇的《大众哲学》。大概他理解了精髓，又能融会贯通地运用吧。下一步就是药品问题，看看又有什么妙招。

李泽生已经走到北运河拐弯处的北洋大学旧址，回头看看北斗星周围的七星勺，觉得天不早了，转身往回走去。

一个月前那次在千里堤上和杜鹃甜蜜的长谈，让他时时回味。虽然二人不在一起，但彼此都追求进步。按照回民礼仪，下彩礼一个月就应该到男方家写"依扎布"①，可自己担任指导员兼连长不到半年，几件重要工作都在进行之中，现在结婚必然会影响工作进程，那是绝对不可取的。父母一直催促结婚的事，只好向他们耐心解释一下，拖一段时间也无大碍。

三

李泽生安排辛茂盛协助米国勇工作后，准备动身回文安，顺路到小伙巷联络站告别。刚进胡同口，就见王德才骑自行车从对面过来。

"有急事要汇报！"德才小声说，"不知干一同志是否在这里。"

门房何大爷说："干一同志有事没来，恰巧马玉槐主任在。"

李泽生快步走进联络站大门，向何大爷打了招呼，就与德才一起走进了马主任办公室。

没等坐定，王德才就说道："我趁出来买菜的机会向领导汇报，警察分局有紧急情况……"

---

① 依扎布：阿拉伯语音译，意为"确认"、"誓言"，即伊斯兰教规定的结婚证明。回族穆斯林男女在举行结婚仪式时，由阿訇根据伊斯兰教教规主持仪式，用阿拉伯文书写"依扎布"。内容包括：双方的伊斯兰名字、双方自主婚姻声明、男方向女方交订婚礼金数以及证婚人的伊斯兰名字。

"别急别急，先坐下喝口水再说。"

"昨天夜里，天津海关佟关长请'大马猴'局长喝酒，让我做几个菜。席间海关关长说：'从德国进口的药品和医疗器材明天晚些时候在大沽口卸货，用小船倒到市内码头，后天用汽车运走，这批货是给沧州保安司令部的。请侯局长给予关照。'局长说：'知道了，市长和市警察局早已交代过此事，这类最危险的差事你们都忘不了八分局，那些坐享其成的美差什么时候轮上我啊？'"

马主任深感消息重要，说道："看来大马猴对海关积怨不小呢，后来怎么样了？"

王德才说："大马猴虽然接了任务，但把脸拉得长长的，沉默了好长时间没说话。关长见他不快，答应给八分局两辆廉价拍卖的吉普车，局长的脸才缓和了一些。"

马主任对李泽生说："德才带来的消息很及时，听听你的意见，怎么处理才恰当？"

李泽生兴奋地说道："梦寐以求的好事啊！我看劫持货车是上策，如果主任原则同意，我马上回文安向马政委汇报，立即组织人马，想方设法，见机而行。"

"泽生，我同意你的意见，"马主任嘱咐说，"要万无一失，天津这边我们要派人跟踪，沧州那边要做好伏击。马志新和李河同志都在胜芳，骑自行车下午就能到，争取时间吧！"

泽生站起来说道："我到蔡家胡同白老板那里借辆自行车，马上出发。"

四

马志新和李河正在胜芳清真寺小会议室开会，通讯员陈文会见到李泽生后领他到接待室，说："政委那边的会马上要散，我去禀告一声。"

院子里有人大声说话，二人走出去发现马政委和李河正送辛桂田、辛燕侠往外走。李泽生快步上前伸手拦住四人，急急忙忙地说道："政委，有急事要报告！"

李主任说："让两位连长先走，他们还有事，我和政委听你的汇报。"

李泽生二话没说，将四人拽到接待室，把在小伙巷见到马玉槐和王德才的详细情况汇报了一遍。李河主任深感歉意，对泽生说："真对不起，如果不是你态度坚决，两位辛连长就都放走了，那可就耽误大事了。"

马政委不管遇到什么事，向来都是先广泛征求意见，从不匆匆做决定。他看着泽生涨红的脸、满头大汗的样子，马上递过一条毛巾，又端过一杯水，心疼地说道："这里距天津近90里路，你用两个半小时就到了，简直是拼命呀！对这批药品，我想问问你有什么设想？"

"根据以往日伪军的行动规律，凡是有重要物资需要运输的，一般都在夜里，我推测是后天晚上。伏击点兵力不能少于50人。药品拿到手后，最安全的办法是通过文安洼的船只运走，省得陆地运输招惹是非。"

辛桂田和辛燕侠两个连队是为了伏击敌人的运粮船而驻守在文安洼的，一个在德归镇，一个在董各庄，都积极表态支持这次行动。

马志新扫视了一下周围各位，觉得机不可失，时不再来，尽早下决心十分必要，说道："我同意大家的意见，还要补充几点：第一，原来安排在马武营一带打包运船的工作先放一放，一切行动服从后天晚上的安排；第二，前线指挥部设在陈官屯为宜，既便于消息传递，也便于组织行动；第三，伏击点放在唐官屯附近，因为那里的清真寺是我们游击队的联络站，有几十个人埋伏在那里，不显山不露水，两镇距离不到30里，人也容易调配；第四，刚才泽生推测敌人的行动在后天夜里，打伏击战要剔除大概和可能这些不确定性，所以要派得力侦察员去天津，尽量摸清具体时间。

"打伏击和运输要一并考虑，具体任务分配，会后我跟两位连长交代清楚，最起码各连要出50人。这批货要运到文安洼董各庄清真寺，以后再考虑转运问题。"

李河同志拿出一张军分区提供的军用地图铺在长桌上，用掸子把儿指着刚才政委提到的几个村镇:"大家看看从天津到沧州要经过陈官屯、唐官屯、青州等地,除了公路还有铁路,我们的侦察员和通讯员要充分利用铁路的便捷,把信息尽快送到目的地。没有铁路的地方,只有靠脚踏车或步行了。运输上不只是船的问题,还有十里土路,需要大量手推车,一定要预先准备好……"

马志新看了看大家,说道:"大家都明白了吗,马上行动!"

五

第二天上午,马志新等四人来到陈官屯村西,走进抗属王月海家。王大娘正在院子里喂鸡,见到客人进了院子,忙迎上前去。马志新握住王大娘的手,久久没有放开,问道:"几个月没来看您老人家了,身体还好吧?大伯到哪儿去了?"

"老头子前天给大儿子他们部队推车送草药,回来时不小心连人带车倒在车道沟里,把脚腕子崴了,医生给裹了药布。今儿个刚见好转,就挂着双拐跑出去了。老头子有个蔫巴主意,谁劝也不听!"

马志新问:"你侄子小马从河间果子洼过来顶饭馆这一摊还行吧?"

"行,没问题,那孩子聪明,今年又雇了两个帮手,饭馆还能支撑。"王大娘接着说道,"快进屋吧,我刚沏的茶,你们先喝着,我到街上叫你大伯去!"通讯员陈文会赶紧跟过去,扶着大娘一起出了大门。

李河问马志新:"你和大娘的对话我们听得稀里糊涂,这里边有什么故事吧?"

原来王大伯一家是镇上老住户,几辈子都在街上开饭馆。一年前大儿子清波参加了渤海回民支队,给队长兼政委刘震寰当通讯员。王大伯为支撑祖传家业,打算将二儿子清文从保定师范学校叫回来接班,清文死活不愿意,家庭矛盾由此产生。清波告诉了正在唐官屯开会的刘政委:"老爸脾气大,牛都拽不动,弟弟天天哭,再不回保定,假期一过人家就开除了,求政委出面劝劝吧！"

刘震寰是个爱才若渴的人，他说："我们大多数回民家庭祖祖辈辈受穷就是因为没文化，好不容易培养一个上师范的人，哪能退学呢？"

冀中回建会在唐官屯开会期间，马志新跟刘震寰住一个房间，二人对此事都有同感，会后搭伴去了一趟陈官屯，王大伯被说服，最终将内侄找来，王记饭馆恢复营业，这场纷争算是平息了。

王大伯瘸着一只脚，手拄双拐进了院子，马志新迎上前问道："崴的脚好点了吗？"

"好多了。你们匆匆来家里，肯定有急事难事，千万别瞒你王大伯。"

马志新把劫持伪军运药车的计划原原本本地告诉了王大伯，老人非常高兴，毫无保留地说道："我知道八路军和红区缺少药品，尤其是西药，前几天为给渤海回民支队送些中草药，我把脚都给崴了，现在伪军将药品送到家门口，哪有不收的道理？今天我家就是临时指挥部，你在这里指挥，我在王记饭馆值班听信，让通讯员小陈来回传信，你放心，保证让这事滴水不漏。"

午后时分，辛桂田从唐官屯、辛燕侠从子牙镇先后派人来报告，一切布置就绪，只等上级命令，只有天津的侦察员尹保树迟迟没来。李泽生急得团团转，对政委说："我去火车站看看，天津来人一定是坐火车，我直接领过来还能省些时间。"

六

外籍货轮因排队等泊位，今天上午才停靠在大沽口锚地，他们把药品转运到驳船上，用小火轮拖向内河。沙达鲁从尹保树那里得到消息，从午后就盯上了这批货。驳船靠近大红桥一号码头时已经接近傍晚时分，他立即拄着拐杖走过去，从背后抽出红、绿两面旗，指挥驳船向码头靠拢。韩庆举吹起哨子，让六辆汽车调头排成一字形。沙达鲁暗想，尹保树还在码头外等消息呢，事不宜迟，我一定要问个究竟。又是一声哨响，20位搬运工一起动手，把船上的货物装到汽车上。沙达鲁听到一位司机说话是沧州口音，便走过去，亲切地说道："老乡呀，天都擦黑了，你们还没吃晚饭吧。搞运输是个体力活，这可吃不消，再加上津沧公路年久失修，汽车跑不起来，你们不如在码头上吃过晚饭再走也不迟。"

司机感谢道："谢谢你的关照，带队的王警官刚下了命令，车装好了马上启程，不准在天津停留。我们到半路打尖，保证午夜到达目的地。"

沙达鲁一扭头见到了王警官，随手递过一支香烟，并划火柴点着，十分关切地说道："长官辛苦了，你们这次来了多少人，我帮你们安排晚饭。"

王警官扫了这个拄着拐杖的把头一眼，说道："押运的有一个班，我们跑沧州，都是在半路打尖，那里的吃喝比天津卫好，价钱还便宜。"

沙达鲁走出码头，把刚得到的一手情报告诉了尹保树。尹保树只说了句"后会有期"，便直奔火车西站。

夜幕降临，尹保树快步走下火车，在李泽生引领下很快见到了马政委和李河主任，详细转达了沙达鲁在天津大红桥码头得到的消息。李河听后，说道："要是知道敌人在什么地方吃饭，那肯定不费吹灰之力就一窝端了。现在打尖地点不确定，我们的行动就不好安排。"

马志新觉得敌人选择这条公路应该无疑了，关键是时间不确定。他灵机一动，叫陈文会把王大伯找来听听老人家的意见。

王大伯开门见山地说道："如果你们确定是八分局那个王警官押送，百分百是在陈官屯王记饭馆用餐，吃完饭还要带扒鸡和衡水白干，他们每次路过这里，从不越门而过，用俗话说就是，傻小子拾柴火，只认一块地。"

李河急忙说道："那就踏实了，甭出饭馆，统统拿下！"

"且慢，"马志新说道，"即便伪警察局的人和车队司机喝得像摊烂泥，也绝不能在陈官屯动手，更不能牵连王记饭馆。要把狙击地点挪到陈官屯以南二十里处一个水塘边的树林里，那里能攻、能守、能退，距离文安洼王口码头只有十里路。请泽生把我的意见以最快速度往下传达。事不宜迟，马上行动。"

李泽生说："两个连的联络员都在西厢房里待命，我去传达。"

马志新带领李河、李泽生二人抄近路向现场奔去，尹保树和陈文会留下来观察王记饭馆的动静。

七

三年前，王警官偶然进陈官屯王记饭馆用餐，这里的扒鸡、老酒，尤其是羊肉烧卖等美味佳肴深深吸引了他，王老板洒脱仗义的性格显示出老生意人的成熟。一次王警官带人来用餐，大快朵颐之后，结账时发现没带钱，王警官感到特别丢面子，拿出纸和笔要写欠条。王老板说："一笔写不出两个王字，我是坐商不是行商，下次来一起算就是了，何必那么认真？"王老板的话让王警官非常感动，从此王记饭馆便成了警察分局经常光顾的地方。大儿子王清波对老爸给伪警察们的关照想不通："伪警察都是日本人的走狗，对他们何必那样客气。"父亲说："我们是买卖人，阎王、小鬼的钱都可以赚，只是别为虎作伥帮他们干坏事就行了。要想逮住豺狼应该比豺狼更狡猾才行。"

事情的发展和王大伯估计的一样，王警官把18个人带进王记饭馆，就肆无忌惮地大吃大喝起来。这帮以日本人为靠山的乌合之众哪管什么禁令，今朝有酒今朝醉就是他们的信条。王大伯惦记着马政委交给的任务，走到街上仰头看看星辰，觉得时候差不多了，便找到茶馆旁等候的尹保树和陈文会小声说道："一切照常，马上行动。"回到餐厅，他掰着王警官的手腕看了看手表，劝道："王警官，马上就10点了，酒喝到这个份上，再不打住会误事的……"

旁边一个司机插言："午夜要到达沧州，现在我们才走了三分之一。"

王大伯的提醒起了作用，12个警察和6个司机晃晃悠悠地上了汽车。

八

李河站在高处向北望去，见到有一束光在远处闪动，借助月光看了看手表，时针已跳到10点20分。他回头对李泽生说："开始准备，恐怕用不了10

分钟敌人就会进入包围圈。"

"公路上已经用大块木头做了障碍，汽车开到这里必成瓮中之鳖，"李泽生胸有成竹地说道，"大家注意，要活捉那些警察和司机，尽可能不开枪，不要惊动附近的岗楼。"

辛桂田是个粗中有细的人，为了一丝不苟地完成任务，做了多方面的准备工作，眼看动手的时机已到，非常激动地说："我已经向战士们交代好了，车一停，趁敌人没反应过来就立即冲上去，三个人抓一个，凡有反抗的先打晕，然后捆起来……"

汽车进入包围圈，头车遇到障碍物停了车，尾车相距不到30丈。辛桂田猛然高喊："同志们，动手啊！"趴在路边的战士们噌的一声站起来，没等汽车熄火，按照分工，一起行动。有的战士跳上驾驶楼，打破玻璃，用手枪逼着驾驶室的人乖乖开门下车；有的战士负责拿枪刺把汽车的轮胎扎破。只见第三辆车突然往左打轮，油门被轰得震山响，想从农田地里逃跑，辛桂田一个箭步登上驾驶楼脚踏板，用枪托往驾驶室里墩去，司机被打昏，趴在方向盘上，整个汽车在野地里打转，最后撞在树上才熄了火。

12个伪警察被下了枪，连同司机全部被五花大绑捆了起来，站成一排。辛桂田走过来训话："你们为日本人干事，甘当走狗，对中国人犯下了大罪，本来应该严惩，考虑到你们都已缴械投降，就给你们一个悔改的机会，如果下次再碰上你们中间的任何人，就不会客气了。今夜辛苦你们到西边小树林里待一晚，谁要是不老实，乱喊乱叫，挣脱绳锁，就地枪决。明天天亮放你们回家。"18个人被押到小树林里，倒背着手捆在树上。

在辛燕侠指挥下，战士们上车卸货，再把货分装到30辆胶皮轮鬼头车上，每三人负责一辆车，推的推，拉的拉，走小路，踏生地，满载的小车队浩浩荡荡，向着文安洼边的码头走去，不到一小时工夫安全到达，连车带货全部装到了15艘帆船上。

马志新问船老大："我们的帆船队要往西北方向航行，可现在正是戗风，风力还不小，明早能顺利到达吗？"

船老大很有信心地说:"帆船在开阔水域里可借八面风,戗风也无碍,不过多走些路,撑大帆,打满舵,天亮前能够到达。"

李河说道:"我听明白了,所谓帆船能借八面风,就是不走直线走折线,只要风和帆掌控得当,速度是不成问题的。另外我要问船老大,你估计船上的货物有多重?"

船老大笑着说道:"按现在的吃水深度,再减去人和手推车的重量,大概货物毛重有12吨左右。"

当启明星刚刚露头的时候,董各庄大堤上人声鼎沸,迎来了凯旋的文新回民大队指战员。

第十章　新村之战

一

麦收之后，回民大队抽调一连、二连等30人到八区区委协助地方征收公粮。史各庄、娘娘宫、河北庄等伪大乡虽是两面政权，但征收任务完成得相当顺利，尤其是朱合村、回回营和夏庄，因百草洼的小麦获得丰收，还多交公粮几十石，受到县委和区委的表扬。唯独舍兴乡因为伪乡长安青云的抵制，一粒公粮也未收上来，引起区委的关注。区长李寓民找到马志新同志征求意见，大家认为关键在伪乡长身上，他坚持反动立场，致使整个乡的工作开展不起来，其影响不言而喻。安青云死心塌地效忠日本，是八区范围内最危险的反动人物之一。二人商议后，决定派辛燕侠、白纯深入调查，再决定解决方案。

新镇码头旁有一片整齐的青砖院落，原是国民党县党部。日寇占领华北后，国民党的部队早已逃之夭夭，剩下的少数人员摇身一变，由姓蒋改为姓汪，成了投降派汪精卫的基层组织，舍兴乡伪乡长安青云，就像他的名字一样，一夜之间青云直上，坐了伪县党部第一把交椅。

据接近伪县党部的内线透露，安青云最近遇到两件头痛的事：一是，他的拜把子兄弟、汪派骨干董文敏，在大柳河镇岗楼当政期间，绑架了一批共产党村干部并施以酷刑，遭区小队夜袭，村干部全部被解救，董文敏被受害者家属活活打死。安青云在吊丧的路上，又被区小队打了伏击，狼狈鼠窜，捡了一条命。自那日起，他就惶惶不安，深居简出。二是，柴恩波本来是他的好友，近几个月各地岗楼多次被捣毁，伪军行动被游击队压缩在很小区域内，形势每况愈下，但保安团却封锁消息，从不通报伪县党部，安青云成了瞎子、聋子，相互之间起了疑心。近来他仰仗附近岗楼的保护，时常回舍兴村老家打牌消遣，满足于一时的苟且偷生，在村里已成公开秘密。

午后，马志新和李寓民听了辛燕侠、白纯的汇报后，决定趁新镇大集安青云回家的机会采取行动。

马志新等五人一身地道的农民打扮，有的肩扛锄头，有的手提铁镐，日头偏西便进入青纱帐，慢慢向舍兴村靠近，在天刚擦黑老乡们收锄的时候混在人群中先后进了村。辛燕侠走在前头，在村西一个独门独院的门口停下，等人齐后一起迈进大门。走在最后的白纯、陈文会带上大门插上门闩，迅速爬上门楼，登上房顶。辛燕侠等冲到院子里将安青云一伙团团围在葡萄架下的牌桌旁。

辛燕侠喊道："你们被包围了，缴枪不杀！"

安青云假惺惺地说道："这不是李区长吗？怎么玩儿起真家伙来了?！"

"甭套近乎，我命令你和三个警卫把手枪和其他武器丢在地上！"辛燕侠怒吼着。

马志新对安青云等四人说道："我是回民大队政委马志新，你们必须立即缴枪。如果顽抗，你们四个还有家人都跑不出这个院子！"

安青云扫视一下周围，感到莫名其妙，怎么三个游击队员就敢闯他的院子，村边岗楼周围那么多流动岗哨，难道都是白吃饭的？安青云一抬头看到正房上边有二人压了顶，感到事情不妙，即便村外有千军万马，当下也无济于事。好汉不吃眼前亏，唯一办法就是用软招子对付，可能还有转机。他急忙结结巴巴地说道："缴枪！缴枪！把枪械统统缴了，只要不动真格的就行。"

安青云等交出四只手枪、三枚手雷，辛燕侠照数收了起来。

李寓民区长稳稳当当地坐下来说道："今天来不是跟你们过不去，更不想大开杀戒，只是为了见见面交个朋友，另外通报一下目前抗日的形势，安青云你明白了吗？"

"好！好！这里有沏好的茶，一边喝茶一边说，敬请教诲。"

李寓民慢条斯理地说道："从'七七事变'算起，日寇侵略中国已经是第六个年头了，他们烧杀抢掠、奸淫妇女，无恶不作，去年还搞什么'五一'大扫荡。现在刚进入1943年7月，他们怎么了，活像撒了气的皮球，有点蔫巴了。为什么？日本现在是只有招架之功，无还手之力，已经在走下坡路。美国在太平洋上消灭了日本军国主义的有生力量；在欧洲，苏联已经把日本的盟友德国法西斯往西逼退了上千公里。你们看一看想一想，不可一世的德意日法西斯已经日落西山，第二次世界大战已经接近尾声，这不是明摆着的事实嘛！大到汪精卫、小到柴恩波这一伙秋后的蚂蚱还能蹦跶几天？就拿你的盟兄弟董文敏来说吧，想当初他在大柳河称霸一方、显赫一时，结果呢，被老百姓打死了，扔在村外苇塘里。附近树上挂了一张纸条，上面写着：死有余辜，跟董文敏同类的日本人走狗，最终都是一样的下场。我知道你安青云和我一样都是土生土长的当地人，如果日本人被打败了、投降了，能把你安青云带到日本去吗？你现在不到40岁，后半生还长着呢，怎么过？有句话说得好，'不怕汉奸跳得欢，就等秋后拉清单'。我奉劝安先生想想自己，想想家庭和后代，多给他们积点德才是……"

"谢谢李区长的好意，我是个粗人，不懂政治，你看在老乡的份上，指点一下我该怎么办？"

"我们只要求你办三件事……"

"哪三件？请说。"

马志新胸有成竹地说道："第一，抗战军政人员及其家属，在你的管辖范围内，凡出了被绑架、被歧视、被欺辱、被虐待的事，都要拿你是问；第二，今后只要抗日民主政府通知缴纳公粮，你要负责如数缴纳，不得拖欠；第三，日伪军出来扫荡、抢掠，要及时通知抗日军民，不得有误。"

安青云拍了一下牌桌说道："君子一言，驷马难追。我以人格担保，以上三条一定做到！"

"我再补充一点，"李寓民插言道，"今天你们交来的这几件家伙什儿我们必须带走，还请安先生送我们一程。请你相信，我们说话是算数的，只要你不违背上面的约法三章，抗日政府绝不会伤害你。"

"明白！明白！"安青云干脆地说道。

白、陈二人从房上下来，打开大门，六人一起走出村子。安青云像老朋友一样，有意挽着李寓民的手走过岗楼。快走到青纱帐时，马志新回头对安说道："请留步，后会有期。"

二

一天，马志新在参谋长郭冀中陪同下，到新村了解二连训练情况。在一个宽阔平坦的大壕沟里，整连人正紧张地进行操练，有的练队形，有的练刺杀。只见连长辛桂田跑来跑去，急得满头大汗，哨子吹爆了，嗓子喊哑了，但是有两个新班一直不入轨。当辛桂田看到马政委和郭参谋长来到队前时，不好意思地上前说道："首长，我们这个连基本功还很差，需要从头学起，请指示。"

马志新对辛桂田说："你和指导员白纯都在这里，先不说练得怎样，这么多人在一个低洼处操练，可能是为了隐蔽，但不知你是否想过，如果敌人包围了你们，这可是一个被动挨打的地方，敌人在高处，你们在低洼处，连还手之力都没有。另外，你们在这里大张旗鼓地练兵，周围竟然没有一个人放哨，这怎么行？甭说敌占区，就是根据地，练兵也要先把保卫措施搞好了，这是常识啊！"

郭参谋长插言道："对于连里两个新改编的班，训练要专门进行，不能老兵、新兵一起练，这样效率太低。天不早了，你们再练一会儿，我们到薛大伯家，晚上的汇报会照常进行。"

薛大伯是个土生土长的庄稼人，黑大个，手硬、腿长、脚大，年轻时练过武，伸胳膊、踢腿一招一式都有讲究。他性格坚强，爱憎分明，在村里很有人缘。儿子参加了八路军，齐会战役牺牲了。还有一个小女儿，在区妇救会工作。家里虽然只有三亩地，但都是上好的园子地，他自己打了一口井，以种植蔬菜为主业。当地人常说"一亩园子三亩田"，形容的就是菜农的辛苦，他一年三季都住在园子地的土坯房里，一是早晚方便干活，二是保安防盗，简直一刻也不能离开。几年前，当村地主翟明魁要花高价买园子地，薛大伯坚决地顶了回去，狗腿子闯进来要拆掉土坯房，他用脚踢开铡刀铁轴，抽出亮闪闪的铡刀片向歹徒们砍去，狗崽子们被吓跑了。

薛大娘在家操持家务，每日三餐都要送到园子里。东厢房是两年前翻盖的，考虑到八路军、游击队来人要有藏身之地，薛大伯特意在山墙后边又加了一道隔壁墙，县大队的几位领导曾在这里躲过一劫。当参谋长郭冀中带着马志新走进院里时，薛大娘像见到了久别的亲人，热情地把他们迎到隔壁间里。

参谋长指着马志新说道："这是马志新同志，回民大队政委，今天晚上要在这里开会、留宿。请大伯、大娘留个神，帮忙放放哨。"

天渐渐黑下来，辛桂田、白纯来到隔壁间参加例会。如果没有特殊情况，例会每个月定期召开一次。白纯是河间果子洼人，保定中学肄业，平日刻苦学习，作战勇敢，很快被提拔为指导员。他掏出笔记本首先做检讨："今天连队训练，领导提出的批评非常及时、深刻，我和连长感到与兄弟连队还有很大差距，表现在我们二人考虑问题都是粗线条的，不能思虑周全，总觉得只要能在战斗中冲锋陷阵就是好样的。这种倾向导致部队纪律松弛，警惕性也大大降低，今天的训练已经暴露无遗……"

白纯正做着检查，三排长杨树贵急急忙忙地走进来说道："有急事报告首长！"

马志新说道："树贵有什么急事请说吧，你们连长、指导员都在这里。"

杨树贵急得有些前言不搭后语："我们那里丢了一支手枪和两枚手雷，噢，还有一百发子弹。事儿出在三排三班，是今天训练后三班长马俊臣发现的。"

白纯和辛桂田听到这个消息脑袋都大了，指导员代表二连的检讨还没做完，怎么又犯了大事？白是个内向人，脸一下子红到脖子根儿。争强好胜的辛桂田更是觉得无地自容，立马从大炕上出溜下来，站在炕沿边不断搓着手。

马志新看出他们的羞愧心思，循循善诱地说道："二位都是好样的，不要脸上挂不住事儿。我们这支部队的人是从四面八方聚拢来的，不同成分、不同表现的人有的是，十个指头都不一样齐，多好的木头也有虫眼。现在恰好是部队的休整期，出点事我们找原因就是了，好歹没有出在战场上。如果这件事解决得好，可能是二连进步的起点。"

郭冀中参谋长说："当前的重点是马上查清楚，你们不要背任何包袱，一两天查不清也甭着急，狐狸的尾巴一定会露出来的。"

马政委嘱咐说："要着重查清这样几个问题：第一，几件武器是什么时间丢的？马俊臣是个班长，没有手枪配置，他丢的是谁的手枪？第二，在我们队伍中，近来有没有表现不正常的人？第三，到新村驻防以来，有没有频繁与外界接触的人？调查时注意外松内紧，秘密进行，以免打草惊蛇。现在回去马上开展工作，明天再汇报。"三人立即离开了房间。

薛大伯夫妇扛着篮子、端着盘子走进屋来，大伯喊了一声："马政委、郭参谋长，天不早了吃晚饭吧！"

参谋长问："薛大伯，做了什么好吃的，怎么香味儿这么冲啊？"

大娘说："农村人的家常饭，贴菜烀饼、熬籴籴汤。"

大伯补充说："还有一个凉拌花椒叶。"

郭参谋长夸奖道："凉拌花椒叶可是文安的一绝，花椒尖和花椒嫩叶拿开水焯过凉拌，有着独特的五香味儿；如果沾些薄面糊放油锅里炸，真比鲜炸鱼还香。薛大伯的菜园子里，几十棵花椒树把土坯房围得严严实实，因为浑身有刺儿，是最好的篱笆墙，既透风又不招蚊子苍蝇，土坯房简直成了世外桃源。"

"薛大伯，这饭菜真可口，刚才郭参谋长给我盛了岗尖儿一碗籴籴汤，我吃了个精光，这花椒叶也是越嚼越香。"

薛大伯笑得合不拢嘴，说道："马政委过奖了，偏文安、侉霸州，哪有什么好吃的？我是一个普通的农民，为了打日本，你们才有机会到我家驻防。如果没有抗战，我请也请不来啊！"薛大伯掏出两拃长的烟袋，装上烟叶，用大拇指摁了摁烟袋锅，掏出火镰、火石打着火绒，吧嗒吧嗒抽了几口旱烟，继续说道，"有件事不知当不当讲。讲吧，怕给你们添乱；不讲吧，又怕误事。"

"有什么事，请大伯讲出来，没关系。"

"你们吃着，我唠叨几句：昨个深夜我在土坯房里睡觉，听到外边有动静，就起身出门，影影绰绰地看到从翟明魁家后门走出两个黑影，黑影越走越近，最后在土坯房后边的苇塘边停下了，一个人小声说：'不知你吃好喝好没有？'另一个说：'吃好喝好了，我不会见外的。不过，那个家伙什儿要经常用煤油擦擦，用软绸子裹上，一生锈就没法用了；也不要向外人显摆，免得招惹是非。''这玩意儿我见得多了，你放心，为保家护院，不会轻易动它。'听声音，一个是翟家老二翟二魁，另一个是大清河北的口音。"

郭参谋长急忙问道："他们还说了些什么？"

"他们二人又压低声音叽咕了几句，听不清，大概是问翟二魁，那个纸条送走了没有？翟二魁说了句送走了，但到底送到哪里，没听清楚。"

马志新肯定地说："大伯提供的消息非常重要，我们内部也存在一些问题，但是偷枪、卖枪是否和二连有关，还要查一查。翟明魁到底是个什么人？"

薛大伯说："翟明魁是当村忒霸道的土地主，与新镇柴恩波、新城王凤岗等汉奸关系都不错，这王八小子有个癖好，就是倒卖枪支，过去贿赂国民党军，后来又巴结伪军，把搞到的枪支、弹药卖给土匪，几乎是暴利。他仰仗家里有金钱和枪杆子，在周围村子横行霸道，霸占河滩地、打骂长工是家常便饭，村里人对翟家是敢怒不敢言。翟二魁是他二儿子，本来是个罗锅和瘸腿残疾人，采取逼婚的方式娶了两房太太。"

郭参谋长说道："倒卖枪支弹药，不管在白区还是红区都是犯罪行为，不管从哪里搞到的枪，都可以没收罚款。薛大伯你可以问问村支书，他们家的公粮交没交。如果没交，就以催交公粮的名义，搜查他家，来个打草抓兔子。"

马政委沉思了片刻，说道："先别这样做，我们还是应该先查查自己内部有无偷卖枪支的问题，然后再确定采取什么措施。薛大伯休息吧，明天再说。"

薛大伯刚迈出门槛，白纯和陈文会就来到东厢房隔壁间，马政委问白纯："三排三班的事有进展了吗？"

白纯说："应该说有了较大进展，但还有一些事需要澄清，辛桂田还在组织深入调查。我过来先把已掌握的情况向领导汇报。根据三班战士揭发，战士黑三俅有重大嫌疑，他是白沟战役后弃暗投明的12个人之一，昨天深夜睡觉时又是笑又是说梦话，'那好，那好，还能…娶个小…媳妇…哈哈……'睡在他旁边的马大炮翻过身来，发现黑三俅嘴里散发出强烈的酒气。这是我们找到的第一个线索。

"黑三俅抽纸烟的烟瘾很大，经常出去买烟。几天前，他又要出去，班长派另一战士陪同。烟还没选好，就有一个罗锅还有些瘸腿的人走到身边拉话。见黑三俅掏出的钱不够买一包烟的，罗锅从一条烟里抽出三包送他，坚持不要钱，还说：'我家就住在对面那个大梢门里，叫翟二魁。你如果想抽烟了，请到家里找我，我那里什么烟都有。'说到这里，陪同的战士因为肚子痛就先走了……"白纯停顿片刻，继续说道，"根据以上揭发，我们提审了黑三俅。"

"情况怎样？"郭参谋长问。

白纯接着说道："据他交代，几天前的晚上，他又犯了烟瘾，便走进翟家大梢门，翟二魁将黑三俅领进上房，掏出一条金马牌香烟递过去，说道：'这年头，当兵就是苦呀！我们交个朋友，以后缺什么就到我这里来拿。'黑三俅不好意思地说：'谢谢二哥，我们出来要请假，一般还要跟一个人，今天班里无闲人，才可以一个人外出。'翟二魁问了黑三俅身世后说道：'你这人真傻，总在游击队里混事，一家子都会受穷，我劝你想想办法。'黑三俅问：'想什么办法？'翟二魁说道：'你看看国军、保安团那些人，干不了几年都娶了媳妇，盖了新房子。哪来的钱？还不是脑子活，想办法倒点军火，很快就会发财的，大活人能让尿憋死吗？'黑三俅说：'我一个小兵没权没势的，想倒也没机会呀！'翟二魁说：'傻小子，我教给你……'"

郭参谋长又问："后来呢？"

"黑三俅前后去了翟家三趟，最后一趟就是昨个晚上。他偷了一支手枪，两枚手雷和一百发步枪子弹。手枪是侦察员马文柱的，因有侦察任务外出，就存放在班长马俊臣那里；手雷和子弹是从各个战士子弹袋里偷的。这些东西给翟二魁时说定是三千法币，但只拿到两千法币，其余改日再给。翟二魁留黑三俅在家喝酒，后半夜才回部队……"

辛桂田和杨树贵为了让领导尽快掌握案件进展情况，没等白纯回连队，就也快步找了过来。辛桂田急急忙忙地说道："不知指导员向领导汇报到哪一段了，我打扰一下，黑三俅态度不好，挤一下说一点儿。翟二魁为了显呼自己上通天、下通地的能耐，特别领黑三俅看了他家储藏室地库，那里摆放着十几只步枪和大量子弹，看来这事可真不小。"

马政委从炕头上出溜下来，穿上布鞋，在屋里踱着步，思考着，不慌不忙地说道："我们本来要抓耗子，现在追到了耗子窝，只有一网打尽才是。首先，把黑三俅看管好，别让他跑了，再去追问他与新城、新镇伪保安总队有什么联系，一定要查清；其次，今夜由辛桂田负责组织一个十人小分队，突击搜查翟家，把他们家倒卖的武器弹药全部收缴上来，活捉翟家父子。尽量不开枪、不伤人，如有反抗，另当别论。"

郭参谋长说："这件事反映出我们连队在管理上还有很多漏洞和需要提高的地方，以后要好好总结。刚才政委逐条交代得很明白了，大家分头准备吧！"

清晨，马志新听见有人开门，随即从炕上下了地，掀开竹帘到了外屋，只见陈文会正端着水瓢为辛桂田倒水。马志新微笑着说道："凌晨的行动怎样了？先喝碗凉水清爽清爽，一夜没睡肯定很累了。"

"任务完成得有些周折，但收获很大。"辛桂田双眼涨红，盯着政委说道，"这次行动共出动11人，我们从院墙外打膀梯翻进院子，一部分闯进卧室抓人，一部分直奔储藏室地库收拾枪支。把翟明魁抓起来时，却找不到他家老二，追问家人，说是出去喝酒耍钱还没回来。指导员白纯指示各位将家属分开看管，不让他们商量通气。过了两个多小时，天蒙蒙亮，听见大门有开门声，翟二魁走到南墙根咳嗽了两声，突然他的大老婆声嘶力竭地喊道：'救命啊！救命啊！我们家被土匪打劫了……'翟二魁一愣，掏出手枪，诈唬着喊道：'哪个歹徒进了我家院子，快出来投降，否则小命难保！'

"我在第二道影壁后边喊道：'我们是游击队的人，到你家里收缴赃物来啦，快投降吧！投降不杀，保你一条小命！……'

"话音未落，只听见啪啪两枪，影壁上的两块瓦片被打掉，稀里哗啦地掉在地上，我继续喊话：'你家被包围了，告诉你，倒卖武器是犯法的，凭这一条就是死罪！摆在你眼前的出路只有一条，就是投降，好好坦白交代，争取宽大处理，如果执迷不悟，下场你们都很清楚。'翟二魁影影绰绰地看到院子中间大鱼缸后有人藏身，抬手对着鱼缸打了两枪，鱼缸哗的一声碎了，金鱼噗啦噗啦地撒了一地。排长杨树贵和另一个战士一时没反应过来，仍蹲在那里。翟二魁正要举枪再射的时候，突然一声枪响，眼看着翟老二整个身子打了两个趔趄，咕咚一声躺在地上。我回头看到正房夹门窗户上露出了白纯的脑袋，是他及时打的这一枪。"

"好！好！收了多少家伙什儿？有什么新东西吗？"

"12支大枪、3支手枪、5枚手雷、1700发子弹，还有一挺拆散成零件的马克辛机枪。"

马志新说："收获不小，等于一场小型战斗。请辛桂田、白纯与县委和县大队联系，把翟明魁和黑三俅押送给抗日民主政府处理。"

三

葛副官在指挥部召开紧急会议，保安总队三营营长霍骁勇，小围河、史各庄岗楼及辛庄据点都派了人参加。

葛副官说："今天把大家找来，就是要商量一下怎么对付回民大队二连。这个连总是围着新镇转，像是钻进铁扇公主肚子里的孙悟空，一会儿催交公粮，一会儿二五减租，一会儿除暴安良，都是为他妈的'共匪'办事，搅得各村不得安宁。堂堂的柴恩波部队，号称上万人马，怎么连这么个小小的二连都捏不死呢？我这次准备派霍骁勇带队，调集200人，进行闪电式围剿。霍营长还建议请求岗崎队长支援，昨晚刚刚把事情谈妥，总兵力达到250人。所谓围剿，绝不是围起来打，原因有二：据内线情报称，县大队已经有一个加强连在新村东南一带驻防，我们自己不能往石头上碰；另外，皇军有一个迫击炮排参加战斗，只有打阵地战这一种选择。既然下了这么大的本钱，我希望不要让二连逃走一个人，要把他们全部埋在新村做肥料。"

史队长说："去年潘庄之战，他们是通过地道逃跑的。而新村地处赵王河南岸，地下水位很高，挖地道等于挖水沟，可以肯定绝对没有地道。秋后末伏，胜似老虎，出征应速战速决。"

霍骁勇营长说："回民大队这帮人简直像茅坑里的石头，又臭又硬，你想几个小时吃掉他们是不大可能的，要打就得一天，肯定会有反复。后勤供给至少要解决一顿饭的问题。我们的兵不禁饿，一顿饭吃不饱就有开小差的。别小看那些土八路，去年30多人被我们包围在青纱帐里，整整吃了四天野菜，最后还是突围跑掉了。葛副官交代任务时我是有想法的，如果日本人出动一定数量的炮兵，这个仗还有的打，谁知道葛副官有这么大面子？！"

史各庄岗楼的秦队长说："回民大队在作战时经常穿保安团的服装，以假乱真，打来打去就打乱了，认不清谁是敌谁是友。后来发现，他们在军帽底下又垫了一个白帽子，左边漏出一个角，人家相互之间很容易识别，我们的兵却不行。这也是回民大队的狡猾伎俩，上一次史各庄岗楼被端，就吃亏在这里。我们自己的服装上应该再加一个临时标志，以免再上他们的当。一顿饭的供应，由我们史各庄负责，保证馒头夹香肠足量供应。"

葛副官整了整领结，信心十足地说："大家都有了一些经验，吃一堑长一智嘛。只要各位协同作战，一定能立于不败之地。散会后，请霍营长和秦队长敲定一下送饭的具体事宜，整个行动等待最后的命令。"

四

侦察员马文柱风尘仆仆地从回回营来到新村薛大伯家，把一封书信交给了马政委，政委看完后问陈文会："郭参谋长去哪儿了，怎么整个早晨都没见他呀？"

陈文会说："昨个你躺下后睡得很香，郭参谋长怕睡觉打呼噜吵醒你，就和薛大伯到菜园子土坯房里去睡了。"

两人正谈着，郭冀中走进了房间，问道："政委昨个睡得好吗？"

"很好啊，只是对不起你，让你到菜园子里睡了一宿。"

"不能这样说，我俩要在一个屋里，管保你一宿合不上眼。"

"你打呼噜很厉害吗？"

"一般，打不好，瞎打！"

在座的人都哈哈大笑起来。

马志新把马文柱送来的信递给郭冀中，郭瞄了一眼，愣了一下，说道："看来我们这里真的有内奸，敌人对二连的情况了如指掌。新镇保安总队和附近岗楼拼凑了200人，准备在三天之内围歼回民大队二连，具体行动时间待定。看来我们要很好地筹划一下才是。"

马志新正要开口，丁树德突然急急忙忙进来报告说："昨晚新镇回民饭馆掌柜马立栓送羊肉烫面蒸饺到葛副官家里，正厅里吵吵嚷嚷好不热闹，猜想是宴请日本人，定神听了几句，都是日本话。后来，葛副官好像有些着急，大声说了句：'再也不能拖延了，请求皇军出动炮兵炸平新村……'"

马志新问："马掌柜的话可靠吗？"

"可靠，他是李泽生的亲表叔，为我们传送过消息。"

马志新点点头说道："马文柱和你提供的情况是一致的。不过，日本人这次真要出洞的话，倒是好事，我们请都请不来！"他停顿片刻，站起身子，把手在空中用力一挥，接着指示说，"郭参谋长，敌人逼到这个份上，我们绝不能等闲视之。今天你负责拟出初步作战方案，并立即组织二连挖战壕。陈文会通知李河、房玉岭和一、三连指导员、连长，下午在这里开会，邀请区长李寓民参加。丁树德和马文柱继续监视新镇的动静。"

听说回民大队要开干部会，薛大娘腾出了正房一间大屋子。但拆炕后还没有砌上，大娘生怕起尘土，干脆用水潲了潲地面，有炕灰的地方还铺上了苇席。大家把八仙桌抬到中间，周围摆好几个大板凳，剩下的地方摆上了小床儿。陈文会还怕不够坐，索性搬了些砖头放在墙犄角备用。马志新刚走进院子一会儿，就看到区长李寓民也来了，急忙迎上前去握手。李区长说："听说你要干件大事，我一定积极支持。"

马志新说："你是土地爷，什么事能瞒得过你？我们要演一出现代戏，名字叫'新村伏魔记'，你认识的李河、郭冀中和房玉岭都要参加，你也要扮演一个重要角色，希望我们把这场戏演好。"

负责人陆续到齐了，马志新站起来向大家鞠了一躬，笑着说："回民大队二连本想借李区长这块宝地休整几天，但是我们队伍中出了内奸，向伪军司令部提供了情报。新镇保安总队葛副官召集了各路人马要来讨伐我们，说是一天之内要把整个二连全歼于新村。今天召开这个紧急会议就是商量个对策。郭冀中参谋长做了一些调查，请他先谈谈。"

郭参谋长还没开口，房门吱扭一声被推开了，进来了一个农民打扮的人，一边摘草帽，一边打招呼："同志们好啊！"郭参谋长一愣，李寓民喊道："这不是县委孟书记吗？你怎么来了？"孟书记向周围的人一一点头致意后说道："我是来学习的，该谁讲话了，请接着讲。"

郭参谋长拿出自己绘制的一张草图，上边画了一些弯弯曲曲的线条，周围写满了密密麻麻的数字。他说道："这是我早晨画出来的新村工事图。这次进攻新村的敌军主力是柴恩波保安总队两个加强连，还有日本人的一个炮兵分队，估计有250人。上面的大箭头是敌人的出发路线，从新镇往南到达新村约20里路，村北有一片高地，距离新村三里，周围无树木庄稼遮挡，视野很好，侧面有个水坑，这是日伪军最喜欢选择的理想制高点，我们猜测敌人会在这里扎大营。高地南边是开阔地，足有二里半宽，东西呈弧形。我们准备在新村西北张家坟外围修筑工事，战壕半米宽、一米四五深。

"村南和村东的部署，我已经和县大队联系了。马得骏政委准备带一个整连驻在西桥村，替我们守住新村南大门；如果敌人从东边逃跑，县大队可迅速在潘庄截击。关于回民大队一、三连的调动，请房玉岭同志提出方案。"

房玉岭说道："了解敌人准确的行动时间非常重要，按照总的行动方案，一连从崔马庄出发，重点是截断敌人后路；三连从大郭庄开往张各庄，防止敌人西进，也是侧面进攻的主力。我们分析一下，伪军要歼灭二连100多人，所以安排了250人，但进攻路线只有村北一条路。魔高一尺，道高一丈，我方实际参战人数最后确定为400人，具有压倒性优势。像下围棋一样，你占我一个子儿，我吃你一大片。"

李寓民区长说道："史各庄抗日民主政府给回民大队做后勤保障工作义不容辞，吃喝甭说了，送弹药、抬担架那是少不了的。据说保安总队要史各庄岗楼给伪军解决一顿饭，我们监视敌人的后勤，随时跟指挥部联系，不能让他们轻易得逞。"

孟书记频频点头，说道："你们的方案没有听全，但大概轮廓有了。这次感触最深的就是日本人的出动。从去年大扫荡之后，日寇的势头有些萎缩，以文新县为例，一座岗楼或据点里，不过十来个日本兵，即便县城也只有百十几人，日伪政权几乎全靠"白脖子"[①] 伪军维持。县大队和敌人交手了无

---

① 白脖子：当时给日本侵略军当帮凶的伪军经常在脖子上缠一条白毛巾，被老百姓称为"白脖子"。

数次，敌人打头阵的一般都是伪军，日军藏在暗处，不轻易出动。只有去年姜庄子岗楼的斧头战是个特例，那是杀进日军据点来了个连窝端，25名日本官兵全部被斧头砍死了，少有的干脆漂亮。从那以后日本兵就胆怯了，把伪军推到了第一线。这次新村之战，如果能跟日本人较量一下，倒是大家立功的好机会。

"保安总队三营准备用一天时间把回民大队的主力彻底消灭，这是敌人的黄粱美梦。敌人进攻的必要条件一是人和武器，二是后勤补给，按照过去的惯例，伪军一顿饭吃不上就乱了营。要从史各庄岗楼内部钻点空子、做点工作，瘫痪或迟滞他们的供给，敌人就没咒念了。我今年春天到文新县任职，深知县大队和回民大队都是勇敢善战的部队。只要我们策划好，各种情况都考虑到，胜利一定属于我们！"

五

安青云送来的消息和丁树德提供的情报互相印证，确定了保安总队的具体行动时间是1943年8月12日清晨。

我方的指挥部设在新村西北张家坟南侧的柏树林边缘，用檩条依着土坡搭建了一个半地下工事，两扇门板砌成一个长方桌，配了几把长板凳。郭冀中解释道："选择这个地方当指挥部有两个原因，一是从侧面能够看到整个战场；二是如果敌人在北高地扎营，这里在迫击炮射程之外。"

李河说道："我和马政委、房玉岭到掩体工事看了一下，战壕挖得不错，如果在北侧再摞两层装土的麻袋，像长城垛口一样，是否更安全一些？"

马志新补充道："还有一条，指挥部能否和战壕工事连接起来，上下联络更方便。"

"好建议，马上通知连队行动，争取今夜12点以前完工。"参谋长迅速做出决断。

天蒙蒙亮，新镇保安总队的250人浩浩荡荡地离开了南关，两辆摩托车开道，中间是步兵，后边有8辆卡车，车上装满迫击炮及炮弹箱。霍骁勇营长率100人绕东道而行，先到新村北边的一个高坡上。副营长汪世贵问霍营长，为什么要绕东道走，霍营长说："怕行动走漏风声遭遇游击队伏击。另外，也看看游击队在高头村一带有没有设防，如果一旦失利，往东是条退路。"

汪世贵称赞说："营长真是足智多谋。为今天这场仗，我找了个占卜先生抽了一签，签上说：阴里详看怪尔曹，舟中敌图笑中刀。藩篱剖破浑无事，一种天生惜羽毛。"

霍骁勇营长问道："这签是吉是凶？"

"这是关帝灵名签，"汪世贵说，"讲的是三国赤壁之战时吴蜀两国只有真心合力破曹才能取得胜利，诸葛亮与鲁子敬同舟共济，是双方融洽的象征。我们今天的战斗，需要多方精诚合作，合作顺畅了，没有不胜的道理。"

"天有不测风云，人有旦夕祸福，"霍骁勇说，"什么签也是两头堵，但愿我们走好运。这次行动葛副官能够把皇军炮兵分队请来，实属不易。当然，仗还是要我们这些人打头阵的，要把炮兵置于安全的地带。一次小小的战役，能增加24门迫击炮，我是第一次遇到，而且带队的是从武汉调来的小岛队长。就凭这一点，我有充分信心把仗打赢。这一带地形我很熟，绝不能让土八路占了便宜！话又说回来，葛副官叮嘱我，不管出了什么事，一定要保护好小岛队长。"

王世贵似有感触地说："这场仗葛副官下的赌注确实不小，营长的压力可想而知！"

郭冀中参谋长基于以往和日伪军多次作战的经验，果然预测很准，两路人马准时在北高地会合，经短时间准备，十几门迫击炮同时开火，炮弹在空中飞驰，发出刺耳的鸣儿鸣儿长声，落到开阔地上，炸开了一个个圆坑。尘土飞扬，天空一片昏暗。

房玉岭说道："撒欢狂叫的狗一般不伤人，狗狂叫是心里没底，给自己壮胆。咬人的狗不但不叫，还要转到人的背后搞突然袭击。现在伪军是想用迫击炮侦察我们的动静,我们不理他,看看他到底会打多少颗炮弹。"

马志新说道:"是啊,这是敌人常用的伎俩。"

新村老乡在党支书的带领下,早已把开水、菜团子送到了前线,让战士们饱饱地吃了早饭。

按照部署,白纯带领20名游击队员从周围青纱帐里爬到敌军的阵地前,采取打了就跑的战术来诱敌深入。不一会儿炮声停了,上百伪军同时爬上斜坡,面对开阔地的草丛开火,机关枪、步枪突突突地响起来。我们的游击队员一边还击一边退却。敌人没想到游击队这么不堪一击,有人高喊:"追啊!别让土八路跑了!"刹那间敌军就冲了过来,前面退,后边追,距离战壕还有两百米,一百米,当只剩下三五十米时,辛桂田在战壕里喊了一声:"给我打!"机枪、步枪、手榴弹同时发威,跑在前边的伪军顿时被打晕了。敌军这才发现自己进了埋伏圈,子弹横飞,手榴弹一炸一片。尤其是那挺马克辛机枪,有自动上弹功能,每分钟打几百发子弹,大大提升了回民大队的威力。敌人死的、伤的,躺倒一大片,剩下的敌人丢盔弃甲地跑回斜坡阵地。

霍骁勇营长在指挥所里来回走着,一副焦躁不安的样子。小岛队长手拿闪亮的指挥刀,用力在空中一划,大声嚷嚷起来。翻译官朴欣哲马上跑过来说道:"炮位距离'八猴子'的工事太远了,要马上调整,往前推进⋯⋯"

霍骁勇走过去深深鞠了一躬说道:"队长的意见很好,首先我们的主力要往前推进,不能让皇军担当任何风险,马上行动,请放心。"

副营长、参谋长和史队长围拢过来,霍骁勇命令道:"往前推进100米,抓紧时间准备。另外秦队长负责的饭也该送到了,马上派侦察连长刘铁豹带二人火速赶往史各庄岗楼。"

郭冀中对马志新说道:"敌人不会看不到炮位距离不足的问题,如果他们把炮位前移,就够我们喝一壶的。我建议搞六辆平板手推车,上边蒙上几层浸透水的旧棉被,再撒上带土的青草,四个人藏在车下,配一挺机枪、一支长枪和两只手枪,悄悄推进到离敌人不远的地方隐蔽起来,等候对方的动静。"

李河问道:"这叫什么战法?"

"这个方法叫土坦克，县大队端岗楼时经常这么干，对付敌人的密集火力极其有效。几层湿棉被的边缘从车沿上耷拉下来，任何方向打来的子弹都打不穿，进攻是坦克，防御是堡垒。"

马志新问郭冀中："武装六辆土坦克需要多长时间？"

"30分钟交付使用。从一连调来的陈恩全和他弟弟陈子英同志是造土坦克的能手。"

马志新果断说道："敌人这阵子没动静，不知道又要什么新花招。你们抓紧时间，力保30分钟内土坦克到位……"

李河补充道："如果敌人的炮位往南推进，我们的战壕工事和指挥部都在射程之内，不能等闲视之。"

马志新说道："我们立即撤到高粱地里，把整片开阔地腾出来，土坦克布置在东西两侧，准备施行交叉射击，马上行动。"

我方指挥部和战壕里的士兵正在后撤时，日军的24门迫击炮就一起发威了，比第一次激烈得多。二连几段战壕工事被炸，飞起的泥土落下来，几乎把战壕填平，没来得及撤下来的战士被埋在战壕里，生死不明。担架队火速赶来，从泥土里把战士扒拉出来向村里转移。

敌人看到我军已从战壕里撤到庄稼地，认为炮击发挥了威力，全部人马撒欢儿一样向我大举进攻，大部分开阔地被敌军占领了。正在此时，我方土坦克开火了，敌人猝不及防，搞不清怎么突然冒出几个火力点。土坦克猛攻迫击炮阵地，有七处被击中，立马哑了嗓子。敌军见势不好，用重机枪施压。有一个土坦克被打翻，四个战士赶快往后撤退，但终究没能逃出密集火力，壮烈牺牲。

在土坦克吸引住敌军火力的时候，辛桂田看到战壕里被埋的同志尚不知死活，前方又有四人牺牲，悲愤至极，脖子上的青筋冒得老高，两只眼睛像要喷出火一样，他再也按捺不住，高喊了一声："跟我冲啊！"二连主力蹿出高粱地，冲向伪军。敌人在火力夹击下被迫后撤，再次回到北坡阵地。辛桂田、白纯见敌人往北收缩，迅速组织几十名战士到战壕里救人。

李寓民区长派通讯员到新村指挥部，把一封亲笔信交给马政委，信上写道：

马志新同志见字如面：

　　前天从新村回到史各庄，抓紧召开八区抗日民主政府各部门会议，并传达县委书记孟秋舫的指示精神。开明绅士邱毅春对孟书记提出的'钻点空子、做点工作，瘫痪或迟滞他们的供给'很有感触，愿意为此出力。邱家12日聘闺女，11日下午将孙保长和伪军岗楼的秦队长等都请了去，结果这帮人喝得酩酊大醉。

　　孙保长醒酒后找我，说秦队长已答应负责把1000个馒头和香肠于10点送到指挥所，结果酒喝多了把这事忘得一干二净，根本没去布置。我想，午饭送不到，肯定要追究邱毅春把他们灌醉的责任，便决定让邱家以办喜事的名义蒸了1300个包子，过午1点钟让孙保长送到岗楼，再和秦队长一起送到战场上，估计得下午3点左右，比原定时间推迟了5个小时，不知能否达到县委书记设想的效果。以上做法是否妥当请指正。

　　祝胜仗在握！

李寓民
1943年8月12日

　　马志新把信交给几位领导传阅。郭冀中说："我党的统一战线政策是多么英明，这个开明绅士真是帮了大忙。日伪军是早晨4点出发的，肯定没吃早饭。原定10点左右开饭，结果要推迟到下午3点，两顿饭相隔20个小时，对一个参战士兵来说是很难忍受的。军事行动往往瞬息万变，说不定一顿饭就会改变一场战役的进程。"

　　马志新说道："快派三个通讯员，转发李区长这封信的要点，通知一连、三连和县大队，准备在敌人下午3点开饭时发动总攻。各部队的行动方位马上报告总指挥部。"

六

  天近中午，霍骁勇营长非常恼火，战况胶着不说，说好的饭也没着落。秦队长太不守信用了，让 250 人饿着肚子拼命。他走到一个水池边，双手捧起池水使劲地往头上撩，借此浇浇心中的怒火。

  副营长走过来劝道："今天出征虽不能说旗开得胜，但总是给了回民大队二连以重创，机枪扫射和炮击使对方伤亡不小。我们的后勤条件太差，有这样的战果已经不错了。要知道，从昨晚到现在，士兵们还没吃上一粒米，实在打不动了。我建议先停下来休息，等待史各庄的消息，吃饱了再做商量。"

  霍骁勇正急得像热锅上的蚂蚁，刘铁豹连长气喘吁吁地跑进指挥所，喊道："营……长！有消息了！"

  原来刘铁豹等三人进了史各庄岗楼，见秦队长若无其事。刘连长问道："我明明记得营长跟你说过，开饭时间是 10 点钟，你忘了吗？"

  秦队长不以为然，说其中一定有误会："我以为是 4 点钟呢。我是王村人，那里'十'和'四'是一个音。因为天气太热，我考虑到干馒头很难下咽，牛肉茴香馅包子既有面食又有肉和菜，咸淡可口，比原来的馒头上了一个档次。史各庄岗楼保证 3 点钟把 1300 个包子送到指挥所，比原定时间还提前了一个小时呢。再说，霍营长让史各庄岗楼调 50 人支援，昨个上午就全副武装到位了，没打任何折扣。"

  副营长气愤地骂道："真是狗鸡巴操琉璃球，又尖又滑！这种队长还不早点撤职？"

  霍骁勇无奈地说道："这是条老狐狸，没有根底哪能在史各庄任职呢？闲话少说，到底包子什么时候到？"

  刘铁豹说："秦队长和孙保长他们赶马车运过来，比我们骑自行车要慢一点儿，估计再有 15 分钟肯定到了。"

七

　　房玉岭走进指挥所，向马政委汇报说："各路人马都送来了消息，我念一下：各连接到命令后迅速行动，为了隐蔽都是在青纱帐里穿行，一连现到达二合庄，距新村还有两里路；三连已到张各庄，距新村三里路；县大队的一个连已在西桥、潘庄设防。"

　　马志新说："马上就到3点了，总攻就要打响，请各部做好最后准备。"

　　李河问："为什么还给伪军留出东边的缺口，怎么不全部围歼呢？"

　　马志新说道："这次战役主要目的是消灭伪军的有生力量，尤其是日本炮兵分队。如果全面围歼，敌人在没有退路的情况下会被逼得顽抗到底，造成我们不必要的伤亡。如果留出缺口，边追边打，敌人就会只顾逃命，无力反抗。等他们累了、跑不动了，县大队再去伏击，那是致命的一搏。这样，敌人就会一直处于被动挨打的地位，而我军始终处于主动地位，在军事和心理上都会压垮敌人。有一点要强调，日本兵一个也不能让他们跑掉！"

　　李河深深地点了点头："明白了，心悦诚服啊！"

　　伪军副营长汪世贵和参谋长看到公路西边有马车过来，赶紧迎上去。秦队长歉意地说："对不起，由于误会，午饭推迟了这么久，快把这些包子分给弟兄们用餐吧。"跟车押送的孙保长则把几个小笸箩特制的包子和几十根香肠直接送到了指挥部和日本炮兵队。

　　刘铁豹组织几个人把大笸箩抬下来，喊道："史各庄岗楼送来了午饭，是牛肉茴香馅包子，每人5个，排队领取！"

　　士兵们早已饿得手脚发抖，眼冒金花，看到香喷喷的包子，像饿死鬼一样迅速围过来，紧盯着几个大笸箩，恨不得一下子把包子塞进嘴里。他们推推搡搡，争先恐后地排着队，前面的人有的拿到5个还嫌不够，随手再抓几个。后边的人急了，害怕到自己这儿一个也剩不下，便潮水般地往前涌。队伍顿时大乱，开始围着大笸箩哄抢……

副营长见势不好，掏出手枪向空中打了两枪，喊道："住手！再抢我就开枪了。"但警告对饿急眼的人来说就像耳旁风，士兵们一头扎进大笸箩里……

正在这时，突然枪声大作，霍营长从指挥所出来，发现北面、西面青纱帐里黑压压一片，游击队已经攻上来了，接着南边开阔地也响起了冲锋号。霍营长看到三面已被包围，部队精神涣散，抵抗能力下降，觉得不用商量，也没有分说的时间，就当机立断，找到小岛队长说："为保护部队主力，马上把迫击炮装到汽车上，人也上车，组织剩余部队往东撤，越快越好……"

霍营长把小岛推向摩托车坐好，紧跟在汽车后边。剩下的散兵紧随其后，往东一口气跑了四里路。惊魂未定的伪军刚坐下来想喘口气，突然从潘庄庄稼地里杀出一支队伍，开始是机关枪密集射击，接着是手雷扔过去，枪声、雷声响成一片。霍营长命令剩余部队朝北面高头村转移，除了投降和开小差的已经没有多少人了。因路窄崎岖，汽车只是隆隆作响，跑不起来。远处县大队的几个步枪射手专打汽车轮胎，只听扑哧扑哧几声，几辆汽车就趴窝了。日军抄起武器跳下汽车，开始就地顽强抵抗。这时，辛桂田带领上百名战士包围了所有汽车，双方短兵相接，密集射击，敌我都有不小的伤亡。有些日本兵钻到汽车底下，不时放出冷枪，伪军有60多人趁机往高头村据点逃窜。辛桂田等趴在地上一辆一辆地清理，枪声渐渐从强变弱，最后寂静下来。当马得骏政委带人检查战斗结果时，仍有两个日本兵钻进驾驶室里拒不投降，喊话也没有任何结果，最后被我战士击毙。经查，小岛队长最终乘着霍营长的摩托车逃跑了，朴翻译官投诚。

八

新村党支书带领薛大伯等支前积极分子来找马政委，支书说："回民大队这场仗打得漂亮，村里想开个群众大会庆祝一番，政委看如何？"

马志新说："胜利离不开老百姓的支援，功劳是我们军民大家的。敌人还没肃清，游击队走了敌人还会再来，再说这里还有伪军的密探，还不能把我党的积极分子暴露在敌人面前,保存实力最为重要,将来把日本人彻底打跑了再庆祝也不迟。"

支书和薛大伯笑着频频点头。

金阿訇来找政委请示27位回民战士的葬礼怎么安排,马志新说:"根据目前敌情,葬礼改在北斗村,请金阿訇按照伊斯兰礼仪去办就是了。请支书发动群众,把日伪军的尸体收拾起来,起码要打个木匣子入殓深埋地下。"

金阿訇提议:"为庆祝新村战斗的胜利,能否宰牛道'知感',连带牺牲同志的葬礼一起进行?"

马志新说:"当前老百姓生活很苦,而且形势也不允许,这次只做葬礼。等我们那500亩庄稼丰收了,新镇、文安解放了,那时一定按照伊斯兰礼仪,一起到大围河、两间房子清真寺道'知感',不光是部队参加,抗属、烈属等抗日积极分子都要参加。"

部队随即调到回回营和朱合村宿营、驻防。房玉岭向支队汇报战果:"打死伪军69人,投诚31人,脱离伪军逃跑的估计有40来人,48个日本兵被击毙在汽车周围;缴获步枪160只、手枪46只、机枪3挺、迫击炮24门,弹药若干,其中一半武器交付县大队。8辆受伤的中型卡车交大龙华村铁匠铺。"

马志新说:"我们留一半太多了,留三分之一即可。县大队不仅自己需要武器弹药,还要分发给各区小队,少了哪能分得过来?我们不能生手拉胡琴——自顾自啊!"

正在这时,丁树德走了进来,急急忙忙递给马志新一封信。马志新打开信一看,冷不丁一惊,顺手把信塞到上衣兜里。房玉岭很少见到马政委有这样的表情,关心地问道:"有急事吗,政委?需要我做什么?"

"没什么,没什么,大家吃午饭吧。"

第十一章　粉碎绑架

一

马志新收到的密信是文新县委发来的，称黑三俅的表弟佟铁柱也是打入回民大队的奸细，专门搜集大队领导人资料，重点是各次战斗的具体指挥人；他到底搜集了哪些资料，又送到哪里，需要回民大队继续清查。马志新把书记金树江、政治部主任李河找来商量，金树江说："这事不能怠慢，马上把佟铁柱关禁闭，隔离审查，把他们在部队的活动情况尽快查个水落石出。"

马志新说："黑三俅和佟铁柱都是穷孩子出身，不知成长过程中出了什么问题，年纪轻轻的就当了回奸，很奇怪啊！背后一定有坏人指使。你们对佟铁柱的审讯，不要逼供、打人、上刑，那是日伪军、国民党惯用的一套，绝不能效仿。要充分相信我们共产党人的强大政治感召力，虽然这俩人已走入敌对阵营，但要尽量争取通过思想教育提高觉悟，让他们良心发现，回转头来去揭发敌人，争取立功。虽说不指望他们重新回到革命队伍里来，只要将来成为一个不损害社会、自食其力的守法公民，就证明我们的工作没白做。"

李河说："按照马政委的意见，我建议让杨春圃同志参与这项工作。杨春圃擅长教育工作，会将心比心循循善诱，把革命道理掰开了、揉碎了讲给青年听，完全能体现马政委的思路。请放心，这件事我保证负责到底，有了进展及时汇报。"

马志新补充说："新城伪军投诚的有12人，其中有两人出事，不等于那

10人也有问题。隔离佟铁柱要巧妙从事，讲究策略，不要惊动其他人，以免造成不好的影响。最好到安全可靠的外村去审，暂时离开大部队比较妥当。"

第二天一大早，李河、杨春圃就赶到了朱合村，马志新正在外屋洗脸刷牙，杨春圃歉意地说："因事情比较紧急，我们五更就动身往这里赶了。"

"事情进展如何？"

"我们住在大留镇李泽生家那个有地道的西厢房，在审查过程中，首先说明党的政策，启发本人主动交代问题。佟铁柱没有隐瞒，说清了事情的来龙去脉。他出生在黄村，在老爸和朋友结伙去内蒙古、河北一带贩卖牛羊的路上被土匪打死后，母亲改嫁了。他上到小学五年级就辍学了，为了生计投奔了老伯佟弘魁，参加了新城保安队，担任通讯员。白沟战役他并没参加，保安队被打败后，佟弘魁指使他和黑三俅以投诚的名义打入回民大队，准备长期潜伏搞情报，并许诺只要传回有价值的情报，将来就给他们升迁。"

"到底他向日伪军传送了哪些情报？"

杨春圃说："敌人要了解回民大队军事指挥人是谁，家属在附近各县的具体居住地等。他通过内线传回一个消息，说是回民大队指挥战役的有三人，马志新、郭冀中和房玉岭，只有房的家属在附近霸州两间房子村，情报传给了新城保安队……"

听到此处，马志新皱起眉头，不自觉地扬起手胡噜胡噜头发。他突然有种不祥预感，脑海里闪过马本斋母亲被敌人抓走的经过：三年前，冀中回民支队在拿下杜林镇岗楼后，日伪军寻衅报复，第三天出动了400人包围了东辛庄，把老百姓统统赶到清真寺里，逼迫金阿訇指认马本斋的母亲白文冠女士。金阿訇大义凛然地拒绝了，被日伪军当场打了个半死。接着两位青年又被相继用刺刀挑死……马老太太为保护百姓，毅然决然地走出人群，被日伪军捆绑起来带到河间府……

马志新急切地说："敌人可能会拿领导干部家属做文章，这是他们的一贯伎俩。新城、霸州、新镇的日伪军是经常通气的，不排除敌人会联合起来下毒手。两年前，房玉岭带头端了苑口的岗楼，打死伪团长王彪子，今年初又惩处恶贯满盈的叛徒刘思刚；近期我们赢得白沟和新村两场战斗，房玉岭是前线指挥之一。估计敌人早已盯上了他，拿他开刀只是时间问题。"

李河同志说："我和杨春圃也意识到了这一点，所以一大早就过来找你商量，看看要采取哪些措施。"

马志新问道："谁对霸州的情况比较熟悉？"

杨春圃道："我和辛燕侠、张其铭等对那里的情况都很熟，有什么任务请政委吩咐吧。"

"马上行动，你带辛燕侠、张其铭今天下午赶到两间房子村，通知房玉岭父母、妻子和直系亲属立即离开家乡，最好安排在苏桥镇或董各庄亲戚家暂住，听听风声再做下一步打算。从各方面的情报看，新镇保安总队那个葛副官几次对我发起围剿都没占到便宜，不会就此罢休，丁树德搜集的情报和新镇马家烧饼铺传来的消息都证明了这一点。请李河主任找郭参谋长提个方案，新镇汉奸老窝我们一定要插一插手，不能让他们胡作非为。"又问，"黑三俅和佟铁柱到底是什么样的亲戚关系？"

李河说："黑三俅是佟弘魁的外甥，新城人，从小游手好闲不务正业，吃喝嫖赌抽五毒俱全，因偷盗罪被官府通缉过，后来找到舅舅佟弘魁参加了伪军，是保安队的一名普通士兵。虽然佟铁柱称黑三俅是表兄，但二人矛盾很大，因为黑三俅在社会上名声很臭，所以佟铁柱看不起他，态度上是敬而远之，井水不犯河水。审查过程中，佟的态度较好，知道自己走错了路，痛哭流涕，谈话之后主动写了书面检讨……"

马志新说："这两个人的案子一定要追查到底，把内幕搞清楚。杨春圃你们三人马上出发到霸州两间房子村，我和房玉岭、李泽生今天去霸州中学韩副校长那里，明天到信安开会，三地相距不过二十几里，如有紧急情况可随时汇报，当面处理。"

马志新吃早饭时，突然天降大雨。事不宜迟，两拨人备好雨具，分头奔霸州方向而去。

二

杨春圃等三人直奔两间房子村清真寺，刚迈进大院门，就碰到白阿訇礼完晌礼①走出大殿。平日白阿訇见有客人来访总是热情地招呼，今日他一反常态，脸色凝重，低沉地说道："玉岭家出事了，你们知道吗？"

杨春圃惊奇地说："不知道啊！马政委今天早上说伪军近期可能要威胁到房玉岭的家属，派我们马上赶来处理……"

白阿訇介绍了事发经过：

当天薄亮，电闪雷鸣，下起了大雨。霸州伪警察局十几个人在头领赵舒元的带领下包围了房家。砸开房门后，只见一个中年妇女和一个女孩子在家，赵舒元问："你是房玉岭的妻子马俊志吗？房玉岭父母在哪儿？"

"我是啊，公公婆婆出门探亲了，都不在家。"

"你被逮捕了，跟我们到警察局走一趟！"

赵舒元吩咐下属用绳子将马俊志捆绑起来，马俊志抓住门吊不撒手，与警察挣崴起来。一个伪军走到身后就是一脚，将马俊志踹到门外。女儿小琴哭着跑过来趴在妈妈身上，街坊邻里冒着大雨纷纷过来说情，清真寺"乡老"马六巴巴②气愤地说："我说赵舒元啊，你也是霸州人，你们村离这里不过三里地，这个村的老人没有不认识你的，做事不能太绝。你们跟房玉岭作对，不能拿人家家属出气，这叫什么能耐？你们也有父母妻子，不为自己留点后路吗？"

赵舒元脖子一横瞪着眼说："你老东西活腻了吧！少瞎嘞嘞，再说连你一块儿抓走！"

四个警察连拉带拽把马俊志往马车上拖，小琴还是哭着拽住妈妈的衣襟不放手，黑心的伪军举起枪托向孩子打去，5岁的孩子重重摔在地上。马车

---

① 晌礼：每日礼拜的第二次，一般是午后1至2点。
② 巴巴：回民对祖父的尊称。

快速离开了村子，向霸州城里跑去。

马俊志是街坊邻里公认的好媳妇，长方脸，大眼睛，中等个头，手脚麻利，是个闲不住的人。自从嫁到房家，孝顺公婆，相夫教子，支持丈夫参加革命队伍，本人也被选为村妇联副主任，获得了大家的一致称赞。

辛燕侠问道："白阿訇，现在小琴怎样啦？"

"今天早上我礼完晨礼，在回家路上正好碰上此事。看到孩子躺在地上，问清事由后，迅速拆掉门板，支起雨伞，把孩子抬到了我家，经我家老二诊断，孩子的胯骨被打成骨折，消毒和石膏绑扎后还需要静养一段时间，会不会留下后遗症谁也说不准。哎，真是祸不单行，傍午霸州有亲戚带信来，说是房玉岭的大哥房玉崑也在城里自家的烧饼铺里被抓。甭问了，肯定是一码事，看来敌人早有预谋，幸亏老公母俩没在家。"

杨春圃非常遗憾地说道："用穆斯林的话说，这事真恕迷①，怎么这么不巧啊？仅仅差了几个小时，事情就变得如此被动。白阿訇别急，马志新政委就在霸州城里，我们马上去汇报。还是那句老话，在共产党领导下，没有过不去的火焰山，肯定会有办法将二人营救出来！"

张其铭问道："白阿訇，伪警察局那个赵舒元是个什么人？"

"是叛徒、回奸、杀人不眨眼的刽子手刘思刚的助手。"白阿訇气愤地说，"三年前，冀中回建会秘书长哈金池到两间房子村宣传抗日，正在表姐家吃饭时，被突然闯进来的刘、赵二人残酷杀害，连其表姐也没放过。今年初刘思刚已被回民大队枪决，赵舒元仍然逍遥法外。两间房子村的乡亲们对这个丧尽天良的害群之马早已恨得牙根直打颤。古语云，'多行不义必自毙，汝可拭目以待'，这个人渣距离被彻底清除的那一天已经不远了。"

---

① 恕迷：波斯语音译，指不顺利或倒霉的事，也指因不虔诚、行罪恶而造成的恶果。

三

霸州是畿南重镇，虽然作为县的建制晚于文安、永清两县，但它处在北平、天津、保定的中间地带，是陆路、水路的交通要道，从宋朝起被列为北方边城"三关"之一，即益津关霸州、淤口关信安、瓦桥关雄县。明朝时改土城为砖城，长度达7华里，建有城门、城池四座，西门为虚设。城内有鼓楼点将台，人称霸台，高约两丈，上建三间两层楼一幢；屋内悬挂铜、铁巨钟各一尊；下有洞门可通车辆、行人。楼檐挂着"畿南第一楼"的巨幅匾额，金光闪烁，整个霸台更显气魄宏伟。康乾盛世年代，霸州的工商业突飞猛进，基本形成了现有的格局。街东有一座修建于明初的清真大寺，与霸州中学一样，抗战一开始就成了进步人士经常光顾的场所。

杨春圃等三人来到霸州清真寺，马志新正在北讲堂与韩副校长谈话，在接待室听完杨春圃的简要汇报后，叹息道："我们还是晚了一步啊，让房嫂子和房家大哥吃苦了！现在马上开会，大家想想办法，一定要把他们二人尽快营救出来。"

杨春圃问道："会议还让房玉岭参加吗？"

"当然，这么大的事哪能瞒得住他！我相信房玉岭会冷静对待。最好让韩副校长也听一下，帮助出些点子。"

会上，杨春圃详细介绍了房玉岭妻子和大哥被霸州伪警察局绑架的经过，与会人员无不义愤填膺。李泽生说："敌人已经到了丧心病狂的地步，我们这些抗战人员都有家属，绝不能容忍这种事情发生，一定要给予有力回击！"

辛燕侠激动地说道："我没有更多的意见，请政委马上下命令武装营救，我打头阵，肝脑涂地也在所不惜。这个仇不报，我没脸去见乡亲父老。这绝不是房玉岭一家的事。"

房玉岭发现马政委的眼睛不时地盯着他，那眼神里有关怀、有惋惜、有心痛。房玉岭在人们心目中是条硬汉，虽然平日话语不多，但内心却很有路数。参加革命以来，拿岗楼、打伏击都冲在前面，早已把生死置之度外。对于抗战家属的安危，战友们在闲暇时也议论过，但还是没想到灾难如此突然地落在了他头上。马志新是他最尊敬的领导人之一，也是亲如手足的同志和兄弟。在这千钧一发之际，一定要保持冷静、再冷静，绝不能给组织找麻烦，给政委添堵。

房玉岭沉着地、一字一句、掷地有声地说道："我从入党的那一天起，就誓言'把一切献给党'，我的父母、妻子也支持我参加革命。虽然也担忧家属的安全，但我无怨无悔。我相信组织上会采取相应措施，我相信回民大队集体的力量。需要我做什么，我一定配合。"

马志新对韩副校长说道："老韩同志，您经验丰富，对霸州的情况又熟悉，我想听听您的意见，这事怎么处理最为妥当。"

韩副校长叫韩文渊，定州人，中等个头，均匀身材，说话慢条斯理，爱引经据典，幽默中透着智慧。他青年时期在保定同仁中学读书，做学生时就参加了青年救国会，后来加入了中国共产党，毕业后先后被组织派遣到肃宁、霸州中学任教。他对学生因势利导、循循善诱，威望很高，学生们对他是既尊敬又服气。在教学工作和社会活动中，他为党秘密地培养隐蔽战线的人才，不少学生就是在他的教育和影响下才参加了革命。

韩副校长说道："日伪军抓家属当人质，是一种常用伎俩，目的只有一个，就是逼迫抗日人员反水投降，这类事件在霸州已经发生多起。因为背景有差异，处理方法也不同，有的人是托人情担保，有的人是交钱保人。据我所知，霸州伪警察局仰仗日本人撑腰，平日里横行霸道，为非作歹，属于横竖不吃的那种。采取武力的方式去解救，目前还不可取，搞不好要伤着自己人。我欣赏宋朝朱熹《中庸集注》中的那句话，'以其人之道，还治其人之身'，用同样的方式去回敬他们，是最可行的方法。但对象要高一个层次，击中要害，让其无还手之力。在时间上，应以快取胜。"

马志新睁大眼睛看着韩副校长，双手合十表示感激，说道："好啊！好主意！真是拨云见日！应了那句话，解铃还须系铃人。谢谢韩校长的启发和指导。"马志新继续说道,"请校长和房玉岭到隔壁房间稍等片刻,我们部署一下,事不宜迟。"

杨春圃、李泽生等人根据马志新的指示,人马分成两拨,立即离开霸州清真寺去执行特殊任务。

四

霸州伪警察局看守所在西关城角的池塘边,高高的围墙上增加了一层铁丝网,阴森森的大门紧闭着,只有便门偶尔有人出入,四周有七八个看守端着枪不停地来回走动。周边土丘杂草丛生,爬蔓儿的野藤死死地缠着仅有的几棵掉了枝叶的树干。虽然前面有一条大道,但很少有人通行,当地人都知道这里是凶煞之地。

整个看守所关押着上百人,据说大部分是政治犯,多是反伪政府的民众和抗日斗士。三号房是关押女犯人的地方,房间狭小而黢黑。同屋的难友围拢在受刑后昏迷的马俊志身边,有的掐人中,有的摁虎口,把仅有的一杯水送到她嘴边,一个大姐急促地喊道:"妹妹,你醒醒!一定要坚强!"

一个难友气愤地说道:"肯定被吊打了,你们看脊背和前胸都是一绺绺的血痕。"

透过微弱的光线,姐妹们看见昏迷中的马俊志紧闭双眼,嘴唇在蠕动,好像在诉说着什么,浑身火炭似的高烧,似乎进入恐惧的梦境中:

在一个平常的日子里,家人正在吃晚饭,突然听到村头有人喊:日本鬼子要进村了,快跑吧!全家为躲避鬼子已经出逃多次,但是鬼子在夜里进村还是少有。公婆一下子懵了,到底是跑还是躲藏起来,一时拿不定主意。马俊志坚定地说:"我们是抗战家属,遇到这种情况实在危险,请两位老人快走!我拾掇一下家里,抱着孩子随后走。"老人撂下碗筷,互相搀扶着匆匆走出房门。村长大声呼喊道:鬼子从北面圈过来,乡亲们往村南跑!马俊志收拾了一下换洗的衣服,用包袱皮儿把东西裹成行李卷熟练地背在背后,吹灭油灯，抱着女儿，锁上大门，朝村外跑去。离开村子不到半个时辰，突然一阵狂风刮来，飞沙走石，顿时迷了路，接着是倾盆大雨和冰雹。她看势不好趴在一个坟圈里，用装衣服的行李卷盖在孩子身上，自己的头和背被冰雹砸得当当响，心想，自己不怕死，但无论如何要把女儿的命保下来。借着闪电的光亮，她咬紧牙关使尽全身力气爬起来，继续往前跑，在刚刚收割的茬子地里不知跌了多少跤，刀刃一样的高粱茬子把前胸和腿部划开了血淋淋的大口子。她忘记了疼痛，在泥泞地墒沟里深一脚浅一脚地往前挣扎着。突然发现一个慢坡，就使劲地爬呀爬呀，爬到顶上时，发现了一个小庙。马俊志抱着孩子走进庙里，发现是文安善来营村建在千里堤上的五道庙。她从小生长在这个回汉混居的村庄，听说五道庙里有"五道圣君"，是善良人的保护神。她拖开贴在身上的上衣，赶快给哭个不停的女儿喂起奶来，这时她才发现自己浑身像血人一样。孩子嘬着香甜的奶汁，顿时不哭了。长时间的紧张和奔跑，雨水夹着汗水把衣裳都浸透了，等停下来时，后背像浇了冷水一样，冻得她浑身打颤。突然，千里堤下有喊声，她背起行李，抱着孩子走出五道庙。喊声越来越近，分明是房玉岭的声音："俊志，俊志，下来吧！家里人在等你。"马俊志站在堤坝上往下看，黑乎乎一片，高高的大堤活像被刀切过的峭壁，陡峭无比，使人毛骨悚然。下边又发出喊声："俊志，你甭害怕，和孩子一起跳下来吧！家里人接着你。"马俊志回头向北望去，日伪军无情的炮火染红了半个天际，呐喊声越来越近，她想，不跳下去，就会被敌人抓住杀掉；跳下去，大堤下面有自己值得信赖的爱人。她用力搂住孩子，紧闭双眼，屏住呼吸，纵身跳下……

马俊志突然惊醒，眨着大眼睛看看四周。一位大姐喊了一声："小马醒了！好妹妹快喝水吧！"马俊志深深地出了一口长气，知道刚才是一场噩梦。

马俊志看到一双双关爱的眼睛注视着自己，心中漾起一股暖流。敌人的严酷拷打没让她掉过一滴泪，此时此刻她却眼眶湿润，鼻子发酸，好半天才哽咽着说道："谢谢姐妹们，没有你们，我这口气儿怕是永远上不来了。"

大姐激动地说道："昨个后半夜看守们把你抬过来时还说，'这娘们很僵,吊打几个小时没说一句话,现在抬到号里,等缓过来再审!'你不省人事已经几个小时了,姐妹们都守在这里,心都提到了嗓子眼儿了。能苏醒过来,说明你命大。"

女学生对几位大姐说:"等我们早晨见到送饭的大叔,把马姐姐的情况告诉他,让他给家里带个信好吗?"

大姐说:"好啊!她是抗日家属,应该让家人知道实情。"

马俊志咽了一口水,虚弱地说道:"感谢姐妹们,我一辈子也忘不了这份恩情!"

五

清晨,一个看守捅开13号门锁,哐啷一声打开铁门,喊道:"哪个是房玉崑?赶快出来去审讯室!"

伪警察局从前一天把房玉崑抓进来,一直关在13号房里,至今水米未进。他头发蓬松,嘴唇干裂,吃力地从铺满棒子秸的地上爬起来。他还不知道弟妹马俊志也被抓了进来,而且先他之前受了刑。房玉崑比弟弟大3岁,村小学毕业,是个品学兼优的好学生。为支撑穷苦家庭度过这烟心的日子,十几岁就在霸州城里租房开起了烧饼铺。房玉岭如果没有哥哥的鼎力支持,不可能抽身参加革命队伍。房玉崑刚直不阿,好打抱不平,眼里不揉沙子,他对弟弟说过:"如果家庭条件允许,我会跟你一起去参加八路军。"

审讯室在大院西南角,是四间通套房,各种刑具齐全,阴森森的像个阎王殿。房梁上挂满长短不一的绳索,左边是压杠子的宽板凳,右边是灌凉水的铁床,还有一个木笼(也叫滚地笼)摆在中间显眼的位置。北边房梁上正吊着一个人,上身赤露着,脸上、身上已是血肉模糊,一个满脸横肉的打手正手提皮鞭,声嘶力竭地追问着、谩骂着。

赵舒元是看守所副所长,此刻坐在审讯室门口,二郎腿翘得高高的,嘴里叼着烟卷。前一天夜里他费了九牛二虎之力,愣是没把房家媳妇的嘴撬开,

第十一章 粉碎绑架

不管问什么，她总是瞪着眼不吭一声。他想，如果从房玉崑嘴里再弄不出点有用的东西，怎么向上级、向日本宪兵队交代？更对不起栽培自己多年的表哥葛盛才。他暗暗拿定主意，要给房玉崑上重刑。

赵舒元例行讯问过后摊牌了："房玉崑，你叫你弟弟过来一起跟我们干，肯定有官儿当！你们家就用不着辛辛苦苦去租种那几亩地了，你的烧饼铺也可以关门大吉了。"

房玉崑是个不信邪的人，藐视地说："凭劳动养家糊口，从古至今都天经地义。你们这些人给日本人当小催巴儿，都是汉奸，那碗饭就那么好吃吗？我们不当这种官，不干欺负老百姓的勾当！"

"住嘴！你吃下豹子胆了，不看这是什么地方？如果不想活了，甭出这间屋子就能让你上西天！"

房玉崑瞪着眼说道："你们跟八路军、回民大队作对，抓我们老百姓干什么？有能耐去找房玉岭啊！"

赵舒元深知审不出个结果，就把升官发财的机会搞砸了。他装腔作势地说道："你是买卖人，咱们做笔生意好不好？"

"什么生意？"

"你给你弟弟写封信，表明一下态度。只要按照我们的意思写，我会给你一笔重赏。"

房玉崑不假思索地说道："我写不了，也不想拿什么重赏。"

"也不用你动笔，我写好了你签个字就行。"

说着，赵舒元把信递给了房玉崑。

房玉崑扫了一眼，上面有"只要投降日本皇军"一句，他一激灵，头发根都立了起来，一边将信撕得粉碎摔在地上，一边怒气冲天地说道："你以为什么都能用钱买吗？真是瞎了你的狗眼！"

赵舒元站起来歇斯底里地骂道："不识抬举的东西，看来你是不见棺材不落泪！来人哪！这日本人送的滚地笼还没用过，今天就用它款待一下这小子，让他尝尝啥滋味！"

房玉崑带着手铐和脚镣往厅中间看去，分明是一个木笼，呈圆柱形，借助门洞射进的一束光，发现木笼内侧板条上布满了钉子尖。他看明白了，一旦被关进笼子，肯定是要把笼子放倒再由人推着在地上滚，人躺在中间不下三圈，身体所有部位都会让钉子扎穿，必死无疑。

两个打手走了过来，先把布带子匝在手腕上，又走到桌边端起酒碗，扬起脖子一饮而下，拍拍双手和胸脯，过去将木笼打开。其中一人对房玉崑喊叫道："这叫滚绣球，壮士请吧！"

房玉崑虽是个普通买卖人，但学过民族英雄文天祥的诗，还记得"人生自古谁无死，留取丹心照汗青"，也多次听过马本斋的母亲白文冠女士宁死不屈、绝食殉国的事迹。他想，现在轮到自己了，绝不能当孬种，更不能干出让家人丢脸的事。

两个打手把房玉崑推到笼子里，拴上插销，喊道："报告所长，准备就绪，请下命令！"

赵舒元假惺惺地道："房先生，现在回头还不晚，只要你答应把房玉岭找来或认服日本人，我马上放你走。你也看到了，这滚地笼不是吃素的，只要滚三圈，你小命就玩儿完了。"

房玉崑坦然说道："自进了这个大门，就没想还能活着出去，今天死在这里也是条汉子。善有善报，恶有恶报，小日本和你们这群汉奸还能折腾几天……"

没等房玉崑把话说完，赵舒元就恼羞成怒地跳起来大叫："放倒笼子，滚他娘的！"

六

杨春圃和辛燕侠到霸州徐各庄地下联络站拜访了县委书记王达任，王书记同意马志新同志的建议，并指示联络站张玉林、刘珍等五人协助工作。一行七人当夜就来到老堤村村长齐东升家，张玉林说明来意后，齐东升在鞋底儿上磕掉铜烟袋锅的烟灰，说道："村西警察所本来四个人，因为所长阎清山今天过生日，牛驼镇所长来祝贺，中午摆席请了好多人，我也去凑热闹了，看他们的酒喝起来没个完，日头还有一竿子高我就回家了。这些人现在是聚是散还不知道。"

刘珍说："齐大叔，你提供的信息很重要，能不能再派人去打听打听，我们心里就有底了。"

"没问题，不过我不能露面，今年干伪事的都很警觉，只怨后脑勺上没长眼睛了。我让儿子小偏给送点鲜豆腐去，这是刚做出来准备明早儿卖的，不管他们的酒喝完没喝完，这样做都不会引起怀疑。"齐东升说着就把大块豆腐放在篮子里递给小偏，并咬耳朵嘱咐了几句，目送他出了院门。

小偏一会儿工夫就回来了，说："执勤的王二狗高兴地把豆腐收下了，所长几个都喝得抬不起个来，在大厅里睡着了。"

"你们今天算是来着了，"齐东升很有把握地说，"关门打狗，手拿把攥。"

后半夜三更时分，辛燕侠带人包围了伪警察所。张玉林、刘珍对这里的地形很熟悉，他们从水坑边溜过去，借着微弱的月光，看到仅有一个警卫在那里执勤，刘珍一个箭步蹿过去，用右胳膊搂住警卫的脖子，迅速拉到坑边，小声说道："我们是文新回民大队的，如果你不嚷嚷，说实话，保证留你一条性命！我问你，警察所里有几个人，都是干什么的？"

警卫吓得哆嗦起来，结结巴巴地说道："所……长……阎清山和两个警察，啊哦……不对，还有牛驼镇的所长，酒喝多了……"

"是不是在里边睡觉？"

"不是。"

张玉林一边下了警卫的枪，一边将其背过手来用绳索捆住，继续追问道："他们到底去哪儿了？"

警卫战战兢兢地说道："本来都在所里睡下了，后来南孟镇马所长带四个人到王庄村抓人，天黑了怕路上出事，非要住在这里。结果，阎所长带着三人临时搬到旅馆里去住了，现在南孟客人有四人正在打牌，一个人在隔壁看管犯人。"警卫又补充道,"我是伙夫兼采买,叫王二狗,本村人。他们都喝多了,所长让我来执勤。我也是穷苦人,只要给我留条命……"王二狗说着跪在地上。

"只要你老老实实不乱说乱动……"辛燕侠说着命人把王二狗带进小树林里看管起来。

面对突发情况,大家聚在大坑边苦思冥想地商量对策。

杨春圃说道:"我们走到这一步只能往前不能后退,当机立断实施抓捕才是。"

辛燕侠扫视了一下四周,肯定地说道:"这个村子北面有日伪军岗楼,我们不能轻易开枪,要看我的手势。"

杨春圃和辛燕侠合计后,立即分头行动。

辛燕侠带刘珍三人踹开值班室大门,像神兵天降一样,一下子包围了牌桌,辛燕侠喊道:"举起手来,我们是文新回民大队的,缴枪不杀!"

伪警察们都站了起来,其中一人要偷偷掏枪,辛燕侠发现后,一扣手枪,只听噗的一声,掏枪的人脖子一扬、腰一伸,四仰八叉地倒在了地上。低沉的枪声,连隔壁杨春圃二人也未听见,敌人还在琢磨这是什么新式武器,绳索已经五花大绑地套在了他们身上。

几乎同时,张玉林和杨春圃快步闯入隔壁,在微弱的油灯光线下,只见看守用两只胳膊挂着大枪冲盹儿。张玉林抽冷子把脖颈子搂住,下掉枪,小声说道:"你被逮捕了,如果喊叫、犯格,当场枪毙。"被捆在房柱子上的老乡,听见声响,从昏昏沉沉中惊醒。杨春圃走到老人身边,把绳子解开,转身将看守捆了起来。

老乡认出了杨春圃,说道:"小杨同志,我是杨铺村韩宝山,万万没想到在这里能够见到你!"

"韩大伯!"杨春圃紧紧握着老人的手问道,"你怎么被他们抓到这里来的?"

"哎,自从去年高佽生和他儿子死后,县伪警察局就黑上了我,一直被他们通缉。我到王庄村岳父家躲了半年多，还是没逃过这一劫。昨个儿被他们抓来，明天就要押到南孟镇，眼看着九死一生，想不到在这里遇到了恩人！"说着鼻子一酸，眼泪就啪嗒啪嗒地掉了下来。

杨春圃安慰道："一会儿跟我们回文安吧，朱合村有个农业基地，在那里可以发挥你的特长，等家乡解放了再回去。"

辛燕侠等人押解着四个伪警察快速向西南奔去。

根据事前部署，杨春圃走到小树林里，向王二狗讲清利害关系，申明大义，让他到霸州伪警察局报信。

天大亮了，杨春圃也追赶了上来。向东望去，初升的太阳照在大清河上，波光粼粼，闪着万道金光。他们乘上两只在这里等候多时的小船，向崔马庄划去。

崔马庄是原八区堡垒村，文新回民大队一连指战员已在这里驻守一月有余。正值秋收，学生放假，辛燕侠把伪警察四人关在了学校东教室，又交代执勤人员："严加看管，绝不能出现纰漏。如有闪失，严肃处分！"

辛燕侠和杨春圃在院里见到李泽生和张其铭时，感到十分疑惑，急忙问道："你俩怎么比我们来得还早？我问你，伪军葛副官的老婆和姘头抓到了没有？"

"你放心，老婆和姘头算什么，我们抓到了葛副官的亲爹亲娘！"

张其铭介绍了事发经过：

二人当天掌灯后从霸州赶到新镇，先到回民烧饼铺，见到了李泽生的表叔马立栓。表叔问："好久没见了，你们是路过，还是有事找我？先上一屉烫面蒸饺充充饥好不好？"

"表叔，不客气，我俩有要紧事向你打听。"

"什么事？"

"你认识伪军总部的葛副官吗？他老婆和姘头住在哪里？"

马立栓说："都住在伪军总部大院里，一般人进不去，除非出来兜风、下馆子才能见到她们。"

李泽生又问："他这里还有什么亲人？"

"有啊，葛副官的父母来新镇看望儿子了，住在西街一个独门独院里。真巧，一会儿他家保姆要来铺子里取烫面蒸饺，你们跟着过去就是了。"

"表叔，实话告诉你，今天我们是来抓人的，我们的行动绝对不能牵连你，偷偷跟过去探探路有必要，真正动手必须等到后半夜。"

马立栓气愤地说："葛副官这帮杂种，把这一带的人祸害得够呛，也就八路军、游击队敢收拾他们给百姓出气。还有葛副官的表弟赵舒元，那也是个王八蛋，头上长疮脚底流脓，简直坏透了。十五那天，他骑着高头洋马来新镇赶集，招摇过市，说是来看姑妈，实际是来相亲。女方父母得知他早已娶妻生子，死活不同意，结果被打得鼻青脸肿。好在那个姑娘闻风而逃，赵舒元没有得逞。这样一个流氓到处撒野没人敢管，就是因为有个表哥当后台。现在那些嘎杂子坏人，只要拜在日本人脚下，当了汉奸，就敢在乡亲们面前耀武扬威、人五人六的。我看他们还能横行几时！只要日寇一投降，那些汉奸王八羔子就只剩趴在地上磕响头的份了！"

李泽生伸出大拇指赞道："讲得好，看来表叔不是个普通买卖人儿，在大是大非的问题上有自己的见地。还有一件事要问表叔，今天午夜能不能租一只小船，把我们送到崔马庄？"

马立栓说："我的邻居就是搞水上运输的，他家有几艘小帆船，即便是逆水，船速也很快。"

李泽生又给表叔提了一个请求："今后葛副官和新镇保安头头如有在附近饭馆预订酒席的，请通知我或丁树德。"马立栓答应："好，你放心。"

伙计在前厅喊道："掌柜的，有人到店里取烫面蒸饺。"

二人随后跟了出去。

张其铭的讲述让辛燕侠二人听得入了神，杨春圃问道："后来怎么样了？"

李泽生眯着眼微笑着说道："后边的事都很顺利，就不必说了。只是离开时，张其铭写了张纸条给他家保姆，让其早晨送到新镇伪军总部。三更时分我们就赶到了崔马庄。葛副官的父母已安排在学校西教室。"

辛燕侠大笑着说："我们两拨人都没有落空！"

第十一章　粉碎绑架

张玉林五人走出大食堂，向回民大队几位领导告别。辛燕侠感激地说："没有你们的协助，我们的任务不可能完成得这么顺利，你们回去一定要给霸州县委、县大队带个好，以后有用到我们的时候，请不要客气！"

刘珍说道："都是一家人，不用见外。有件事我一直不明白，昨夜辛燕侠连长开枪的时候，怎么枪不响也能打死人？如在平常，半夜里开枪肯定会惊动村北岗楼的敌人。"

辛燕侠拍着刘珍的肩膀抿着嘴笑了，从口袋里掏出手枪，指着枪头上的装置说："枪上安装了消音器，是德国造，效果非常好。"

张玉林问："这家伙什儿是哪儿来的，给我们掏送两只行吗？"

"是从新村恶霸地主翟明魁家里抄来的，共有五只。我请示一下能否匀给你们一只，如果有困难，就让在天津工作的同志给你们想办法，这事算是答应你了。"

张玉林等告别后，登上往下游的帆船，离开了崔马庄。

七

房玉崑被装进滚地笼里，赵舒元刚要下令，大厅外突然有人喊："赵所长，有人找！"

赵舒元走出大门，见警察局刑事科阎科长扶着自行车在院子里等他。"什么事这么急，我这里正给犯人上刑……"

"局长让我火速赶来，"科长急匆匆地说道，"南孟镇警察所四个警察被回民大队的人抓走了，还有……"

"什么事？"

"新镇来人说，葛副官的父母昨晚也被回民大队的人给带走了……"

"啊?！"赵舒元像被晴天霹雳击中一样，双眼突然一黑，两腿发软，瘫坐在地上。

赵舒元是个有奶便是娘的鲁莽人，几年前学着表哥当了汉奸，还是叛徒刘思刚的好友，在霸州臭名昭著。为了往上爬，投主子所好，他把抗日积极分子当成眼中钉、肉中刺，到处抓人审讯，甘当日伪军的马前卒，从没想过有一天会为自己的行为付出巨大代价。

两个打手见所长坐在地上，两眼发直，赶紧跑过去。赵舒元有气无力地说道："停止审讯，把房玉崑抬到……号里去，听候处理…"

赵舒元被二人搀扶着到了办公室，刚坐在椅子上，电话铃就响了。他拿起电话，听筒里响起葛副官的声音："舒元吗？我是盛才，你们对房玉岭家属审讯得怎么样？"

"不怎么样，像茅窖的砖头，又臭又硬，两个人的嘴始终撬不开。"

"有什么闪失吗？"

"没有，都活着！"

葛盛才做梦也没想到会搞到自己头上，现在事情的发展与预想大相径庭，问题很严重，不能再转弯抹角了，也不能责备表弟，毕竟这场乱子是他本人布置实施的。

葛盛才忍住满肚子的火气，低沉地说道："回民大队这一手真狠啊！你那里没什么闪失就好，事不宜迟，尽快解决才是上策。我已经派人跟对方接触，你必须保证人质安全，不能出现任何问题。"

赵舒元为难地说："这事我局已向日本宪兵队士官村野汇报过，不通知皇军自行处理行吗？"

葛盛才生气地说道："谁让你跟日本人汇报的？屁大的事都会吹个溜够，不怕搬起石头砸自己的脚。甭说了，你们局里和宪兵队那里我去沟通，我给村野当过一年翻译，最起码要给我个面子。"

八

新镇伪党部书记安青云受葛盛才的委托，带两个随从来到崔马庄回民大队一连驻地，值班警卫拦住他搜身后通报连部。辛燕侠到门口迎接，二人微笑着握了手，辛燕侠开口说道："两个月前我们在舍兴村口分手时马政委说过'后会有期'，今天果然又见面了。"

安青云不好意思地说："还是马政委有预见性，不服不行。"

二人刚进大门，一个战士突然蹿出来，拉着连长的手悄声说道："连长，那人是新镇伪军头子，我认识他，在我们乡里民愤极大，应该把他抓起来，哪能容他进入咱们的营地！"

辛燕侠循循善诱："你的警惕性很高，值得表扬。不过安乡长是来密谈的，'两军交战，不伤来使'，这是自古以来的规矩。"

二人快步走进杨春圃的办公室，安青云说道："新镇保安总队葛副官委托我专程拜见回民大队长官，很高兴见到二位。虽然和杨指导员没见过面，但久仰大名，既是学者又是虔诚的宗教人士，看柜子里的这些书就知道了。你们一文一武，真是绝妙搭配……"

辛燕侠插言道："安乡长不用客气，我们谈正事吧，别辜负你的一片苦心。"

安青云试探地说道："昨天发生的不幸事件，我方是有责任的，因为没有及时沟通，误会越来越大，接着又发生今天凌晨的事件，我本人表示遗憾。"

辛燕侠收起了笑脸，严肃地说道："安先生这么说就不对了，此事完全是葛盛才和赵舒元挑起的，目的是逼迫房玉岭投降，抓捕家属后就迫不及待地上重刑，如果不是我们及时采取果断措施，房家二人早就被活活整死了，安先生还会来这里吗？一会儿你去看看，你们的六个人有老人、有青年，我们一个指头都没动过。"

"对不起二位，"安青云带着歉意说道，"有些事我并不清楚，回去后还要严加查问。我建议双方平等地交换人员，这是我来这儿的主要目的。"

杨春圃盯着安青云，逼问道："你说的平等是啥意思？"

"就是我们六个人和你们两个人交换。"安青云说。

杨春圃反驳道："房玉岭的家属被你们打得遍体鳞伤，难道不需要承担责任吗？至于一个警察被打死，是因为那人要掏枪动手，罪有应得！"

辛燕侠坚决地说："安先生你回去跟肇事者商量一下，把治病的问题解决后再谈。"

安青云在伪政府几年，干了不少坏事，也经过些大场面。今天他敢过来，一是两个月前跟李寓民和马志新那次不寻常的接触，对回民大队的政策有所了解；二是事件发生后，两边都掌握着人质，比较容易达成一致，对方提出的治疗费用的要求也合情合理。葛副官虽说是拿钱当命的人，但毕竟父母在人家手里，估计不敢不答应。

他沉吟片刻说道："你们的要求也不过分，我答应下来。回去即使有分歧，我的部门也会全部承担。治疗费本该折合成钱，但法币贬值，大量钞票不好掏送，还是按粮食作价，补偿小麦一石，你们看行不行？"

杨春圃觉得火候已够，就把态度拉回来，不再提其他条件，保证有礼有节，说道："谢谢安先生的斡旋，既然你答应承担医药费，我们就同意交换，越快越好！"

双方当场敲定交换细节后，安青云迅速离开了。

九

第二天，刚从军分区调来的马政委夫人孔玉彬得知房玉岭家属到达崔马庄的消息后，执意要到现场迎接，政治部主任李河陪同前往。

当日下午，双方各派武装人员20名，在两岸分别警戒。房玉崑和马俊志在北岸张青口码头上船，伪警察和葛盛才父母等六人在崔马庄码头上船，5时正，双方同时向天空打出信号弹，两艘船迅速驶向对岸。

李河、孔玉彬带领连部十几个人到码头热情迎接。李河说道："房玉岭同志的两位亲人在伪军看守所里表现得非常坚强，震慑了敌人，说明抗日民众是不可征服的，也给我们回民大队和各位朵斯蒂[①]们树立了榜样。让我们永

---

① 朵斯蒂：波斯语音译，原意为"朋友、兄弟"，回族人之间多以此语互称，以表示同族身份和团结友爱之情。

远记住这一天，欠账的还账，杀人的偿命，那些为非作歹的走狗们被人民清算的日子已经不远了。"

孔玉彬走到马俊志跟前，二人紧紧拥抱在一起。马俊志激动地哽咽着说："谢谢妹妹，谢谢大家，没有回民大队做后盾，我们不可能活着回来，我一辈子也忘不了共产党、八路军和游击队的恩情。"

战士们将二人用担架抬到小学住下，又从史各庄请来医生检查治疗。第三天，他们就回了霸州老家。

敌人的一场绑架阴谋被彻底粉碎。

第十二章　特殊任务

一

马玉槐从天津来到信安镇一个商业仓库，第一句话就问马志新："房玉岭家属被绑架的事解决了没有？"

"我们已经派出得力人员处理此事，很快就会有结果。我还没来得及向你汇报，你从哪里得到的消息啊？"

马主任笑眯眯地说："我问你，昨天你向谁请教了？我不但知道这绳子扣是怎样系上的，还知道怎样才能解开。共产党、八路军有公开斗争的一面，也有隐蔽斗争的一面，其目的只有一个，就是要最终制服敌人。日伪军从来都是狠毒的，但狐狸再狡猾也挡不住聪明的好猎手啊！我相信你们的措施一定有效。"

马志新佩服地说："好厉害，我明白了。"

马玉槐对房玉岭安慰道："玉岭甭着急，就凭你们集体的智慧，这事肯定能圆满解决。"

"我也是这样想的，虽然家里出了这么大的事，但我内心还是坦然的，我百分之百地相信组织的力量。"

马玉槐听完二人的汇报，高兴地说："最近回民大队开展的几项工作卓有成效，父老乡亲拍手称快，从智取海盐到挑战禁运，充分表现了你们的聪明才智以及在夹缝中顽强生存的钢铁般斗志；从白沟河战役到新村战斗，体现

第十二章　特殊任务

了你们善于迂回作战；你们在分化、瓦解敌人和利用情报方面也有新的创意，将回民武装的特色发挥得淋漓尽致。在朱合村开荒地、种庄稼，也有望获得好收成。这些成绩我都及时向九分区领导做了汇报。分区通知我们，九分区回民大队被晋升为回民支队，仍由马志新同志担任政委兼支队长，在此我向你们表示祝贺！"马玉槐边说边郑重地站起来，把分区的文件双手递交给马志新。

马志新行了个严肃的军礼，然后双手接过了文件。他微笑着说："九分区回民大队取得了一些成绩，应归功于上级党的领导和广大指战员的努力。部队还存在一些不足，我们今后还要继续努力。"

马玉槐主任深知马志新的性格，工作踏实，勤勤恳恳。在受到批评时，总是能认真倾听不同意见，有"子路闻过则喜"的涵养；受到表扬时则能保持清醒头脑，不满足于现有的成绩。这样的品德，一定会把部队带出好作风。几个月来的实践证明，他没有辜负党的重托，值得上级和部队指战员完全信任。

马玉槐从背包里掏出一个小笔记本和一封信，语重心长地说道："刚才提到，你们在为红区和八路军解决海盐和药品等紧缺物资方面，开动脑筋，打入敌人内部，通过里应外合来达到目的，在敌占区复杂多变的形势面前，积累了丰富的公开和隐蔽的斗争经验，九分区和城工部非常看重这一点，又提出了新的任务和要求，给你们的担子再加点分量。"

正在这时，李泽生风尘仆仆地掀开门帘走了进来，马玉槐马上站起来迎上前去，一边握手一边迫不及待地问道："听说泽生去处理房玉岭家属的事了，结果怎么样？"

李泽生详细介绍了营救过程，最后说："嫂子和房玉崑大哥都被敌人上了重刑，但一直咬紧牙关没有开口，没给敌人留下任何东西。由于措施得力，昨天已经完全脱险。这事不能就这么算了，大家憋足了劲头，要给敌人更狠的打击。"

马志新说道："我们一定会寻找时机，对新镇保安总队铁杆汉奸葛盛才和霸州赵舒元给予严厉惩罚！"停顿片刻后继续说道，"绑架的事情就告一段落，下面听马主任给我们布置新任务。"

马玉槐翻开笔记本，扫了一眼上面密密麻麻的小字，说道："有三件事情需要你们认真研究，分清轻重缓急逐步落实：

"第一，九分区领导前天通过内线送来一封信，里边装着一个提单，是海外进步人士寄来的重要物品，需要到天津英国租界洋行提货。那里是军宪特活动猖狂的地区，要想把货物提出来并安全运到红区，必须采取特殊手段，是一项难度很大的工作。组织再三斟酌后，决定把这个任务交给你们，希望两周内把货物完好地送到白洋淀九分区驻地。

"第二，现在红区和八路军除了海盐和药品外，还急需其他物资，如：煤油、轮胎、电池、水银、硫黄、锑、电料、颜料、润滑油、纸张、自行车零件、机器零件和各种子弹……，可以发动广大群众多方搜寻，我们再从他们手里买来并安全运到红区。当然，让红区直接拿法币和现大洋去购买也不现实，这里可以探讨另外一条路子，就是把农产品如红小豆、绿豆、黄豆和其他土特产运到城里去卖。这些东西在天津一带销路不错，是及时抓到现钱的好办法。但这类买卖靠谁组织、靠谁引导呢？领导首先想到了回民支队，你们许多战士有很多生意经，善于做买卖，要把这种能耐用在抗日行动上。在这个特殊时期，这种事有一定敏感性，也存在很大风险，所以不同于正常贸易，要有足够的智慧来参与和引导。听说大红桥码头的脚行工会已经在你们的控制之下，这是一个很重要的通道，要充分发挥其作用。

"第三，根据天津对敌斗争的需要，在九分区和文新县委的支持下，打算从你们部队抽调部分人员去支援天津抗日地下力量，在城工部指导下，以穆庄子、天齐庙为基地，筹备组建天津回民武装，目标是针对日伪军的郊区据点和社会上流窜的反动势力，打击他们的嚣张气焰并消灭其有生力量，争取今冬明春在北郊地区首先有所行动。"

马志新如数家珍地说道："在将近一年的时间里，我们在敌人内部已经撒了一些种子，现在开始开花结果了。我们打算利用多种渠道，把货物提出来。

第十二章 特殊任务

这次叫房玉岭来,就是想把他派到天津穆庄子长期驻守,首先解决提单问题,之后进行社会调查,摸索和城工部合作的方式。在水到渠成的前提下,争取明年再派一些人过来,成立武装组织。"马志新一边说着,一边从背包里拿出一沓子文件递给马玉槐,"另外,请马主任过目,这是我们开展多种经营的报表。在短短几个月内,回民大队陆续在河间、任丘、文安和霸州等地开办了多个商店。现在的开会地点就是信安商店的仓库,临街门脸三间,后院五间。当然,这些商店还是以赚钱为主要目的。从报表上看,半年毛利累计达到十几万法币,这些钱多用在开荒种地上。刚才听马主任一席话,对我启发很大,我们商店的功能要转到为红区和八路军服务的方向上来,把打破禁运摆在首位,赚钱要放在第二位。"

马玉槐感兴趣地追问道:"我看报表里没有开荒种地的具体数字,不知今年能打多少粮食?"

马志新掐着指头说:"今年开垦荒地500亩,全都种上了各种作物,没有落下一分地。今天是霜降季节的最后一天,如果不出意外,至少能打七八万斤粮食,足够回民支队半年的口粮;预计收获棉花五六十担,今冬的棉衣棉被有了着落。秋收后准备播种小麦四百亩,到明年麦熟时节就有白面卷子吃了,请主任到时光顾。"

马玉槐眼睛放着亮光,笑着说道:"毛主席说,'自己动手,丰衣足食',想不到这八个大字有如此神威。回民支队了不起,执行毛主席指示决心大、行动快、见效好,的确创造了一个奇迹,体现了新型部队的特点。"

马志新补充说:"开荒种地的事,是孔新和陈佩主持的,目前投入了一个连的人,还请了饶阳五公村的专家来指导。"

李泽生插言道:"前天九分区派马志新同志的夫人孔玉彬来我们大队工作,政治部李河主任已经把她派到了朱合村,暂时主管那里的会计工作。"

马玉槐开玩笑地说道:"这是好事啊!去年他们二人在唐县结婚,不到十天马志新同志就被调到文新县任职,从此二人你东我西。上次我到九分区开会,向组织部门汇报了此事,没想到这么快就成全了二位。我下次再到回回营,这喜宴是少不了的!"

马志新说道:"在这种恶劣的环境下,夫妻二人能够生活在一起实属不易,感谢组织上的关怀。言归正传,关于经营紧缺物资、缓解红区物资供应问题这项工作,现在是由李泽生负责主持。他善于经营管理,从河间到天津,以滹沱河、赵王河、大清河为依托,很快建成了一条贸易线,利用秘密和公开的渠道开展多种经营,两种方法得心应手,游刃有余,已经打下了坚实基础。如果得到房玉岭的配合,生意一定会更加火爆。从智取海盐一事可以看出,天津这个华北最大商埠,民族资产阶级不在少数,多数还是爱国的。只要我们坚持抗日的统战策略,和他们多交朋友,相信他们会大力支持帮助我们。总之,马主任提出的三项任务,虽然风险不小,但我们保证能够完成。"

马玉槐说道:"看来你们已经胸有成竹了。你不仅理解到位,几项安排也恰到好处,关键是落实,期盼不久之后就能见到成效。我要再强调一点,天津回民武装无论在筹备阶段还是在成立后执行任务阶段,仍然归九分区回民支队纵向领导,城工部派干一同志负责横向协调。如果政出多门,是会出问题的。"

马志新问道:"我们这支回民武装在不同时期有过各种称谓,开始叫文新县五区回民小队,后改为文新回民中队、文新回民大队、九分区回民大队,现在叫九分区回民支队。最早的冀中回民支队和后来的渤海回民支队都是按照地域命名的,根据我们的性质和地域特点,不是应该叫作'大清河回民支队'吗?"

马玉槐说道:"名字就是个记号嘛,关键是干好抗日的大事,为广大群众谋利益。这支队伍从成立的那一天起,不管是在九分区还是在十分区的领导下,都可以跨地区执行任务。像我们这种游击队,名字并不是固定的,随着服务地域的变化,名字也会有所变动,这很正常。上面说了,再强调三点:你们支队的直接上级是冀中军区九分区;服务区域从河间、肃宁、任丘,以及沿赵王河、大清河往东,经新镇、文安、霸州到天津北郊穆庄子村;天津城工部是协调单位,明确了吧?"

"清楚了,我们的活动区域比较广,是性质和功能决定的。"马志新笑吟吟地答道。

马玉槐看了看手表,这时警卫员走进来:"报告马主任,原定时间已到,胜芳镇已经来人接洽。"

马玉槐站起来和大家握手告别:"祝你们在新领域开拓中取得新突破。"

二

1943年深秋的一天清晨,北运河两岸北风习习,着实有些凉意。河里的水舀朗朗地往南流着,大堤上的钻天杨坚挺地矗立着,圆而厚的大叶子还在哗哗作响,少数耐不住北风的黄叶子飘落下来,被刮到犄角旮旯里。东大堤上,南来北往的人们行色匆匆。回民大队在六个月前搭建的炸鱼摊前,排队的人群有增无减。两个月前,米国勇和辛茂盛又试着将牛舌发面饼从中间切开,把炸鱼塞入饼内,起名"酥鱼饼",口感极佳,回头客接踵而来,炸鱼摊变成了早点部。

二人正忙着生意,一个身罩长袍、头戴礼帽、脚穿礼服呢圆口鞋的商人背对着他们过来坐在了凳子上。米国勇走过去客气地问道:"先生吃点什么?"客人扭过头来,摘掉礼帽,米国勇一愣怔,原来是房玉岭端坐在面前。二人心照不宣地点点头,没有多说话。米国勇叫辛茂盛过来给"客人"安排早点。

房玉岭正吃着酥鱼饼,同桌对面又坐下了穆耙子府上的老管家马瑞卿。二人是老熟人,不免寒暄一番,马瑞卿文绉绉地问道:"房先生这次来穆庄子有何贵干?"

"想到贵府上找穆老板,不知在不在家?"

"没问题,下午你过去,晚上能见到他。"

房玉岭好奇地问道:"你在大户人家当主管这么多年,还缺早点吃吗?怎么专程来这儿吃这一口儿?"

马管家翘着嘴角笑咧咧地说道:"说来也巧,我是永清安育人,从小在永定河边长大。米国勇他们炸的这种小鱼，香脆可口，和我小时候吃的完全一个味儿；这粥是永清的小米熬的，又黏又烂糊，我吃着比什么都香。人呀，小时候爱吃什么，老了也不会改变。"

房玉岭又问："听穆老板说，你对天津食品很有研究。我问你，这牛舌饼裹小炸鱼儿是咱们老家很平常的小吃，在这里怎么这么受欢迎？"

这一问一下子打开了马管家的话匣子，他眯缝着眼睛得意地说道："说有研究那是过奖，不过我爱动脑筋，遇事总爱问个为什么；前些年又在大小饭馆当过会计，闲暇之时，就爱观察各种大众食品，发现天津食品有着浓厚的地域特色，与京城有很大不同。

"天津西邻九河下梢，东濒渤海，水陆交通十分发达，码头星罗棋布，装船卸货等搬运业务繁多，需要大批劳力。那些年，河北、山西闹旱灾，碌碡不翻身，颗粒不归家，破了产的农民，除了闯关东以外，很大一伙涌到了天津卫。为了生计，他们不是扛大个，就是捡破烂，每天饥一顿、饱一顿地忙碌。吃饭的时候，是既无能力起火打尖，又无钱进饭馆用餐，凡是主食和菜点合一的食品，都很适合这个群体，所以，煎饼馃子、天津包子、耳朵眼炸糕等就成了下层群众的抢手货。这种食品不用碗筷，用荷叶一托，走着路就吃了，十分适合行业习惯。你们的酥鱼饼为什么这样红火，就是因为抓住了天津人的特点。话又说回来，天津人对食品也很挑剔，行业竞争也很厉害，结果是各种小吃越做越精致，慢慢成了天津的标志。天津人对娱乐项目也喜欢挑剔，就像'三不管'地区的相声专场，因为天津人普遍具有幽默感，笑点高，好挑毛病，一般艺人没有两下子是不敢到这里混的！现在盛行的曲艺节目西河大鼓，百年前还仅在河间、安新、文安一带流传，名叫梅花调，传到天津后，很快被广大市民接受，才改称西河大鼓，流行华北各地。就说京剧吧，本来发源于北京，但天津人对京剧的评头品足也是出了名的。这就是天津的特点。"

房玉岭惊讶地说："今天马管家给我上了一堂课，想不到食品、相声与行业特点还有这么深刻的联系，可见行行有学问。"

第十二章　特殊任务

二人正在畅谈，米国勇沏了一壶花茶端过来，给两位斟上。

马管家拽着米国勇的衣襟问道："我总来这儿吃早点，有个问题一直没弄明白，为什么你们的炸鱼这么酥，加了哪些佐料？"

"不用加什么佐料，第一次炸完后，放在篦子上空一袋烟工夫，等凉了再炸一次，这样就能保证较长时间酥脆，防止卷在饼里后立马变软。"马管家信服地频频点头。

房玉岭看到马管家谈性正浓，不慌不忙地又问："最近一段时间里，穆家的买卖怎样？今秋的收成如何？"

马管家摇着头唉声叹气地说道："买卖不好，主要是罗圈账太多，要不上来。有一个五金交电门市因为赔钱，很快就要关门了，其他商店也好不到哪里去。至于庄稼地，起初长势很好，后来闹蝗灾，减收了一半以上。哎，那蝗虫闹的，飞起来能遮住太阳，趴地上铺厚厚一层。讨饭的、捡破烂儿的都暂时改了行，都到大街上烤蚂蚱、炸蚂蚱，恨不得成了香饽饽。说也怪，天津人就爱吃这一口……"

房玉岭插言道："穆老板有没有新招儿？"

"有啥招儿？他每天回到家，就是背着手、耷拉着脑袋在院里蹓跶，真是寝食难安。三姨太生怕他急出病来，一会儿送点心，一会儿拿补药，不中用啊！房先生你是好朋友，如果能给他出个点子敢情好。现在我才知道，家有百口，主事一人，家大业大，难处也大，烦心的事可真不少！"

"烦劳您联系一下，如果方便，晚上我一定去拜访。"

马管家走后没一会儿，王德才骑单车风风火火地来到了早点部，房玉岭问王德才："你是到这里采购活鱼的吗？"

"不是，如果警察局需要新鲜活鱼，米国勇会及时送去。"王德才摘掉瓜皮帽，挤一下眼睛，二人走到后厨无人的地方，继续说道，"昨日晚上接到内线通知，让我今天早饭后赶来这里找你，说是有要事商量。"

房玉岭心想，自从跟随马政委以来，无论干哪一件事，每到关键时刻，政委早就给衔接好了，一步接一步，一环扣一环，真是滴水不漏。《三国演义》中说诸葛亮能掐会算,呼风唤雨,说明古代军事家们确实有过人的智慧。从现实生活看,马政委成天价除了搞调查、思考问题就是学习,俗话说"多想出智慧",那种运筹帷幄之中、决胜千里之外的功夫,真不是一天练就的。王德才的突然到来,可能会有里应外合的好戏,房玉岭推测,提单所列物品要想安全地提出来,必须巧妙利用敌人的力量,这可能是马政委早已预料到的一盘棋。

房玉岭把保密提单的事一五一十地介绍了一番,然后试探性地问道:"你看这些货怎样才能安全提出来?"

王德才说道:"房参谋,我可以提供周围的详细敌情和各个人的行动轨迹,具体这张大网怎么织、怎么踩点儿、怎么下网、怎么收网,全由你决定。再过三天就是穆耙子生日,五十大寿,穆家准备大办一场,除了亲朋好友还有各路头面人物参加。我今天到这里来的第一件事是见你,第二件事是找马管家商量生日宴会的事。这次寿宴我仍然是主厨,晚上要商量菜单,让穆老板提前过目。"

房玉岭急切地问道:"你所在的那个警察八分局侯局长来参加吗?"

"穆家的请柬已经发了,侯是主宾,因为穆老板和侯局长是拜把子兄弟。谁曾想时机不巧,最近侯有几个大案子缠身,不破不行,上边追得紧,所以脱不开身,来不了。"

"德才,你是穆家的红人,而且对他家的'叨叨乱'比谁都清楚,我看关键人物是三姨太。今天晚上咱俩一起过去,我唱主角,你帮腔,怎么着也要把这出戏演下来。"

王德才嘱咐说:"别忘了带点小礼品!"

三

晚饭后,房玉岭二人来到穆家,只见大梢门紧闭。王德才在小门猫眼处敲了四声,看门的刘大爷将门打开,并按照管家的嘱托,把客人领到上房,穆老板等人正在那里等候。

房玉岭客气地寒暄："穆老板发福了，您老买卖兴隆，一切顺心吧！"

穆老板摇摇手说道："发哪家的福啊？现在的日子一天比一天紧，听说你们的队伍更强大了，尤其是在杨柳镇搞十几吨大盐粒儿的事，回民大队在这里立时出了名。在回回圈里，干一、马志新也都是有道行、不赖呆的人才，走到哪里都是胜仗。我们是多年的朋友，冒昧地说一声，你们能不能伸伸手，拽兄弟一把渡过难关？这个恩我们穆家永远不会忘记。虽说这些年我没有为国家、为民族干多少好事，但也从来不干坏事，你们来来往往都住在这里，最起码图个安全，就是我背着黑锅，也不能出卖朋友……"

房玉岭见穆老板把身价放得很低，马上接过话茬说道："这次到这里来，正是马支队长特别关照的，看看我们之间有什么合作的机会。"

三姨太插话道："你们几位都是明白人，当家的把话说到这个份上确实是出于无奈，真是遇到了难处。当家的是个从不认输的人，我最担心的是他的身体。第一个是五金交电门市，商品卖出去收不回钱，上海的新货没钱进，如果不想办法，其他三个商店就得活活憋死，这是当务之急。"

"三姨太你别着急，"房玉岭安慰说，"咱们就说这一项，五金交电的货我全包了，有多少算多少。不过，目前付现款不方便，我拿农产品给你们顶账有没有可能？"

穆老板听到这个消息，阴云密布的脸色好像拨云见日一般，嘴角不停地往上翘动，急切地问道："你说的农产品是哪一类？"

"是大豆。"

"那是好东西，应该没有问题。"

马管家补充道："天津人对豆制品、豆浆情有独钟，近年来，各地兴起用德国机器榨油，剩下的渣滓——豆粕，又是牲畜、家禽极好的饲料。肯定地说，大豆是一宝，销路没问题，请穆老板下决心吧！"

穆老板顿时心情好起来，眼睛眯成一道缝，笑着问道："大豆是你们收购的吗？对五金交电的品种是否有要求？"

"老板问得好，"房玉岭答道，"现在用不着收购，那样做耽误时间，我们支队在文安开荒种田，仅大豆就种了一百亩，货源没问题。你们现在的五金交电商品，也大多数对路，少数先放一放。如果今后再进货，要按照我们提出的清单购入，比如轴承、铁丝、提灯、铁钉、胶皮、电池、通讯电线、五金工具等是些常项，另外煤油、机油、汽油等是新添品种。您还有个中药铺，要以药铺的名义进口些西药，药品是紧缺物资。"

穆老板激动地说道："就这样拍板吧！我从保安队抽调二十几个精明的小伙子参与这件事，他们对天津通往外地的各个关卡都很熟悉，带些商品出城应该畅通无阻，保证按时把商品安全地送到文安、霸州指定地点。"

三姨太脸上笑出了酒窝，尖着嗓子说道："想不到八路军、游击队真有两下子，老当家愁了几个月的难事，房先生几句话就给解决了，这是穆家的造化！"

王德才牢记自己的角色，插言道："生意谈得这么干脆，可喜可贺。我今天到这里来是商量老板寿宴菜谱的，我和马管家商量敲定后写出来请老板过目。另外，侯局长已经接到请柬，但是因为公务太忙可能来不了，让我转告一声。"

其实，侯局长并没把话说死，但王德才的语气是肯定的。马管家着急地说道："官府里哪个不来都没关系，侯局长不来可不行，他是最重要的主宾，又是老板的盟兄弟，能不能请三姨太想个办法。"

王德才开玩笑地说："我觉得，穆老板有两个左膀右臂，内务部长是马先生，外交部长就是三姨太，现在是外交上有了难事，三姨太不出面谁出面？"

房玉岭从背包里拿出一件物品，走到三姨太面前说道："你看我这记性，这是给三姨太带来的礼品，请笑纳。"

一个两拃长的金光闪闪的宝塔，摆在三姨太面前。

三姨太拿起宝塔笑眯眯地说道："我在劝业场见过，这是河北艺人用极细的铜丝编织成的，民间有宝塔镇妖之说，真是又吉利又漂亮。我代表当家的收下了，谢谢房先生！"

马管家搭言道:"能否请王德才给侯局长带个信,穆老板的生日一定要来,现在就说定了。我建议,到时由三姨太专程去请,你们看行不行。"

三姨太娇嗔地说:"又不是只有我一个人认识他,房先生、永茂公司的冯文海经理都到他家里去过,怎么就黑上我了?"

穆老板不愿为这事扯来扯去,斩钉截铁地拍板说:"你们三个人一起去,看他来不来!"

穆老板生日这天,房玉岭和冯经理搭乘三姨太的吉普车,直奔英租界,快到怡和道侯局长家里时,路过英国新泰兴洋行,冯经理客气地跟三姨太说:"永茂公司有一笔货快到期了,我和房先生顺便取一下好吗?"

"我在车里等你们,"三姨太说,"取完了我们一起去侯局长家。"

房玉岭劝道:"取货有很多手续,会花些时间,街对面就是侯局长家,你过去先聊聊,货装上车后我们马上就过去。"

洋行柜台里打着领结的小伙子问道:"你们知道这包裹里是什么东西吗?要运到哪里去?"

"是家庭用品,"房玉岭说,"我们要运到天津北郊穆庄子。"

小伙子提醒说:"外国寄来的货物要想运出英租界,需经三道巡警岗楼检查。如货名与实物不符,恐怕要没收;如是禁运品,还要吃官司,你们知道吗?"

"这些都是私人物品,英国有法律保护私人财产,为什么英租界不给通行证?"冯文海质问。

打领结的年轻人说道:"上个月有一个中国抗日分子在英租界被捕了,日本人要引渡,英国使馆没答应,现在日本人和汪精卫政府对英租界要严加管制。我提醒你们,就是出了英租界,也不保险没人找麻烦。"

"知道了,谢谢你!"房玉岭一边说着一边给冯文海使了个眼色,二人迅速将物品装上了车。

三姨太和侯局长慢腾腾地从二楼来到大厅,房玉岭二人走上前去握手寒暄,侯局长问:"二位怎么才到?"

房玉岭说:"我们去洋行买了一点日用品,平日又不常来英租界,今天是个机会。"

冯文海马上转移话题:"侯局长,你见过穆老板的日本新吉普吗?我们今天借三姨太的光可算开眼了。"

侯局长酸酸地说:"这一点我可比不了,人家是大户人家,我那破衣邋遢的旧车是几年前海关罚没的,上边早就说要换新车,还不知猴年马月呢!"

三姨太扭着身子,撇着嘴说道:"今天就请局长大人坐坐我这辆新车,如果看得上,让当家的送局长一辆。"

"你们知道穆老板的外号叫吗?穆耙子,只会往里搂,什么时候大方过?"侯局长回道,大家哈哈大笑起来。

房玉岭见机行事,说道:"就按三姨太说的办,我们把那些杂七杂八的日用品倒一下车,对不起,请等片刻。"

侯局长托着三姨太的胳膊,二人眉来眼去、说说笑笑地上了新车。

房玉岭二人上了局长的专车,所提货物都放在了座位下面,此时他们悬着的心才算落在肚子里。三姨太的车跑在前面,成了开道车,三道岗楼巡警都成了摆设。在警察局长的护送下,八路军的货物安全地运抵了郊区。

在穆耙子的生日宴会上,房玉岭抽冷子去了厨房,王德才急忙走过来小声说道:"泽生带信过来,让你尽快从穆耙子家脱身。他今天下午在西北角清真南大寺等你,有急事商量。"

四

房玉岭走进南大寺东门,映入眼帘的是宏伟的建筑群,大殿在西侧高台上,各类配房齐全,尤其是历代匾额琳琅满目,内容渊深莫测,各种碑文显示着她的悠久历史。正当房玉岭在院里目不暇接地观赏时,米国勇悄悄走到身边,将他领到东南角的一间接待室。他跨进门槛,屋里已坐满了人,有些人熟悉,有些人生疏,李泽生一一做了介绍。白家崎说道:"房先生,久仰久仰，你的大名如雷贯耳，想不到在这里见到你。上次你和泽生智取海盐，真是英雄壮举，我代表马老板表示感谢。"

房玉岭不好意思地说："我们都是具体办事的人，总指挥是马志新政委，而且你也有一份功劳。"

房玉岭向前紧迈两步，用力握着沙达鲁的手，说道："感谢你！没有你的鼎力支持，我们的任务很难完成。也祝你的家眷都安安康康。"

沙达鲁拄着一只拐，泪珠布满眼圈，激动地说道："前天泽生到红桥脚行看我，捎来了马志新政委特意赠送的礼品，我这么一个苦力哪得到过这种荣誉，是你们给了我为抗日尽力的机会。"

房玉岭真诚地说道："你付出了很多，你和黑老赵都是不在册的回民支队队员。"

李泽生站起来打了个手势，让大家静下来，接着把这两天的工作情况做了介绍。

此前，李泽生在北营门星辰旅馆约见了白家崎和马梁柱两位厂长，把红区需要工业品的急迫性做了详细介绍，并提出了用农产品交换的初步方案。白厂长出主意说："我们两家都需要农产品，如酱油厂的大豆、酱菜厂的蔬菜，帮助红区搞一些急需工业品没什么问题，但我们毕竟用量有限。我和桂顺斋的刘老板是朋友，他是通州人，前些年从北平来到天津，当时只烙糖火烧，后来在糕点上发展，制作了上百个品种，目前是清真食品最火的一家，尤其是红小豆和绿豆用量最大，一起找找他，可能多条出路。"

马梁柱厂长是个善动脑筋的人，他说道："我分析这件事的实质，不在乎自身需要多少农产品，关键是垫得起资金，有了周转资金，两种商品就搞活了。白厂长不是跟正兴德穆老板论表兄弟吗？在天津卫这块地界上还是穆家趁落，他们的茶叶种植地在福建，据说用树油熏蒸，是真正的清真货，在华北很畅销。只要他能参与，这事办起来要顺当得多。目前还是日伪时期，按照伪政府的法律，为红区倒卖东西算是走私，一切活动必须是地下和半地下操作，没有可靠的人，不仅办不成事，搞不好还要吃官司。"

白厂长说:"马老板讲得在理,正好明天我在天津烤鸭店跟正兴德、桂顺斋老板有个饭局,晚一点儿你俩也过去,一起探讨一下,只要有钱赚,对商人都有吸引力。"

正像白厂长估计的那样,正兴德和桂顺斋都答应加入进来。

五

李泽生拿出一个小笔记本瞥了一眼,继续说道:"我要介绍的第二件事是个麻烦事:沙达鲁提供一个消息,有个倒卖绿豆的人叫葛纮才,从文安石沟镇窦明书那里收购新绿豆1万斤,一个多月不付款,一直压在码头。一是影响货物正常周转,二是窦明书拿不到现钱,也无法收购新粮。码头当局找到葛纮才时,葛蛮不讲理,有意推迟到明年春天,卖了高价再付款。码头奉命拍卖绿豆,葛纮才纠集兵痞和黑社会阻止,双方发生了严重械斗,斗殴中葛纮才掏出手枪打死一人,伤若干人。码头当局上告葛纮才,被伪法院驳回。关于葛纮才其人,尹保树专门进行了调查,请老尹给大家谈谈。"

尹保树说:"葛纮才是天津人,住日租界福岛街,仰仗哥哥葛盛才的势力,自从踏进粮食行业,就一贯为非作歹,欺行霸市,经常压货不付款,用别人的钱做买卖,业内的买卖人敢怒不敢言……"

房玉岭插言追问道:"他哥哥是新镇保安总队那个葛副官吗?"

"正是,"尹保树继续说道,"葛纮才脾气很奘。上个月在他的婚礼上,新娘跟一位男同学在一旁交头接耳了几句,葛纮才喊了两声,妻子没有马上过来,葛大怒,掏出手枪就打,震惊了全场。大家一看,他老婆胳膊受伤,鲜血直流;男同学应声躺在地上,抢救无效死亡。女方家属找到葛纮才说理,被打手们赶了出来。"

沙达鲁气愤地说道:"这事你们甭管了,既然这王八小子有两条人命在身,我找几个工友干净麻利脆地把他解决掉就是了,绿豆就卖给回民支队,别费劲折腾了!你们知道,在天津卫的地盘上,胳膊肘硬就是老大。"

第十二章 特殊任务

照房玉岭以往的脾气，遇见世道不公的事，绝对咽不下这口气，肯定会支持沙达鲁的提议，说不定还会亲自动手把孽种除掉。但是，一年多的磨炼，尤其是马志新遇事不惊、机智灵活、政策性强的特点，让他学到很多东西。效仿绿林好汉替天行道并不是回民支队应有的品格，就拿葛绂才这件事说，那是刑事犯罪，不能用端日伪岗楼的办法来解决。如果回民支队直接动手，一定会带来麻烦，应该动脑筋想个更妥当的办法才是。

尹保树表态道："我同意沙达鲁的意见，跟这种人有什么规矩可言，不知泽生怎么看？"

李泽生沉吟了片刻，微笑着说道："沙达鲁想法很好，但我认为我们不宜出手，因为他不是伪军汉奸，只是个无赖，还是让地方处理为好。我和房玉岭从信安镇出发时，马志新政委给了一个电话号码，嘱咐说天津伪警察总局有一个人，'有了紧急事可以找，平日不宜打扰'。我们可以找找他，如果方便，由警察总局动手，应为上策。"

房玉岭赞叹说："还是泽生脑子快，我都忘记这条路子了，想当初与总局那位先生有一面之缘……好了，这事交给我去办吧！"

李泽生补充说："关于运输问题，沙达鲁兄弟已做了精心安排。去苏桥和白洋淀的小型运输船只，大红桥码头都能控制，彻底解除了后顾之忧。我和尹保树明天回文安，整个工作有个大概分工，此后天津的事情由房玉岭统管，天津以外的事由我负责。"

会议结束后，南大寺三掌教走进来说道："今天大寺里有穆斯林道'知感'的，请各位陪马阿訇吃个晚饭，求个吉利。"

第二天，房玉岭在一个秘密地点约见了在伪警察总局任职的贾仲楠。三天后，总局派警车到福岛街去抓葛绂才，当警察闯进第一道大门时，警铃突响，警觉的葛绂才首先向警察开枪，全副武装的警察立即还击，葛打了两圈鹞子翻身，仰面朝天摔倒在地上，结束了罪恶的生命。

从此，大清河回民支队的多种经营，通过"以货易货"的方式，如火如荼地开展起来。

第十三章　军民大联欢

一

马志新回到朱合村还没歇脚，就要到场院和仓库去看看。孔新一边带路一边说道："今年夏天还算风调雨顺，南面垫子洼、北面白草洼的庄稼长势都很好，闹了几天蚂蚱，我们从饶阳五公村买了一些虫药，撒到地里，几天就灭种了，真神奇！春天还从五公村请来了一位农业专家傅聪深，解决了很多我们平时不懂的种地技术问题，才知道种庄稼还有这么多学问。"

二人说着话到了王家场院，指导员陈佩跑过来向马政委行了个军礼。马志新问道："指导员也在这里呀，是不是在上政治课？"

陈佩说："不是，我正带着大家剥棒子呢，剥完了要晒干，不然放在库里就发霉了。"

马志新关切地问道："今年打了多少粮食？"

孔新咧着嘴角、眯眼笑着说道："1943年可是一个丰收年！棒子种了300亩，打了75000斤，还有一部分没脱完粒儿；大豆100亩，收了18000斤；棉花70亩，收籽棉55担；其余30亩地，种了蔬菜和山药。干农活，很费劳力，农忙时简直忙不过来，有时找兄弟连队支援。现在所有粮食都在晾晒，保障颗粒归仓。"

马志新和大家一起坐在棒子秸上剥棒子，说道："你们连队干了一件大好事，保证了部队的供给，给人民减轻了负担。另外我想知道，你们在农具上有什么改进吗?"

孔新说:"现在有胶皮轮大车11辆、胶轮手推车30余部、大牲口也就是马和骡子有25匹、双力双铧犁10套、种子处理机两部。甭说还有专家指导,光这些家伙什儿就是任何大地主也比不上的。寒露之前有400亩小麦都抢种上了,明年吃白面卷子不成问题。炊事班还养了牛羊。"

马志新频频点头,接着又问道:"保卫粮食安全你们想过没有?现在我们不是光杆了,有了家当,有了财产,当好这个家不容易啊!"

这时孔新站起来拦住了路过的两个人,对马政委介绍:"这一位是农业专家傅聪深,他来到这里后,解决了选种和处理的难题;搞压绿肥也有独到之处,今年从农村、学校大量收购了杂草,在三伏季节沤成肥料,解决了大问题。这一位是霸州杨铺村原村长韩宝山,因为帮助过咱们部队,在霸州老家被追捕,我们把他请到了这里来。第一是避避风,第二人家也是种地的好把式,耕耩锄耪样样精通,给我们帮了大忙……"

马志新听了孔新的介绍说道:"很好很好,种庄稼就是应该有新道道,不能墨守成规。"说着,走过去与他们一一握手,接着又向二位请教:"咱们农业连冬天应该做什么呢?"

傅专家心里早有底数:"冬天要办学习班,学政治、农业知识,更重要的是积粪。今年秸秆和山药叶子很多,能养不少绵羊,羊圈里要有专人每天加垫脚,与羊粪混合起来就是极好的肥料,有了肥料就不用怕土地瘠薄了!"

马志新幽默地说:"敢情呢,农民有句老话,种地不上粪,等于瞎胡混。"

警卫员跑来报告:"李河主任几位领导请政委到连部开会。"

马志新向两位专家和周围战士们打了招呼,恋恋不舍地离开了场院。

二

马志新到了连部,看见参加党委扩大会的人已来了不少,在边上坐着孔玉彬。马志新不好意思走过去打招呼,就近坐了下来。书记金树江开玩笑地说道:"马志新同志这就不对了,你跟夫人分开快一年了,她来这儿工作都十天了才见你一面,怎么着也得过去握个手说句话呀,怎么像大姑娘似的躲着,真是个老封建!"

大家轰地笑起来,郭参谋长喊道:"马政委快过去来个见面礼,亲热亲热吧!"会议室里顿时响起了掌声,马志新和孔玉彬都站起来互相招了招手,并同时给大家深深地鞠了一躬。

孔玉彬中等个头,身材匀称,长方脸,一对水汪汪的大眼睛,每逢微笑脸上就漾起两个酒窝儿,留着延安革命女青年的短发,是个有知识、洒脱而且见过世面的人。她落落大方地说道:"谢谢大家,自从我到这里工作,各位同志都热情地帮助我,我觉得这个集体很温暖,能成为其中的一员我感到很光荣,以后有机会我和志新同志一定招待大家。"

李河说:"今天这个会两个议题,一是召开动员大会,布置1943年年末连队总结问题;二是周四是古尔邦节,也叫宰牲节,是伊斯兰教三大节日之一。这两件事怎么安排,请大家讨论,各部门好做具体布置。"

杨春圃早有准备,拿出笔记本,慢条斯理地说道:"今年几场战役打得都很漂亮,打破禁运收到很大成效,开荒种地又获得大丰收,这几项成绩的取得绝不是巧合,而是合理规划、开动脑筋、埋头苦干的结果,当然最主要的是回民支队有了一个坚强的领导班子。我的建议是,我们全体指战员都要参加古尔邦节的活动,按照伊斯兰教规定进行庆典。至于年终总结,最好不跟节日混在一起,以后发文件做具体布置就行了。建议把全体指战员大会改成联欢会,自编自演一些小节目,算是一种宣传交流,还能丰富大家的文化生活,通过联欢会培养一批文艺宣传骨干,丰富我们队伍的精神生活,这也是新型部队的一个重要标志。"

孔新激动地说:"我举双手赞成杨春圃的建议,农业连队养了5头黄牛、20只绵羊,能否在古尔邦节宰几只,再拿棒子面换些白面,炸些油香慰劳慰劳各级指战员,不知妥不妥当?"

李泽生插言道:"我很同意他们的意见,应该像模像样地搞一下,可以提高士气。我主管的多种经营连有很多文艺人才，给他们搭个舞台，让大家各显其能不是很好嘛。我们在河间开的瀛洲饭馆，有一个会计叫韩德明，会拉手风琴，可给各个连队伴奏。商店经理哈文举，高小毕业后去学西河大鼓，据说跟我们文安小齐观村西河大鼓创始人朱大官先生学过徒，后来参了军，水平不一般，他可以登台表演，为我们联欢会增添色彩。"

辛福田说道："古尔邦节聚餐，人数不会少，至少要宰12只羊才够，农业连只能提供7只公羊，剩下的母羊留着下羔儿，绝对不能宰。北斗村辛少卿二哥热心抗战，此前曾多次表示，如果回民支队过节需要宰羊的话，他愿意出散5只黑头白羊，我看这宰牲节是一个机会。"

李河主任说道："我们应该感谢群众的支持，但黑头白羊不能白要，应按市价付款才是。辛少卿是杜鹃的老舅，请泽生同志亲自去解决。大家的建议谈了不少，是否汇总一下，请马政委定夺。"

马志新站起来说道："大家的意见非常好。古尔邦节是周四，上午请阿訇讲沃尔兹并举行大型聚礼，中午聚餐，晚上召开联欢会。有两点我要强调，第一，古尔邦节聚礼当然只有穆斯林参加，按照要求要做大净，清真寺的水房不够，可在各个连队搞几口大锅烧些温水，按照教规各连队自行解决。聚餐的面儿可以广一些，除回回营、北斗村的老乡参加外，另外邀请朱合村和夏庄的军烈属、村干部和群众代表等非穆斯林参加，体现民族大团结精神。联欢会安排在朱合村小树林里，那里比较隐蔽，要求回民支队的指战员全副武装入席。第二，也是最重要的，是保卫工作，抽出一个连队的力量分散在各个路口执勤。虽然伪乡长安青云答应约法三章，但是不能不防。要马上组织筹备组，具体负责安排各个环节。"

李河最后总结道："回民支队从成立到今天，还没有开过这么大规模的会议。今天小范围的预备会议开得很活跃，很有民主气氛。这项活动各连队要充分重视，由指导员和连长负责，不能出现大小问题。支队成立一个筹备组，由杨春圃、孔新、陈佩、李泽生和我本人组成，安排各项事宜，力争把联欢会开好。12月8日是古尔邦节，还有四天时间，筹备组明天上午将活动方案上报给支队。另外，我们队伍里大部分是年轻人，有的不会大小净，也有的不会礼拜，我建议请杨春圃同志利用晚上空闲时间，讲一下宗教知识。"

三

杨春圃对讲解宗教知识早有期待，因战事紧张，总是排不上队。第二天晚饭后，他欣然地在小学操场上开了第一堂课，他讲道：

宗教是人类社会的文明象征。人类从野蛮时期的图腾崇拜、互相杀戮到信仰宗教，是社会的一种进步。正真的宗教，是叫人行善、施舍和爱护社会。关于伊斯兰教，因时间有限，不能讲得太深太多，今天先讲伊斯兰教与健康有关的几件具体事：

关于洗礼净身，一般有两种，就是小净和大净。小净是洗局部，大净是洗全身。大家知道伊斯兰教是讲究清洁卫生的宗教，我们的清真寺不管建在城市还是偏僻的山村，都有温水洗浴的设施。所谓洗浴，就是从上往下冲洗的意思。按照教义规定，男人肚脐儿以下部位为羞体，所以洗浴是在单独一个格子屋里进行的。女人全身都是羞体，实行起来更为严格。一般城市里都有各种浴池，大家脱光了身子洗澡或者在热水池子里泡澡，这都不是我们所说的伊斯兰教规定的洗浴。在无锅炉和自来水的地方，可用大锅烧水，然后装进特制的水桶或瓦罐里并吊在房梁高处，用龙头往下放水进行冲洗，周围必须有木格栅遮挡。

小净包括：举意、净下、洗手、漱口、净鼻、洗脸、洗肘、抹头、洗脚等。净下就是洗两便处，因为人类两便处分泌物最多，需要随时冲洗和清理，这个习惯养成后会得益一生。我们发现，每日坚持五时礼拜的，极少有人得尿道炎和痔疮等疾病，穆斯林大净、小净的清洁习惯具有一定的科学道理。

大净就是在举意后，在从上往下冲水的过程中，洗到每一个毛孔。

伊斯兰教规定：做五时礼拜、参加喜事和丧事、请阿訇举意屠宰牛羊、进清真寺大殿等，都必须进行洗礼，这已经成为穆斯林的信条。

杨春圊说："过去因为回回民族经济条件差，很少有机会去上'经学'，我们的宗教信条多数都是父传子承，其实我讲的这些基本知识你们的父母都知道，只是在这兵荒马乱的年代顾不上教给你们。只要大家认真学习，很快就掌握了。"

关于礼拜的举意和动作规定，杨春圊强调了几个要点，讲述后在教室里做了示范。

四

回回营辛福田家像过年一样，专门找了妇联会几个帮手，一面收拾房子一面拆洗铺盖。辛福田妻子对杜鹃说："马政委在外地工作差不多有半年了，这屋子没人住，返潮了，大冬天的多冷啊，你们看怎么办？"

杜鹃说："妗子，你别着急，前些天装修牌楼，还剩下一些白灰，我把它提来，今天撒上，明天扫净，地就干了；我再抱捆树枝烧烧炕，赶走潮气不就行了吗？"杜鹃说着就往外走，刚到大门限又回头问道，"妗子，原来床上是不是只有一床铺盖？"

辛福田妻子说："是啊，我又加了个压风被！"

"不对！"杜鹃一脚在门外，一脚在门里，耍了个鬼脸嬉笑着说道，"政委的妻子孔玉彬大姐也来啦，不是在朱合村住着吗？早晚还不过来？"

辛福田妻子拍着大腿说道："哎吆吆！可不是嘛，看我这鲤鱼脑子，打个挺就忘事。"

妇联会新人李二丫急忙说道："我刚嫁到回回营不久，婆家、娘家做了五床被褥，我赶紧回家拿一套新的。"

辛福田刚进大门听见李二丫的表态，很受感动，竖起大拇指赞扬道："二婶子不愧是老区大留镇来的人，就是觉悟高，将来肯定是儿孙满堂。"他在村里辈分小，跟别人开玩笑没人怪罪，院子里的人都哈哈大笑起来。

五

马志新和孔玉彬在古尔邦节的前一天傍晚来到房东辛福田家，刚刚迈进门槛，辛福田和妻子就迎了上来。孔玉彬拉着福田妻子的手说道："嫂子，我叫孔玉彬，很早以前就知道你们家是堡垒户，见到你们俩很高兴。"

福田妻子接过背包说道："可别见外，马政委是老熟人，跟亲兄弟一样，到这里就是到家了，甭客气！"

当四人进到卧室时，马志新惊奇地问道："这屋子又重新装修了吧，怎么像新房啊！"

"这不是新娘子来了吗？"福田妻子歪着头看着孔玉彬说道，"其实只是刷刷墙、糊糊窗户、换换铺盖。听说你俩在唐县结婚十天就分开了，我是想让你们把蜜月补上！"

话音未落，四人都笑了起来。

房间北墙山上用红纸书写的大杜瓦宜十分显眼，两边花架上摆放着两个景泰蓝花瓶，带铜梁提手的大茶壶和兰花瓷碗放在八仙桌中央，另加一个时髦的竹套暖瓶，盆架上有全套的洗漱用品，床上是崭新的被褥。马志新看到这一切很是激动，嘴里发出"啧啧"的赞叹声，一时找不到更贴切的语言表达自己的谢意。孔玉彬说道："我们结婚就是在办公室里对上两张单人床，二人的铺盖卷往床上一铺就得了，这屋子的条件比唐县强百倍，可真像个地地道道的洞房了！"

马志新拍着辛福田的肩膀说道："谢谢二位，你们想得太周到了，我们永远不会忘记这一天。"

辛福田开玩笑地说："听说你们俩在唐县工作时是因为唱《二月里来》

认识的,我看明天应该出个节目,给官兵们提提士气。"

马志新说:"我们这点秘密瞒不过你,是有出节目的打算,现在提倡官兵打成一片,这也是个机会。顺便问一下,附近村子有没有戏班子乐队啊?"

"有啊!"辛福田说,"史各庄有个河北梆子剧团,打鼓的、拉琴的都很齐全,我跟他们很熟,明天我请他们来个人一起商量一下。"

马志新频频点头。

六

12月8日上午10点,回回营清真寺大殿里和院子里人头攒动,人们满面笑容,热情地互相招呼,亲朋好友热闹地交谈着。被日寇烧掉的大寺又重新修复,雕梁画栋的大殿精美而壮丽,地上铺满了暄腾的条褥以代替苇席。门外的牌楼也焕然一新,上边题有"达天遵路"四个金光闪闪的大字。哈阿訇带领四个海里发以及广大穆斯林从东门列队穿过大院,走进大厅,站在讲台前集体咏念泰斯米①后,哈阿訇开始讲沃尔兹:

> 今天是一个特殊的日子,大清河回民支队指战员和我们老百姓一起欢度古尔邦节,我们感到无比光荣。这支英雄部队几年来立下很多战功,有些朵斯蒂牺牲在战场上,我们永远怀念他们。
>
> 伊斯兰教有三大节日,第一是开斋节,每年伊斯兰历9月份即是斋月(阿语叫拉马丹),在这个月里,穆斯林白天禁食、禁饮水,太阳西沉后才可用餐。这项规定的积极意义,很显然是让富人体会一下穷人挨饿的滋味。人们要承担大任,就要像孟子说的"必先苦其心志,劳其筋骨,饿其体肤,空乏其身……"坚持斋月把斋,是身体力行的机会。斋月一过,就是伊斯兰历的10月1日,这一天就

---

① 泰斯米:阿拉伯语音译,意为"诵真主之名",内容为"奉至仁至慈真主之名"。

是开斋日，阿拉伯语叫"尔代节"，人们在洗礼后穿上新衣，到清真寺参加聚礼，接着上坟祭祀祖先，走亲访友。还有一项更重要的教规是提倡施舍，救济生活有困难的人。

第二是古尔邦节，也叫宰牲节，一般是在开斋节后的第七十天，是纪念圣人易卜拉欣义举的节日。节前人们把绵羊准备好，节日的清晨牵到清真寺请阿訇宰牲，羊肉除了自用外，其余部分赠给亲友或穷人。"古尔邦"的含义就是为信仰献身和牺牲，圣训说："爱国是伊斯兰教信仰的一部分。"抗日是抵御入侵之敌、挽救国家危亡的正义行动，面对穷凶极恶的日寇及其走狗，在斗争中就会有牺牲，这种牺牲换来的是国家的独立、民族的解放，是值得的。抗日的一切行动，都符合伊斯兰教义。我是孟村人，那里有个渤海回民支队，它和冀中回民支队、大清河回民支队一样，都是为中华民族而战斗的部队。就我所知，冀中一带绝大部分清真寺都站在抗战一边，成了名副其实的抗战堡垒，这是我们回回民族的骄傲。

第三是圣纪节，圣人穆罕默德生于公元571年，卒于632年，他的生辰和归真都在伊斯兰历3月12日这一天。每逢圣纪日清真寺都组织活动，颂扬圣人的伟大事迹。

利用这个神圣的讲堂，我再讲几个古代伊斯兰保家卫国的故事……

哈阿訇讲完沃尔兹开始领拜，祈祷结束后，信教群众走到阿訇面前行拿手礼①，念赞圣词②。

中午聚餐时人更多了，当村的回民和附近村庄的汉族军烈属、村干部及群众代表也被邀请参加，主持聚餐的乡老们把清炖羊肉和厚厚的油香分发给

---

① 拿手礼：穆斯林热情相见或重要节日聚礼后向阿訇和老者祝贺的一种礼节。其动作类似握手，行拿手礼时念赞圣词。

② 赞圣词：主啊！求你赐福穆罕默德及其亲属，正如你曾赐福易卜拉欣及其亲属一样……

群众。在这个艰苦的战争年代,人们能够美餐一顿确属不易,所以场面热烈,一片民族团结的和谐气氛。

七

傍晚,朱合村小树林里的简易舞台已经搭建完成,用苇席将三面围起,中间用席子隔成上下门,分出前后台。正面朝南,上挂横幅"军民联欢大会",幕布是用床单临时缝制的,下边坠上砖头,可用绳子拉向两侧,开闭自如。竹篙上挂起两盏汽灯,照得周围如同白昼。军烈属坐在前排,部队自带马扎,统一坐在中央,各村百姓围在四周。在抗战的岁月里,搭台联欢、表演节目之类,对于人们已是久违的事情了,所以,十里八乡的人们都赶来瞧热闹。

部队入场后,各连队立即拉起歌来,连长们都站在自己队伍的前排,双手在空中比画指挥着,高声喊着,不停地向兄弟连队挑战,抗战歌曲唱了一首又一首。

报幕人是口齿伶俐的孔新同志,他一身戎装,打着紧紧的绑腿,军帽上闪着红星,神采奕奕,一举手一投足都透着精干。

"同志们,老乡们!"孔新停顿片刻,一双大眼睛扫视着整个会场,聊天嬉闹的人们很快安静下来,"今天是个好日子,应该说是双喜临门,第一,喜逢伊斯兰教古尔邦节,上午清真寺举行了隆重的庆祝仪式;第二,分区之前批准了回民大队晋升为回民支队,马志新同志仍然担任支队长兼政委……"话音未落,全场响起了热烈的掌声。

他接着讲道,"回想回民支队走过的历程,每一个进步,都离不开广大群众的支持和奉献,在这里我代表回民支队全体指战员,向乡亲们表示衷心的感谢,并致以崇高的敬意。

"今天全体指战员和广大人民群众召开'军民联欢大会',这是部队组建后的第一次,希望大家遵守大会纪律,听从指挥,防止敌对势力的破坏和捣乱,齐心协力把联欢会开好。

"第一个节目是大合唱《冀中回民支队队歌》，指挥李泽生，手风琴伴奏韩德明。"

> 抗日火焰燃烧在大平原，
> 伊斯兰的教胞们挥起战斗的臂膀，
> 在共产党的爱护培养下，
> 组织起自己的武装。
> 高举起鲜明的少数民族的旗帜，
> 发挥勇敢善战的优良传统，
> 我们誓为民族的自由，
> 中华民族的解放，
> 永远跟着共产党！
> 直到最后的胜利，
> 直到敌人的灭亡。

韩德明激情的伴奏，加上李泽生热情奔放的指挥，让台下的全体指战员鼓足了劲头儿，激昂地唱出了心声。前半部是合唱，后半部是二部轮唱，歌声慷慨激昂，铿锵有力，节奏鲜明，震撼了整个会场。大部分汉族同胞还是第一次听到这首回族合唱进行曲，从歌声中感受到了一种不同寻常的力量。朱合村村长竖着大拇指说："这支队伍不简单，能打胜仗能种地，唱歌也这么带劲儿，了不起啊！"

孔新走到前台报幕："下一个节目是《兄妹开荒》，由我们马政委和夫人孔玉彬同志演出……"全场气氛立马活跃起来，激动的战士和群众像突然开启的放水闸门，鼓掌声、呐喊声混成一片。孔新举起双手用力往下压，示意观众尽快静下来，但仍不奏效。他灵机一动，喊道："这中间还有故事要跟大家透露，各位想不想听啊？"

观众大声喊："想听——"

孔新说道："马政委和孔玉彬同志在老区唐县工作时都参加了八路军宣传队，他俩因同台演唱歌曲《二月里来》而相识，后来结为夫妻。结婚后十天，马政委就调到文新回民中队任职，一年后孔玉彬同志才调到这里工作。二人刚刚重逢五天，他们为了支持群众文艺活动，抓紧排练了《兄妹开荒》。

"《兄妹开荒》是一出表现解放区大生产运动的秧歌剧，毛主席曾在延安黄土飞扬的大风中坐在长板凳上观看，被逗得哈哈大笑。《兄妹开荒》不仅轰动了陕北，也轰动了全国。下面请大家热烈鼓掌，欢迎二位表演。伴奏，史各庄河北梆子剧团乐队。"

大幕拉开，板胡高亢嘹亮，横笛浑厚悠扬。王小二和妹妹一身陕北农民打扮，一个肩扛锄头，一个肩扛镐头，随着音乐、鼓点扭着秧歌上场。台下战士们看到马政委可亲可爱的农民装扮，越发地活跃起来。二人看到台下还没静下来，干脆又绕场扭了两圈，人们开始屏住呼吸，听政委的第一句唱词：

  男：雄鸡雄鸡高呀么高声叫，

    叫得太阳红又红，

    身强力壮的小伙子，

  合：怎么能躺在热炕上做呀懒虫？

  男：扛起锄头上呀上山岗，

    站在高岗上……

二人表演秧歌剧对唱足有40分钟，台下不时地响起掌声，最后台前台后一起合唱：

  大家努力来加油，
  加紧生产不落后。
  咱们生有两只手，
  劳动起来样样有。
  男女老少一起干，
  咱们的生活就改善。
  边区的人民吃得好来穿得暖。
  丰衣足食，
  赶走侵略者呀，建设新中国。

台前台后的大合唱更加震撼，群情激昂。节目完毕大家兴致不减，请求马政委夫妇再唱一首，马志新和孔玉彬带领乐队多次走到台前行军礼谢幕，群众还是热情地不愿放过。孔新跑到台前解围，说道："下一个节目是一连、二连大合唱《二月里来》，请大家鼓掌欢迎。"

紧接着农业生产连又合唱了一首《军民大生产之歌》和《中国穆斯林进行曲》。

孔新走到台前介绍说："下面是三连自编自演的活报剧，名字叫《二杆子参军》。剧中马志新由三连连长金兴才扮演，二杆子由三连战士辛玉明本人扮演，妻子由妇联会主任马莲花扮演。"

这出活报剧表现了一段真实的故事：大围河农民辛玉明，人称二杆子，他们一家房无一间、地无一垄，几代人过着烟心的日子。后来租了一间门脸，以卖牛肉为生。一个叫唐三儿的地主经常买肉赊账，辛玉明讨账时，反而被辱骂记了花账。辛不满地主仗势欺人，拔刀抗争，唐三儿勾结文安伪警察局将辛投入监狱，辛玉明夜间越狱逃亡，跑到易县山区当了土匪，经常出来打劫。后来经亲戚朋友规劝，洗手不干回到了家乡。一天，夫妻吵起架来，妻子说丈夫没出息，丈夫恼羞成怒，抄起鸡毛掸子追打妻子到了场院里。妻子的惨叫声招来众人围观，马志新正从这里路过，听说后立即来到辛家。当辛玉明说了事情的来龙去脉后，马志新决定动员辛玉明参加回民大队。后来，辛玉明在部队当上了机枪手，作战勇敢，被评为模范战士。

活报剧演得有声有色，人们看后很受感动。孔新走到辛玉明身旁，拍了拍他的肩膀说道："好样的，真有勇气，你们给大家上了一堂生动的政治课。"

辛玉明眼里滚着泪花，激动地说道："是共产党把我拉回了正路，马政委是我的救命恩人，我一辈子也不会忘记！"

台上台下又响起了经久不息的掌声。

孔新接着报幕："最后一个节目是西河大鼓《贺龙部队下太行·抗日平叛》，由多种经营连河间门市部经理哈文举自编自演。哈文举曾拜文安小齐观村西河大鼓创始人朱化麟（艺名朱大官）为师，伴奏助兴的是朱大官的二少爷——琴师朱孝纯先生，让我们欢迎他们的精彩表演。"

珍珠落玉盘似的琴声伴随着一板一眼的鼓声、犁片声，一下子抓住了听众的神经。

道白：话说文新县在抗战时期出了一个汉奸柴恩波，他是东羊疃村人，一副长驴脸、大嘴叉子，说话瓮声瓮气，脾气很犟。虽然出身贫寒，但自幼不务正业、游手好闲，酷爱舞枪弄棒，因心狠手辣，称王称霸，实在招乡亲们愤恨和讨厌。

"七七事变"后，柴恩波几经辗转参加了地主武装——新镇保安总队，在日军占领新镇前夕，他曾有抗战立功表现，后被八路军改编为独立二支队，兵力很快发展到3000余人。民国二十八年春节过后，独立二支队奉命调肃宁进行整训，在反动势力鼓动、策划下，柴恩波从私利出发，公然抗拒军区命令，并逮捕八路军派到部队的政治工作人员作为人质，以此要挟冀中军区。后来有些人质被直接出卖给了日寇，当作他投降日寇和当汉奸的见面礼。

柴恩波的叛变使灾难沉重的文新县人民雪上加霜，对敌斗争的形势更加严酷。军区得到消息后，及时向八路军一二〇师做了汇报，贺龙师长下决心派三五八旅会同地方部队进行平叛，一场平叛战役就在文新县大地上打响了！

请听西河大鼓《贺龙部队下太行·抗日平叛》：

说贺龙来唱贺龙，

贺老总英雄事迹传美名。

表的是，两把菜刀闹革命，

组织农民建武装，讨袁护国显神通。

国内革命风云涌，

北伐征战立奇功。

"四一二"事变，革命低潮转，

他擦净血迹毅然昂首往前行。

高级将领加入了中国共产党,
如虎添翼,追求光明献忠诚。
南昌起义,第一枪打响,
八一风暴卷疆闼。
屈指可数长征二万五千里,
延安宝塔闪烁着耀眼光明。

日寇铁蹄踏进华北,
他带领一二〇师东渡黄河踏征程。
日寇耀武扬威不可一世,
雁门关大捷,让鬼子吃了个闭门羹。
忻州之战鬼子望而却步,
晋西北九县连成一片红。
贺老总伫立太行往东瞭望,
祖国的大好河山在心中澎湃汹涌。
母亲的怀抱哪容铁蹄来践踏,
失地不收,骁勇的心永远不平。
他看到,平原上奸淫烧杀硝烟四起,
哪能让野兽撒欢儿伤害百姓,猎人出手绝不留情。
鬼子扬言要重创八路军主力,
日伪军狼狈为奸,蠢蠢欲动。
贺老总对敌情了如指掌,
交火后主动后撤,步步为营。
在河间齐会村摆下战场,
司令部开赴前沿指挥若定。
吉田大队没有顾忌,大摇大摆钻进铁桶,
关门打狗,人哭马叫乱了阵营。
八百日军死伤七百,

第十三章　军民大联欢

吉田大佐灰溜溜逃回保定城。
贺龙下山来，平原第一仗，
凯歌高奏，齐会之战震撼全国，给后人留下美名。

司令部收拾行装准备转移到山区灵寿，
忽报新镇、文安又出险情。
冀中二支队要调肃宁后方去整训，
司令柴恩波抗拒命令拒不执行。
日寇派员竭力拉拢，
高官厚禄蒙住了眼睛。
转天来，柴恩波被任命为剿共司令，
这孽种从放荡到归顺，倒头来最终反水，彰显原形。
叛军出卖了六名党的工作者，
向日军献媚，表示铁杆效忠。
政委张毅忱连夜到军区汇报，
领导态度坚定，立即平叛，绝不留情。
文新人民为之奋斗的大好形势付之东流，
消灭柴匪是抗日军民的一致心声。
吕正操司令邀请一二〇师给予支援，
贺老总派三五八旅带头出征。
柴匪总部在留镇一带被团团包围，
匪军像装死的刺猬躲到暗处按兵不动。
三五八旅发动宣传攻势向敌人喊话，
部分敌军认清形势纷纷投诚。
柴恩波的侄子当机立断、大义灭亲，
柴枫带一连人马反戈一击荣立战功。
剩下的武装变成反革命死党，
仍然龟缩一团窥测方向妄想突营。

绑架百姓是敌人的阴谋诡计，
我军秋毫无犯，心像明镜。
三五八旅采取三面围剿，
只留西北口给敌军放行。
地方部队佯装退却，
终将敌军引蛇出洞。
八路军在小白河设防，
口袋收紧捉蛇在瓮中。
有一股死党往东逃窜，
据守文安城决一雌雄。
贺炳炎旅长打出信号弹，
巷战一直打到拂晓黎明。
剿匪大捷震撼了整个文新县，
抗日形势如日东升。
当地百姓纷纷慰劳自己的部队，
战士们殷切谢绝，频频祝百姓四海升平。
群众含泪和亲人话别，再送一程，
了不起啊！他们都是操湘赣口音的长征老英雄。
首长站在高台上向乡亲们频频挥手，
等打败了日本鬼儿，再回文新大地共庆太平。
刚刚唱完一个小段儿，
千言万语也诉不完八路军、共产党的似海恩情。

演唱道出了文新县人民的心声，征服了台下的观众，人们不断地鼓掌呐喊，要求再来一段，哈文举拉着朱孝纯走到台前多次谢幕，人们高涨的情绪仍然不减。

军民联欢大会在《团结就是力量》的高亢歌声中闭幕。

第十四章　劫难见真情

一

1944年春夏之交，天气突然变暖，乡亲们脱掉厚厚的空心棉袄和缅裆裤，换上了粗布单衣。人们的心情也像身体解除了漫长冬季的禁锢一样，暂时感到了一阵轻松自在。马志新和党委一班人也换上新便装，从回回营出发，绕过龙华镇，向任丘县八方村回民支队三连新驻地走去。

冀中平原一片翠绿，大洼的麦子长势喜人，温暖的西南风徐徐吹过，含苞待放的小麦像海浪一样不停地翻滚着。如果能逃过被日伪军强收的厄运，整个冀中大地将迎来一个丰收年。一群群妇女领着孩子、扛着篮子，在田埂上剜野菜，什么老鸹筋、苦苦麻、马齿苋，都是充饥的时令菜。在青黄不接的季节里，棒子面掺上野菜打烀饼、蒸菜团子、熬菜粥，都是这里祖祖辈辈的穷苦农民各季不可或缺的东西，所以对能够填满肚子的各种野菜再熟悉不过了。在这兵荒马乱的年代，给全家挖野菜充饥更是各家主妇必须操持的事情。

大家正往前走着，郭冀中参谋长问李河主任："你对野菜也很熟悉吧？"

"是啊！"李河顺口答道。

郭冀中突然蹲下，很认真地拔了一颗野菜，递给李河："你看这是什么野菜，能吃吗？怎么个做法？"

李河不假思索地说道："这是野扫帚苗。挖回家后，先掐下它的尖儿，洗净控水，然后切碎与棒子面和在一起，要一边沥水一边搅拌，等到半湿不干时，撒上少许细盐，放在锅里蒸两袋烟的工夫，就可以食用了。当地人都叫小饽饽，进食时撒上一点蒜末，味道就更好了。"

金树江书记感慨地说："农村和贫苦农民的这点事儿，什么也瞒不过李河。他年轻时给地主扛活，什么累活都干过，什么苦都吃过。将来打败了日本鬼子，分了土地，李河肯定是庄稼地里的好把式，说不定还能当上农业专家呢！"

马志新回头看了看金树江，伸出大拇指表示赞同。

二

一个月前，回民支队接到从天津传来的信件，要求落实马玉槐主任上一年提出的关于筹建天津回民游击队的指示。支队党委决定，从三连抽调人员去完成这个任务。根据支队部署，三连整个连队拉到任丘县八方村接受训练。这里是老根据地，既安全又不易走漏风声。党委一班人到达后，连指导员马书玉作了详细的汇报：

文安县西南隅有一条古洋河，也是与任丘县之间的界河，文安四区地处界河以东。当年初，县大队会同三十八区队和二十四团一起端掉了大留镇周围多个岗楼和据点，不久又与彻底解放的三区、二区连成了一片，迫使日伪军主力部队龟缩在新镇和文安县城内。汉奸柴恩波自失去了大片地盘，就一直怀恨在心。县委一直提醒各级干部，要提高警惕，谨防敌人狗急跳墙，伺机反扑。

三连进驻八方村就好像到了老解放区，一切工作顺风顺水。大家白天练兵，晚间上政治课，忙得不亦乐乎。战士们士气高涨，斗志昂扬，纷纷要求参加天津战斗，只等支队领导下达命令。

李河在干部会议上宣布了抽调名单，共50人，由马书玉带队，择日启程。三连指导员由杨春圃兼任，仍然和连长金兴才做搭档；一连任命刘宝伦为指导员，其他各连领导没有变动。李河希望大家能做好各项交接工作，让走的放心，留的安心。

马志新最后嘱咐道："今天看到三连官兵精气神十足，真是可喜可贺。人总是要有一点精神的，这样才能办成大事。被抽调的人，肩上的担子更重了，因为你们不仅代表三连，也代表整个大清河回民支队。尤其是在农村长大的同志，对城市生活还不熟悉，更应该按照三大纪律、八项注意严格要求自己，做一个合格的城市卫士，绝不能给部队丢脸。另外，你们到达天津北郊后，要及时和先期到达的房玉玲同志取得联系，开展活动要请示马玉槐和干一同志，大政方针由马主任来定，我们应该不折不扣地贯彻执行。为防止游击队名称混淆，原文新回民大队和九分区回民支队统一改为大清河回民支队。经与天津联系，准备建立的部队叫天津回民游击队，仍由原单位领导，同时接受天津城工部的指挥和协调。为了减轻城市负担，后勤维持原来的渠道不变。另请随军的金阿訇也一同前往，帮助战士们适应那里的宗教生活。希望大家遵守党的纪律和部队的各项规定，尽快适应城市郊区的战斗生活，早日站稳脚跟。"

连长金兴才插言道："我们三连一共118人，调走了50人，发生的缺员怎么补充？"

金树江站起身来说道："马政委已有考虑，经与河间县委联系，准备派孔新、白纯到果子洼招收40人，再从其他连队抽调一部分。你放心，冀中各回民集聚区要求参军的青年人很多，补充几十人不成问题。"他停顿片刻又说道，"据说二十四团在大留镇驻防，三十八区队在靳村驻防。我建议今晚派张积文和兄弟部队取得联系，一是看看走哪条路更安全，二是如果发生突发事件各部队也有个相互照应。"

马志新一边点头一边说："好主意！不过张积文对这一带的情况不是很熟悉，最好加上陈文会，二人一起去，把情况摸清楚。今天下午还要派胡景祥直接去天津，早一天和房玉玲接上头。马书玉等50人的行动时间不能再拖延了，明天晚上务必开拔，早一天，就能主动一天。"

三

当晚，大留镇保甲长刘以庄在家正与村支书李成书讨论村里的支前工作，突然陈文会等二人走进了大厅。双方寒暄后，陈文会说明来意，李成书首先搭话："年初，四区获得了解放，这一带老百姓无不拍手称快。上级为了巩固来之不易的胜利成果，派二十四团、三十八区队分别常驻大留镇和靳村。半年过去了，这里的形势很稳定，不但日本人和汉奸见不到了，就是地痞流氓也收敛了不少。十天前二十四团和三十八区队调防，离开了四区，肯定另有任务。县委书记一班人在此地开了三天会，昨个儿转移到了二区孙氏镇。你们这次来得不巧，抗战组织的头面人物，一个也找不到。"

刘以庄补充说："现在只有县大队的两个连在石桥村常驻，距离你们驻的八方村只有五六里路。顺便告诉你俩，我丈人家是八方村的老住户，部队有什么需要我办的事，千万不要客气。"

李成书担忧地说："我们这里成了红区确实让人高兴，但也担着风险。柴恩波这个怪物心狠手辣，不是好鸟儿，说不定什么时候就会报复我们。请给马政委捎个口信，看看能否请回民支队来大留镇常驻，哪怕是一两个连也好，这样我们就有了主心骨。"

陈文会说道："李支书的话我们都听明白了，回去一定汇报。马政委对大留镇还是很有感情的，几年来这里就是他的第二故乡，李泽生家就是我们的避风港。"

刘以庄亲切地说道："泽生家是我的邻居，他们开的饭馆就在隔壁儿。我们到那里吃个便餐，然后就住在他家西厢房，明天再返回八方村会更安全。"

四

万万没有想到，第二天清晨，天刚蒙蒙亮，大留镇周边从远到近突然响起了急促的枪声。惊醒的村民立即从炕上爬起来，但大家明白已经来不及逃走了，就只好躲在家里，等待街上传来的消息。刘以庄和李成书不约而同地快步走到李泽生家，四人聚在西厢房商量对策。

陈文会惊奇地说："听枪声像是日伪军进村扫荡来了，纯粹是敌人单方面打枪，带有侦查性质。跟李成书大哥估计的一样，柴恩波要报复当地的军民。"

"就目前情况看，敌人应该是很有来头，"李成书说，"估计是奔着县委领导一班人来的。天亮后如果日伪军发现扑了空，肯定会拿老百姓撒气，今天大留镇的日子不好过，不知会出现什么惨事。长话短说，我建议小陈和小张同志马上回石桥和八方村，给县大队和回民支队捎信求助，让他们今天上午务必赶来支援，不然后果不堪设想！"

陈文会点点头，一会儿又开始摇头……

李成书看出了二人的心思，信心十足地说道："我领你们从这个屋子的立柜后边下地道，地道直通村外霍村大道，走出王家坟柴火垛出口，往西就是小务村。这是最安全、最便捷的一条通道……"

"你打算怎么回来？"刘以庄关切地问，"一个人钻地道最怕迷路，要注意安全。"

李成书笑着说道："这一带的地道是我和李泽生负责挖掘的，每个洞眼儿我都熟悉，一只手电筒就能把事情办妥。你放心，送走他们两个人以后，我穿过西街地道就能到华恒居关帝庙，再拐过去就是我家，门口大槐树旁棒子秸垛底下就是出口。"

五

柴恩波带领一个营的兵力包围了大留镇，这是他预谋已久的行动。现在，他在护兵的簇拥下，匆匆到了村南玉皇阁东院，在高跷会练功房里召开会议。柴恩波坐在太师椅上，环视全屋后，问身旁的葛副官："韩琪和王四儿来了没有？"

葛盛才是新镇保安总队的副官，没等葛副官搭话，韩、王二人就快步走到柴恩波面前，深深鞠躬后，韩琪抢先说道："据夏树凯队长和我俩了解，共匪县委书记孟秋舫、县委组织部长闵长城、县大队政委马得骏等11人一直在大留镇开会，只要把各路口把死，这11个共匪就插翅难逃。"

葛副官对二人的表态不屑一顾，轻蔑地问道："你们总跟总司令吹牛说大话，耽误了军情你们负得起责任吗？我问你，第一，11个共匪你们都认识吗？乔装打扮藏在人群里能否挑出来？第二，大留镇有地道网，钻进地道你往哪里去找？我提醒总司令，千万别听这帮人瞎叨叨，以免给忽悠了，周围人会笑话我们。应该有个思想准备，多做几种打算才是，省得被动。"

柴恩波眨了眨眼，若有所思地说道："韩琪、王四儿，自从你们跟夏树凯反水到我们这边，我柴某就没有亏待过你们。就说你们俩吧，我已经在新镇县政府里给你俩安排了官职，希望你们办事牢靠点。今天我们搞这么大的动作，为了什么？共匪县委和四区区委太欺负人了，几十个岗楼和据点，几周之内全部给我们端掉了，我怎么向皇军交代！在座的各位连长、排长你们听着，今天就算抓不到这帮共匪，也得想办法给大留镇一点颜色看看，不然这口窝囊气总会憋在心里！"停顿片刻，柴恩波又激动地站起来说道，"第一，就是挨家挨户搜查，看看共匪是否藏在百姓家里，如果查出来，就连带窝藏的人家一起斩草除根。各家搜完后统统把人赶到西场院，由我训话。第二，找个地道口，押解民夫挖坑掏洞，再用人力鼓风机将烧着的柴火烟尘吹进地道。如果熏不出人来，就逼迫村民下去找，找不到就……"

没等柴恩波把话说完，葛副官急忙插言道："总司令啊，下面的话您就甭说了，具体事由我们来办。我提醒各位，当前大留镇一带的地道，即便你挖通了，烟熏也是白费劲。夏队长说过，改造后的地道，都有翻眼和迷宫，不但烟尘鼓不进去，就是放水灌也无济于事。干那些傻事白耽误工夫，不如直接抓人、挖坑、下狠手……"

突然，练功房的大门被推开了，两个日本人急急忙忙地跑了进来，叽里咕噜地连说带比画，人们都莫名其妙地瞪眼傻看着。柴恩波和往常一样给葛副官使了个眼色，葛定了定神，张开双手做了一个往下摁的动作，表示让日本人慢慢道来。日本人放慢语速，又重复了一遍，葛这才听明白。

"他俩说，丢了一个皇军头头，"葛副官用手推了推鼻梁上的眼镜框，翻译道，"昨个儿有一位叫岗村的太君酒喝多了，他跟跟跄跄地坐上汽车后，就没有醒过来，昏昏沉沉地睡了一路。到大留镇村边一下车，他人就不见了。后来派人打着手电到各个场院里去搜，哪知道岗村在柴火垛里齁齁地睡着了，看起来一时醒不了，请问总司令这事怎么办？"

柴恩波一愣怔，贼亮的眼珠子打起转转，突然说道："我们进村后就说丢了一位皇军，十有八九是让人绑架了，让老百姓老老实实地交出来。如有好歹，拿大留镇试问！天不早了，事不宜迟，各连、各排要按照刚才的部署，马上行动，不得怠慢。"

日伪军托着上了刺刀的长枪，挨家挨户搜查，像狼似的吼叫着，逼迫乡亲们向西场院走去。人们低着头，只能用眼角的余光偷偷地扫视一下周围。有些受惊的孩子低声哭泣着，人们的心活像是被绳子吊起来一样，不知要遇到什么样的危险，还能不能活着回到自己的家？人在遇到险情和命运未卜时，脑子里一般是一片空白。乡亲们在无助的当下，只能听天由命了，多数人连怎样走出的家门、又是怎样来到了西场院都没有留下印象。

场院里有上百伪军荷枪实弹地围成一个大圆圈，乡亲们不知所措地站在圈外，谁也不知道伪军到底演的是哪一出。突然，一个黑胖子伪军冷不丁喊了一声："各位安静！安静！大伙儿听明白，你们现在不管站在什么位置，都要从北侧滑秸垛①一边排成一行，一个接一个进入大圈里，我们要检查里边是否混进了坏人。要规规矩矩地往里走，谁要捣乱不听指挥，当场处置！听

---

① 滑秸垛：小麦去了根儿，只剩麦秆和麦穗，用碌碡在场院里轧过，麦粒被脱掉，剩下的壳子叫麦糠，剩下的秸子很滑、很软，叫滑秸。滑秸垛成垛子，把顶子用泥抹起来，可长期保存。滑秸可以喂牛，也可以和在泥里用来抹房，或脱成土坯子用来垒墙。

明白了没有？现在开始！"

韩琪和王四儿站在两旁，眼睛死盯着每一个人，等上千人都一一进了包围圈，二人还是一无所获，垂头丧气地走到黑胖子身边嘀咕了几句。黑胖子就带领一个班的伪军走到人群里抓人，挑选的都是弱冠青年，凡是二十岁上下的男性，看中一个拽一个。有些人不知所措，挣崴着喊道："我们都是老实农民，抓我们做什么？"伪军们二话不说，扑上去就是一顿毒打，人群哭喊着乱成一团。黑胖子看势不妙，声嘶力竭地喊道："我们叫到谁，谁就得走。没有别的事，就是到村里挖坑打通地道，总司令要跟'八猴子'对话！"

不一会儿，就有21个青年被伪军带走。葛副官戴着眼镜打量一下人群，然后抬脚向一个高高的土坎走去。他心里明白，这次讨伐是柴司令听了韩琪、王四儿的情报决定的，目的是抓捕文新县共匪要员。现在已经真相大白，扑空的责任到底由谁来负已不重要，重要的是怎么样才能圆满收场，既要让柴司令痛快地出了这口气，又不能让他承担任何责任。在早晨的会议上柴司令已表明态度，能够从地下挖出共匪一班人最好，挖不出来，就将那21个青年给活埋了，也算柴司令报了大留镇的一箭之仇。

葛副官登上土坎儿，面向人群说道："今天要与大家开个村民大会，谈谈我们的来意。第一，请县保安总队柴司令讲话；第二，请皇军训话；第三，原来'八猴子'劫持的包运船有5吨海盐，我们要分给村民，以示慰劳。现在请柴司令讲话。"

柴恩波是个嘟噜脸、大嘴岔、大肚子、小细腿十分显眼，远处看去活像一只癞蛤蟆，连讲话都是瓮声瓮气的。此时他上身穿浅绿夹克衫，下身穿深绿大裤衩，头戴瓜皮帽，脚蹬高筒靴，神气十足。其实他出身贫寒，也曾打过日本，后来才反水投敌当了汉奸。自从投降鬼子后，他就开始霸占房屋和土地，还娶了三房太太，在冀中地区算是一个反面典型。四区的解放让老百姓从心里感到痛快，而最害怕的人是汉奸败类，他们明知末日不远了，还是要作垂死挣扎。

柴恩波心里挺失望，但还是硬着头皮，装出一副趾高气扬的派头走到了土台上。他假惺惺地向人群点了点头,然后说道:"乡亲们,你们受惊了!我这次到这里来,是要告诉大家一个消息。有人说皇军都走了,回日本了,这都是谣言,是胡说八道!你们看看这一排威风凛凛的皇军,不都活生生地站在这儿吗?还是那句老话,'八猴子'、土八路都长不了,你们不要被他们的宣传欺骗了。虽然我们半年前放弃了几个岗楼、据点,但那都是权宜之计,早晚还是要回来的。大东亚共荣圈才刚刚开始筹建,哪能就半途而废了?过去大家对我柴恩波有误解,我不计较,今天跟乡亲们见面就是要沟通一下。别的不说,就说最近发生的事情吧,皇军有一位军官在大留镇失踪了,肯定是被绑架了,我们大清早到这里来,就是为了寻找皇军,希望乡亲们提供线索,尽快把人交出来。这不是小事,万一皇军有个好歹,你们知道要承担什么后果吗?另外,共匪一班人在你们镇上开了几天会,到现在也没有离开这里,不是在哪一家藏着,就是下了地道。大家想想,一个好端端的大留镇,能让几个共匪给连累糟践了?我为乡亲们感到不值啊!如果在这里找不到他们,我们就只能挖地三尺了。到时把他们刨出来,乡亲们多没有面子啊!不管怎么说,你们中间有不少人和共匪相通,给他们一点颜色看看,也不冤枉。如果老实人受了牵连,那就不是我的错了……"

伪军在镇上翻腾了一个溜够,还是一无所获,在西场院里也未找到他们要找的人。柴恩波很恼火,他深知这次行动是轻信了韩琪、王四儿的话,不知一无所得会给他带来什么后果。此刻他灵机一动,就开始编造假话,把莫须有的罪名强加给了大留镇村民。这一番表演充分显示了柴恩波的处事哲学,能把黑的说成白的、把死的说成鲜活的,这也正是古今中外叛徒们的一贯嘴脸。

葛副官是柴司令的追随者、跟屁虫,无论走到哪里都会卖力捧场。待柴恩波唠叨完了,他快步向前,顺着柴恩波的意思做了一番帮腔和发挥,当然,更忘不了吹捧柴司令的英明……

西场院的大会还在继续……

六

21 名青年被伪军押解到了镇西北一个街口,一个高个伪营长命令他们用铁锹、洋镐就地挖坑。伪军因为害怕暴露真实意图,就安排了近 50 名伪军把住各个路口和胡同口,禁止百姓通行,而且把周围住家的大门也全部反锁上了。远处只能听到纷纷攘攘的责骂声,还不时夹杂着铁锹、洋镐的碰击声。一位老汉想到跟前儿看个究竟,也遭到了伪军的蛮横阻拦,被驱离现场。老汉不死心,硬是钻进附近的牛棚,从一个布满蜘蛛网的小窗户往外观看。虽然当时没有看出什么破绽,不过老汉心里清楚,这一段街区没有任何地道,日伪军在这里挖掘大坑,肯定还有什么别的目的。这帮白脖子到底中了什么魔?!

掘过硬土层,土便越挖越软,很快就挖了近两丈深,大量的泥土被用土篮子扛到洞边,堆积得老高老高,不小心就会崩塌下来。伪军营长突然喊了一嗓子,命令青年往侧面挖洞。青年们生怕和镇上的地道网打通,不约而同地放慢了速度,虽然把铁锹挥得叮当作响,却看不到多少泥土被扛上来。高个子伪军看出了端倪,站在坑口歇斯底里地呵斥道:"你们这帮狗日的,都是蠢货,纯粹是装蒜,如果你们故意拖延时间,我一会儿就拿机关枪把你们全部突突了!"青年们的怠工,把挖洞的进度拖延了好一阵子。

一个结巴壳子连长跑过来说道:"统……统……上……上来,我……我带人下去挖!我……我就不信……挖……挖不通地道!"结巴连长把人赶到地面上,自己带了 5 个人下了大坑。仅仅两三袋烟的工夫,结巴连长就煞有介事地喊道:"地……地道挖通了,等……等我喊话。洞里的八……八路军和游……游击队的官兵们,你……你们听着,现……现在走出地道,我保证你们的性……性命。如果执……执迷不悟,一定会被烟……烟尘熏死,让……让井水灌成水耗子……"

结巴连长带 5 人刚刚爬到坑沿,高个子营长便高声喊道:"所有挖大坑的人，统统下去，给地道里的人喊话，做工作，让他们尽快出来。如果哪个胆敢抗拒，当场枪毙！"21个青年谁也不肯下去，每个人都往后撑着，营长急了眼，一边往下推人一边喊："谁不下去，就地枪毙！"

青年们被推下坑底后，只听得见震耳的哨子声。地面上，50个伪军快速跑到坑边，抄起铁锹和水桶，填土的填土，泼水的泼水。青年们看势不好，拼命往上爬，边爬边喊："打倒汉奸卖国贼！""狗日的白脖子没有好下场！""打倒日本帝国主义！"匪兵们抄起砖头就往下边砸。爬到坑沿的青年被砖头砸晕了，手脚一松掉进坑底，反复几次，终于精疲力尽，无力反抗，21人迅速被泥土掩埋起来。

从牛棚向外偷窥的老汉终于憋不住了，踹开大门就往外跑，一边跑一边喊："活埋人了！活埋人了！乡亲们快来救人吧！快来救人吧！"一个日本兵追赶过去，冲着老汉就是一刺刀，眼看着老汉打了个趔趄就倒在了关帝庙旁边的老槐树底下，腰部鲜血直流。

就在老汉喊叫的时候，镇外突然响起了枪声。县大队和回民支队的救援部队从西南和西北两面围拢过来。他们勇猛冲杀，迅速接近事发街口。日伪军觉得无法抵挡，便匆匆集合，往东北方向逃窜。柴恩波和葛盛才将日本醉鬼硬拽到车上，一股烟似的逃奔文安方向。

老人苏醒后，不顾自己的生命安危，强忍着剧痛，重新爬向出事地点，并开始撕心裂肺地呼喊。村干部和乡亲们迅速赶到现场，发现满身血迹的老者正是老英雄王茂昭。人们刚把担架放在他身旁，老人便喊道："甭管我，快去刨人吧！"

李成书、王庄赶到现场后立即开始指挥抢救。

乡亲们都红了眼，却不知怎么下手。李成书急忙说道："还愣着干什么，下手刨吧！"大家开始用双手刨土，一寸一寸地把土往周边扒。附近住户吕傻子等人，从家里拿来了几把竹耙子，可以快速扒土而不会伤着人，扒土的速度加快了。住在大坑东边的王树田扛着自家一扇门奔跑过来，喊道："乡亲们千万别踩着被埋的人，赶快离开土坑，等我把门板横搭在坑边，蹬着门板再挖土，那就更安全了！"人们一听才恍然大悟，纷纷回家扛来门板，挖土速度更快了。

王庄善动脑筋，他围着大坑仔细观察了一圈儿，发现这种挖法达到一定深度时就无法作业了，必须另打主意。他对李成书说："看来还要用铁锹、洋镐，先往北挖一个大斜坡，第一，大坑的浮土很容易顺着斜坡搬运上去，被埋的人很快就露出来了；第二，受伤的人也好顺着斜坡往上抬。"

"好主意！"李成书点着头，"我马上组织人干。"

不一会儿，被埋的青年们都被扒了出来，个个都成了泥人。乡亲们轻轻地把伤者放到门板上，王树田抱着一摞被单走过来，嘴里嚷嚷着："给伤者盖上，注意保护眼睛。"

乡亲们四人抬一人，平平稳稳地把受伤的人送回了家。

在全村人的抢救和关照下，21名青年得以生还，避免了一场人间惨案。

原来，游击队在早晨听到大留镇被扫荡的消息后，紧急动员两股部队火速行动，马得骏和马志新亲自带领部队急行军赶到大留镇村西汇合。按照分工，县大队用两个连的兵力从两侧包围大留镇，重点是威慑柴恩波部队，解除村民压力。马志新和郭参谋长带领一个连的人马，直插刘富华村东隐蔽起来，准备伏击逃窜的日伪军。两支队伍各有侧重，又相互配合。

县大队的人到达吕家坟时，立即与伪军交上了火。开始是长枪瞄准射击，后用机枪扫射，敌人几乎没有思想准备，一边打一边往后退。县大队趁机吹响了冲锋号，穷追不舍，很快占领了整个村庄。

回民支队截击日伪军的炮火在胡屯一带打响，双方厮杀了一阵子，敌方伤亡较大。日伪军由于疲惫不堪，上面又下达了撤退的命令，多数人弃枪而逃。直至赵庄岗楼的伪军赶来接应，回民支队才停止了追击，打扫了战场后就收兵回府了。

马志新约马得骏政委一起去看望受伤的青年们。他们刚跨进刘小庆家门槛，就见刘以庄、李成书早已等候在那里。马志新对这些村干部都很熟悉，并向马得骏一一做了介绍。面对刘小庆，马志新说："这是保长刘以庄的大侄子,平日帮助游击队干了不少好事,每次大留镇派担架队,他都是第一个报名。"

马得骏政委说:"对不起各位,我和志新来晚了一步,让乡亲们受惊了。不知刘小庆伤势如何?"

"没有大碍,"刘小庆一边用手胡噜着头一边说道,"只是还有些头晕,其他没事了,感谢两位政委的关照。"

马得骏又问:"不知我当不当问,这活埋人可不是小事儿,怎么这么快⋯⋯"

话正说到半截,突然被两个推门而入的人打断了。李成书马上走上前去向两位政委介绍说:"这一位年轻人是本镇医疗所西医王金富大夫;这一位老大夫是靳村陈方舟先生,他是天津很有名气的中医医师,到老家探亲时听说大留镇出了事,立即跑过来参加救治。"李成书停顿片刻又补充说,"刚才马政委提出的问题我也有同样的疑问,就是人被活埋了,土都过顶了,怎么抢救得那么快,那么有效?"

中医陈方舟年轻时在大留镇中药铺当伙计,后来到天津深造。过了二十年工夫,他现在已经成为天津的著名中医专家,医术精湛,治愈了很多重大疑难病症。这次主动跑来大留镇参加救治伤员,是他高尚医德的一贯表现。他到现场走访后,开了几付汤药,各位伤员吃后明显好转,备受乡亲们称赞。

陈方舟听到政委有疑问,胸有成竹地做了解释。

人被活埋多是死于缺氧,如果被埋的人是直立或者蹲着,又纯粹是被泥土掩埋,两只手一定会本能地护着前胸,这样就留下了一个空间,心脏不会受到直接挤压,泥土又能透些空气,一般能坚持几个小时。如果整个身子被土和含水的泥浆所埋,不管是直立着还是蹲着、趴着,心脏肯定都会直接受压,再加上泥水无法通过空气,几分钟就会因缺氧窒息而死。

这次日伪军活埋人,地点距离水源较远,只能用土掩埋,虽然洒了一些水,但毕竟水量有限,加上青年人活力强,增加了存活率;再者,游击队包围村子非常迅速,敌人害怕被全部歼灭,又惧怕鏖战,拔腿就跑,给整个解救行动争取了时间；同时，老英雄的及时呼叫，村民们齐心协力的快速抢救，都缩短了被埋的时间。陈大夫到现场实地考察后，根据伤情，开的是补元气、安神和治惊吓的药，肯定能够起到积极的治疗作用。

在座的人赞许地点头致意。

王金富大夫补充说："老英雄经过抢救治疗，已无生命危险。21个受难者都有一些外伤，经消毒处理后，又敷了必要的膏剂，多有好转，请领导放心。"

房门又打开了，在村长王庄的带领下，大伙儿把乡亲们献出的白面、小米、鸡蛋等，挨门挨户送到各个受难的家庭。

马志新十分感慨地说道："大留镇乡亲们有难同当的精神，我一辈子也不会忘记。"

马得骏和马志新探望贫农受难者王老臭后刚一出门，李成书便劝说二位回部队休息，他俩不放心，一直坚持探望慰问了所有受难青年和家庭才回去。

为了保卫抗战胜利果实，县大队和回民支队商定，由县大队派两个连驻守大留镇，回民支队派部分指战员驻守靳村。三连已经确认抽调的50人，由指导员马书玉当晚带队启程赶赴天津。

第十五章　开辟新战场

一

马书玉带领的50人从文安靳村启程,当夜就赶赴天津。如果能顺利通过大清河苑口大桥,第二天就可以到达天津郊区。部队午夜时分到达南桥头,由于伪军戒备森严,无法过桥。马书玉当机立断,除他本人和排长刘英志、侦察员张积文留原地观察形势外,其他人员暂到四里外的苏桥镇清真寺休息等候。

第二天上午,张积文趸了二十几个早花西瓜,在桥头堡南面的大堤下摆摊儿叫卖,以此做掩护观察周围动静。伪军有四人在桥头执勤,每两个小时换岗一次,另有20人在百米以外临时搭建的小院里驻守。不一会儿,一个穿长衫、戴草帽的客人来到摊儿前问道:"掌柜的,西瓜多少钱一斤?"

"一块钱三斤,先生要多少?"张积文一边问一边仰头看了一下,发现客人不是别人,正是房玉岭。

房玉岭见周围没人,将张积文叫到大槐树后悄声问道:"一共来了多少人,在什么地方打尖?"

"第一批50人,全部在苏桥镇清真寺。"张积文同时很诧异地问道,"房老兄,怎么在这里碰上你呢?"张积文和房玉岭都是两间房子村的乡亲,常以兄弟相称。

房玉岭说道:"长话短说,马政委预料到你们在苑口村很难过桥,因为人数多，又有长短武器在身，行动不方便，派我来苑口接应。桥南岗楼由伪军柴恩波部把守，桥北由霸州黄金榜管辖。我们这些年跟黄达成了默契，彼此给个方便，我带着地方党组织的信找了黄金榜，他已通知桥头堡执勤人员，早晨过来时跟那边说好了，保证放行。桥南那几个执勤的要认真对付一下，绝不能栽在这些混蛋手里。"

张积文说："我赶紧把指导员他俩喊过来，一起商量一下。"说着用手捏住喉咙，学布谷鸟的叫声："嗑嗑、嗑咕！嗑嗑、嗑咕！"马书玉、刘英志二人听到暗号很快来到树下，指导员见到房玉岭喜出望外，知道他是遇事不惊、解决难题的能手，马上请教道："我们卡在这个坎上，你看怎么才能顺利过桥？"

房玉岭对这一带的环境和敌情很熟悉，三年前曾在这里拿下了苑口岗楼，击毙了恶贯满盈的王彪子团长，那惊险的一幕还时不时地在眼前闪动。时过境迁，旧的矛盾解决了，新的矛盾又会出现。

房玉岭成竹在胸，思考片刻后说道："甭着急，还是以卖西瓜当幌子，尽快把对方拿下。今天是苏桥镇大集，能否请指导员马上去清真寺，让部队都打扮成农民，把武器藏在麻袋里，用手推车或挑担的办法进行掩护，保证在中午12点随着散集人流赶到此地。"

马书玉急忙插言道："这50人的队伍大部分是从三连一排抽调的，刘英志是排长，还是让他去苏桥把队伍带过来，我跟你们在这里盯着。"马书玉说着把刘英志的右手轻轻拽过来让房玉岭看，继续说道，"上次白沟战役他伤了两个手指……"

刘英志笑着说："别人叫我'八根'我都答应，目前只是用不了手枪，打机关枪没有问题。"

房玉岭仔细看了看他受伤的手说道："你看，这么大的事我愣是不知道，真对不起英志同志！看来还很乐观。"

房玉岭做了详细布置，四人分头去做准备。

将近中午，刘英志走小路把队伍带到距离桥头堡不远的树林里待命。房玉岭和马书玉从队伍里挑选了六个人，紧跟在挑着两个西瓜筐的张积文后边一起往桥上走。伪军吃完午饭，刚刚换了岗，有的吸烟，有的闲聊，张积文走到岗楼前喊道："早花西瓜，仨子儿一块，先尝后买，不甜不要钱。"一个伪军走出亭子，眯缝着双眼晃晃悠悠地蹭过来，抄起一块便放在嘴里，一口就把红瓤吞了下去，将瓜皮往地上一摔，骂道："什么他妈的烂西瓜，一点儿也不甜，光是西瓜皮味，再给我换一块！"

张积文忍着怒火又拿了一块大的递过去，说道："老总，你吃东西也得嚼嚼、咂咂滋味，一口就咽下去，可不是光剩下西瓜皮味了？再给你一大块。"

几个伪军也跑过来凑热闹，都圪蹴在地上吃西瓜。一个农民走过去问道："老总快放行吧！我们是到苏桥赶集的，还急着往家赶路呢！"

一个小个子伪军摁着路杆骂道："你他妈的着什么急，等吃完西瓜还要对你们搜身检查呢！少废话，站旁边好生等着！"

房玉岭感到火候已到，马上给马书玉使了个眼色，众人立即动手把三个伪军摁在地上。管路杆的小个子伪军一愣怔，想撒腿跑，两个战士上前去抓，刚刚拽住上衣大襟，伪军迅速一跃从桥上跳了下去，小褂被扯得粉碎。马书玉立即掏出家伙什儿就要开枪，被房玉岭制止。马书玉说道："现在不打死他，一会儿从水里爬上岸来会去报信的！"

"枪声是最快的报信！人跑过去不是还需要一段时间吗？"房玉岭急切地说道，"事不宜迟，赶快组织战士过桥！四挺机枪断后，三个伪军押过桥去再做处置！"

当伪军20多人追到桥中央时，被强大的机枪火力阻击，死的死，跳河的跳河，没有一个人再敢追了。

二

房玉岭和马书玉带着小股部队当夜来到天齐庙与穆庄子村交界处，进了一个仓库的大院，院中的一堵墙垛子将大院分成南北两部分。业主马庆德特意委托王会计到现场做了精心安排，北院房间里的木板床都是新添置的，一套一明两暗的套间给领导干部使用,会议室安排在半地下。马书玉心想,天津郊区这个地方虽不像城区那样寸土寸金,但提供这么大的仓库给游击队驻防也实属不易。马书玉还发现仓库的地理位置也很奇特,西侧紧靠北运河大堤,东边是一个咸水沽苇塘,整个仓库坐落在丛林中,是一个十分隐蔽的地方。马书玉越想越纳闷,开门见山地问房玉岭:"马庆德是什么人?怎么有这么大的道行?"

"说来话长,这里边还有一段故事。"房玉岭不慌不忙地叙述道,"马庆德是静海人,民国二十六年、二十八年闹大水,几乎三年碌碡不翻身,家里仅有的一个食品摊也倒闭了,三天两头揭不开锅,他不得已辞别父母领着弟弟到天津讨饭。你知道,回民路窄,他们只能到西北角和穆庄子回民聚居区一带乞讨,晚上就住在北营门旱桥子底下,那里还有很多避风寒的穷苦百姓。一天傍晚,宝坻挑担理发的丛师傅突然晕倒,马庆德哥俩急忙跑过去,一个摸脉一个掐人中,旁边一位老者说道:'丛师傅没有病,他今天把手头上的钱都交给亲友带回老家了,晚饭没吃,纯粹是饿晕的。'马庆德恍然大悟,急忙把下午要来的一盆片儿汤搁到剃头挑子一头还有余热的炉子上热了热,随后送到丛师傅嘴边。不大一会儿,丛师傅精神恢复了,从此把马庆德哥俩收为自己的学徒。

"前年我陪干一同志到穆庄子搞社会调查,当时住在穆耙子家后院。一天马管家要理发,将挑担的师傅领进院内,我和干一同志也顺便剃了头。干一有个爱好,喜欢找老百姓聊天,讨论一下他们关心的问题。得知马庆德的身世后,二人聊了很久,干一问:'都说剃头挑子一头热,不知你的煤火炉子能烧开水吗?'

"马庆德说:'烧开水没问题,不过剃头用温水,最后要用凉水找齐儿。每天晚上收工后,如果炉内还有余火,我们就把锅换掉,接着煮面条或者熬粥。我感到挑担理发比在大街上讨饭是往前迈了一大步,名声也好听多了。'

"干一有感而发地说道:'我们北方挑着一头热理发的很常见,但南方用一头热去煮担担面,生意好得很啊!你把理发的一头热改为煮羊杂汤行不行?

如果炉子再大一点儿，加上烤烧饼，我看一定比剃头收入多。天津除了码头就是车站，天天都像赶集似的，有了热乎乎的可口饭不怕没人买。'

"马庆德是个非常聪明的小伙子，听了干一的一席话，如梦初醒，一双大眼睛一直紧盯着干一。我搭茬说道：'你就叫他干一叔叔吧，这位叔叔是个全科人，能耐可大哩，十年前就在定州研究农村教育和农业经济，今天你是找对师傅了。'

"马庆德往前迈了两步，腿一弓冷不丁跪在地上，我马上跑过去把他搀扶起来，说道：'使不得，你虽然年轻，但都是朋友，回回讲究穷帮穷，干一叔叔拿不起也贴钱送你，出主意帮助别人是平常事儿。不过烙烧饼是个技术活儿，外焦里嫩的烧饼才有回头客，可不能瞎攒，一锤子买卖我们不能做。'马庆德说：'我在本村初小毕业后，到老爸的烧饼铺里当过学徒，勤行买卖不憷头。'

"第三天，马庆德和弟弟用大煤油桶改造成煤球炉子坎在两轮车上，炉子底部还安装了手摇风葫芦，内火烤烧饼，外火煮羊杂汤，早上去车站，晚上赶码头，机动性很强，买卖十分兴旺，在天津卫这种大地方都是现钱交易，没有赊账那一说，买卖比乡村好做多了。

"去年我和李泽生陪马政委到天津解决海盐禁运，曾在尹保树引领下见到了当地皮货商穆祥铮。因为尹保树在西北军的舅舅曾解救过他，穆祥铮总有一种恩情未报的歉疚感，因而也积极参与了打破海盐禁运的行动：一是为杨柳镇酱菜厂十几吨海盐垫付了资金，二是把他经营多年的羊肠衣厂积存下来的海盐交给了游击队并转运给太行山上的八路军。在那次会见中，穆祥铮提到口外（张家口）有一位倒卖牛羊的萨老板要在天津郊区物色一个穆斯林屠宰场，穆祥铮愿意投资入股，但不愿直接经营，敬请在座的各位帮忙，这是有钱人追求的'多干善事，少干恶事'的一种净身思考。在马志新的斡旋下，把马庆德兄弟二人推到了关键位置上。"

马书玉追问道："这两个人可以信赖吗？"

房玉岭说："屠宰场的投资人是穆祥铮和萨老板，马庆德不过是一个管理人员。在几年的接触中我们看得出来，马庆德兄弟不是忘恩负义的人。再说，共产党人帮助穷人——也就是无产者,那是党的性质决定的,至于他们将来是否会变坏,需要时间的考验。干一、马志新同志救助两个穷困潦倒的青年,只能让我们在郊区的根扎得更深,增加了更多的群众基础,这是从实际出发得出的结论,绝不是书呆子的一时热忱。屠宰场开业后,马庆德和弟弟马庆山商量妥当,让弟弟报名参了军。"

"这么说,我们进驻的这个仓库,就是屠宰厂腾出来的吗?"

"可不是嘛,"房玉岭继续说道,"本来这次进城原打算驻扎在穆耙子家后院,因为人多又不是暂住,怕走漏风声,影响大局。正在踌躇之际,马庆德听说了,建议腾出仓库让自己的队伍进驻。一周前他就着手改造仓库,添置必要的用品用具。现在仓库达到了能居住、能开伙的条件,就是目前你看到的样子。原来大院没有隔墙,一半是羊圈,一半是屠宰场。按照教门的规矩,我们提出建议,存羊的羊圈要跟屠宰的地方有一定距离,不能让活羊看到同类被宰杀的现场,闻到同类的血腥味儿。如果出现那种情况,活羊就会掉泪,几天不吃不喝。你知道牛羊是不会乱伦而且是跪乳的动物,虽然都是人类的一道菜,但也不能虐待它们。因此屠宰场搬家了,羊圈还留在此地。因为部队要来,为避免羊粪招来苍蝇,决定将羊圈搬到北仓,目前仓库的另一半已经改为海盐储存仓库了。"

马书玉连连称赞道:"房玉岭大哥,过去我只知道你特别勇敢而且善于打仗,想不到肚里还有这么多学问呢!你讲的故事真生动,将来打败日伪军,中国人民获得解放,应该写成故事书给后人看!"

房玉岭微笑着摆手说道:"我可没那么多墨水儿,这不满半瓶子的知识,都是近几年跟干一和马志新同志学来的,人家的学问比咱们大多了!"

三

"大暑小暑,遍地开锄"的季节到了,高粱、棒子足有一人高。一场雨下过,杂草迫不及待地露出地面,农业连的战士钻到庄稼地里去锄草。这可是一件高强度的劳动,如果图凉快衣裳穿得少,胳膊腿都会被小锯齿一样的叶子刺儿刺伤;要是把褂子、裤子穿齐整,既潮又热的农田地里简直能把人蒸熟。

马志新带领党委及支队一班人穿着便装,戴上草帽,肩上搭着手巾,准备到垫子洼劳动。孔新给安排了两辆马车送到地头,金树江书记下车后严肃地对孔新说:"连长同志,以后不要让干部搞特殊化,我们也有两条腿,干吗还要派马车送呢?"

孔新辩解说:"我们开荒的这片地,距离朱合村和回回营七八里路,战士们4点起床,5点到地头,早饭送到地里吃,一上午要工作6个小时。领导干部吃完早饭才下地,走到地里就9点多了,中午11点收工,如果不套车来,中午恐怕都回不去。"

马志新觉得孔新的话在理,说道:"书记啊,你的严格要求是对的,这次是临时通知的,考虑不那么周到。今后再参加劳动,立个规矩就是了,干部和战士一起摸黑儿起床,也在地里吃早饭,官兵一致就没有特殊化了。"

孔新说:"这里有片菜地,今天大家就在菜地里锄草,大田庄稼就别进去了,钻进去不易出来,这样我们相互也有个照应。"

郭参谋长坚持说:"孔新,我们不是公子哥,干吗不去高粱地里练练手呢?"

孔新解释说:"高粱地都是960弓的长地头,一垄庄稼就是四亩。你的技术再熟练,一天也只能耪一垄。天气这么热,空气这样闷,半个小时不喝水都够呛。你进了高粱地,中午往哪里找你去,我们也得为首长负责。"

政治部李河主任是在庄稼地里摔打过的人,他插言道:"郭参谋长,你的精神可嘉,但做事要量力而行。你从小上学,后来参军当了参谋,几乎没干过农活,大伏天进960弓长地头的高粱地,别说是干活,就是走一趟,恐怕也坚持不下来。一会儿给你一把锄头在菜地里试试手,你能把菜苗和嫩草分清就不简单!"

书记金树江扛着两把锄头走过来对郭参谋长说道:"别当犟种了,给你一把锄,是骡子是马遛遛再说!"

李河拿着一件长把儿锄头在菜地里做示范,比画着说道:"前腿弓,后腿绷,深猫腰,睁眼睛,草死苗活地暄腾。锄草要练两个基本功,第一是猫腰,好把式半个小时不直腰,一般新手很难坚持三分钟;第二是巧妙地将贴近苗儿的杂草快速铲掉,又不能伤到新苗儿!这才叫技术。"

周围的人佩服地看着李河,频频点头。

青天黄地,万里无云,头上太阳烤,脚下大地蒸,不常在阳光底下干活的人,定会心慌难忍。半小时以后,陈佩到二里外的齐观井上去挑水。那是一眼深水井,不知曾救过多少人的性命,因为在这二十几里路的大洼里,这是唯一的一眼深井。陈佩生怕筲里的水晃荡出去,特意将很多苘麻叶撒在水面上,快步走到菜地,高声喊道:"同志们快来喝水,井拔凉水,透心凉,喝一瓢压压汗吧!"

大家都踊跃地围拢来,你一瓢我一瓢,坐在地上有说有笑地咕噜咕噜喝起来。孔新扫视了一下周围,发现郭参谋长没过来,就喊了两声,还是没人答应。孔新赶快跑到菜地里去找,发现郭参谋长直直地躺在地上,齁喽齁喽地大喘气。孔新蹲下问话,对方直摇头不言语。陈佩看到孔新没有及时回来,心想定有情况,也拔腿跑过去,他摸摸参谋长的心口和额头,说道:"不好,中暑加虚脱。"大家发现老郭出事了,都关心地走到身旁,问长问短。

陈佩沉稳地从帆布背兜里掏出一包白色颗粒物,拧开军壶盖,用壶里的热水稀释后,灌到老郭嘴里。一袋烟的工夫,郭参谋长睁开眼睛,长出一口气,接着坐起来,不好意思地说道:"对不起大伙,我太逞强了,想不到半个时辰就顶不住了,这次是真正体验到了干农活的辛苦。"

马志新问陈佩:"你给他吃了什么药?"

陈佩咧着嘴,慢条斯理地说道:"估计老郭早饭没吃好,又赶上在大伏天里干活,完全不适应,出汗太多引起虚脱。我哪儿有什么药啊,只是一包咸盐,别看这点儿不起眼的东西,到时候真能救命。老郭虽然精神恢复了,但还不算完,下一步要吃点东西。战士们的早饭还剩下两个白面卷子,我给裹上了一些咸菜,现在吃下去,还能接着干活!"

孔新从大车上取来一块大苫布,用竹竿支起四角,就是一个既通风又遮阳的凉棚。

马志新招招手,让大家在荫凉里就地坐下,说道:"大家歇一歇,喘口气,喝点水,抽袋烟。我们换个话题,让孔新把今年的麦收情况简单汇报一下。"

孔新如数家珍似的说道:"去年播种小麦400亩,共收获120石,接近12万斤,一部分上交分区和县大队,还给部分青黄不接的贫苦农民一些救济补贴,剩下的都存在仓库里。按照支队领导指示,平日吃粗粮,战时和农忙季节搭配些细粮。两个月前,三连部分指战员调到天津郊区执行任务,人数上可能还要增加,粮食调配一定要跟上,不能给天津增加负担。大家都看到了,垫子洼的大田庄稼长势很好,跟百草洼一样,如果今年不下特大暴雨和持续降雨,估计收成会更好。杨春圃同志曾建议,如果我们开荒500亩土地,也就是每人平均1亩地,就可以做到自给自足,这个目标年底就能够实现……"

马志新站起身来,掸掸身上的泥土,微笑着说道:"今年是抗日战争第七个年头,前些天孙氏镇的岗楼、大留镇的岗楼都被县大队和区小队拿下了,等于二区、三区、四区已经获得解放。现在日伪军正在向县城方向龟缩,正像毛主席说的:'我们的抗日形势正从相持阶段向反攻阶段转变。'我想,用不了多长时间,新镇和文安一定能回到人民的手中。当然,我们还要提高警惕,防止敌人狗急跳墙。"说到这里,马志新回头看了看郭参谋长,接着问道,"怎么样,好点了吧?"

郭参谋长站在政委旁边,恭敬地给大家行了个军礼,说道:"听了马政委的讲话和孔新的介绍,我从心底感到高兴。我来咱们部队将近两年了,其实在回民圈里我是少数民族,但是什么时候你们也没把我当成外人。去年我病倒了,大家争着抢着给我找医生,抓药、熬药。马政委更是把我当成亲兄弟,把小务村党支部书记找来交代说:'郭参谋长身体虚弱,又得了气喘病,请你在村里找个堡垒户给他住下,再请老中医田大夫给号号脉、诊一诊,吃几付中药，调节和静养一段时间。郭参谋长吃牛羊肉不习惯，你们想办法搞些新鲜猪肉，炖一炖，让他好生补一补。'虽然我拒绝离开部队去休养，但是，过了几天马政委又让李泽生同志从河间专门送来三只'九斤黄'老母鸡，部队为我开了三个月的小灶。我对大家无微不至的关怀深表感谢……"郭参谋长说到这里嗓子哽咽起来。

孔新急忙站起来说道："这话题太沉重了，换换气氛，唱支歌吧！"

郭参谋长把大襟抈起来擦了擦眼眶，声音有些颤抖地说道："去年年底军民联欢大会，我因为生病没参加，现在想利用这个机会补上这一课，唱段河北梆子吧！我把《翻身道情》改成河北梆子了，采用《桑园会》秋胡下山的调门儿，你们听听像不像。"

孔新开玩笑地说："文安、霸州人爱在高粱地里唱戏，今天我们挪到地头上，大庭广众下唱一段，也是一景，大家欢迎。"

  太阳升起（啊哎），
  满山红（啊哎），
  共产党救咱，翻了身（哪啊呃）。
  旧社会受苦人（啊），是人下人（哪），
  受欺压一层层（哪啊），是最低层（哪啊）。
  打下（那）粮食，地主夺走，
  咱受冻受饿，有谁来照应。
  毛主席领导咱，土地革命，
  为的是叫咱们，有吃又有穿（哪）。
  往年咱们的眼泪，直往肚里咽（哎），
  如今咱站起来，当家做主人。
  天下的农民是一家（啊），
  大家（那个）团结（呀么）闹翻身（哪）。

人们鼓着掌，赞扬说："梆子腔味道还真浓！"

郭参谋长刚唱完《翻身道情》，只见一辆马车在地头停下，陈文会从车上下来走到遮阴棚说道:"天津方面有封急信,请政委过目。"

马志新看过信后对大家说道:"我和陈文会马上去天津,请李河同志安排好三天劳动;文新县委有一个会议,三天后在北李村召开,请金树江同志代表我们支队按时到会。"

四

第二天,马志新刚到穆庄子仓库,米国勇就带领王德才进了大院,二人见到政委非常高兴,忙把用荷叶包着的炸鱼裹饼递了过去。米国勇说:"请政委尝尝我们自己发明的新品种,这些小食品在穆庄子、天齐庙一带已经畅销一段时间了,关键是香酥脆。"

马志新关心地问道:"现在是雨季,河水猛涨,这些小鱼儿都是你们自己从河里捞的吗?"

米国勇说:"小白鱼有一种习性,在夏秋之交,会成群结队争着到上游产籽,向激流、恶浪挑战是它们的天生本能,也是扳罾捞鱼的好机会。这个时期的鱼多数是满籽,炸熟后口感极好。"

马志新又问:"现在生意还好吗?"

王德才插言道:"现在我们的炸鱼点已经是鸟枪换炮了,门脸又搭建了几间,从小吃部变成像样的饭馆了,比我创办时火多了。政委,你趁热吃吧,我顺便把警察局近期的动向简要汇报一下。"

马志新立即把陈文会叫来说道:"请房玉岭、马书玉也过来听听,王德才的工作身不由己,千万别耽误他的事。"

王德才见人员已到齐,就开始说道:"四天前我已经把大致情况向老房同志汇报过,天津九分局认为,南仓、北仓游击队活动猖獗,原定本月15日到这一带对抗日力量搜查、清剿,是八分局侯局长请九分局杨局长吃饭时透露出来的消息。现在计划又有新变化,昨晚突然调整了行动时间,可靠的消息是提前三天,人数由30人改为50人,命令发现嫌疑人立即逮捕;如果当时没抓到或临时逃脱的，要摸清底细，再派内探秘密蹲守，直至抓到为止；内部还有一个通知，对于检举有功者奖励现大洋。"

房玉岭补充说："遵照政委的指示，马书玉等 50 人到达这里后，我们第二天找到马玉槐主任和干一同志做了汇报。两位领导最关心的是部队吃住问题，我们把解决途径汇报后，马主任伸出大拇指，赞扬我们工作主动细致。警察九分局近期的行动计划和我们的对策昨天也写了书面材料，马主任批示说：'要办妥此事，一定要稳准狠，切忌拖拉疲沓，更不能留后遗症。'"

"我们只有 50 人，和对手势均力敌，应该怎么办？"马志新追问道，"你们有预案吗？"

房玉岭说道："再从文安、霸州调人已经来不及了，李泽生在这里的工作点有十几个人，永茂公司也可以支援一下，再凑 50 个人没问题。再说，这次行动不在人数多少，关键是把敌人的行动摸准，敌人说是清剿，一般一年两次，不过是例行公事。"

马志新仍然认为房玉岭他们没有把敌我双方的关键问题说透，说道："在城市郊区打游击，不外乎几种：一是埋伏起来打伏击；二是围点打援；三是将敌人引诱到一个狭小区域内，实行包围，关门打狗。在城市和近郊区的游击战，战线不能拉得过长，必须速战速决，不打则已，打则必胜。这里和农村情况差别很大，尤其是不能给市民造成恐慌或伤害无辜，不知你们是否意识到这一点。"

马书玉向政委建议说："王德才出来一趟不容易，不宜久留，还是让他先回去吧！"

大家送走王德才，房玉岭把他们的基本方案向马志新政委一一做了汇报。

马志新听完汇报后脸上绽出了笑容，说道："我在这里准备多待几天，据说冀中三十八区队也要来津郊。要想办法通过跟兄弟部队的合作，把我们这支队伍再壮大一些。"

五

　　三天后，由市伪警察九分局牵头，拼凑了一支队伍，全副武装，摩托车开道，途经小王庄，威风凛凛地直奔北郊而来。带队的王蒙啸副局长是从总局调来的，因头脑简单、作风粗鲁而几上几下，每次带队执行任务都少不了捅点娄子，但还很自负。他个子不高，粗粗的脖子，光头上镶着两个灯泡似的眼睛，脸孤拐明显地向外突着，一副凶煞恶相，外号叫泡局。他用食指往上推推压在鼻梁上的墨镜，信心满满地说："北郊是'共匪'十分活跃的地区之一，几年来剿不尽打不绝，今天非抓几个共党分子不可，否则回去怎么交代！"

　　泡局的助手柳处长，高高的个子水柳腰，走路一晃一晃的，对上唯唯诺诺，对下不屑一顾，溜须拍马是最大的特长。他献媚地说道："这里河流纵横、苇塘密布，亲共分子大有藏身之地。如果抓不到共产党底细，逮捕几个外围分子充充数，也不能空手而归。"

　　全部人马分成四组到各村搜查，两个小时过去了，还是空手耍空拳，几个头头像热锅蚂蚁，急得团团转。当泡局二人走进一个大车店时，发现大批黄豆摊撒在苇席上晾晒，十几辆马车上装满了各种工业品。柳处长警觉地走过去问店主："这大批黄豆是从哪里运来的？车上的工业品要运到哪里去？"

　　店主支支吾吾地说不清，柳处长拽过一个赶车人，厉声问道："他妈的，说实话，如果耍滑头知情不说，我抬手就毙了你！"

　　赶车的人说："我们是霸州人，都是赶大车拉脚的。"

　　"放你妈的屁！你们在这一带搞走私有一两年了，整个天津卫都嚷嚷遍了，过去是听别人说，今天算是撞在枪口上了。你们这些人都是私通共产党、八路军的一伙……"

　　泡局大嗓门命令说："没什么好说的，统统抓起来，财产全部没收！"

　　柳处长如获至宝，随手把大门关上，门闩撩下来，十几个警察迅速上来把院内的人逐个捆绑起来。其中有三个年轻人躲在马车后边,惊恐地东张西望,当警察追过去时,三个人蹿上墙头,泡局掏出家伙什儿就是三枪,两人被打中,一人跳到墙外苇塘里逃走。

柳处长请示泡局说:"已经抓到的 11 个人,您看怎么处置?"

泡局思索片刻说道:"立即押送到西于庄警察所,这里留五人执勤,大门口贴上封条,一切车辆和货物听候处理!"

接近中午时分,按照约定,各路伪警最终要到穆庄子汇合。柳处长问泡局:"为什么穆庄子周围几个村子今天没被列入检查重点?"

泡局说:"杨局长昨天和乡长穆晟伦通过电话,穆庄子和天齐庙等清剿工作由乡里保安队直接负责,杨局长委托穆耙子在北大寺招待我们全体官兵。"

柳处长撇着嘴问道:"清真寺里有什么好吃的?"泡局讲起了杨局长津津乐道的几件趣闻:

九分局一直负责北郊这一片的清剿治安工作,每年一般安排两次活动,多数在春节和中秋节前夕。七年前,九分局 30 多人在杨局长带领下到穆庄子北大寺清剿。当闯进庭院时,一股炖牛肉的清香味扑鼻而来。杨局长不禁好奇,各种各样的炖牛肉都吃过,这样诱人的味道还是第一次闻到。他找到一位戴着白帽的忙活人问道:"乡老,今天是节日还是谁在这里办宴席,怎么牛肉的香味这么特殊?"

戴白帽的忙活人说:"穆乡长家今天给老人过诞辰,宰黄牛两头、绵羊两只,专门在清真寺请阿訇和招待亲友,在北讲堂摆了 25 桌。"

杨局长正发愁中午饭还没着落,就追问道:"穆乡长在寺里吗?"

戴白帽的忙活人说道:"穆乡长一会儿过来,我是穆家老管家马瑞卿,局长有什么事情就讲吧,我给带个口信。"

"没有多少事,我只是想找穆乡长道个歉,今天来这里剿匪没有提前告诉他本人。"

马管家是个机灵人儿,从局长的话音里听出了端倪,便大方地说道:"警察局是专门来清真寺剿匪的,杨局长执行的是公务,哪里会有人怪罪?如果你们不再进屋搜查，我就安排各位在这里用餐了，这个主我是可以做的。"

杨局长忙说："敢情好，不检查了，信得过！信得过！"

从此以后，每年两次到北郊的例行清剿都安排在这里用餐，已经成了一条不成文的规矩。

柳处长听了又追问道："清真寺炖的牛肉到底为什么这么香？"

泡局其实也没吃过，他讲的不过是道听途说罢了："据杨局长说，黄牛刚刚宰好，就把皮剥掉，肉切成方寸块，带着热乎气装锅大焖，切忌加水，纯粹用肉里的水分和油脂炖8个小时，在不同时间不同火候，加入适当佐料。不加水炖肉，从来没听说过，但是人家就是不糊锅。据说，闻到这种清香味的人都不愿离开。这次来北大寺，杨局长还专门嘱咐，要把炖好的牛肉和肚板儿给他带回一些，让家人过个丰盛的中秋节。"

柳处长咽了咽口水说道："今天就尝尝鲜吧！"

六

房玉岭在向马政委汇报时，也讲到了伪警察分局到北郊清剿后会来清真寺用午餐的事情，马志新指示说："为了粉碎敌人清剿，必有一仗要打。这一仗是放在清真寺内还是清真寺外，大家要推敲一下。几年来，除了第一次用餐是穆粑子掏钱，其余12次都是乡亲们的凑贴钱，完全是无偿地供他们吃喝，这不是额外的苛捐杂税是什么？清真寺里的阿訇和海里发充当忙活人，在神圣的宗教场所，这种强吃强喝的做法不成体统。为了让清真寺管委会和阿訇等宗教人士不受牵连，我建议房玉岭、马书玉要走到前台，利用提供午饭的机会，打他个措手不及！"

第二天，房玉岭从马庆德厂长那里借来一头黄牛，50斤白面，按照以往的情景依法炮制。经马书玉苦口婆心做工作，马阿訇和清真寺管委会以及寺里的一切人员同意放假五天，约定下一个主麻日照常聚礼。随军过来的金阿訇带领20位回民战士当晚暂时接管了清真寺。按照分工，宰牛的宰牛、发面的发面，一切照常。

房玉岭带领马书玉、刘英志、胡景祥察看了地形，确定总指挥部设在望月楼。那里是开斋节望月、平日礼拜喊邦克的地方，居高临下，前院后院尽收眼底。因洗浴房的房顶有个女儿墙，是机枪和长枪射击手隐蔽的最好地方。当然，清真寺外和大街上的重点角落也安排了适当的机动力量。

金阿訇从昨个被派到这里担当主持人那一刻起，深感自己责任重大。回想参加革命的这几年，不由得心潮起伏。抗战一开始，大哥参加了八路军，在百团大战中牺牲；二哥参加了冀中回民支队，又在杜林战役中挂彩，直到现在还躺在病床上。为了给哥哥们报仇，他毅然决然地参加了肃宁回民抗日小队，后来因部队改编，调到九分区回民大队。马政委知道他上过经学、当过阿訇以后，特别任命他为随军宗教人士，他想不通，还闹了情绪。后经马政委批准，他被列入扛枪打仗的战士编制，当阿訇只是业余工作。从那时起，他的心才安定下来。

金阿訇是河间果子洼人，大高个，圆脸盘，面颊上闪着光亮，黑亮的胡须纤长而舒展，给人一种年轻稳重的感觉。今天他为了迎接这场特殊的战斗，特别换了装，身罩灰色高领长袍，头缠"戴斯达尔"，活脱脱就是一位气宇轩昂、受人尊敬的教长。金阿訇想，今天打交道的，正是日本人的走狗，是沾满中国人民鲜血的刽子手，是城狐社鼠之辈。对敌人的狠，就是对人民的爱，在这场抵御外侮、追求国家独立和民族解放的神圣战争中，即便是牺牲了生命，也在所不惜。

中午时分，金阿訇听到街上响起了摩托车的轰鸣声，立即带领三位打扮成海里发的支队战士快步走到大门口台阶前，与前来用餐的伪警察局人员一一握手，那种不卑不亢、落落大方的分寸拿捏得恰到好处。金阿訇发现人数只有35人，看来敌人在此前的行动中已有15人离开了队伍。金阿訇和泡局寒暄了几句，便大步流星地走进庭院。金阿訇说道："穆乡长上午有急事去城里一趟，答应一会儿回来陪你，局长先到前厅喝茶，歇歇脚再用餐好吗？"

泡局是个爱在外人和下级面前耍威风的人，发现穆庄子有点身份的人都没有到场，只有宗教人士作陪，感到脸上无光，便嘟噜着脸不耐烦地说道："几天前杨局长给穆乡长打电话，穆答应亲自接待，看来我的面子太小了，第一次来就遇到了冷板凳，那名扬天津卫的炖牛肉该不会也是冒牌的吧！"

金阿訇看到泡局不悦，急忙说道："昨个晚上我亲自下刀宰的牛，足有三百斤；几十斤又白又大的戗面馒头也热腾腾地出了锅。你放心，都是货真价实的东西，没有丝毫怠慢。"

泡局唉声叹气地说道："从早晨忙了一上午，大家都累了饿了，说别的也没用！"

后院里闹哄哄地一直没个消停，海里发打扮的马庆山跑来问金阿訇："警察分局的柳处长要10瓶白酒、五条香烟分到各个桌上，我拒绝后他张口骂人，你看怎么办？"

金阿訇带着泡局走到后院，在距离柳处长不远的地方站住，耐心解释说："伊斯兰教信奉《古兰经》和《圣训》，在饮食中有四大禁：一是酒，二是猪肉，三是自死的牛羊，四是牛羊的血液。我们也主张禁烟，但那不是信条，只是清真寺里绝对不准吸烟。"

柳处长气急败坏地骂道："你们这些人都见鬼了，喝点酒、抽点烟，你不说我不说，谁知道啊？！"

泡局红着眼跳起来骂道："王八羔子！这算多大的事啊！我掏钱，警察自己出去买！看你们谁敢阻拦？！"

金阿訇和几个海里发走过去拦住要出门买酒、买烟的警察，泡局和柳处长同时开了枪，金阿訇、马庆山躺在了血泊里。

几乎同时，从房顶上飞来两颗子弹，泡局和柳处长扭了一下身子，半仰半卧地躺在了地上。胡景祥在望月楼上大声喊道："我们是天津回民游击队的，你们警察局一伙人已被包围了，命令你们把枪放在地上，举起手来投降，如有反抗，格杀勿论！"

靠近后院中央的一部分人，很快就举手投了降；靠西南角的十几个人想越墙逃走，房玉岭给了机枪手刘英志一个手势，机枪声哒哒哒地响了起来，靠墙角的几个人躺在了地上……

马书玉从大门口冲进院内，迅速把十几个投降的人捆绑起来。

马志新在米国勇的陪同下快步来到北讲堂，房玉岭、马书玉、胡景祥马上围拢来，马志新首先问道："我们的人伤情如何？"

房玉岭自责地说道："对不起政委，我的命令下达得晚了，造成金阿訇的胳膊和马庆山的腿受伤，现在卫生员正在给消毒，应该没有生命危险。"

马书玉报告说："进到院子的敌人共35人，击毙18人，有17人投降；缴获长枪10只、手枪25只、手雷8枚、摩托车两辆……"

米国勇急忙插言："据北仓大车店逃出来的一名车把式报告，泡局一伙人在那里封锁了10辆马车，还有大批粮食和工业品，大车店老板及霸州11人被绑架进了西于庄警察所。"

房玉岭听完这个消息后突然一拍脑门儿，懊恼地说道："我们的注意力只在清真寺这一方面了，北仓大车店搞不好损失不小，不但有人，还有物资，恐怕要马上行动……"

马志新给大家鼓劲说："我们已经取得了局部胜利，现在还要争取全胜。从现在到傍晚，部队不宜大动，估计敌人在这里失败的消息还没来得及传到市里，掌灯之前是个好时机。一是北仓大车店，由马书玉带20人，把那里的所有物资运到部队驻地那个海盐仓库里，如果遇到抵抗，不要手下留情，全部拿下。二是要解救被绑架的人质，由房玉岭、胡景祥带20人捣毁西于庄等处的警察所，把被抓走的人质解救出来。三是清真寺留30人，立即打扫战场，保证不留任何痕迹，给清真寺管委会和马阿訇一个交代。"

张积文从院里跑进来报告："各位首长，司务长送饭来了！"

马志新问道："什么伙食啊？"

"窝头、咸菜加绿豆汤！"

马志新关切地说道："大家很辛苦，主副食都是现成的，还是加点牛肉和馒头吧！"

马书玉说："此前已经商量好了，我们从敌人嘴里夺回来炖牛肉和饸面馒头,离不开当地百姓的支持和配合,他们之中很多人穷得叮当响,我们决定给穆庄子和天齐庙的穷苦乡亲们每家分一份,正是中秋节前夕,也算雪中送炭、热天送蒲扇吧!"

马志新心疼地嘱咐道:"你们的想法是对的,最好剩点牛肉,再翘上点白菜、豆腐,给夜间行动的同志补点营养。"

当晚,天津回民游击队按照马志新政委指示,一举拿下了西于庄、大红桥、霍家嘴三个警察所,解救百姓11人,北仓大车店的物资、车马,全部完璧归赵,避免了经济损失。

第十六章 县委的嘱托

一

1944年临近年末,马志新到大留镇参加县委的一次紧急会议,讨论日伪军烧杀抢掠后周围各村的重建问题。县委书记孟秋舫心情沉重地说:"'七七'卢沟桥事变以来,日寇的铁蹄踏进了华北,鬼子、汉奸狼狈为奸,在文新县犯下了滔天罪行,制造了十几起惨案。在最黑暗的'五一'大扫荡中,广大人民群众没有被吓倒,而是在县委的带领下,前仆后继,进行了殊死斗争,连续取得了多次胜利。今年以来,我们的县支队、区小队在军分区二十四团、三十八区队的支援下,一举端掉了四区的岗楼和据点,文新县根据地与任丘、大城县的解放区连成一片,敌人闻风丧胆,但不甘心失败,总在窥测方向,以求一逞。"

马得骏政委插言道:"孟书记说得对!这一年,柴恩波对四区至少反扑三次。第一次是在5月底,柴恩波带一个营的兵力在凌晨偷袭了大留镇,目的是抓捕在此开会的县委领导人。可巧我们提前一天散会,敌人扑了空,就拿老百姓出气,当场活埋了21个青年人。幸亏县支队和回民支队指战员赶到,救下了21个青年人。第二次就是上月初,日伪军得知县支队200余人在四李村休整的消息后,迅速纠集了500多兵力,秘密潜伏在各村周围。次日清晨,在大城县伪军的支援下,突然向我驻地进攻。我军顽强反击,同时派出支队长张云祥到附近三十八区队求援。我军两支部队迅速夹击,敌军顾此失彼,被消灭了一大半。剩下一些残兵败将,逃到了文安城里。第三次……"

"对,第三次就是我们县委这次开会的目的,"孟书记接着说道,"柴恩波这人,心眼坏,报复心又强。李村战役的失败让他们发现,只要跟文新县支队交手,不是被消灭就是被打跑。柴恩波只好避开我军锋芒,把惩罚根据地的老百姓当成了筹码。1944年11月底,柴恩波重新纠集新镇、文安、大城日伪军上千人,直接进入根据地烧房、抢掠,实施报复。在敌人的这次偷袭中,五留镇、四李村烧毁房屋8000余间,尤其是大留镇受害最深,近3000间房屋烧得只剩下80间,大部分乡亲无家可归。日伪军穷凶极恶并不等于他们的强大,而是垂死挣扎、狗急跳墙,是灭亡前的回光返照。今天把县支队、回民支队和区干部、部分村干部聚在一起,就是要商量群众过冬的吃住问题和这些村子的重建计划。"

大留镇村长王庄是个地地道道的农民汉子,黑脸盘,瓦刀脸,一副壮实筋骨,平日话语不多,好琢磨事情。自从村子被烧后,他就一直忧心忡忡,近一个月来没睡个囫囵觉,今天县委来开现场会,让他总算看到了一点儿亮光。他借此机会献计说:"盖房子关键是需要钱,老房子被烧得片瓦无存,家家户户穷得叮当响,哪有钱盖房?即便是搭个草棚子,也无钱买檩条、干草。我想,现在全区正落实减租减息,能否按照去年消减的幅度,提前让地主交出明年粮款,也算是寅吃卯粮吧,用于砍伐树木的补贴。凡是无房户,给五根檩条,最起码压起一间土坯房,凑合着把今年冬天度过去。"

李宗州是个大高个,说起话来一贯大嗓门,说道:"我是村里的老党员,因为年龄不饶人,已从县大队退了下来,重新回到了村里。多年来,村党支部周围聚集了一批积极分子,在交公粮、挖地道、打通各家各户围墙的行动中起过模范作用,这些人仍然是克服当前困难的主力。我们自己噘点瘪子,也尽量别向上级伸手。比方说,现在已经倒塌的房屋,有些檩条还没有烧坏,刨出来可以大改小,长改短,修修还能用上。实在没办法的,村里再伸把手,给点救济。"

花木厂村支书蔡立增插言道:"以上二位的意见都很好,我们一定认真听取。虽然我们是两个村子,但相距很近,俗话说,'涝了老龙岗,涝不了花木厂',民国二十六年、二十八年闹洪水,我们这两个村子周围没有进水,有些上百年的树林算是保住了。我要强调的是:花木厂村西边田家坟的柏树林和大留镇西侧吕家坟的榆树林绝对不能碰,那是几百年前小务村和石桥村置买的墓地,如果我们不分青红皂白把那些树砍了,将永远欠下那两个村的人情。"

县大队马得骏政委说道:"这几年打游击,认识了周围各县的地方武装,东淀、西淀出产苇薄,当前正是在冰上打苇子的季节,我联系一下,看看能否支援我们一部分席子和铺草。"

大留镇村党支部书记李成书是个急性子,他对农村教育的缺失牵肠挂肚,大声说道:"日本人的奴化教育激怒了我村小学校长韩郊老师,从村里建立日伪岗楼那天起,他就辞职罢教了。今年学校又被敌人烧毁,依我看,大留镇的教育亟待重建。我建议把李宗弼或刘印堂的老宅子改为学校,最好将大齐观村韩郊校长请回来,他是保定中学毕业的高才生,可以说是德才兼备的人才。"

孟秋舫两眼盯着马志新,微笑着说道:"不知志新同志对大留镇周围村庄的建设有什么建议?"

马志新拿出一个小本子翻了翻,说道:"我在算一笔账,我们有一个加强连在种地,今年收了一些高粱、玉米和棉花,目前可以提供20石粮食和5担棉花,这点东西虽然是杯水车薪,但可以补贴给一些最困难的农户,也算一种心意。今天早晨我到大留镇李泽生家看了看,他们从烧毁的房框里挖出不少过火的粮食,挑挑选选,有一部分还能吃,虽然有糊味、苦味,但总比揭不开锅要好些吧。他们还用挖出来的木炭生起炭火盆,也是御寒的一种方法。我想,只要群策群力,在共产党领导下,就没有过不去的火焰山。"

孟秋舫书记开会前紧绷的脸慢慢松弛下来,听到大家积极发言、献计献策,逐步露出了笑容,说道:"还是群众中间蕴藏着解决难题的智慧,大家的发言给了我信心。还是那句老话,众人拾柴火焰高。我相信五留镇、四李村的困难是可以克服的,只要认真挖掘潜力,办法总比困难多。回想抗战这几年,四区这片土地一直是我们心中的根据地,群众为保护抗日力量付出了巨大牺牲,大留镇平叛、北李村之战、小务村巷战,我们永远不能忘记他们的贡献。春节前夕先把王庄村长的建议落实,然后一个一个解决。"

村干部走后,孟书记把马得骏和马志新留下,重点介绍了当前的抗战形势。按照军区的指示,要求各部队扩充力量,抓好冬季训练,更重要的是搞好后勤,筹备充足的武器弹药,为明年春夏季大反攻做准备。孟书记语重心长地说道:"回民支队在文新县这几年,不但在实战中建立了功勋,在群众工作、开荒种地以及反禁运方面也有很多建树。你们一直在努力打造一支新型军队,这些先进思想各行各业都应该效仿。神通广大、善于解决难题是你们的最大特点,隔着门缝吹喇叭——已是名声在外。现在上级对文新县有两点要求:第一,当务之急是利用你们在天津郊区的往来渠道,把当地盛产的红小豆、小米儿等农作物收购起来,换取全县紧缺的工业品;第二,文新县没有军工厂,为了给大反攻提供后勤支援,希望利用九分区渠道搞些手榴弹、手雷、地雷、迫击炮弹等武器弹药,支援县支队、区小队等地方武装。武器弹药充足了,我们这支勇敢善战的队伍就会更有战斗力,这一切就看你马志新的了!"

马志新谦虚地说道:"孟书记不要客气,我不是外人,文新县是我的第二故乡,这里的老乡养育了我、教育了我,县里的事就是我们自己的事。你指示的几件事一定抓紧去办,绝不怠慢。如果有可能,请有关部门帮助收购废铁废铜,给敌后军工厂补充原材料,特别强调废铁、废铜的收购都是有偿的。用这些不起眼的东西,换取武器弹药。"

孟书记从口袋里掏出一张裁好的长方形白纸和备好的烟丝,熟练地卷起一根纸烟,用打火镰打着火,深深地吸了两口,笑着说道:"这是好事嘛,各个村委会、学校都能做得到,捡了东西还能卖钱,学生的书本费不就解决了嘛,是一举两得的事情,请马得骏政委协同县委办公室发个通知,抓紧落实志新同志的建议。"

马志新紧紧握住孟秋舫的手说道:"等到大反攻时请给我们分配几项艰巨任务,回民支队要为文新县人民留下点永久纪念!"

二

1945年的春天来得比往年早,惊蛰已过,大地复苏,中国各族人民迎来了抗战的第十四个年头。支队党委在年初计划工作时曾经做过一个决议,责成马志新同志在适当时候专程到河间县,对在上一年征兵工作中给予大力支持的县委和果子洼村委会表示致谢。

初春的一天,马志新在陈文会的陪同下,为了行路安全,特意绕道大留镇、吕公堡、卧佛堂,奔赴河间而去。

河间古称瀛州,因地处冀中平原腹地的九河之间而得名,距今已有2500多年历史。春秋战国时期即在此设郡、立国、建州、置府、成县,一直是政治、经济、军事、文化重地,素有"京南第一府"的美誉。河间属北温带大陆性气候,土地松软肥沃,适于棉花和瓜果生长,又甜又脆的天津鸭梨就出产在此。与周围各州县比较,其农业收入名列前茅,给文化发展造就了良好的基础,成为中国历史悠久、人杰地灵、名家辈出、文化底蕴深厚的地区之一。古代很多名人曾在这里任职,如东汉科学家张衡曾任河间相,家喻户晓的宋代名臣包拯也在河间做过知州。

中国最古老的《诗经》也是通过在河间避难的毛氏二公流传于世的。毛亨是《诗经》传承人,但生不逢时,秦始皇"焚书坑儒"时,他携带家眷一路仓皇北上,最后来到水草丰美的河间,隐姓埋名,甚至装成本地人居住下来。直到汉惠帝撤销了"挟书律",天下太平了,毛亨才重新整理《诗经诂训传》,并亲自传授给侄子毛苌。汉代河间献王刘德"修学好古",封毛苌为博士,建"君子馆"(位于今河间市君子馆村),编写《诗经》和集注,讲经授徒,我国第一部诗歌总集从此薪火相传。至今,河间和泊镇还有毛氏后裔

第十六章　县委的嘱托

保存的家谱、祠堂和遗迹。

抗日战争爆发后，河间人民奋起抗争，谱写了可歌可泣的英雄诗篇。齐会战役就是在河间齐会村附近打响的，八路军一二〇师在贺龙的领导下，在地方游击队的配合下，组织数场大小阻击战，硬是将日伪军打散、打烂，以歼灭800日军的巨大战绩而载入史册。沙河桥战斗是县支队围点打援的一场硬仗，整场战斗持续了15天，最终以县支队完全胜利而结束，敌人从此走向了下坡路，不敢肆意出城讨伐了。

马志新和陈文会首先来到河间果子洼清真寺，正巧马村长和白支书在寺里与张阿訇开会，白支书见到久违的马政委，十分高兴，立即迎上前去热情握手："几年没见了，弟妹还好、孩子还结实！"

马志新说道："好，回回营那边儿还好。我早就应该来看望你们，但是至今才迈进这个大门，很对不起。去年大清河回民支队到果子洼来征兵，大家可是给力不少，帮了大忙，39名战士都是青年人，还有几位是高小毕业和初中生呢。"

马村长抢先说："不必客气，为抗战征兵是我们老回回应尽的职责。八年前，刘文正在定州拉起的第一支回民武装，就是马本斋冀中回民支队的前身；后来河间人金清波领导的冀中第七军分区回民大队，也是在河间果子洼地区补充壮大的。"

马志新追问道："听说征兵行动还发生了意外，对当地乡亲们有什么影响吗？"

白支书微笑着谈起粉碎日伪军破坏我们征兵行动的阴谋诡计：

村里根据县委的指示，开始发布秘密征兵启示，在回回圈里人们串联传递着让各家各户知晓。就在准备正式报名登记的节骨眼上，有坏人向日伪军透露了消息，上百伪军突然占领了果子洼清真寺。地下党马上采取行动，停止了一切相关活动，那些蠢货没有抓住任何把柄，一两天后就悻悻撤走了。伪政府主管部门上一年曾批准各个清真寺在适当时候招收新学员（海里发），河间县共有八座清真寺，共招40人，这个数字恰巧和大清河回民支队征兵的人数相符。此前，已有45人报名参军，孔新、白纯已经完成审查，其中，出身有问题的有4人，年岁过小的有2人，其余39人都符合条件。张阿訇据此提出一个大胆建议，自己以招收清真寺学员负责人的身份，向伪政府提出分散招收、集中培训的办法，给他们来个张冠李戴、偷梁换柱，把培训一个月的"宗教学员"再调走，谁会知晓个中秘密？张阿訇的建议得到了县委的支持，征兵僵局很快得以化解。

李村长插言道："马政委你可知道，白纯也是河间人，在这一带回回圈儿里很有名气，他和孔新审查完毕就返回了文安，一个月后再来领人，让大家确实感到惊喜。在德高望重的宗教人士推荐下，全体学员集中在瀛洲镇清真南大寺里学习。这是河间县最大也是最有名气的清真寺，自康熙年间建成后，几乎年年修缮，到民国时期已有相当规模，有两进院落、上百个房间；院子里古树参天，枝叶婆娑，遮天蔽日，给人以肃穆庄严之感。全体学员在这里集中学政治、学宗教知识将近一个半月，日伪军前后三次进寺检查，愣是没有丝毫察觉。我们的张阿訇和各个清真寺的宗教人士都立了大功。"

马志新笑盈盈地称赞道："嗨！真是让人心悦诚服，我们的宗教界真是藏龙卧虎、人才辈出！果子洼人民在抗日战争中的贡献，人们是不会忘记的。"停顿片刻又问道，"我们还要到县委去道个谢，不知县委驻在哪个堡垒村？"

村长恳切地说道："县委一班人都到任丘开会去了，说是今年要大反攻……"

"请二位带个口信，感谢县委的支持和关怀。"

三

马志新到河间的第二件事，就是尽快获得李泽生等三人外出为文新县解决弹药的进展情况。

李泽生、黑老赵、刘铁头为落实县委的嘱托，积极筹措武器弹药，三人七天的饶阳、安平之行，不但学了技术，对武器弹药的供应也算找到了门道，

第十六章 县委的嘱托

满怀信心地日夜兼程赶回老家。到了河间城自己店里打尖时，没想到马志新政委正在杂货铺等着他们。看到三人兴高采烈地进了屋子，马志新忐忑的心一下子踏实下来，第一句话就问道："三位辛苦了，武器弹药供应渠道是不是解决得不错啊？全县都在期待好消息，对方需要什么条件吗？"

李泽生向政委做了汇报：

根据马政委的指示，一周前，三人到白洋淀找到九分区军需部，王主任态度积极但有保留，说："此前马志新同志已经打了招呼，这里可以开介绍信，但是跨分区联系业务不能使用，必须到冀中军区换信才行。"李泽生答应下来。三人转身合计后，感到问题很大，据说冀中军区在太行山阜平县，步行一趟需要六天，三个回民支队普通成员直接找军区有关部门，人家接不接待也可能要画个问号。三人踌躇着拿不定主意，在淀边码头上来回转磨磨，黑老赵好像突然想起什么似的，说道："我过去跟饶阳、安平人打过交道，那里的人多数都是种地的，忠厚老实。有去阜平的时间就到饶阳、安平了，走一趟闯闯试试吧！"老赵是个有丰富社会经验的人，三人本着试试看的想法，第三天就风尘仆仆地跨过滹沱河赶到了饶阳县。

县军工厂坐落在大王营村西，与安平县只有一个苇塘之隔。两年前开始搞翻砂造地雷，产品很粗糙，内部装的又是炮仗药，威力很差，连县大队都不愿意使用。后来新厂长上任，派人到定州军工厂学习，又从交河、安平调来技术人员，不到半年的工夫，铸造件彻底过关，不管是地雷还是手榴弹，铸造质量和爆炸效果都上了新台阶，品种也多样化了，受到了军区好评。炸药、雷管及引爆装置从安平和山西长治八路军军工厂调入，这些特种武器的生产，实际上是大协作的结果。

县武委会主任兼工厂厂长田垒同志，是饶阳县大城北村人，虽是小学文化程度，但有当会计、闯关东的经历，本人又勤奋好学，写一笔好字，是当地有名的文化人。"卢沟桥事变"后他毅然决然参加了革命队伍，第二年加入中国共产党，曾在四区、六区当过区长。这时他50岁左右，个子不高，微胖体型，国字型形脸庞，笑声爽朗，声音洪亮，给人以亲切感。他见到三位客人来访十分高兴，爽快地说道："本来到这里联系业务，需要冀中军区的介绍信才行，你们有九分区的介绍信也够了，主要是刘铁头在本厂学徒半年多，人家是携带正式介绍信进来的，本身就信得过。再说，地雷、手榴弹之类既不能吃，也不能喝，不是打日本、汉奸要这些东西干什么？军区开会也听说过你们这支队伍，是在大清河一带活动，有什么需要如果是我们能够做到的，大家可以商量。"

李泽生说道："田厂长真是个痛快人，听您一席话心里踏实多了，我就直话直说吧，我们需要贵厂生产的这些产品，不知有什么条件？"

"打开窗户说亮话，深（县）武（强）饶（阳）安（平）这一带都是沙土窝子，缺少废铜烂铁，沿海地区却不然。只要你们加倍提供废钢、废铁、废铜，我们可以供应半成品或成品，但是需要你们自己负责运输。"

老赵是行家里手，对于提供半成品提出疑问："田厂长，我有个疑虑，搞组装是个技术活，如果我们在河间或文安建个分厂自己组装，贵厂能派人去指导吗？"

"没问题，我们全力支持！"田厂长停顿片刻继续说道，"搞武器制造是个危险行业，必需建立严格规程，一丝不苟，否则会出大事。另外，保密工作更加重要，敌人死盯着我们，一有疏忽，人命关天。前年，安平县武莫村有日本安插的密探告密，一天早晨整个村子突然被鬼子包围，随后将全村老百姓用刺刀圈在一起，逼问谁是造地雷的门本忠。百姓将门本忠护在身后，都低沉着头，一言不发。鬼子拉出一个砍了头，又要拉第二个，门本忠从人群中冲了出来，说：'我是门本忠！不许再杀人！'门本忠是清华学子，是搞引爆装置的专家，鬼子恨透了他，用铁丝穿过他的锁骨，拖着在大街上转。科学家门本忠高喊口号，痛骂不绝，英雄在安平流尽了最后一滴血。

"以后不管在文安还是在河间搞工厂或作坊，一定要注意保密，千万不能马虎。

"你们明天在我厂和安平工厂参观后可以先回去，以后由刘铁头联系就行了。注意运输要伪装，一般使用拉秸秆、运草料等不显眼的牛车运输，每次不

第十六章 县委的嘱托

贪多,做到少而精。关键地段要昼伏夜出,否则有危险。"

听完李泽生的汇报,马志新两眼发红发涩,说道:"田厂长的话都是肺腑之言啊,门本忠的壮举在军区开会时传达过。有奋斗就会有牺牲,只要这种牺牲是值得的,我们就在所不惜,但不值得的牺牲就要避免。前天听大留镇人传来消息,自行车铺有个姓焦的师傅带四个人到干枯的肖家坑拆重磅炸弹卖废铁,结果炸弹爆炸,五个人无辜地搭上了性命。泽生同志你们要好好琢磨田厂长的话,搞武器装备是一项不同于打仗的危险工作,要比普通人多长点脑子,多两只眼睛。运输伪装要不时地变换花样,必要时应有跟车保卫,谨防落空儿。千万不要出事,尤其是不出大事。"

李泽生正要向政委表态,忽然听到院里有说话声,接着有人掀开黑布棉门帘进了屋,原来是侦察员丁树德急急火火地来找马政委。

丁树德摘下古铜色毡帽,气喘吁吁地说道:"李泽生他们连队在石沟收购的废钢铁被柴恩波部没收了,还抓了我们两个人,连人带货扣在苏桥镇了!"

"老丁别着急,我们被扣的俩人是谁?柴恩波下面的什么人扣的货?"

李泽生肯定地说:"被扣的是河间门市部经理哈文举,还有一个是商店会计韩德明,去年年底军民联欢会上这两个人都出过节目。这批货是东淀杨芬港拆卸轮船战利品的废钢铁,是多种经营连专门订购的。"

丁树德补充说道:"扣我们人和货的人据说是新镇保安总队的葛副官,他从天津探亲回来,在苏桥下船时撞上的这件事。"

马志新瞪圆双眼、攥紧拳头使劲捶着桌子说道:"冤家路窄啊,又是葛盛才!这汉奸欺我太甚,两年前在潘庄围剿回民中队,前年策划新村清剿,去年参与绑架房玉岭妻子和哥哥,一桩桩一件件,一个日本人的忠实走狗,双手沾满中国人民鲜血的刽子手。仇有根,债有源,决不能让他在日本帝国主义投降时逃到日本,不能给他再生的机会,一定要想办法除掉他……"

李泽生也很激动,说道:"我跟随政委将近三年的时间了,还从没见过政委发这么大火,我觉得这是被敌人逼上梁山。汉奸一日不除,我们就没有一日安宁,我首先报名到苏桥镇处理此事,不达目的绝不罢休!"

马志新决定立即组成六人临时小组,由马志新带队,另有李泽生、孔新、辛燕侠、辛桂田、丁树德组成,第二天中午到达苏桥镇。随后把陈文会找来说道:"我马上写一封信,请在今晚之前送到县委孟书记手里,求得县委和当地民主政府的支持。"

李泽生补充说:"请政委再加一个手枪队,十人即可,有备无患。"说着从笔记本上扯下一张纸来,很熟练地写了十个人的名字,随手递给马志新。政委瞄了一眼说:"王子明正闹痢疾,不宜上前线,有九个人就够了。让陈文会通知各连,立即行动。"

李泽生以信服的眼光看着政委,十分赞许地频频点头。

四

苏桥是位于大清河南岸的著名古镇。据传,宋朝学者苏洵曾任文安县主簿,他力主靠近大清河一带滩涂之地栽种稻子,主河道上修建木桥,以利民生。后人为纪念这位著名学者,改称该镇为苏桥,苏洵也被后人称为"文安公"①,在距桥头不远处,修建苏子祠一座。明朝朱棣发动靖难之役,这里也是主战场之一。清朝时期建有行宫,朝廷视察汛情也常有光顾。

大地回春,万物复苏,凋零枯萎的冬季景象正慢慢消退,两岸柳树扬花抽绿,鸟儿的叫声也更显明快清脆,大清河的船只又像织布梭子一样在河道里往返穿梭。由于春季枯水,天津开来的大船到了苏桥港就得调头。

张阿訇已在苏桥清真寺主持多年,他循循善诱,乐于助人,用自己的优秀品德维系着回民圈的团结。张阿訇对马政委一行的进驻表示欢迎,马政委说:"我们冀中地区的清真寺真不简单,不论大小,都跟抗日力量有着千丝万缕的

---

① 文安公:学界有两种说法,一是在宋英宗时期苏洵就被赠谥"文安",二是在南宋孝宗时被追谥为"文安公",但皆无确凿书证。据研究,后人称苏洵为"文安公",是因为南宋孝宗时谥苏轼为"文忠",谥苏辙为"文定";南宋宁宗时谥苏洵为"文",加之他曾任文安县主簿,遂口耳相传有此名号。

联系,都是回民支队的安全岛、堡垒户,住在这里就像回到家里一样。"

苏桥镇青联会积极分子张洁成了临时联络人,马志新问张洁:"张姓是苏桥回民大户吗?这里的敌情如何?"

"张姓是大户,还有姓马、姓宛、姓温的,"张洁说道,"马政委可能不认识我,我是回回营辛福田的表弟,原来卖过羊肉,后来改行开饭馆,专卖熏鱼和锅盔,李泽生在苏桥开的杂货铺和我是邻居。苏桥这个地方是水陆码头,三教九流各霸一方,既有日伪军据点也有警察所,柴恩波的爪牙控制着大清河的运输线。前天运废钢铁的船因为装货超载,船帮几乎进水,被保安队发现后暂扣在码头,其实当时花点钱就能买通。不巧,天津的客轮只能到达苏桥,保安总队葛副官到天津探亲回新镇,在码头下船时正好遇到这件事,不知怎的,好像碰到了他的哪根敏感神经,突然暴跳如雷,下令扣船抓人。"

孔新补充说:"张洁是党的积极分子,四年前他反映苑口岗楼伪团长霸占妇女并开枪杀人的事,房玉岭带领战友拿下了岗楼,打死了伪团长,文新回民中队神出鬼没的消息不胫而走,成了这一带家喻户晓的抗日美谈……"

大家正和张洁交谈,李泽生带着一位老者进了屋,马志新等人礼貌地站起来向老者点头致意,李泽生介绍说:"这位是顾老先生,本地开明绅士。前些年在东北佳木斯开糖厂,'九一八'事变后不甘心当亡国奴,毅然回乡创业,开了一家榨油厂,想不到几年后华北又沦陷了。用顾老的话说:'偌大的一个中国,装不下一个作坊,以后哪里也不想去了,就在当地做点儿力所能及的事情支持抗战吧!'几经交往,我们和顾老成了忘年之交。顾老对抗战形势的分析有独到之处,我特意将老人请来,希望能够听听他的意见。"

张洁补充说:"顾老是我学八卦掌的师父,又是商会负责人之一,德高望重,人脉很广,对苏桥的一切了如指掌……"

马志新问道:"既然张洁这么说了,特向顾老请教一个问题,葛副官在苏桥扣船扣人主要目的是什么?难道仅仅是反动立场作祟,见到共产党、八路军就要扼杀?"

顾老方形脸,中等偏高的个头,腰板笔直,花白胡须半尺多长,讲起话来抑扬顿挫，声声入耳。他捋着胡子说道："马政委，近来我有个感觉，汉奸头头们过去总是拉膏药旗当虎皮，扯一些什么大东洋的话题，说明他们对日本人的依靠多少还有些期许。现在则不然了，这帮人满脑子都想搂钱，军官们倒卖枪支弹药给流氓、土匪，在伪政权里混事的人贪污、盗窃、吃空饷。他们这样做，一是因为信心不足，二是积极寻找后路，尤其是上层汉奸，更是惶惶不可终日。一言抄百总，他们已经走到了垂死挣扎阶段。新镇扣货抓人，迟迟不处理，说到底就是为了钱。尤其是葛副官，我很了解，他是天津人，在日本留过学，日本侵略中国后先当翻译，后当副官，将来日寇如果有个三长两短，他在中国就没有了容身之地，必定往日本跑，没有钱到那里将是寸步难行！"

马志新接着又问道："葛盛才眼下在不在苏桥？能否把他找来，到这里当面谈谈？"

"没问题，我断定他会来，"顾老信心十足地说道，"我约乡长一起宴请他，你们的人可以直接跟他谈条件，宴会后可背着我们把钱付给他。当然了，抗战的钱是那么好拿的吗？！"

辛燕侠问道："请问顾老，葛副官平日到苏桥来是住警察所还是什么地方？"

"据我所知，他已成惊弓之鸟，每天住哪里，睡觉时头朝哪个方向，都要掐算八字才能确定，神神叨叨地不可终日。这一带他最信任的还是苑口岗楼。"

马志新站起来走到顾老身边，紧紧握着顾老的手说道："老人家的见解入木三分，很深刻啊！谢谢您，我们一定要把明天的活动安排妥当，请放心。"

顾老刚刚离开，陈文会领着苏桥镇党支部王书记就来到了清真寺。王书记高兴地告诉马政委，孟书记带来口信，申明葛盛才血债累累，罪大恶极，早已列入县支队的清理黑名单。县委委托回民支队在适当的时间为广大文新人民除害。马志新表态说："感谢县委的信任和嘱托，请王书记和部分民兵同志一起参与进来，地方的支持必不可少。"

第十六章　县委的嘱托

五

宴悦楼在张记熏鱼馆对过,是当地最叫座的饭馆之一。天刚擦黑,李泽生和陈文会便在宴悦楼门前等候,首先迎来了顾老和万乡长,顾老开玩笑地说道:"今天是我请客,怎么李先生比我来得还早?"

"做东当然是顾老,"李泽生微笑着回应说,"操办和结账当然是我们。"

四人哈哈大笑起来。

掌灯时分,葛副官带着一个参谋、两个保镖,衣冠楚楚地走进包间餐厅。他打量一番环境,找到一个距离后门较近的座位坐下。双方各自做了介绍,寒暄后,八人依次入座。顾老首先提议:"为了方便你们双方谈正事,我和万乡长是否回避一下,等你们谈妥后我们再入席不是更好吗?"

李泽生礼貌而郑重地说道:"二老不必回避,你们和双方都是朋友,听听无妨,也是见证人嘛!"

葛副官不耐烦地操着天津口音说道:"说吗呢!双方都别扯闲白儿了,什么日本人、八路军,扯也扯不清。让任参谋跟李先生到一旁提个初步意见,回头拍板就是了,二老看看,这样好吗?"

平日葛副官走的都是官场程序,讲派头、摆排场,今天怎么突然玩起了集市贸易经纪人买卖牲口的那一套?可见心中的急迫劲儿已藏不住了。

伪军参谋任忠杰走过来,把李泽生拽到一边,二人把手塞进袖口里,你一句,我一句,嘀嘀咕咕了一阵子,最后二人握手后回到了各自的座位上。

任参谋说:"基本谈妥了,1500现大洋,放人、放货。"

李泽生补充说:"现在立马放人、放货,饭后一次性付清,请二老作证。"

葛副官是个很少有笑容的人,突然站起来露出不寻常的两只大门牙,像笑也像哭似的喊道:"来人,上酒!"他快步走到二老面前,碰杯后一饮而尽,接着又喊道,"请任参谋下达命令,马上放人、放货!"

葛副官话音刚落,张洁就把喷香的熏鱼端过来放在餐桌上,说道:"每次有宴请，宴悦楼老板都让我提供苏桥的招牌菜熏鱼，今天这一条是特制的，请各位品尝。"

顾老微笑着站起来说道："想不到这么复杂的事，几句话就谈妥了，说明双方的诚意。我们为谈判达成一致来干一杯，然后品尝一下苏桥的美味佳肴！"

陈文会跟张洁走到外屋，悄悄传达了谈判的结果。张洁边点头边小声说："我在外屋都听见了，请放心，保证用最快的速度传达下去，看好吧！"

张洁带孔新到了警察所，稍等片刻，只见哈文举、韩德明无精打采地晃悠出来。孔新问："敌人是不是给你们上刑了？你们怎么都像散了架似的？"

哈文举愤愤地说："受刑倒是没有，三天三夜只喝了两顿稀粥。"

张洁急忙说道："我特别给你俩准备了两张热锅盔，用棉布裹着哩，还有两块咸菜疙瘩，先吃点垫巴垫巴。因为我们还急着到码头去，只能走着吃，千万不能狼吞虎咽，要小口慢慢嚼、慢慢咽，否则会噎着。"

四人来到码头，孔新对三人说："按照政委指示，船要调头，顺流而下，一个小时后在任庄子抛锚，当晚雇一些搬运工将六条船上的货物倒到文安洼的小船上。两个水域只有一堤之隔，争取明晚到达已经获得解放的孙氏镇，那里有人接应。"

张洁伸出大拇指赞叹道："高见，实在是高见，这一招不但敌人找不到我们了，就是知道行进方向，因为跨越两个水域，想追也望尘莫及。"

三人带着船长和水手登上船舷，船员们因为可以开顺水船都喜笑颜开，频频向孔新招手，六条大船连成一串，快速离开了码头。

六

孔新按照约定，在晚 7 点到张记熏鱼店去见马政委。进店后发现，几位主要领导人都在店里等候，孔新郑重其事地汇报说："哈文举、韩德明已经顺利解除扣押，和张洁一起按原定计划带领大船和装满的货物向任庄子驶去，如果不出意外，明晚能够到达孙氏镇。今晚的重点行动，请领导明确具体步骤和注意事项！"

辛燕侠把刚才马政委提出的方案向孔新简述了一遍："推测有两种可能：如果伪军头头喝过了量，有可能到警察所过夜，我们要集中力量，把它拿下来。不利的因素有两个，一是深夜有枪响，会惊动一些人，二是顾老也会受到牵连。如果是正常情况，他们不直接回新镇而是去苑口岗楼休息，那样在半路上动手最为理想。两个主攻点都看了现场，也做了必要准备。"

辛桂田插言道："我马上带领苏桥镇党支部王书记和民兵去野外埋伏，希望孔新到我们这边来助阵。"

辛燕侠用手指点着辛桂田笑着说道："平常我们总是'傻桂田、傻桂田'地叫他，其实他是装傻，比谁都精，接点儿任务总是抢兵夺将的。"马志新也被这些可爱的干将们逗得大笑起来。

马志新接过孔新交来的手枪队名单，最后吩咐说："大家行动吧，要多穿件棉衣，说不定要过后半夜。辛燕侠带手枪队辛双全、张启德、辛连生、马老四、刘老磨、马小山、唐伯孝等七人，还有民兵三人，去警察所附近埋伏，待机而动。辛桂田是有名的神枪手，带领镇书记和手枪队马俊明、杨玉苍等三人到千里堤上，选择有利地形，准备打伏击。丁树德和孔新继续侦察，分头给两处通风报信。"

宴悦楼的酒席上已酒过三巡，菜过五味，葛副官原来是让着喝，后来是抢着喝。顾老在东北待过多年，是久经（酒精）考验的人，想不到葛副官和顾老较起劲儿来。大家看他耍酒疯，谁也不好意思深管。任参谋无可奈何地小声说道："过去葛副官不是这样，这半年来不知怎么了，突然酒量大增。"

这时葛副官要去厕所，两个保镖搀扶着走出餐厅。

顾老试探地问道："像今天这个状况，葛副官还能回新镇吗？如果打算在苏桥留住，你看需要安排在什么地方为好？"

"我估计现在走不了，你看那架势，还没尽兴呢。"任参谋着急地说，"什么时候醒了酒再说吧，最好安排在警察所，那里更安全。"

万乡长把宴悦楼张老板叫到身旁问道："这楼上可住宿吗？条件如何？"

张老板马上说:"有一个套间两个单间,都是高间雅座,是新装修好的,正好客人刚刚退房。"

任参谋问道:"不知这里是否安全?出点事谁也负不起这个责任!"

万乡长蛮有把握地说:"后门就是警察所,前门锁上走后门不就结了!"

顾老趁机旁敲侧引地转着弯问起新镇保安总队的内部情况,李泽生发现任参谋是个健谈的人,但说起话来又总是吞吞吐吐留有余地。他敏感地意识到,任不避讳顾和万,但憷头回民支队。李泽生见机行事,叫上陈文会一起到隔壁备菜去了。任参谋真正拉开话匣子,像竹筒子倒黄豆,痛痛快快地谈了好多、好久……

葛副官被搀扶着晃晃悠悠地回来坐在座位上,又要大闹满杯,别人不敢伸手,只有顾老把二人的酒杯斟满。葛两眼发直,双手颤颤巍巍举着杯子在嘴边上一撇,一饮而尽。刹那间,葛副官眼一闭、头一歪,死狗似的斜躺在椅子上。保镖和任参谋跑过去急忙喊了几声,葛副官丝毫不动,酒精的威力发作了。

李泽生和陈文会走过来把带有银行标志的帆布兜子递给任参谋,任参谋数点无误后收了起来。李泽生说:"二老是调解人,也是见证人,感谢你们费心,我和陈文会搀扶老人回家。"说着,扶起顾老和万乡长往外走,回头打招呼说:"请客人上楼休息,我们先走一步,再见!"

七

李泽生和陈文会从后门进了熏鱼馆,准备向领导汇报情况。马志新幽默地说:"孔新和丁树德就在隔壁研究下一步行动,都是纸上谈兵,叫他们一起过来,一锅烩省时间。"

李泽生简单明了地做了汇报:"……葛盛才本来今天要回新镇,由于醉成烂泥,在万乡长的建议下,只好给抬到宴悦楼的二层套间里,避免了住警察所带来的诸多麻烦。我们分析,后半夜可能有动静,他的吉普车就停靠在饭店门口，有什么风吹草动我们定会知晓。

"席间，顾老有意追问新镇伪军内部情况，我们躲到外间，断断续续地听到一些，知道敌人内部发生了一系列矛盾。其中有明争暗斗的权力纷争，也有你死我活的分赃不均，以邻为壑，尔虞我诈，从某种程度上讲，上层已经分崩离析乱了阵脚。正像顾老所说的，什么也顾不上了，都在想方设法抓钱。在竞争中占上风得了手的，得意扬扬地摆宴席，请宾客；竞争中失利的，轻者喝酒发泄，重者大打出手，嗜酒如命已成常态。葛盛才虽然酒量有限，但也玩儿命地喝个没完没了，那才叫一醉方休呢！

"伪军头头们的混乱给下层士兵带来了灾难，说不定哪句话哪件事就会惹来杀身之祸。葛盛才家人要求军方制止他酗酒，几天前因为保镖劝说，一气之下，开枪打伤了两个人，从此无人再敢规劝，只能信马由缰，每次在酒桌上一直喝到爬不起来为止。下级对上级的不满和反抗情绪已达顶点，任参谋之所以会诉说这么多，说明他本人也积攒了不少怨气。"李泽生停顿了一下说，"经讨价还价，最后我们付出1500现大洋，这笔钱如果让个人独吞了，可是一笔不小的数目，葛盛才很在乎这笔收入。"

孔新插言道："好啊！两个主攻方向只剩一个，现在应集中力量，在一个进攻点上下功夫！"

"听了泽生的汇报，觉得有两点值得大家注意，"马志新精神抖擞地说道，"伪军头头之间的矛盾增加了，官兵矛盾激化了，这是大好事，是抗日力量施压的结果，整个形势有了质的变化。今天要做到两个突破才行，对罪大恶极的葛盛才，绝对不能容忍他再回到新镇残害人民，而对其保镖和随从一定要耐心地做争取工作，多抓几个俘虏总比多收几具尸体的效果更好。"

孔新建议说："我能否马上去通知辛燕侠，警察局的点要撤，让三个民兵回家待命，只带手枪队的人去千里堤增援，我和他们一起到那里隐蔽。"

"这个主意很好，"马志新命令道，"立即行动，李泽生、丁树德紧盯宴悦楼的动静，一有消息马上往下传。"

八

千里堤大槐树旁早年是一座土地庙，因年久失修已经倒塌。辛桂田走到跟前发现，砖瓦和碎石堆成一大片，往前走到路中央看见有一个大坑，坑中结了冰，真主襄助，简直是个天坑，如果把碎砖石堆到坑边，不费多大力气，就是一个绝妙的陷阱。说干就干，大家急忙动手，一会儿就做成了陷阱。他们隐蔽在堤坡下等待时机，谁知道左等右等，千里堤上还是黑漆漆的，死一样的寂静。

子夜刚过，忽然听见远处有轻微声响，大家警觉起来。辛桂田想，伪军头头出来绝不会步行，既没有马蹄声，也没有发动机的隆隆声，一定是警察所的人在巡逻。十人都抽出手枪趴在堤坡上观察动静，不一会儿，听到一声清脆的口哨声。辛桂田明白了，这是孔新的信号，就迅速爬起来，迎着大道的方向走过去，用力咳嗽了两声，二人很快搭上话。孔新把情况的变化简单讲述一番，辛桂田非常高兴，只是说："二月春风似辣椒，天气齁冷，不知要熬到几更天？"

"你这旱鸭子别拽了，人家叫'二月春风似剪刀'！"

"你这人真较真儿，意思都是一样的。"

辛燕侠走过来，检查一遍地形后说："障碍物还不牢靠，我们几个人用鬼头车推来十几根原木，把它放在大坑周围，再加固一下，让它万无一失，只等笼中捉鸟！"

鸡叫三遍，天黑得还伸手不见五指，葛盛才突然醒来，问任参谋是睡在什么地方，得知是"宴悦楼"后大发雷霆："你们这帮杂种，我们哪能在这种地方过夜？不是找死吗？快！马上回新镇。"他站起来扽着裤腰急切地问道："现大洋放在哪儿了？"

"在柜子里。"任参谋答道。

葛副官将帆布兜挎在脖子上，其他东西敛巴敛巴塞进袋子里就往楼下跑，随从们追着赶着也跑到楼下。任参谋急忙说:"老总!吉普车要加油,不要着急……"

"路上再加!"几个人急速地钻进车里,汽车屁股喷出黑烟,如箭离弦似的离开了宴悦楼。

李泽生和丁树德急忙走出房间,发现汽车已经启动,二人拼命地蹬自行车追赶,但距离越拉越远。李泽生十分懊悔地说:"失策!失策!出了问题怎么交代!"

二三里路哪里经得住汽车跑,眨眼间距离大槐树就差几十米了。任参谋见大灯照在一个障碍物上,连忙刹车后下车查看。辛桂田发现汽车在坑前很远的地方停了下来,举起手枪就往前跑,心想,这事肯定坏在辛燕侠身上了,画蛇添足,把陷阱变成障碍物,大灯一照让人家发现了。辛桂田从大堤右边往东跑,任参谋从大堤左边往西走,漆黑的天谁也没发现谁。说时迟那时快,辛桂田一个箭步跳到驾驶室处,看到副驾驶座位上有个抱着帆布袋的人,立即开枪,同时喊道:"缴枪不杀,统统下车跪在地上!"辛燕侠、孔新从远处跑过来,正好和任参谋撞个满怀,任也被生擒。

孔新打开车门检查,发现葛盛才已经死在座位上,车外三人跪在地上。孔新把帆布袋摘下来挂在肩上,说道:"我问你们三个人,既然放下武器投降了,个人有什么打算?"

两个保镖吓得哆哩哆嗦地说:"我们都是雄县人,家里有父母亲,愿意回家种地,洗手不干了。"

孔新又问任参谋:"你怎么样?"

任参谋感到是表达自己想法的时候了,绝不能错过这个机会,他诚恳地说:"我愿意参加八路军、游击队。如果你们不嫌弃的话,我现在就跟你们走,接受上级的审查。我是老堤村人,叔叔在129师供职,早就劝我离开新镇!"

"口齿伶俐,嘎嘣脆!"孔新不自觉地赞扬起来。

这时李泽生和丁树德也气喘吁吁地赶到了,一看现场这般样子,既高兴又自责。丁树德说:"虽然我们成了马后炮,但是你们做得很漂亮,该抓的抓了,该毙的毙了。"

辛燕侠把几个连级干部叫到一旁,商量怎么办,大家你一言我一语统一不起来。孔新走到李泽生身边把帆布兜交到他手里,接着说道:"把葛盛才的尸体埋在堤坡上的大坑里,大家一起趁天还没亮,抓紧时间回苏桥,找马政委决定吧!"

马志新听完汇报后立即决断,说道:"吉普车没有损坏,作为战利品,由孔新开车,取道董各庄、文安洼,经大留镇到朱合村,辛燕侠、丁树德和任忠杰同车前往。你们一定要把吉普车保管好,有机会送给军分区。辛桂田带领手枪队回部队,每一个战士都应该受到表扬。"马政委扭过头来对任忠杰嘱咐说,"小任你的名字很好嘛,人中之杰啊!你投诚参加革命,我们衷心地表示欢迎。革命不分先后,希望你在自己的部队里好好学习,再立新功!那两位小伙子也很聪明,只要你们脱离伪军,当一个自食其力的农民,我们永远是朋友。请泽生给每个人50大洋,拿回家去孝顺父母吧!"

第二天,马志新带领李泽生和陈文会乘船到了孙氏镇,立即将这批废钢铁通过陆路运抵饶阳和安平的军工厂,为文新县筹措武器弹药创造了条件。

第十七章　解放新镇文安

一

1945年清明节前夕，朱合村小学操场上人头攒动，有上千人在这里集会。靠近教室的台阶上用杉篙临时搭起了一个门字形牌楼，牌楼上挂着横幅，上面是用毛笔书写的九个遒劲醒目的大字"声讨日伪军罪行大会"，两边杉篙上整齐地挂着一副对联：

冀中遭倭寇荼毒，汉奸踩躏，烧杀抢掠无恶不作；
华夏靠中共领导，八路振威，前仆后继终见光明。

这是大清河回民支队为准备解放新镇、文安举行的诉苦、声讨大会，各连队全体指战员参加，党委、政治部、司令部一班人也按时到会。筹备组组长李河及成员白纯等人，为了把这次会议开好，还到兄弟部队取了经，进行了精心准备，争取给人们以震撼。没有想到的是，周围各村的乡亲们积极性也非常高涨，竟来了几百人。会场周围的墙上、树上贴满了醒目的标语："吐苦水忆起民族仇，表决心莫忘阶级恨"，"有苦诉苦，有怨诉冤"，"别看敌人跳得欢，就怕群众拉清单"，"日本必败，中国必胜"，"血债要用血来还"等，整个会场一派庄严肃穆。

白纯走到前台课桌中央，从上衣兜里掏出稿子，扫视了一下四周，开始讲话："同志们，乡亲们，今年是'七七事变'抗战以来的第八个年头，如果从'九一八'算起是第十四个年头。日寇的铁蹄自从踏进华北，在汉奸

'白脖子'的配合下，烧杀抢掠无恶不作，人民遭受涂炭。在共产党、八路军领导下，我们奋起抗争，敌人的实力大大被削弱，就我们新镇、文安而言，日伪军的主力已经龟缩在城里……"

白纯善于演讲，鼓动性很强，今天面对千人的大场面，首长们也坐在观众席上，他生怕出丑才准备了一份稿子，讲了几句后看到人们都在侧耳细听，心里有了底，便大胆地脱稿讲了下去：

"日寇在文新县制造了多起惨案，有来广营惨案、左各庄惨案、于屯惨案、叩岗惨案、富各庄惨案、大京头惨案，累计死伤几千人，烧毁房屋累计几万间。我们的亲人没了，家园成了一片废墟。日伪军的罪行罄竹难书，现在到了清算的时候了！今天，我们请来从叩岗惨案中死里逃生的李树春大哥讲讲这个惨案的经过，让我们牢牢记住这国恨家仇！"

李树春是一位老实巴交的农民，头上箍着羊肚手巾，穿着一身粗布蓝裤褂，黝黑的脸上闪着亮光。他走到桌前，把头上的手巾抽下来搭在肩上，向各位指战员和热情的乡亲们深深地鞠了一躬，说道："今天我站在这个台上想讲讲我们村里的事。照理说，一个文安洼里的普通乡村有什么可讲的呢？但我们村被鬼子残害了21条人命，不说道说道实在是难以咽下这口气呀！"

我是二区叩岗村人。我们村的人都靠种地为生，本分实在，对贪官污吏欺压百姓恨之入骨，对共产党打土豪、分田地、闹翻身从心底拥护。抗战以来，二区成了根据地模范区，乡亲们把八路军、游击队看成是自己的亲人，叩岗村成了十里八乡有名的堡垒村，日寇、汉奸从此就黑上了我们这个村子。1942年8月11日，天刚刚亮，驻在徐黄甫村的30多个日本兵和100多个伪军突然包围了村子，然后挨家挨户地搜查，结果什么也没搜出来。敌人用刺刀逼着男女老少200多人到西叩岗村南大场里，在周围架起了机枪。

叩岗村虽然不大，但不少人参加了区小队，有些是八路军的亲属。二区区小队队长姜保忠（姜庄子村人）的父亲就隐蔽在我们村里，也随着人群被日伪军赶到了大场上。

日本鬼子喊道:"谁是八路,谁给八路藏了东西?统统讲出来、拿出来!交出来的有奖,隐藏不说的统统死啦死啦的!"敌人喊了多次,人群中没有一人吭声。

鬼子从人群里拉出了五个人,用枪刺逼着让他们带路去找村干部的家,五个人都支支吾吾地不吐实情,日伪军的伎俩未能得逞,就兽性大发,开始对这五人残酷折磨。一个大龇牙伪军头头儿带领几个打手把他们的头摁到水桶里,然后用脚狠踩他们的后脑勺,直到把人憋昏、呛昏为止。他们苏醒后,又被几个日本兵捆在长凳上灌凉水,再用杠子往外挤压,五位同胞的呻吟和惨叫声回旋在空荡的大场里,群众的哭声也响成一片。姜保忠的老父亲试图从人群里往外挤,想自己承担这一切,立即被群众推了回去。

五人虽被反复折磨,但始终没有屈服。我看到他们灰黄的脸和瞪得圆圆的眼珠子,从内心里感到佩服,开始的害怕、胆怯立即一扫而光,内心里只有恨。日伪军一计不灵又施一计,手段更毒辣。场院有一个小屋,平日是存放农具和秋收护场执勤的地方。他们先将仅有的一个小窗户用席子堵起来,再把一群男青壮年驱赶至小屋内,又陆陆续续往里塞进了44个人,最后还要把30名妇女往里驱赶。屋里的人预感到凶多吉少,就死死把住门口不让她们进去。妇女们也抱成团儿,拼命与驱赶他们的人挣崴着,鬼子看势不成才算作罢。接着,鬼子用耙子堵住门口,小屋周围架起机枪,再一次喊道:"谁是八路,老实交代出来,现在说还不晚,再过一会儿就统统死啦死啦的!"丧心病狂的日本兵往小屋里面扔了两枚毒瓦斯,小屋内顿时黄烟弥漫,呛得人头晕目眩,窒息难熬。我是个小个子,长得又瘦,一直在人们的腿脚之间爬来爬去,恰巧看到地上有两枚毒瓦斯铁皮罐正在冒烟,就立即抓起来扔进身边的一个无锅灶膛里,并盖上簾盖子,滚滚浓烟顺着烟道排出了室外。敌人发现后又扔进数枚毒瓦斯,屋里的人都口吐黄沫、全身抽搐,晕倒在地。

很多村民看到这种惨状，就奋不顾身地蜂拥过来，冲进小屋里救人，几个人中毒后昏迷不醒当场身亡。大概一个小时后，其他人陆续苏醒过来，鬼子们又用木棍、枪托毒打他们，最后又把他们扔上汽车，押往徐黄甫据点。途中又有多人死去。这次惨案共有21个人丧命，占全村好劳动力的一半……

李树春嗓子哽咽着说不下去了，眼泪噼里啪啦地掉个不停！

一个连队战士站起来振臂高呼："打倒日本帝国主义！打倒一切汉奸卖国贼！血债要用血来还！"口号声、声讨声此起彼伏，有人抽泣，有人忍不住号啕大哭……

这时，筹备组成员、组织部长孔玉彬带着马文举和韩德明从教室里抬出了一个预先准备好的大花圈，挽联上联写着21位英雄的名字和"传世千古"四个大字，下联落款是"大清河回民支队全体指战员"。

白纯含泪走到讲台前大声说道："同志们，乡亲们！请静一静，让我们全体起立、脱帽，向英雄们三鞠躬并默哀1分钟。"

在默哀的短暂时间里，悲泣声不断，大家都哭成了泪人。

白纯说道："请大家坐下，让李树春大哥继续讲下去。"

李树春拽过肩上的毛巾擦了擦眼泪，又接着往下讲道：

大难中我幸免一死，但留下了气喘的病根儿。我们这些人虽然没上过多少学，没有多少学问，但是深知这样一个道理：如果跳出来指认八路军和游击队的家属，可能会赖赖巴巴保住一条命，但下半辈子就会活不踏实，良心不安。我们再没有学问也知道绝不能向残害我们父老乡亲的敌人低头。我敢大声地说，死去的21位当村兄弟，都是当之无愧的英雄，他们的血不会白流。

遇难的兄弟们千古不朽！

会场上口号声又响了起来！

白纯走上台，紧紧握着李树春的手，说道："感谢李大哥，你给我们上了一堂生动的政治课。"这时，一个高个子青年也快步走了过来，没等白纯开口就说道:"白指导员,我要控诉日伪军的暴行,我压抑好几年了。"

白纯问:"你是哪个村子的,叫什么名字?"

辛燕侠立即说道:"他叫辛树刚,是回回营人。他确实有一肚子深仇大恨,给他一个控诉的机会吧!"白纯颔首同意,辛树刚转向乡亲们站好,开始了自己的控诉:

1937年10月,100多日伪军武装押运着包运船,由保定经赵王河驶往天津,途经文安县娘娘宫村时,闯进我们村里要吃要喝。他们在几个饭馆和老乡家里吃饱喝足后,又抢东西,见吗抢吗。四十八村联庄会发现后,人们拿起棍棒、长矛、火枪把日伪军包围起来,经过半天的厮杀,大部分日伪军丧生,少部分逃跑。

人们没有料到,两天后日伪军从天津调兵遣将,用机枪、大炮围剿四十八村,还派飞机轰炸,焚毁民房两千余间,打死200多人,尤其是回回营、北斗村所受伤害最深。日伪军烧毁了清真寺后又跑到我们家,手持火把要点燃我家的正房。老爸上去阻拦,被日本兵用枪托打倒在地。日本鬼子拿火把点燃了窗户,在老爸的叫喊声中,两个姐姐从屋里跑了出来。鬼子兵一看是两个姑娘,一拥而上,把我两个姐姐强行拉到西厢房糟蹋了。老爸气得浑身发抖,拿起一块大石头向领头的一个鬼子打去,另一个鬼子跑过来,拿刺刀把老爸活活挑死,为了掩盖他们的罪行,又把我两个姐姐捆起来,头朝下拟到井里给活活淹死了。

我当时躲在邻居家,从墙头上看到了这一切。当时我只有8岁,邻居大娘为了保住我这根独苗,把我带到外村亲戚家居住。我是吃着百家饭长大的,没有邻居、老乡和亲戚朋友的帮助,我早就不在人世了……

辛树刚说着说着就大声痛哭起来。

这时孔玉彬、马文举和韩德明又从教室里走出来,每人双手举着一个木牌,三个木牌上分别写着:辛占明之牌位、辛大姐之牌位、辛二姐之牌位。

三人将牌位恭恭敬敬地摆放在三个椅子上,然后站成一排鞠躬后离开。

明白回族礼仪的人都知道,回族很重视为逝去的先人过祭日,但不是送花圈或搞牌位之类。在这样一种特殊的场合,为了表达活着的人们对逝去的兄长、姊妹的纪念,特别搞了一个象征性临时牌位。见到此情此景,白纯立即说道:"请大家起立,向辛大爷和两个姐姐三鞠躬。"全场气氛凝重,辛树刚走向前去,扑通跪在牌位前,一边哭一边说道:"爹爹、姐姐,我对不起你们,你们已经遇难八年了,还没有给你们报仇,我有罪过啊!我现在16岁了,我要求参加回民支队,请马政委批准,我一定要给亲人报仇!"

会场上又响起了口号声。

坐在中排的马志新,没等司仪白纯讲话,眼含泪水,快步走到台前,拉起辛树刚的手说道:"好孩子,受苦了!早听说过你的悲惨遭遇,今天才得以相见,我代表回民支队向你问候,向所有受难者问候!我答应你的请求,从今天起,你就是回民支队的光荣战士了。"

马志新转过头来讲道:"同志们,乡亲们,今天的声讨会开得好,感谢李树春大哥的发言,感谢辛树刚从几十里外赶到现场作即兴发言。这些都是真人、真事,我和大家一道,为我们中华民族遭受的苦难而深感悲痛。感谢会议的组织者,让我们每个人都受到了一次终生难忘的爱国教育。其实,在日寇的铁蹄下,中国的无数家庭都有一本血泪账,就像墙上写的标语,'血债要用血来还',向敌人彻底清算的日子已经不远了。

"我们坚持毛主席提出的持久战已经八年了,这八年的浴血奋战,壮大了中国共产党,锻炼了人民军队,唤醒了广大群众。去年年底,毛主席发出扩大解放区的号召,要求敌后军民在1945年'必须把一切守备薄弱,在我现有条件下能够攻克的沦陷区,全部化为解放区'。毛主席的号召像春风一样传遍华北、传遍全中国。

"今天,我们在这里召开大会,声讨日伪军的残暴罪行,激起了大家的义愤,这是力量的积蓄。我们要进一步把广大人民群众团结在党的周围,统一思想,同仇敌忾,把仇恨化作消灭敌人的力量!"

大会在《大反攻》的歌声中结束。

根据部队党委的决定，利用声讨大会的机会，把两年来新入党的同志集中在教室里召开宣誓大会，有158人参加。大会开得严肃庄重，是部队成立以来最大一次面向鲜红的党旗隆重宣誓的仪式。

最后，金树江书记激动地说道："回想我们走过的道路，有成功也有失利，凡是成功或取得胜利的时候，都是党的作用发挥得好的时候。这是大战前的宣誓，考验每一个党员模范作用的时候到了。同志们，战斗就要打响了，希望我们每个人能为文安、新镇变成共产党领导下的解放区而贡献力量。"

二

冀中军区杨成武司令员在一次会议上，对饶阳、安平、深县以及河间、任丘、新镇、文安的抗日形势表示了非常大的关注，认为那里发动群众较为深入广泛，工作有一定基础，县支队、区小队也具有一定战斗力，对在这七个县打开缺口寄予了厚望。

他对于新镇、文安的行动给予了特别关照，要求文新县支队、回民支队、霸州县大队、任丘县支队等地方武装积极组织、筹划，相互支援，发挥对地形、敌情非常熟悉的特点；指示三十八区队、四十二区队、四十三区队、二十四团要全力以赴支援地方武装。

在白洋淀会议的间歇，杨成武司令员问马志新："志新同志，从你离开晋察冀军区白求恩学校到文安去，差不多两年没见面了，现在的情况还好吗？"

马志新给司令员行了个军礼后说道："很好，司令员，请放心。"

司令员开玩笑地说："听说你们不缺吃、不缺喝、不缺穿，既开荒种地又搞多种经营，小日子过得很殷实嘛！"

"什么都瞒不过司令员。我想问司令员，这次打新镇、文安，能否给我们一些硬任务？我那里已经有500多人了，武器方面这两年也有了很大进步。"

杨司令员微笑着说道："如果你讲别的情况我可能还不清楚，唯独文安的事有个印象。那里有个文安大洼,像文安湖,水清见底,芦苇丛生,今年的水势至今还很深。把文安洼的船统统管起来是件大事,否则天津的敌人要是通过水路跟文安联系麻烦就大了。听说广大回民战士水性不错,比较有优势。总之,我记得你们的任务是打外围,不要把外围的鬼子、汉奸看轻了,那里往往藏匿着一些顽固派和反革命死党。边远岗楼和据点不光有伪军在那里驻守,很多重要据点还有不少日军亲自把守着、盘踞着。我肯定地说,外围战役,有你们的用武之地!"

三

军区的会议结束后,马志新到白洋淀西大坞村找到陈文会,一起上船,向文安驶去。船工是位胡须花白的老者,腰板很直,手脚也利索,划起船来就像个年轻人。马志新问道:"老大爷贵姓,是哪个村的,平时的生活是靠种地还是靠打鱼呀?"

"我姓郝,是柳林庄人,主要是种菜园子,自己有条船,农活少的时候也开船拉个脚儿什么的。"

"这一带还安定吗?"

"现在好多了,鬼子汉奸来得很少,让八路军、游击队打怕了!我在白洋淀雁翎队干了几年,年纪大了点,回家种地啦!"

马志新又问:"郝大爷你说,生活在这样没有多少土地的水乡,是好事还是坏事?"

"生活在平原上的人对水乡的人不理解,其实一方水土养一方人,"郝大爷见马志新是个知书达理的文化人,话匣子就打开了,"水乡可以打鱼、种藕、种菱角,打苇子编席。像我种着5亩菜园子,有水浇,旱涝保收啊!鬼子来了,平原上往哪儿跑?顶多钻地道,危险性还很大。可在我们这里,一钻进苇塘里,鬼子就没辙了,整个苇塘荡就是一座八卦阵,比诸葛亮的阵势还神秘。白洋淀横跨四个县,水上交通方便,再过一个月,荷花开了,人们叫它荷花淀,有人说,这里比西太后的夏宫还漂亮呢!"

马志新又问:"你的蔬菜搞批发吗?像文安这一带你们给送货吗?"

"只要是赵王河、大清河边上的村镇都没有问题。"郝大爷接着建议说,"你们在文安搞个蔬菜批发站,我可以给你们送菜供货。"

马志新心想,部队的蔬菜供给一直比较紧张,平时尽吃野菜、咸菜。如今要打仗了,指战员们只有吃好喝好才能多杀敌,今日算是歪打正着,以后500多人的吃菜问题就有了着落。

马志新点点头说:"好啊,以后让我们这个小陈跟你联系。"

小船在淀里行驶着,时而穿过荷塘,时而进入像胡同一样的苇塘。阳光透过厚厚云层的缝隙,照在船头的水面上,一道道耀眼的波光闪烁着。红红绿绿的水鸟,扑棱棱地飞起;一群群大雁,成双成对地在水草里觅食,白洋淀是个好地方,不愧是冀中平原上的一颗明珠。

顺水船像出了弓弦的箭,很快就在朱合村靠了岸。

四

在军分区统一指挥下,解放新镇、文安的战斗在5月上旬打响了。先是扫清新镇外围各日伪据点,由四十二区队、四十三区队在八区区小队的配合下进行,重点清理柴恩波在各村的残余势力。对文安,重点扫除城西的岗楼和据点,三十八区队、二十四团、文新支队、霸州大队、任丘支队打头阵,回民支队扫清外围。文新地区广大人民群众喜出望外,奔走相告,毫无保留地全力支持八路军、游击队的一切行动。初期战斗进展基本顺利,成果也比较明显。

马志新根据上级指示,5月12日调三个连和一个爆破排的兵力迅速赶往文安洼董各庄,民运支前队也随之到达。当时,该村清真寺里和柴火垛背后的帐篷里住满了人,按照支队的部署,为了不打扰百姓正常生活和走漏消息,统一安排白天休息,晚间活动。

金树江、李河等人带领二连到文安洼着手控制各种船只。马志新和郭冀中带领一、三连和爆破排于15日5时包围了大柳河镇岗楼。连长辛燕侠和金兴才抓到伪军一个警卫班长，据口供称，岗楼及大院里共有40余人，武器弹药充足。辛燕侠举起手枪朝天上开了两枪，接着用喇叭筒子喊话："大柳河岗楼的同胞们，你们被八路军、游击队包围了。缴枪者不杀，立功者有奖，坚持不投降的铁杆汉奸，只有死路一条！"敌人没有吭声，只见地堡的枪眼里冒出火光，子弹滋溜滋溜地飞过来。我们的战士立即卧倒，我方的轻重机枪也不吃素，礼尚往来，雨点似的向院内目标开始射击。打了大概有半个小时，敌人的火力被压制了，有了片刻的平静。

一连指导员刘宝伦又拿起喇叭喊道："同胞们，伪军大队长王珊德是恶霸地主的儿子，我和你们一样，原来都是普通农民，是受压迫、受剥削的人，跟他跑有什么出息？日本人眼看就要完蛋了，汉奸没有靠山，还往哪里跑？同胞们千万别当傻小子，别当可怜虫！你们的父母兄弟还需要你回去照顾。今天，你们是打算为汉奸玩儿命，还是当机立断，早日投降，命运掌握在你们自己手里，已经到了该决断的时候了！"

刘宝伦这番话的每一个字，都清清楚楚地送到了伪军的耳朵里，有些人从角落里纷纷跑出来缴枪投降。岗楼里一看形势急转，又用机关枪从枪眼里往外射击。

三连指导员杨春圃找到一个投诚的士兵问道："王珊德在哪个房间？他的周围有多少人？"

投诚的士兵说："队长在岗楼的地下室里，就是往外打枪的那个堡垒间，周围有头头脑脑和通讯员共十六七个人。"

另一个投诚者说："院内有个小厨房，那里有暗道可以直通岗楼。"

杨春圃把李泽生和刘铁头叫过来，一起赶到指挥部，杨春圃简单介绍了岗楼大院内地道的情况。马志新说："好，人家已经准备好通道，我们还是下坡推车——顺辙溜吧，省去爆破挖地道的时间了。要沉着，绝不能着急，敌人既不能上天，也不能入地，跑不了。为了做到仁至义尽，我们还是再多规劝几句为好!"

为了完成爆破任务,多种经营连特别成立了一个爆破排,由连长李泽生负责。刘铁头是文安最早派出去学习打铁、翻砂、制造武器弹药的,后来又去学爆破,经军区考试,他已是一级爆破手。回民支队这次打外围,拿下大柳河镇岗楼是主要任务,这次是刘铁头和爆破排第一次大显身手的机会。

李泽生面授机宜,刘频频点头。在陈子英的帮助下,他们把两辆用平板车改装的土坦克偷偷地推到院子里小厨房窗下,敌人的子弹打到厚厚的湿棉被上,只听见噗噗的声响,几个人藏在车下毫发无损。二人抽冷子把一件行李卷似的炸药包搬进了厨房,一袋烟的工夫,两辆土坦克又被推出了后门。

刘宝伦又喊道:"同胞们,再给你们一个机会,投降者不杀!"

院内仍然是死一样的寂静。

轰隆隆一声巨响,三层岗楼和院内所有平房刹那间夷为平地。刘铁头安放的黄色炸药包炸响了,威力惊人!

回民支队一连、三连、爆破排和民运队全体指战员跳出战壕,支队领导走出指挥所,当地百姓也涌上街头,不断地欢呼、跳跃。人们长时间压抑的情绪一下子释放出来了,痛快透了!

在排以上干部会议上,马志新笑容满面地说道:"同志们,打外围也不简单,伪军也不是泥捏的,汉奸走狗有他的阶级基础,这只是一个序曲,大胜利还在后头。现场留下30人,由杨春圃负责,会同当地党组织迅速清理现场和善后;老墩(辛同军)带领炊事班乘马车急速奔赴南庄;其他所有人急行军,争取中午在南庄村清真寺打尖,今晚要迟早赶到富管营。"

五

富管营在文安东北部,大清河从村中穿过,是天津、保定的水上生命线,有"战事物资转运中心"之称。为了保证运输畅通,平日在此地常驻的日军保持在30人上下,足有两个加强班。正像杨成武司令员预见的那样,"很多重要据点，有不少日军亲自在那里把守着、盘踞着"。伪军的力量也相应增加，配备了接近一个连的兵力。日伪军在几年前还建成了一座两层院落，配有两处碉堡式岗楼，上有衔桥，下有暗道，有超过村镇级的完整工事。

马志新在布置任务时说道："有人说，拿下富管营岗楼就像老虎嘴里拔牙。我说，这个老虎再凶，也要把他的嘴撬开，我们这次打外围就得有这股横劲儿。但是，具体怎么撬开老虎的嘴，当然要有策略和相应的工具，尤其是对付狡猾的日本人，更要有妙计高招。一连抽调一个排到富管营东北部埋伏下来，警戒胜芳镇有日伪军增援；三连抽调两个班到东南方埋伏，防止安里屯、三滩里敌人的骚扰；剩下的人安心在这里实施拔牙手术！"

天刚擦黑，部队就包围了整个富管营据点，一连战士首先把周围的电话线都切断了。刘宝伦向敌人喊话时，里边真有人对答，后来形成你喊一句他答两句的情形，回民支队打了几年仗也没遇见过这种奇怪的事情。辛燕侠对郭参谋长说："林子大了什么鸟都有，一般日伪军不管投不投降，都不会言语，最后都用枪声作答。"

"你再喊两声，看他还有什么话可说？"郭参谋长说道。

"同胞们！你们的队长是铁杆汉奸，像日寇一样，已经是秋后蚂蚱了……"

岗楼里紧跟着喊道："我本是堂堂正正的国军连长，后来跟随了皇军，人家对我不薄，我哪能投降？谁是秋后的蚂蚱还说不准呢，谁蹬腿早谁知道！"

马志新听后也笑了，说道："世界上还有这种二百五，十足的汉奸、卖国贼！都被围得水泄不通了还要横呢，这种人留在世上肯定也是祸害！"

排长任忠杰到指挥部找三连连长金兴才，说是有情况要汇报，金兴才说："要是有关打仗的事，请在这里说吧，让政委、参谋长也一起听听。"

任忠杰说："刚才那个从岗楼里往外喊话的人叫魏世魁，是伪军队长，平常就很彪。我投诚前在新镇保安总队时曾到这里检查工作，感到这个人和日本人贴得很紧，也爱做荒唐事。他的家在魏庄，家有父母兄弟，国民党撤退时当了汉奸。之所以把他调到富管营，是因为日本人深深懂得，失去富管营就等于放弃了大清河，保定就会出现供应危机，从而影响整个华北的战事，日本人认为魏世魁忠贞不贰，就特意指定他在这里值守。他也感谢日本人的重用，就死心塌地地为日本人卖命。"

马志新赞赏地看着任忠杰，走过去拍着他的肩膀说："讲得不错！不过，'投诚前、投诚后'这些词儿以后就不必再提了，因为你已经成了一个革命者。你的看法是对的，别看富管营是个弹丸之地，它的作用可不能低估。敌人为了保住它下了很大赌注，如果我们强攻，一定会有重大伤亡，不然这个魏世魁也不会这么牛气。富管营和大柳河岗楼不在一个档次上，我们应该另想巧取的办法。没有我的命令，不准向碉堡乱射击！"马志新沉吟片刻又接着说道，"能不能把魏世魁的父母、亲友找来，让他的亲人做一下工作，效果可能会更好一些。即便他的父母劝说不灵，对其他伪军也是一个教育。"

郭参谋长急忙说："母子之情、父子之情是任何人也不能相比的，我赞成马政委的意见。"

"好！我和任忠杰及熟悉当地情况的陈子英到魏庄去请人！"金兴才说完，三个人就一起离开了指挥部。

半夜时，魏世魁照常吃宵夜，几个下属也过来陪他一起喝酒。酒壮怂人胆，几杯酒下肚，魏世魁就喷着唾沫星子吹道："小小的游击队也敢跟我耍横！这两个岗楼都坚固得很，明眼人一看就明白，文词叫固若什么汤……"

有人插言："固若金汤。"

"对，固若金汤！我倒要看看他们究竟有多大胆子！包围半宿了，到现在既不敢射击也不敢往里冲！小小的绿皮儿蛤蟆，能有多少尿！"

王副队长插嘴说："今儿个晚上对外联系线路都给掐断了，如果到明天还得不到支援，这上百号人就要饿肚子了。"

"这你就不用担心了，天津往上游运输武器弹药的船只，每天下午要到这里找日本人盖章。只要这个章盖不上，胜芳的日本人就会得到消息，到那时里外夹击再收拾他们也不迟。"

叮铃铃……电话铃冷不丁响了起来，魏世魁一抄起电话，对方就嚷嚷起来："麻西！麻西！魏……在吗？"

电话是后院岗楼日本队长岗田打来的，魏世魁马上回答道："在，在，队长大人！"

"我们让人包围了吗？"

"都是土八路，没那么大的胆子，明天就没事啦，放心上床睡吧。"

魏世魁放下电话，伸了个懒腰，斜坐在椅子上。

王副队长又把酒斟满，回头看到队长困得像磕头虫，便向旁人打了个手势，几个人都收起酒杯，也倚在座位上大睡起来。

天蒙蒙亮，魏队长的父母、叔叔、弟弟就到了岗楼外。

辛燕侠在墙外喊道："魏世魁！你的父母、叔叔、弟弟来看你了，他们有话跟你说，你听着！"

魏世魁的母亲喊道："我的儿世魁啊！妈来看你了，你们被八路军、游击队包围了，现在很危险，我和你爹都惦记着你，还是早点儿出来和他们见面吧！他们说了，只要你投降，保证你安全。你这几年跟日本人在一起，家里的日子也过得不安宁，给日本人干事让人看不起。儿子，你就回心转意吧！听妈的话，出来投降不丢人、不寒碜……"

魏世魁睡眼惺忪，定了定神，朝窗外大声喊道："妈，你别管这事，他们这群土八路怎么不了我，我有办法对付他们，你快回家吧！即便你儿子有个三长两短，也是条汉子，文安有句俗语：碌碡轧罗锅，死了也值（直）了。谁欺负咱们家，你们记下来，转天给你们报仇解恨！"

魏世魁的父亲听了儿子的回话，心里七上八下的，琢磨着儿子是个倔强脾气，把话说轻了肯定不管用，说重了又怕他的脸下不来。想了片刻后大声喊道："儿子，我是你爹。每次你回家爹妈都劝你不要干了，跟着日本人跑，说到哪儿也不应该。咱们是庄稼人，有6亩上地和4亩水田，赖赖巴巴也能凑合着过日子。你虽然每年挣几个钱，可是担着多大风险啊！尤其是给日本人卖命，在村里名声也不好；你爷爷是个老实巴交干了一辈子农活的人，也天天骂你孬种。儿子，浪子回头金不换，只要你宣布投降，走出岗楼，把这个夹板套摘了，咱们一起回家过日子，不用受惊害怕地过日子也是一种福分。

我们既然来了，就没想马上回去，你不出来，我们就一直在这里等你。你知道你妈身体不好，你是个孝顺儿子，难道日本人比你爹娘还亲吗？你就狠心把我们扔在这里不管吗？！"

整个据点院里院外寂静了下来，魏世魁在岗楼上的厅子间里走来走去，嘴里不停地骂着，越骂越来气儿，拿起酒杯、酒壶就往地上摔……

叮铃铃，电话又响了。魏世魁拿起电话，听到姓崔的翻译官说道："魏队长吗？我有急事相告，冈田队长问我外边是不是你父母在喊话，我给搪塞过去了。如果过一会儿你父母再喊话，事情就不好办了。魏队长你看着办吧！"

魏世魁真火了，抄起一枚手雷从阳台上甩了出去，轰隆一声巨响，打雷似的划破了黎明的夜空，墙外的人们立即卧倒。过后，辛燕侠第一个站了起来，发现魏世魁的父亲已躺在血泊中，左腿被炸断，鲜血直流，另有两个战士受了轻伤。

刘宝伦将喇叭放在墙头上朝岗楼里喊道："同胞们！刚才魏世魁扔出的手雷炸伤了三个人。受伤最重的是他的父亲，左腿被炸断了，卫生员正在包扎、抢救。你们看看，魏世魁对日本人百依百顺，但对劝他回家的父亲却下了毒手。同胞们，跟这种畜生在一起，你们能放心吗？谁没有父母？谁没有兄弟姐妹？抛弃亲人的人实属大逆不道。对于这样的头头，你们还忍气吞声吗？大家应该团结起来，首先打倒魏世魁，再去收拾日本人。同胞们，机不可失，时不再来，到了造反的时候了！"

岗楼周围又寂静了一段时间。

到了吃早饭的时间，南庄村清真寺给回民支队送来了马齿苋馅的棒子面野菜团子。张乡老说："打仗是件拼体力的差事，比挖河、打堤还累，吃不饱怎么杀敌？"乡亲们特意在菜馅里放了一些牛骨熬的浮油，味道还是蛮香的。大家正吃着带劲的当儿，岗楼里突然响起了枪声，还有几枪是从窗口打向外面的。接着，岗楼的一个窗户上挂出了半个白床单。辛燕侠喊道："放下吃的东西，拿起武器，准备战斗！"

伪军成群结队地举着枪，拿着白旗走了出来。辛燕侠、金兴才看到伪军真的投诚了，忙到门口迎接。一个伪军气喘吁吁地说道："我叫李长山，是个排长。我们趁他们吃饭的时候，起义造反了，打死了不忠不孝的孽种魏世魁和王副队长，还有坚决不同意投诚的二十几个人，其余的都逃出来了！"

郭参谋长也从指挥部跑了过来，代表大清河回民支队向投诚士兵表示欢迎。伪军解除武装后，郭参谋长命令一连、三连抽人将其带到村里吃饭，等战役结束后再做安置。李长山被留下来领到马政委那里，二人紧紧握了握手。马政委问道："你们起义，日本人知道吗？"

"开始不知道，后来这么多人往外跑，估计会被察觉，尤其是翻译官，一直盯着我们……"李长山停顿片刻继续说道，"虽然我们在屋里假装向院外放了几枪，但他们不是傻瓜，肯定会看出端倪！"

"怎样才能尽快把日本人连窝端掉？"

"日本人的岗楼有通往千里堤边上的地道，是一条逃命通道，紧要关头才会打开。要赶紧派人堵住那里，是在苇塘边大柳树下的滑秸垛……"

马志新把连长、指导员找来，命令辛燕侠立刻带一个排的人奔向大柳树，李泽生带两个班和五挺机枪埋伏在千里堤上。

密集的枪声、手榴弹声响起，日本岗楼的窗户全被打碎了。岗楼地下室里射出的子弹打在四周墙头上，噼噼啪啪作响。魏队长办公室的电话铃也响个不停，但已无人接听。鬼子终于纳过闷儿来，枪声一下子停止了……

辛燕侠带人刚赶到大柳树附近，就看到滑秸垛下面有人闪动。他立即命令战士们迅速卧倒、匍匐前进。任忠杰略懂日语，听到一个军官正在催促后边的人尽快出洞。辛燕侠估摸着时机已到，迅速带领陈恩全拼尽全力向滑秸垛旁扔出四枚手榴弹，日本人本能地立即还击，枪声、呐喊声响成一片。眼看着滑秸垛被打着了，火光冲上树梢，辛燕侠和陈恩全从火光中闪过，灵机一动，迅速跃起跳入水塘中。日本兵被炸得死的死、伤的伤，剩下的十几人在火光中爬向河堤。李泽生带领的两个加强班立马接招，马梁和二杆子各端着一挺机枪冲在最前头，鬼子抵挡不住雨点般的射击，哩哩啦啦地倒了堤坡上。

战士们追到日本人跟前检查战况时，发现一个鬼子打了一个手势，意思是不肯投降，并伸手向我战士打一梭子冷枪，然后饮弹自尽。

经查，自尽的是日本队长冈田。我方战士陈恩全等4人牺牲，通信员马俊卿等15人挂彩。

最后统计，打死以小队长冈田为首的日本官兵29人和1名日本翻译，歼灭伪军38人。投诚的有77人，愿意参加回民支队的31人，暂时分配到朱合村种地，其余人表示想回家务农，经教育后就地遣散。

在排以上干部会议上，马志新同志对下一步工作进行了部署："我们一天两宿干了两件大事，大家虽然很累，但还不能安排时间休整。现在新镇、文安即将攻城，距离彻底解放还需一段时间。所以，我们必须采取连续作战的作风往前推进，下一个目标是安里屯和三滩里。"

在部队往安里屯行进途中，侦察员报告：富管营日伪岗楼被扫平之后，没几个小时，安里屯、三滩里据点就得到了消息，日伪军50余人已仓皇逃往静海县王口镇据点。此时从大柳河过来的杨春圃等人赶上了大部队，杨快步上前问马政委："政委，我们20人回到大部队了，看看有什么事情要交代。"

"我给你30人，怎么只回来20人？"杨春圃回答说："留下了10个人维护地方治安，协助区委帮助地方巩固政权。"

"好，你考虑得很周到，做法也妥当。现在，刚刚解放的富管营，加上已成权力真空的安里屯、三滩里，你就照方抓药吧。剩下的20人分到二至三处，也按照大柳河的方式办理。如果人手不够，你再挑5人。我和参谋长把队伍带到文安洼，有事可到董各庄去找。"

六

回民支队正扫清外围反动势力的时候，四十二区队、四十三区队和八区区小队也对新镇以外据点采取了行动，到12日深夜，相继炸毁了北舍兴、张庆口、韩家头、吴家庄等地的岗楼，最后把包围圈压缩到新镇城区。静海和大城县等地的伪军闻讯增援，被三十八区队阻挡在文安以东。兵临城下的局面让柴恩波部队惶惶不可终日，在外援无望、内守不成的情况下，柴恩波召开了紧急会议。他把身子紧靠在一个立柜旁无奈地说道："……我万万没有想到能有今天，事情已到了这个地步，你们愿意跟我走就走，不愿走的自寻方便吧！事不宜迟……"

5月17日中午12点，趁午饭之机，柴恩波率残部200余人，配合日军一个中队，一边抵抗一边顺着大清河往东向天津逃窜。当残兵败将逃到苏桥时，被我十分区部队伏击，柴恩波受了重伤，转而向北逃到霸州。他们残酷统治8年的新镇终于回到人民的手中。此时此刻，人们不知道那些铁杆汉奸在想些什么。随着八路军和游击队开进城来，当地老百姓突然不约而同地拥到大街上，像过大节一样相互道喜、祝贺。新镇完小的老师们也带领全校学生走上了大街，高呼口号，与全城的人一起敲锣打鼓游起行来。

新镇解放的第二天，冀中军区司令员杨成武、政委林铁也来到了这里，不失时机地召开干部大会，进一步部署解放文安的具体事宜。

马志新政委及时向党委一班人传达了新镇会议的内容，每个同志都有说不出的高兴。郭冀中参谋长笑嘻嘻地说："想不到我们拿下富管营对阻止柴恩波东进真的起了关键作用。为了尽快落实解放文安城的任务，李河主任在这里等了半天了，还是听听他的意见吧！"

李河主任向马政委汇报说："这两天征调上来大小船只70余艘，按当地人的说法估计不到总数的一半，尤其是大型运输船，数量更少。我们还打算进一步做工作。"

马志新深有感触地说："反扫荡那年，我到文安县大队挂职当兵，在芦苇荡里打游击待过一段时间，对当地风土人情有所了解。一般老百姓把自己家的船当成命根子，甭说暂时征调，就是外人借用也不敢轻易放手，一是出门离不开船，二是生计也需要船，比平原旱地里的牛车马车重要得多。不打消老百姓的顾虑，光靠下命令想把每家的船统统组织起来，纯粹是一句空话。真正有大型船只的，肯定不是一般户，没有几顷地或一两处买卖，是置买不起大船的。因为文安洼有时有水，有时干枯，干枯后需要一大笔大船养护费，小庄稼户是承担不起的，打消老百姓的疑虑是当务之急！"

二连指导员白纯插言道："政委说得有道理，问题是怎样才能打消老百姓的顾虑，痛痛快快地配合我们的工作。我们几个人是当事者迷呀，苦思冥想也没跳出圈子，磨破嘴皮子有些船也调不上来，请政委指一个方向，具体工作我们去做！"

马志新说道："你们知道文安洼有多大吗？俗话说，'马武营人生得苦，赶个大集二十五'。这一大片水，方圆有六七十里，围着水边转一圈大约二百多里，大洼和周边有上百个村子，大小船只有人统计过，不下 500 艘。要想把船管起来需要因地制宜，能集中的集中，特殊情况不能集中的，可让业主把船收起来，看管好就行，但情况要彻底搞清，总的目的就是不给敌人提供任何运输的方便。"马志新从兜里拿出个小本子，抽出两张纸，继续说道，"第一，写个布告，也叫安民告示，这里我起草了一个草稿，你们看看，进行适当修改后，印刷几千份，贴到各个村子显眼的地方，让老百姓知道我们要做什么，怎么做，让他们懂得一时的不方便会带来永远的方便。另外，也要老乡明白，如果有船隐瞒不报，凡是被敌人利用，跟八路军、游击队作对的，一定会被追究政治责任。落款应该是'中国共产党文新县委员会'。"

"第二，"马志新抽出第二张纸说，"要和船主签个简单的合约，征调时间不超过 12 天，到时船只丢失或损坏了，我们保证照价赔偿；逾期不还的，追究我方签字者的责任。

"目前，回民支队在大洼驻防的共有三个连加一个排，要抽调 120 人，分成 30 个组，每组 4 人，深入到各个村庄，会同村干部把这项工作做细、落实，要求三天之内把大船开到董各庄，小船开到东叩岗和大柳河。

"其余人在黄甫、刘磨、马武营、德归等二十几个村镇设防，抽调最好的机枪和射手布置在文安东各个伏击点上，如有敌人从天津、静海来犯，保证要消灭在文安洼里！"

金树江同志对马政委的分析和部署心悦诚服，两天来紧锁的眉头舒展开来，说道："看来政委早已成竹在胸，可能在来文安洼的路上，方案就已经有谱了。大家都听明白了吗？如果没有异议，请李河主任马上布置下去，三天三夜见分晓。我马上动身去县委汇报，总指挥部一直在等待我们的消息呢。"

金树江带着警卫员马文柱于次日上午在李各庄小学找到了县委办公地点。县委书记孟秋舫说："文安东北部几个据点你们解决得很彻底。人们常说，盘踞在富管营的日伪军，就像大米里的砂粒儿，又硬又硌牙，想不到你们有高招妙计，几个小时就结束了战斗，真了不起啊！这对新镇的战局起了积极作用，柴恩波及其属下被我军赶出了新镇，本来要顺大清河往天津跑，因大清河的运输被你们截断，再加上区小队的有效伏击，逼得敌人转身逃奔霸州方向，昨天，就是5月17日，新镇已经彻底解放。"

金树江称赞说："马政委运用强大的政治攻势，保证了虎口拔牙战斗的胜利！"

孟书记嘱咐金树江说："请转告马政委，回民支队提供的大量武器弹药，全部配备给了县里各武装部队，你们一分钱也没收，真正干了一件大事。你回去一定要转告我的话，文新县人民会永远铭记回民支队的功绩的！"

金树江恳切地说道："文安是我们的第二故乡，这是应该做的！"

金树江接着汇报了马志新的工作方案，信心十足地说道："请县委放心，城东的战事我们一定和二十四团配合好，决不让敌人走出文安洼。另有一件事，关于征调船只要发布告，我们打算用县委的名义落款，你看是否妥当？"

"没问题！请告知马政委，按照现在的进展，24日拂晓就能对文安城发起总攻，预计三四天之内天津就会有动作。他们抓不到木船就有可能使用武装轮船接济，既来之，则灭之，想方设法不要让它们跑掉。说不定还有什么大动作，目前不得而知！"

七

文安是个古城，城郭周长有七八里，都是砖体结构，墙体是用石灰、桐油、米汤汁混合夹浆填充后夯实的，屹立千年巍然无恙。五座城门完整坚固，具有防御和防洪的功能。东西、南北城门打破了传统的对称格局,主街道呈"卍"字形。西关内有石牌坊、木牌坊,孔庙位于西大街北侧,规模庞大,是一般县城少有的。九庙、两庵分布在城区之内,终年香火旺盛。北关天主教堂坐落在苇塘边缘,院内外分布着大面积草坪,很是惹眼。清末望族纪家大院、纪家祠堂风格不同,但都是这里的标志性建筑。钟鼓楼屹立在县城中央,早晨,全城各个角落都能听到浑厚的钟声。人们世世代代生息在这座城里,对家乡热爱有加。自从日本人占领了文安县,城里城外万马齐喑,老百姓遭受涂炭,每天都盼望着把日本人赶走,恢复和平繁荣景象。

盐店街文安伪军司令部里,电话铃声、发报机的嘀嗒声响成一片,司令张彦宁坐在太师椅上,一边抽着烟,一边思考着什么。他抬头看看飘散的缕缕白烟,活像他纷乱的思路,理不出头绪,即将兵临城下的窘迫,这把交椅还能坐几天?这两年的形势是每况愈下,去年春季,孙氏镇和大留镇两个岗楼被端,从日本人的消极态度上可以看出一些端倪。到了冬季,柴恩波逞强烧了城南几十个村子,共产党、八路军的实力不但没有被压下去,反而越打越强了。从根本上讲,还是日本人的力量逐渐在削弱,该增兵的时候却往后撤,出现了力不从心、顾此失彼的态势。今天的局面是日积月累的结果,回天乏力,前途渺茫,保安队的士气也存在很多问题……

秘书王小六走进来说道:"报告司令,参加文安城区防务会议的人已经到齐,请司令到会训话!"

张彦宁坐在交椅上抬头扫视了一下四周,发现到会的人员不齐,脸立刻耷拉下来,厉声问道:"中队长潘安栋来了没有?"

"报告,我是中队副,队长头晕来不了,让我代替!"

"水警队长韩三宝来了没有?"

"报告,我是副队长,队长头痛发烧让我代替!"

张彦宁从座位上站起来,攥紧拳头往桌子上用力一捶,茶壶跳得老高,茶碗哗啦啦摔在地上。张彦宁骂道:"真是一帮酒囊饭袋,今天是连以上军官会议,这么多正职不到会,任务怎么落实?!我昨晚到东西城视察了一圈,

'八猴子'都逼近城墙了，我们的人还没有动静，保安队500人，加上民夫有900人，人都到哪里去了？城垛子要加固，城门内外要修工事，这些任务一周前就下达了，怎么连一袋沙子、一袋洋灰都没见到？！"张司令声嘶力竭地喊了几句，嗓子突然沙哑起来，端起茶杯喝了一口水，又气急败坏地骂道："文安城里水警处几十号人是吃干饭的吗？在东关外用望远镜都能看到八路军开着大船挂着他妈的红旗，支起机关枪在水上来回巡逻示威，你们是干什么吃的，为什么不去管一管？最起码也要把他们的气焰打下去！今天是5月24日，从即日起，24小时不停，给我加班加点，三天内完成迎战的一切准备工作。你们记住，谁出了纰漏，军法论处！！"

严参谋长站起来补充说："张司令着急是为了大家好，我们的命运已经和文安城捆在一起了，在座的大多数都是土生土长的文安人，如果我们的窝儿被人家掏了，大伙往哪里跑？！现在文安城三面是水，只有西边老龙岗一带是块干地，敌人很可能从西面进攻。一大队、二大队重点加固西城墙的工事，三大队重点在东城墙，大家明白，成败在此一举。"严参谋长停顿片刻又继续说道，"在武器方面，八路军无法跟我们比，关键是士气，只要士气足，不作怂蛋包，这个城郭肯定守得住。十字街西侧山田中队还有70余人在那里坚守着，也是不可忽视的力量。你们想一想，我们在文安经营了这么多年，天津、静海、霸州、大城的朋友也不会袖手旁观吧！"

张司令和严参谋长的美梦几个小时后就烟消云散了。

八路军、游击队没有给张司令机会，当晚12时就包围了文安城。马得骏率领的文新县支队首先拔掉东光州据点，很快占领了东北角岗楼。民运队配合部队，用平板车和湿被子做成"土坦克"，战士们隐藏在车下，带着炸药包抵近城墙实施攻击。在强大的炮火掩护下，三十八区队在西北角城墙外使用云梯登上城墙，打开了缺口，横扫城上守敌。接着辗转西关打开了永定门，冲进城内，包围了十字街西侧的日军司令部。随后，文新县支队和霸州、任丘等地方武装对盐店街伪军司令部围而不打，争取用喊话和政治攻势，力促敌人投诚。

第二天中午，驻守东关迎恩门据点的中队长潘安栋经内线做工作，决定弃暗投明，趁午饭休息期间，将监视他们的7个日本兵打死，带着上百人投诚。

驻天津日军得到消息后，命令静海方面的日伪军调动装甲车、武装轮船、飞机赶赴文安救援。当装甲车从文安洼南岸开到黄甫镇附近时，遭到二十四团伏击，前边三辆被击中轮胎，车辆趴窝，伪军被歼灭，后边三辆调头逃回了静海。三艘武装轮船开到德归东苇塘边时，被回民支队30多艘小船截击，打沉一艘，其余两艘拐弯向东南方向逃窜。敌人出动了两架飞机，准备轰炸文安城，飞到马武营一带开始低空飞行。二连连长辛桂田带领马梁、辛德鑫整个机枪班在土砖窑顶埋伏多时，看到飞机准备俯冲降低高度时，他突然站起身来，端起马克辛机枪进行快速射击，眼见着飞机中弹，冒着黑烟，晃晃悠悠地一头扎进了苇塘里。另一架在转弯的时候，被二十四团重机枪击中，滑翔到王口一带不知去向。天津日军陆海空救援的战术最后以失败告终。

地方三个支队抓获了张彦宁的大批士兵，司令部几乎无人抵抗，张彦宁成了光杆司令，在强大的政治攻势下，他被迫打出白旗宣布投降。

三十八区队一直死死地包围着日军司令部，几次进攻后双方都有伤亡。曾在日军司令部当过帮厨的师傅说："日军为了加强在文安的统治，司令部的建筑几乎年年都要加固，我亲眼看到地下堡垒使用钢筋、洋灰浇灌，各种军用设施齐全。日本人迟迟不投降，一定是在等待外援。"

天津日军对文安日军的救援，虽然第一次失败了，但还是没有放弃，又下令大城县日伪军支援。大城日伪军组成600人的全副武装敢死队，于30日下午，从东南方向开过来，直奔文安小南关，三十八区队和地方支队决定和日伪援军拼个你死我活。上级经过慎重考量，为了避免巷战，减少文安城内老百姓和部队的伤亡，决定网开一面纵敌外逃，文安城内剩下的近60个日本兵，31日凌晨在600人的严密保护下，冒着倾盆大雨从小南关涉水逃往大城。

1945年5月31日，文安、新镇全境获得解放。

第十八章　抗战胜利

一

在文安、新镇宣告解放后，大清河回民支队按照军分区的指示，会同三十八区队继续东进，协同作战。三十八区队是由九分区两个连队、文新县支队两个加强连组建而成的，后来又经过了战斗扩充，是一支敢打敢拼的坚强队伍。队长贾桂荣、副队长储国恩都是久经考验的优秀领导者。两支队伍形成合力，相继打下王口镇、苫头儿、八台、李家湾子等十几个日伪军据点。接着往北迂回，连克下河头、东分港、杨分港、韩家墅，逼近天津郊区。两支队伍经过近两个月的征战，津西大部分日伪军占领区已回到人民的怀抱。最后，整个部队拉到已经获得解放的胜芳镇进行休整。

马志新和同事们住在河西一所学校里，吃过晚饭后，郭冀中请政委出去走走。郭冀中说："我知道你到胜芳开过几次会，但都是来去匆匆，哪有闲心去大街上看景呢？你知道吗？胜芳镇很漂亮，是个地地道道的北方水城。当地儿歌里唱道，'堤上的垂柳，街上的桥，荷花淀里能垂钓'；有人说，'南有苏杭，北有胜芳'，'胜水荷香'的美名不是瞎吹的。"

马志新说道："既然你说得那么好，我们叫上住在旁边的李河、李泽生一起出去走走。"

胜芳镇东西大街有七八里长，南靠大清河，东临东淀，三面环水一面陆地，是有名的水陆交通码头。大清河的几条南北支流穿街而过，整个街区由三座拱形大桥连接，从远处望去像三道彩虹。河道里的小船轻悠悠地从桥下穿过，一派江南水乡的景象。当地人讲究吃淡水鱼、淡水虾蟹，做法各异。饭馆前用五彩布条粘扎的圆桶形幌子，在清风吹拂下飘飘洒洒地晃动。街口处挂着柳条笊篱的招牌，表明深宅大院里有起伙住宿的车店，街道两旁布满琳琅满目的各类门市。花花绿绿的绸布店前，有人大声甩卖花布，那有趣的地方方言听起来别有风味。走在大街上，恍若置身于《清明上河图》画卷之中。

马志新有感而发地说道："我自调到回民支队，曾来这里开过五次会，都是住在清真寺里，偶尔也从大街上穿过，但没有留神街上的景象。今天仔细看了，真有别样感觉，真像郭参谋长讲得那么美！名不虚传啊！"

李泽生抢着说："观景与心情有关，政委心里经常牵挂着很多事，肩上担负着重要任务，一分钟也不能怠慢，哪有闲心欣赏'春江花月夜'呢?！今天则不然，我们刚打了几个大胜仗，鬼子又走了下坡路，现在的心情是少有的豁然开朗，美丽的景色自然入了你的法眼。李主任，我说的对不对？"

李河夸奖说："泽生到底是文化人，他这么一讲，还真是在理儿！"

马志新问参谋长："胜芳还有什么出产吗？"

"有不少呢！"郭参谋长说，"荷花塘的泥土里长满了莲藕，初冬来临，人们下身穿上皮衩子，在冰冷的水里踩藕，踩断的藕一根根漂浮上来，一会儿就堆积成山，几十人同时踩藕，场面非常壮观。当地以藕为原料加工生产的藕粉，是老人、儿童的补品。东淀有大片芦苇塘，冬季收割后，可以编成席子、篓子，供应整个华北地区。这里是水乡，养殖了大量水禽，卤鸭和松花蛋是胜芳的特产。全镇有三万多人，拥有千顷土地的地主不下十几户，而且都是大地主兼工商资本家；多数人是无房无地的赤贫户，贫富两极分化特别严重，人们殷切地期盼早日土改……"

马志新走了几家粮店和菜店，对那里的价格一边摇头一边嘬着牙花，按照法币的标价每斤棒子面100元，简直是天价了；蔬菜与河间的牛肉价格也几乎打个平手。马志新转身对李泽生说："我们在这里驻防整训可不是一天两天，开支非常可观，千万别给老百姓增添麻烦，能不能自力更生解决吃喝问题？"

李泽生有把握地说道："努努力应该可以办到，因为大清河、赵王河的运输权已在我党我军控制之下，粮食可找孔新提供，蔬菜从白洋淀调拨，副食品河间供给没问题。我明天回去马上联系，争取四天之内运到胜芳。不知三十八区队我们管不管？""当然管！那是我们的兄弟部队，哪能丢下不管呢！"

二

立秋后的一天，秋老虎还是出奇地袭扰着人们的起居生活，扇扇子、洗凉水澡都不顶用，人们无法顶着热浪进屋入睡。谁知9点刚过，一阵西北风刮过，电闪雷鸣夹带着大雨点哗啦哗啦地下了起来，半个小时以后，风和雨赶走了无情的秋老虎，整训了一天的部队官兵躺在凉爽的土炕席上，齁喽齁喽地进入了梦乡。

马志新正睡得香甜，忽然有人急促地敲门，门缝里传来陈文会的声音："政委，三十八区队贾队长有急事找你！"

马志新趿拉着鞋把大门打开，问道："贾队长有急事啊，有什么事需要我办？"

贾队长急忙说道："刚刚接到军分区电报，日本投降了！"

"啊?！是真的吗？"

"军分区发来的电报还会有错?！"

陈文会突然高声喊了句："日本鬼子投降了！！"他一边喊一边往外跑，刹那间，刚刚熟睡的指战员都被这个特大喜讯唤醒了，纷纷起身，连蹦带跳地直奔大院。

马志新追问道："还有什么具体情况吗？"

贾队长说："我们得到的消息是，8月14日日本天皇发布《停战诏书》，15日日本宣布投降，当日主战派陆相阿南在官邸剖腹自杀。这说明在日本内部，投降和反投降的斗争是非常激烈的，但投降是主流。"

马志新感慨道："不管是个什么情况，日寇的投降是中国人民十四年浴血奋战的结果。为了这一天，我们牺牲了多少同志啊！有多少无辜百姓惨遭杀害啊！国家的独立、人民的自由都是用鲜血换来的，胜利确实来之不易啊！"

贾队长有感而发地说道："日本人是被打倒了，可是以老蒋为首的反动统治阶级是不是会让百姓过上安宁日子，还真是不好说。那些汉奸走狗摇身一变，又成了国民党高官，政局就像这天气一样，哪有什么准头？炎热的夏天过去了，接着就是冰冷的冬天，搞不好新的斗争任务又要摆在我们面前！"

"你讲得很有道理，革命者应该有一个清醒头脑！"

回民支队的战士们都聚在大院的操场上，个个喜笑颜开，尽情地跳啊唱啊。马俊卿拄着双拐跑到村里借来了一套大鼓、铜锣和铜镲，震天动地的秧歌点响了起来，部队首长也走到操场，与战士们一起扭起了陕北大秧歌。

大街上人头攒动，人们欢呼着，高喊着口号，三个拱桥上挂起了春节时才会出现的红灯笼。千里堤上，人们用松树碗、蓖麻子点起了火把，有人放起了鞭炮，火光映照在水塘上、河道里，地上星星点点的光芒和天上的繁星几乎连接成一片。欢乐的气氛如同潮水，一波连着一波，多年来积压在人们内心的愁闷和痛苦终于得到了彻底的清洗和释放！

三

马志新刚下政治课，就在通道里碰到了马书玉，马书玉说："政委，有急事找你！"二人一起来到宿舍，马志新让陈文会把三十八区队贾队长找来一起听听汇报。

马书玉说："韩家墅镇在一个月前被回民支队和三十八区队解放了，我和房玉岭等人进驻村里协助建立我们的政权，原来的党支部又补充了两个支委，工作很正常。自从日本投降后，由地主、汉奸组成的还乡团，以国民党的名义也进了村子，在北仓党部的支持下，把政权又夺了回去。我们的两个村干部被害，一些党的积极分子纷纷逃出这个村庄。国民党在原来日伪岗楼的基础上，强征民夫扩建，成了反动势力再次执政的标志。老百姓敢怒不敢言，好端端的一个镇子，不到一个月，又闻到了血腥味！"

贾队长问道："敌人有多少人，武器装备如何？"

马书玉说："听说有50多人，武器装备情况还不清楚。"

马志新说道："这件事是否应该向马玉槐、干一同志通报一下？"

贾队长说："要想拿下50多人的岗楼，只需一个晚上，不要惊动别人了。我顾虑的倒是另一件事，韩家墅周围的状况对这个镇影响较大，要保障此处安全，清理面必须扩大一些，包括刘家房子、常家堡、王庆坨直至西站以北重点村镇。"

"好！"马志新干脆利落地说道，"我们一起组织两个加强连和一个爆破排，今天下午就行动。请马书玉通知房玉岭，带70个人在韩家墅东货场接应。"

傍晚，回民支队包围了韩家墅，马志新到现场观察地形，发现敌人在十几天里动作很大，岗楼周围挖了两道深深的壕沟，壕沟顶部筑起了临时堡垒，有些类似新城县王凤岗的堡垒三角阵。部队虽然完成了包围动作，但不能轻举妄动。

马志新问郭参谋长："你看这仗怎么打才好？"

郭冀中摇摇头说："只要枪响，周围国民党部队就会赶来增援！"

李泽生建议说："岗楼东侧有个土疙瘩，一丈来高，如果从那里挖一个地洞，不到六丈就接近岗楼了，实行爆破是最佳方案。"

贾队长问爆破组长刘铁头："完成地洞挖掘需要多长时间？"

刘铁头说："大概5个小时，只要一个人能够钻进去布雷就行……"

3个小时后，房玉岭押着两个人走过来说道："这是在东货场抓到的国民党卫兵，经过审问，他们说岗楼里正在搞会餐，庆祝岗楼工程竣工典礼。"

贾队长说："能不能向岗楼里喊话，最大限度地分化敌人？"

马志新立即阻止道："现在敌人正在酣饮，不能打草惊蛇。如果有人走出院子，就出一个抓一个；如果有外人要想进院子，也见一个抓一个。你只要往里喊话，敌人就会开枪，一切计划就会前功尽弃！"

李泽生过来汇报说："目前看来，土质很好挖，顺利的很快就会完工！"

马志新嘱咐说："要防止塌方，保证安全。"

贾队长幽默地说道："想不到土八路比我们正牌八路军招子还多，军事教科书上哪有这种蔫招，这叫什么打法呢？"

马志新笑着答道："这都是被敌人逼出来的，理论根据就是毛主席的'实践出真知'！"

子时刚到，一声巨响，韩家墅镇又回到了人民的怀抱。

四

清晨，马志新和贾队长接到紧急通知，直奔信安镇清真寺开会。

清真寺坐落在信安镇中心地带，始建于明末清初，为四合院式的封闭院落，整个建筑和谐简洁、造型优美。马玉槐、干一等人来往于天津和冀中地区之间，经常在这里打尖、开会。由于汉奸告密，日伪军曾经多次到这里搜捕抓人，但在宗教人士和信教群众的支持和掩护下，每次都化险为夷，清真寺成为回民支队不可替代的安全港湾。

会议上，马玉槐同志说："这里有几个内部消息向你们通报一下：在8月15日前夕，远东盟军总司令麦克阿瑟对日本政府和中国战区的日军下令，只能向蒋介石政府及其军队投降，不能向中国共产党领导的八路军投降。当天，朱德总司令电告侵华日军总司令冈村宁次，要求向当地八路军投降。同日，国民政府总统蒋介石急电日军最高指挥官，提出六项投降原则。结果，冈村宁次拒绝接受朱德总司令的要求。这是美国、日本和蒋介石耍的花招，从中不难看出，国民党是打算利用接收投降的机会扩大地盘，把我们挤出解放区。"

贾队长气得嘴唇发抖，骂道："这蒋介石真不要脸，是谁在华北当了逃兵？日本人一来，他们跑得比兔子还快，把华北拱手让给了日本人。是谁前仆后继、浴血奋战，从日寇手里夺回了失地？广大人民群众心里像明镜一样。现在有些汉奸卖国贼摇身一变又成了国民党高官，还腆着脸大摇大摆地出来充当接收大员，这一幕一幕的丑闻用什么样的遮羞布也无济于事！我觉得，警惕敌人的阴谋至关重要，人民已经得到的自由和权利绝不能丢弃！"

马志新说道："看来老蒋要从峨眉山上下来摘桃子了，我们与国民党之间的你死我活的大仗已经不可避免，现在国内的主要矛盾已经从民族矛盾向阶级矛盾转化，从力量对比上看，二者不在一个量级上，我们必须有自己的准备。我和贾队长前天还打算拿下韩家墅后再攻刘家房子和西站以北村镇，听了马主任的通报后，我有了新的认识。这些事要做，但现在还不是时候，应该马上回到原地，固守已经解放的县镇和广大农村。我很欣赏孟子的那句话：'求则得之，舍则失之，是求有益于得也，求在我者也……'就是人们后来说的'求其在我'。首先把老百姓的事情办好，实力才能强大。在此基础上，扩充兵源，练好本领，积攒力量，等待党的统一部署！"

马玉槐分析说："你们二人对目前事态的认识很深刻，提出的建议也很中肯。今天我找二位也是这个目的，打天津的外围行动暂时停一下，一是注意观察国民党的动静，二是等待上级的指示。大家都明白，中国的事情是复杂的，来不得一点轻视，也切忌鲁莽急躁。我们还是把工作重心放在自己身上，打铁更需自身硬。志新说得好，巩固解放区是第一要务，我们有了人民这个铜墙铁壁，又有毛主席的正确路线作指导，一切敌人都能战胜。"

马志新表态说："我们这支队伍应该马上回到文安县，那里也是刚刚获得解放，需要巩固政权。一部分人回大围河进行政治整训，加上文化学习，在扫除文盲的工作中争取有新的建树；第二部分回到朱合村，参加农业劳动，现在正值秋收秋种季节，需要大量劳力，保证今年颗粒归仓；第三部分回到回回营，投入军事训练。"

贾队长说："志新同志的设想很好，我们可以学习，在参加文安解放战役前我们在白洋淀驻防，是否回原地我再请示分区。"

马玉槐说道:"据有关消息称,1945年9月2日举行远东盟军接受日本侵略军投降的正式仪式,9月9日举行中国政府接受日本侵略军投降的仪式,这一天又是伊斯兰历1364年10月2日,恰逢伊斯兰教开斋节,请志新给大围河、两间房子、回回营、果子洼等村镇带个口信,祝乡亲们在人民政府的领导下,日子越过越好。如果有条件请安排走访慰问军烈属,努力帮助他们排忧解难。按照回族礼仪,代我为牺牲的回民支队指战员扫扫墓!"

马志新邀请贾队长和他的部队参加开斋节,贾队长说:"我们的合作真是圆满,以后有机会一定到文安常驻,那里也是我们的家!"

五

马志新、金树江和李河召开了干部会,对9月9日开斋节和中国战区接受日本人投降签字仪式的庆祝活动做了部署,确定由金树江、孔新、李泽生、陈国华、马同骥等组成筹备组,提出方案和计划并负责实施。当晚,几位领导签字批准了孔新起草的庆祝活动方案,马志新对方案做了简短批示:热烈而不铺张,注意民族团结,把弘扬烈士的丰功伟绩放在首位,通过活动给部队和百姓鼓劲,为明年的斗争积攒力量。

清晨,在大围河党支部书记陈国华的带领下,党委一班人和筹备组成员首先走访慰问抗战烈属。当走到东庄时,烈士张景茂的父母亲正在门口喂羊,孔新马上走上前去,热情地喊了声:"姥姥,姥爷子①,有贵客看您二老来了!"孔新又回头介绍说,"这是马政委、李河主任,那是李泽生同志。"

马志新紧紧握着老人的手,亲切地问道:"张大伯,回民支队的几位领导来看望您老人家,家里人都好吧?您身体还硬朗?"

张大伯定了定神儿说道:"看我这老花眼,马政委都认不出来了,真是老啦!外面怪热的,进屋里坐坐吧。"

---

① 姥爷子:回族称外祖父为姥爷子。

张大娘听说回民支队领导来家慰问，马上要抱柴火烧水。孔新跑过去说："姥姥您甭管，去跟马政委说说话吧。"然后自己蹲在锅台旁烧起水来。

李河说："张大伯，我们早该来看您，自从您两个儿子为抗日牺牲，整个家庭的担子都扛在您老人家的肩膀上了，对不起您呀。"

张大伯爽朗地说："这些年村里对我们挺照顾的，这不是陈国华嘛，就跟儿子一样。从地里刨食儿，时时都要拉满套，为了这些孙子们，哪敢松劲呢？倒好，人老了多干点活，摔打摔打还能少得病。你们打鬼子也不容易，甭老惦记我。听说鬼子投降了，景茂和积茂如果知道了，也就踏实了！"

金树江对大娘说："大娘，生活还有什么困难吗？"

大娘说："还过得去，剩下就是孙子上学的事，最好有点照顾！"

陈国华说："大姨你放心，上学的事不会让您嘬瘪子，我们想办法。"

孔新搬了一袋白面放在炕头上，李泽生提着一桶香油、一包花茶和红纸包着的现大洋放在迎门桌上。

张大伯和张大娘一个劲儿推辞，执意不要，马志新走过去对张大伯说："明天就是开斋节了，这是回民支队的一点心意，也是回回的老理儿！"

张大伯知足地说："你们工作忙，来看看我们就挺知足，就是外甥孔新自从参军后也很少住姥姥家，我们都理解。"孔新又贴近二老窃窃私语一番，两位老人笑得合不拢嘴……

离开张家，金树江说："中国老百姓真好，家里出了这么大事，两位老人硬是咬牙坚持过来，坦然对待，不向组织提任何要求，我特别感动！"

马志新沉重地说道："我见到老人时，心里难受极了。但是看到他们如此平静，对未来有那么多向往，心中稍稍平静了一些。参加革命以来，我经历了不少类似的事，这些普通民众只讲贡献、不讲索取，即使有天大的困难也仍然心怀梦想，埋头苦干，我为我们的伟大人民而感到骄傲，能够有机会为他们服务，简直就是一种幸运。"

大围河抗战烈士都是在文新回民武装建立后牺牲的，除了张家两位兄弟外，还有陈恩全、李井泉和小围河的刘青云等。马志新带领一班人走街串巷逐家慰问，有些街坊邻里听说了，一大群大人小孩都跟在后面，人们相互打听和传颂着烈士们的英雄事迹。

陈国华最后把几位领导带到公共墓地，大围河清真寺李文秀阿訇、随军金阿訇和烈士家属以及多名战士已经在那里等候。李泽生走向前去和李阿訇作穆斯林拿手礼，并一一介绍了几位领导。孔新说："自从文新回民抗日武装部队建立以来，几十场大小战役，共牺牲81人，分别安葬在不同地方，按照伊斯兰礼仪，不管我们的同志无常在什么地方，只要请阿訇诵经、举意就是对逝者的怀念。今天到大围河公墓来，面对五位烈士的墓地，我们举意，为在抗日战场上牺牲的所有回民烈士表示哀悼！抗战的胜利是对烈士英灵最好的慰藉。"

阿訇和海里发诵念多篇《古兰经》，在诵到《黄牛章》后，集体接杜瓦宜。礼仪完毕，李阿訇站起身来深情地说道："军队首长给烈士上坟、扫墓，这个行动不一般啊！人走到这个顿涅上来，早晚都会有个归宿，只要他干了好事，被活着的人肯定和颂扬，这一辈子就没有白来。那些牺牲者如果在天有灵，你们的行动会让他感到欣慰的！"

最后各位领导和战士铲除了坟圈里的杂草，并给多年失修的坟头培上了新土。

李阿訇对马志新说道："干一阿訇曾经在这里工作过几年，我们都很熟悉。他是在这里结的婚、生的孩子，但自从离开这个村子后至今还没有回来过。现在小日本投降了，请马政委给带个口信，替我问候他们！"

"谢谢李阿訇！"马志新说，"我一定把信带到！"

六

日头刚刚往西偏斜，从东桥方向开过来多辆胶皮轮大马车，清脆的马铃声召唤人们跑出家门看个究竟。大乡老马同骥和支书陈国华站在村西口，一眼就认出第一辆车上站着的是本村人陈佩，接着是回回营辛福田。他们勒住缰绳，跳下车来。马同骥走过去笑着说道："陈佩小子发财了，衣锦还乡啦，从哪里捣鼓了那么多东西？"

陈佩上前恭恭敬敬地鞠了一躬，说道："二伯，你真会开玩笑，我哪有那么大造化啊。这都是回民支队的财产，前两辆车是后勤订做的军衣、军鞋和军帽，中间两辆车是白洋淀调来的各种蔬菜及农业连提供的白面和香油，最后一辆是抗联和妇联的群众代表！"

马同骥有感而发地说道："日本人被赶跑了，文安解放了，你们这样大摇大摆地把胶皮轮大车赶过来，退回半年想都不敢想，还是解放区好啊，我们回回民族总算熬到出头的日子了！"

正说着，傅聪深、韩宝山和佟铁柱三人拉着牛走了过来。

"一冒手高的大牤牛膘肥体壮，真体面！"马同骥赞叹说。

陈国华关切地问道："部队还有一部分人驻在回回营、朱合村，他们怎么办？"

陈佩说："有近百十人在回回营过开斋节，政委已做了安排。"

"明天就是开斋节了，"陈国华说，"军衣、军鞋、军帽送到小学校，那里有保管员接收；蔬菜暂存冰窖储藏室保鲜，什么时候用什么时候提取；这几头牛拉到清真寺，等阿訇下殿后，举意赶刀吧！"

下午的碰头会在马同骥家侧院召开，连级干部以上人员参加，人们陆续到达，金树江看人基本齐了，说道："明天的活动安排看看还有什么补充，有哪些必须强调的注意事项，大家讨论一下。"

孔新说道："这次用于过节的物资，都是农业连和多种经营连提供的，没有从老百姓那里拿一分钱，新军服、军鞋、军帽是回回营、朱合村的广大姐妹为我们一针一线、黑天白日精心制作的，都是义务劳动，没有要一分钱。今天陈佩让佟铁柱和韩宝山送来的乜贴牛共有六头，按照李泽生计算，有五头就够了，剩下的一头小牛仍送朱合村养着。明天除了清炖牛肉外，还有一些炒蔬菜，副食蛮丰富的，主食是传统的油香，保证足量供应。"

孔新刚刚说完，孔玉彬领着杜鹃进了屋，手上捧着几件军衣和军鞋，孔玉彬大声说道:"大家试试新衣服的样子,看看合不合身?明天是双喜临门,这种机会多少年都少有,新衣服到现在还没有往下发,你们到底打的什么主意?!"

李河站起来笑着直给两位女士作揖,说道:"真是的,如果不是两位女士提醒,这件大事真的忘记了!"

辛燕侠开玩笑地说道:"我看让马政委和李泽生每人试一身,看看合不合适!"

大家起哄地喊道:"对,试试!"

李泽生怕政委尴尬,自告奋勇地说道:"我一个人试试就行了。"

李泽生说着穿上新衣、新鞋,带上新帽子,自己抻了抻大襟说道,"看看怎么样?"

"挺合身的,真漂亮,活像个新郎官。"孔新边说着边将杜鹃拽过来,快言快语地说道,"我看你们两人利用这大喜的日子快写'宜扎布'结婚吧,凑个三喜临门!"

大家哈哈大笑起来。

陈佩问辛桂田:"听杨春圃指导员说你能观云测天,你测测明天天气如何?可别瞎吹!"

"哪是瞎吹,"辛桂田半笑半不笑地说道,"我用口诀告诉你:'天上出了鱼鳞瓣,明天晒谷不用翻。'不含糊地说,明天是个大……晴……天!"

马志新看时间不早了,大家今天还有好多事必须抓紧完成,马上说道:"回去后,抓紧各项准备工作,个人没有按照规定进行大净的,必须今夜做好。我们部队放假一天,明天上午10点清真寺聚礼,都以个人身份参加,各连队不必组织。李阿訇主持仪式并讲沃尔兹,诵念'呼图拜'①;杨春圃代表部队做个简单的表态讲话就行了,这个场合不宜讲政治道理。中午聚餐的人包括部队、大围河镇、小围河村的全体回民住户,以及周围各村的村干部及

---

① 呼图拜:伊斯兰教的宣教仪式,阿拉伯语音译,意为"宣讲"、"演说",专指发表宣教演说。

群众代表，我们还邀请了两间房子村、果子洼村、县内各回民村代表，一定要做好接待工作。大围河、小围河凡是不能到现场的回民老人和残疾人，要把食品送到各家各户。保证节日团结、祥和是我们的总目标。"马志新停了片刻又说道，"今天金树江要赶到回回营，主持那里的活动。明天我和李河、郭参谋长到县里开紧急会，这里的工作由杨春圃同志负责。"

七

9月9日，天空仿佛被大清河水洗过一样，又高又蓝，白云犹如刚刚弹出的洁白棉絮，缕缕细丝被微风吹得柔曼纤长。秋蝉和青蛙的欢叫声打破了乡村的寂静。站立在村边，能闻到庄稼果实即将成熟的清香味道，一年一度的秋收就要到来了。回回民族的开斋节遇上中国人民接受日本鬼子投降的日子，真是千载难逢，喜事成双啊！村民们对回民支队参加开斋节有说不出的高兴，大家喜出望外，心花怒放，直觉地感到新时代真的来临了，人民群众扬眉吐气的日子已经为时不远了。

人们穿上节日的新装，一大早就在大街上聚集，有些老人交头接耳，传说着回民支队的新闻。从县城里赶过来的买卖人，礼貌地走到老者跟前行"拿手礼"。清真寺东门外的人聚集得越来越多，一直挤到高高的门槛上。这是抗战以来人们最高兴、最积极、最没有顾虑的一次节日聚礼。战士们穿上了新军装，紧紧地打上平整的裹腿，个个显得英俊威武。10点钟准时进到大殿里，李文秀阿訇、金阿訇、杨春圃和十几位海里发轮流高声诵念《古兰经》，堂音传到院里，传到大街上，庄严隆重又悦耳动听。

孔新和李泽生二人在东门外接待马政委邀请的客人，霸州两间房子村武委会主任辛应林和王桂荣到了，孔新把二位请到北讲堂入座，孔新问："霸州情况如何？你们过来方便吗？"

"还方便，"辛主任说，"霸州城8月底才解放，牛驼那边还是敌占区。"

"表姑，身体还好？"孔新问候着王桂荣，"两年多没见了，一直惦记着您和姑父。"

王桂荣说："我们还好，你们在大围河搞庆祝活动真了不起啊，我们霸州那几个回民村子很羡慕啊！另外告诉你一个好消息，伪警察头头赵舒元是被霸州革命政府第一批镇压的，总算作孽到头了。"

孔新咧着嘴笑着说道："革命政府就是我们群众的主心骨，多行不义必自毙，真是颠扑覆不破的真理，我一定把这个消息转告回民支队。"

话音刚落，李泽生又领进两位客人，他向大家介绍说："这是河间果子洼的白支书和马村长，我们在河间城里开的商店和饭馆，他们给予了很多支持……"

接着苏桥、南庄、胜芳镇、董各庄、营里村的代表也相继到达。

孔新插言道："大家不是外人，都是马志新政委特邀的客人。大殿里的聚礼等杨春圃讲完话就要结束了，我们先喝点茶聊聊天，下殿后在这里一起聚餐。"

聚餐场面很宏大，有些当村乡亲为了给客人腾座位，按份子打回家去吃，实行家庭聚餐。最终还是摆了50桌，在11点前，牛肉、蔬菜已经做好，油香炸了几大笸箩，都是现出锅的食品，按桌发放，秩序井然。大围河这个回民村子自从建立以来，也曾有过聚餐，但从没有过今天这么大规模。请汉族兄弟一起过节，是从上一年古尔邦节在马志新同志的倡导下开启先河的，大家都认为，只有大气才能包容，民族团结是国家兴盛的根本。

大伙儿正在用餐的当儿，忽然有人喊了一声："马政委从县里回来了！"人们立即站起身往东门望去，有三个军人和一个头上箍着手巾的农民走了来，马志新高高举起右手用力喊道："文安县县委书记王金山同志来祝贺开斋节来了，大家欢迎！"

王金山摘掉手巾，频频向群众招手问候："同志们辛苦了！大家节日愉快！"

马志新请王书记一起到北讲堂用餐，王书记认真地说："我刚来文安上任不久，很多同志还不认识，我们到各桌走走看看，和大家一起热闹热闹吧！"

马志新、王金山等走到第一桌停下来，陈佩介绍说："这位是五公村的农业专家傅聪深，黑老赵的真名字叫赵玉虎，霸州杨铺村韩宝山，佟铁柱在养牛场放牛，表现很好，重新办了参军手续。"

马志新微笑着说道："都认识，我们的农业收成好，有专家的功劳，感谢五公村的大力支援。老赵是不在册的回民支队战士，为反禁运立了大功。我说过，佟铁柱是个可以教育好的青年人，果真如此！韩大伯在咱们这里算是农业工人，应该给人家发工资，你们不能马虎。霸州前几天解放了，可以回家了。"

韩宝山说："你们收留了我，我就很感谢了，不要报酬。"

李泽生发现碗筷不够，就到街上饭馆里去借。他刚刚回到东门口，发现有三个人从马上跳了下来，一看是马玉槐主任、三十八区队贾桂荣队长和房玉岭。他让人把马拴在树上，用力喊了一声："马玉槐主任来看大家了！"马志新、王书记带头站起来鼓掌欢迎，全场欢声雷动。

马志新带着几位领导逐桌向人们问候，当马玉槐见到一些老同志时，都是双手紧紧相握，一起回忆起那些艰苦岁月，有说不完的话。50张桌子走过来，用了将近一个钟头。他在北讲堂专门会见了两间房子、果子洼、胜芳镇、大围河、小围河、回回营、董各庄、苏桥、南庄、善来营、小营村的干部及代表，说道："感谢你们！是广大人民群众用生命支持了抗战，我们永远也不能忘记！请给乡亲们带个好！"

聚餐结束后，人们都恋恋不舍，不愿离去，总想再互相看上两眼、聊上几句。当村把食品端回家去吃的乡亲，听说县委书记和马玉槐主任来到了村里，纷纷走出家门奔向清真寺，整个大院里、屋里挤得水泄不通，辛桂田、辛福田、孔新、李泽生站在北讲堂前维持秩序，孔新喊道："请大家静下来，不要往前挤，以免踩伤人！"

马志新灵机一动，走出北讲堂，站在椅子上大声喊道："同志们、乡亲们，你们的热情我们领了，谢谢大家的关心！今天是开斋节，又是中国战区对日受降典礼的日子，这个典礼是在南京进行的。此前9月2日也有个典礼，那是以美国为首的盟国对日受降典礼,是在东京湾密苏里号战舰上举行的。"马志新讲到这里,看着大家已经安静下来,感到利用这个场合多说几句,也是一种即兴宣传教育的好方式。"此后,中国还有16个战区要举行受降仪式,不过都是国民党政府去执行,没有我们共产党、八路军的份。"这时,大围河上空有飞机飞过,他想,还是用事实来揭发敌人不可告人的阴谋行径吧,就举起手指向天空,继续说道,"大家看见了吧,这些飞机有从南往北飞的,也有从西往东飞的,往北飞的是国民党从南京往北平的,往东飞的是从西安去天津的。他们一是增兵,二是接收。十四年浴血奋战,我们牺牲了多少同志?有多少同胞被杀害?现在蒋介石要抢夺胜利果实,同志们、乡亲们,我们能答应吗?"

会场齐声高喊:"不答应!"

马志新慷慨激昂地继续说道:"对,我们坚决不答应!同志们、乡亲们!虽然日本人投降了,但中国并不太平,老蒋的野心是独裁统治,仍然由四大家族和大地主、大资产阶级骑在人民头上作威作福,广大人民群众当然不买这个账。现在看来,我们的军队不但不能减少,还要扩编,大清河回民支队的旗子还要继续飘扬下去,不打倒国民党反动派绝不收兵!各民族大团结万岁!毛主席万岁!"

清真寺大院里响起了震耳欲聋的掌声和欢呼声!

后 记

1938年9月7日，我出生在文安县大留镇。后来听母亲说，在我1周岁跌跌撞撞开始学走路时，正赶上八路军一二〇师一个整班的战士住在我们家。那些老红军特别喜欢孩童，一个个争相抱我逗玩，常常操着江西老表的口音说："老五啊，发财啦！怎么不理人呢？"

母亲常常回忆起抗战往事。那时大留镇地处拉锯地带，白天鬼子、"白脖子"跑到村里为非作歹，夜里游击队进村宣传抗日。新镇地方武装柴恩波部队开始追随八路军打鬼子，哪知道后来又反水投降了日本人，杀害了一批八路军派来的政治干部。冀中军区和一二〇师立即派兵到文安平叛，柴恩波叛军被打得屁滚尿流。一二〇师是贺龙领导的部队，生活艰苦朴素，纪律严明，天天把我家的院子、屋子扫得干干净净，两口水缸也挑得满了水。从那时起，凡是八路军、回民支队住我家，母亲都像对待老红军一样，照顾得无微不至。我家成了堡垒户，母亲当上了拥军模范。直到我长大后，母亲对那些老红军仍然念念不忘，说起来就称赞有加，总说从来没有见过这么好的子弟兵。

我3岁开始记事儿，记得干一经常往返于河间到文安、霸州之间，每次都在我家落脚，有时能住上两三天，大哥李泽生总是迎来送往。我后来才知道他是负责召集大围河和回回营的人筹备回民武装的。我4岁时，回回营辛少卿舅舅在我们家后院开了个牛肉铺，每天要宰一两头牛，一个牛的胃要掏出两筐粪便，每次我都乖乖地用小铁桶把粪便运到隔壁场院去晒，一个冬天能攒六车牛粪。舅舅夸我说："老五是个勤快孩子，应该犒赏，今后每宰一头牛都给你留一只牛尾巴！"

有一年年底，马志新带着几个人到了我家，一进门就坐到炕头上开起会来。母亲在小门店听说后对父亲说："这可是贵客，回民讲究出散，按照咱家大年初一年饭的样子，安排慰劳这些为打鬼子有家不归的人！"

后　记

房玉岭大哥一个劲儿地夸赞牛尾炖大雁的鲜美味道，母亲接过话茬说："这大雁是亲戚送来的，牛尾是老五给牛肉铺铲粪挣来的……"马志新笑着弯下腰抱起我说："这么小就知道过日子，了不起，将来一定有出息。"停了片刻又说，"我从北李村买了十几把小鞭炮，送给弟弟们当过年礼物吧！"

因从小接触各类抗战人士，又经常听说他们的故事，耳濡目染，渐渐喜欢上了八路军，对共产党也从朴素的拥护变为真心的热爱。有一天，我正在父母开设的早点铺收拾碗筷，看到时任保甲长的刘以庄领着一位矮矮胖胖的客人走进来，向父亲介绍说："这是县大队储国恩队长，你认识吗？"父亲说："认识，原来就是咱们区的抗日干部，还在我家住过呢！"我仰望着储大队长，他敦实的个头、结实的身材、鼓鼓的脸庞，像是一位和蔼可亲的大哥哥。父亲一边招呼着，一边安排早点。我在一旁用心听着，他们说的都是区里和村里的人和事，我听得似懂非懂。最后，刘以庄站起来说："以后我们就是兄弟了，大留镇的事你放心吧！"

几十年后，我从一些县委老领导的回忆录里才找到这句话的出处和答案。

抗战初期，大留镇的形势十分严峻，日伪军进驻后，这里就没有消停过。一是在镇东建起一座相当大规模的岗楼，周围砌成高墙不说，还挖了一圈儿深深的壕沟，架起了吊桥，有几十个日本人严密镇守。二是在街中央一处老宅建起了据点，调来了一个中队的伪军常驻。日伪军天天以练兵为名，到处抓人当夫，参加繁重劳役。同时，社会上层人物助纣为虐，大留镇成了日伪军的保护伞。县委为了扭转四区的被动局面，及时派组织部长闫长城等人来镇上开展工作，在发动贫苦群众的同时，还开展了统战工作，主动和上层人士交朋友，甚至结为拜把子兄弟。仅仅几个月的时间，大留镇的抗日形势就有了质的变化，这里成了抗日堡垒村。

在地下党的号召下，大批青年积极参军抗日。他们不怕牺牲、坚决抗战的英勇事迹给了家乡人民以极大的鼓舞。我的邻居珠子哥（王树茂），18岁参军，在夜袭李庄岗楼时，他奋不顾身，端着机枪冲到最前头，击毙多个日伪军，最后壮烈牺牲。

我的父亲在珠子哥的葬礼上对其老爸王连甲大伯悄悄地说道："没想到这嘎小子在节骨眼儿上真不赖呆，给王家、给全村争了口气，也让日本人明白了中国人不是好惹的！"王连甲大伯拄着拐杖往父亲身边凑了凑，骄傲地说："大留镇的孩子们没有孬种，谁遇见这事儿都不会手软！"

汉奸柴恩波对大留镇的变化看在眼里，恨在心上。1944年夏初的一个早晨，他带领一个营的日伪军包围了大留镇，一心要抓捕正在该镇开会的中共县委一班人，在发现扑空时，不问青红皂白，将21名青年捆绑起来，拉到村西给活埋了。幸亏县支队和回民支队及时赶到，在抗日老英雄王茂昭的引导下，村民立即把被埋者挖了出来，避免了一场人间惨案。

这里特别要说一下大留镇小学留校任教的郭学廉老师，解放后他写了一篇没有公开发表的报告文学作品，气愤地记下了以柴恩波为首的日伪军包围大留镇以及活埋大批青年的累累罪行。郭老师曾经征求过我们几个同学的意见，大家总的印象是真实、生动、感人，至今仍有清晰记忆。我们建议他改编成三幕话剧在本村或县里公演，虽然最后没有实现，但有力印证和充实了我的记忆。

1944年11月初，匪徒柴恩波拼凑500余人，偷袭驻在四李村休整的县支队。他们不但未能得逞，反而遭到了县支队和三十八区队夹击，损失惨重，最后夹着尾巴逃回了文安城。柴恩波苟延残喘，仍然寻衅报复，把老百姓当替罪羊。当年11月下旬，他纠集新镇、文安、大城等地的几千伪军侵入四区，实施大规模扫荡，将五留镇、四李村烧成一片火海，大火一直烧了七天七夜，8000多间房屋化为灰烬。其中，大留镇最为惨烈。我当时6岁，跟着母亲、姐姐和两个哥哥，跟刘家二娘、二嫂、淑女（刘以庄养母、妻子、女儿）结伴，及时逃出了大留镇，经任丘八方村、王各庄到达苟各庄。第三天回到大留镇时，眼前的一切让我惊呆了：昔日光鲜亮丽的街道都成了断垣残壁，无数宅院仅剩一堆灰烬。人们的悲愤之情一下子涌上心头，大街上、门洞里一片哭嚎。那种惨不忍睹的场面，我一生也不会忘记。我在这里重提这段历史，就是希望后代要永远牢记先辈的苦难，不忘日寇的罪行。

后 记

马志新选择我家作为指挥部,是基于以下两个原因:第一,西厢房经过改造,有洞口和地道相连,既隐蔽又安全;第二,有保甲长刘以庄四处打探,各种消息传递更加迅速、准确。部队打仗能够得心应手,很大原因是得到了当地群众的密切配合。马志新即使带领部队到外县作战,也时常会到大留镇小住几天。几年下来,街坊邻里都把他当成自己的朋友。他也经常跟战友们说:"住在大留镇才能睡个囫囵觉!"

记得在日本投降的第二年夏天,马志新和夫人孔玉彬最后一次来看望我父母,十分关切地谈起大清河回民支队的改编,是由国内政治形势发展决定的。国民党反动派撕毁停战协定,以30万大军围攻中原解放区,内战全面爆发。为了发扬冀中回族人民英勇顽强的革命精神,保留回民支队这面光辉旗帜,上级决定,扩大重组回民武装,将五支队伍调往大城县大尚屯村合编为"新回民支队",下设两个大队,共1000多人,为参加解放战争做准备。马志新从此离开回民支队,调往石家庄警备区工作。父母深知马政委和夫人是来告别的,父亲耷拉着脑袋,走到马志新身边,抚摸着他的肩膀,强压着自己的感情,久久没有说一句话;我母亲听说后也趴在迎门桌上呜呜地哭了起来。我深深感到,艰苦岁月里结下的友谊、腥风血雨中建立的感情,比一般亲情更真挚更可贵。孔大姐拿起手绢一边给母亲擦眼泪,一边劝说,屋里的沉重氛围慢慢缓和下来。

那时父亲正在贫民协会里负责丈量土地,此前曾陪同村干部李宗州接待过一个联合国的大鼻子官员乘小汽车到大留镇视察灾情,还有县长和分区救济处的干部参加。父亲把自己的不解说出来,马政委耐心解释道:"联合国救济总署恒安石先生到冀中地区调查灾情,据说大留镇、马武营、叩岗村是重点,县里已经把灾情都如实报上去了。按照联合国宗旨和国共两党有关部门已经达成的协议,救济物资要不分党派、不分信仰地直接分发到受灾民众手里。但随着内战爆发和国民党军警的阻挠,联合国的救济物资很难发到我们手里。"父亲听了频频点头说:"你说得对,我也这样看,丢掉幻想吧,国民党根本指望不上,还得靠自己!拿我家来说,原来只有几亩地,加上分得的土地，已经超过了 30 亩。我家祖祖辈辈从来没有过这么多的财产，全家都感谢共产党的土改政策。以后只要努力耕种，就吃喝不愁了！"父亲停了片刻又补充说，"你们离开老区到新岗位上去工作，这是上级的安排，只盼着你们抽空儿常回这里看看，我们就知足了。"马志新对我父母深情地说："这里就是我的第二故乡，你们和乡亲们都是我的亲人，我走到哪里也不会忘记！"

建国不久，马志新、孔玉彬同志先期调到宁夏工作。干一同志留任天津民委。马玉槐同志在北京民政局、宣武区任职，后调宁夏筹备成立回族自治区。

这里有两件事要补充一下：一是本书故事只写到日本投降，其实，"新回民支队"自组建后，在青沧战役、霸州牛驼战役、解放保定、徐水、望都的战役中，屡立战功。实践证明，不管是在抗日战争还是在解放战争中，这支部队始终是一支敢打敢拼的英雄队伍。全国解放后，面临全军第二步整编的新形势，中国人民解放军代总参谋长聂荣臻同志向毛主席写了请示报告：关于"对原冀中回民支队仍编为地方民族部队的建议"，即保留"回民支队"为地方武装的番号。1952 年 1 月 15 日，毛主席作了批示："同意所拟办法"。但是，随着抗美援朝形势的发展，"新回民支队"被编入 68 军并进入朝鲜作战，聂总的愿望因新形势的需要而被搁置了。

二是书中提到的反面人物——汉奸柴恩波，他的结局如何书中没有交代。日本投降后，他摇身一变又投靠了国民党，先后在固安、沧州当过保安队长，因为参与倒卖军火而被国民党政府当局投入监狱。北京和平解放后，他从监狱出来跟亲友逃到山海关，改头换面隐藏起来。根据群众揭发的线索，天津地委公安部门不久就将其逮捕归案，1953 年在文安县城执行枪决，结束了他罪恶的一生。

这里还有一个需要强调的史实，即柴恩波的侄子柴枫在 1939 年八路军平叛的过程中，决心和柴恩波决裂，大义灭亲，带一连人起义，掉转枪口消灭叛军。这充分说明柴恩波投降日寇是多么不得人心、众叛亲离。柴枫后来在我西北野战军二纵队三五八旅某团任副参谋长，1947 年在与胡宗南部作战的

后记

战役中牺牲。

我在机械工业部工作期间,有机会到宁夏出差,大哥嘱咐我一定要去看望马志新同志。当我走进自治区党委统战部时,他热情地下楼迎接,让我有些受宠若惊。他亲切地称呼我为"五弟",抚摸着我的肩膀,像是勾起了对往事的回忆,又对我家每一个人都问长问短。我仔细端详着他微笑的面孔,听着他的问候,脑子里浮现出很多往事。打游击、打日本时期他是那样的谦虚、谨慎,不耻下问,进城成了党的高级干部还是一如既往的平易近人,多么高尚的品质!马志新在百忙中跟我聊了近两个小时,让我圆了多年的夙愿。

改革开放后,马志新同志调任国家民委副主任,我和大哥、杜鹃大嫂曾到民族文化宫去看望过他。谈起抗战往事,他一打开话匣子就关不上了,我拿起笔和本子随手记录起来。话题一会儿轻松一会儿沉重,房间里也一时欢笑一时严肃,不知不觉谈了三个多小时。大嫂插话道:"五弟是个有心人,笔头子又能写,将来能否出本回忆录,也给后人留下一点有用的东西。"马志新和大哥二人频频点头。马志新最后嘱咐我说:"五弟现在是一厂之长,也是大忙人,不要太着急,慢慢来,时间还来得及!"

天有不测风云,人有旦夕祸福,马志新调任天津后没过几年,我十分熟悉的几位支队领导就相继辞世,已经完成的部分回忆录一下子断了线。我百般踌躇,就像欠了一大笔账,想起来就寝食难安,心绪迷茫,无论白天黑夜,脑子里总是被他们曾经说不完的战斗故事缠绕着……

2011年,在亲友们的鼓励下,我决定走访还健在的老战士,广泛搜集回民支队的历史资料。经霸州两间房子村王建德阿訇介绍,我拜访了85岁高龄的张积文。当时他老伴儿已经卧床不起,但他一谈起回民支队,就情不自禁,滔滔不绝,对自己经历的每一场战斗的一些细节还记忆犹新。本书"开辟新战场"一章,在苑口南桥头卖西瓜执行侦查任务的那个通信员的原型就是张积文。

在文安大围河,我拜访了表哥马俊卿,当时他已83岁。他在参加攻打富管营岗楼时,被日寇打伤了腿,送往胜芳治疗,我写进了"解放新镇文安"

一章。在大围河东庄，我走访了杨春圃的外孙一家，他们提供了一些抗战时期的照片和军分区颁发的各种证件。杨春圃作为文安代表参加了冀中回建会第一次会议，由此组建了"大围河回民抗日挺进队"，直到被合编为文新回民中队。

我在天津还找到了房玉岭一家人。房大嫂马俊志当时92岁了，已卧病在床，无法用语言交流了。他们的儿子房援朝给我提供了房玉岭生前撰写的回忆录共23页，真是弥足珍贵。

我专程访问了回回营、北斗村。当到达曾任一连连长的辛燕侠家门口时，大门紧锁着，我从门缝中看到，这个家还像普通家庭一样，不能说是困难户，但确实也不富裕。不一会儿，他儿子放羊回来，我随他开门进屋，第一眼就看到迎门桌上摆着辛燕侠的一张照片，他身穿游击队灰军装，头戴灰军帽，紧紧打着裹腿，腰间别着一支德国式手枪。此情此景，一下子把我拉回艰难的抗战年代，当时的神枪手、堂堂一连连长辛燕侠的光环永远镌刻在我的记忆里。

在半年多的时间里，我走访了40多个老战士或他们的家人，为后来的调查提供了线索和基础。

书面资料方面，1990年《中国民族》杂志登载了马志新同志回忆抗战的文章，虽然篇幅不大，但勾勒出了九分区回民支队组建、成长和发展的脉络。我和几个同事仔细翻阅了霸州抗战大事记，那是按年月日编排的，从大清河回民支队到徐各庄联络站，从两间房子村到信安镇的抗日事迹都有详细记录。我们查看了文安县现存的有关资料，1983年县委党史资料征集办公室所整理的以马志新为首的13人座谈会资料，详细记录了文新回民武装的活动范围和一些战斗场面，同时，对开荒种地、办商店搞流通也做了详细介绍，为回民支队的历史研究开启了先河。1992年，文安县统战部长经耀民以内部文件形式发表了"抗战时期的文安回民武装"一文。文安县这两篇文字在当地都引起过巨大影响，回民支队的英雄业绩和精彩故事在民间被到处传诵。

我们在天津北辰区也找到了许多相关资料，尤其是给老区转运生活和生产资料的记录。当时，天津郊区有上千家回民从事用农产品换取工业品的生意，曾引起过当局的注意。穆庄子和两间房子村是当时的主要商品集散地，但是，只有大清河回民支队一家负责把工业品转运到老区的供给任务。上边千条线，下边一根针，回民支队的经营让老区的生产、生活资料获得了补充，直到日本投降，他们的使命才算完成。在那个年代里，这种工作不但是一个艰巨的任务，也是一个革命的创举。

在半年多时间里，我们还走访了大小清真寺20多个，涉及9县1市，包括献县、河间、肃宁、任丘、文安、霸州、雄县、永清、静海和天津市。献县东辛庄（现称本斋村）新落成的马本斋纪念馆所收集的资料，让我们对冀中回民支队有了更深入的了解。在冀中回建会的大力倡导下，大围河和两间房子等清真寺的阿訇和各级宗教人士把圣训——"爱国是信仰的一部分"的信条，结合传统爱国爱教故事，在节日或主麻日反复讲授，对正确引导群众起了关键作用。抗战初期，文安、霸州有多位阿訇参加了游击队。让人更加叹服的是，所有清真寺都成了抗战斗争中的安全岛、堡垒户。

在动笔写作之前，我怀着敬仰之情，与同事们专程到天津回民第二公墓，为安葬在那里的干一和夫人哈月、马志新和续妻穆强、金清波和夫人孔鹏、房玉玲和夫人马俊志，以及李泽生同志游坟扫墓，并向公墓管理人员了解他们的生平事迹。这次祭祀活动更加激励我下定了完成写作计划的决心。

说到小说创作，我不得不承认有点勉为其难。工作期间，我经常起草企业计划、总结、报告之类；退休之后，也撰写出版了几本学术类、经管类著作。若是仅仅为回民支队写一些回忆录，还是蛮有信心的。若要把回民支队的英雄业绩以小说的形式表现出来——虽然是纪实类作品，我也深感自己能力不足。

但是，我坚信，无论是回族人民还是全国各族青少年，都需要了解这段血与火的历史，都需要从自己的前辈在面临外族入侵时的英勇壮举中汲取精神营养。所以，我觉得自己从小亲睹亲聆了回民支队和回民百姓的奋勇抗日事迹，记录、讲述、传承他们的故事和精神我就责无旁贷。这种庄严的使命感和光荣的责任感激励着我不断努力探索，直至全书出版发行。

在走访、搜集资料的同时，我阅读了大量小说，反复研读了20多部抗战题材的文艺作品，尤其是魏巍的《火凤凰》、冯志的《敌后武工队》，更是仔细揣摩，看了无数遍。我还参加了大学文学写作专业培训，认真完成了多篇习作提交给老师批改指点，这一年多的专业训练让我受益匪浅。

相关资料初步整理出来了十几万字，为起草写作大纲奠定了坚实的基础。调查走访费时逾两年之久，闭门写作用时一年有半。

在本书即将出版之际，我要郑重地感谢曾经帮助过我的人：与我一起搞专题调查并提供了80多位指战员名字和籍贯的王志刚同志，从思路到体裁都给予指导帮助的文学老师张元教授，提供珍贵的个人回忆录的房援朝先生，协助总体策划的张永军副主任，对草稿进行深度梳理的王庆春女士等。出版过程中还得到了中国伊斯兰教协会会长陈广元大阿訇、华夏出版社编辑部贾洪宝主任和中国伊斯兰教协会办公室主任陈建明等的热情帮助和有力支持。

本书在华夏出版社作为重大选题报送新闻出版广电总局、中央军委政治工作部宣传局、国家民族事务委员会宣传司、国家宗教事务局宗教研究中心、中国残疾人联合会宣文部等单位及其所邀请的专家审阅过程中，得到了各单位领导和各位专家的关心和肯定，在这里一并表示衷心的感谢。

作 者

2017年8月

行读随感

王志刚

我出生在文安县大围河,这是一个回民聚居的大村镇。我从小就常常听大人讲述回民抗战的故事,课本上马本斋、马老太太的英雄事迹我耳熟能详、感动至深。后来,又听到了马志新领导大清河回民支队打鬼子、除汉奸的故事,很多战斗就发生在我们居住的地方,他们战斗的情节在我脑海里留下了很深的印记。我大专毕业后当了一名会计,但研读中国近代史一直是我难以放弃的业余爱好。

古人说,行万里路,读万卷书。不曾想我有幸结识李伍全先生后,也实现了多地走访、收集史料的梦想,还见证了李老创作的全过程。所以,这部作品我读起来不但真切,也很亲切。

几年前,李伍全先生在大围河清真寺见到我,谈起他准备写大清河回民支队回忆录时,我深感惊喜。在他的鼓励下,我欣然参与了大清河回民支队抗战事迹的收集工作。我们首先走访了献县本斋村和马本斋抗战纪念馆,了解冀中回民支队的发起、成长、壮大的演变过程,老一辈革命家对他们的高度评价使我们深受教育。接着又走访了河间、任丘、霸州、文安、永清、天津北辰区等地,查看了大量抗战历史资料,搜集到了各种回忆录和纪念文章,理清了大清河回民支队成立前后九分区、十分区的管辖区域以及当时的政治形势。我们还专访了热情支持抗战的20多个清真寺,分析了清真寺成为进步人士的聚集地和成为名副其实的抗战堡垒户的政治、经济基础。我们在走访回民支队成员时,发现绝大部分指战员都已过世,后改为访问家属30多户,其后代对父辈的抗战事迹知之甚少,有文字记载的也寥寥无几。但是,他们提供了一些旧照片和各种证件，也特别具有纪念意义。

　　整理出十几万字的记录后，李伍全先生分析认为，写回忆录的条件已不复存在，只能根据现有资料写成小说，以真人真事为根据，在情节衔接和描述上需要加上一些演义的成分，算是纪实小说吧。

　　李伍全先生怀着对抗战英雄的崇敬心情，接受马志新、李泽生、房玉岭等老同志的重托，不顾自己年事已高、身患疾病，毅然决然要完成这项不小的工程。他列出大纲后就开始伏案写作，经过550个日日夜夜的努力，到2015年8月15日抗战胜利70周年的那一天，正式脱稿。

　　我怀着无比崇敬的心情，仔细阅读了作品的每一个文字。那丰富有趣的情节、优美流畅的文字让我激动不已。书中描述的大量故事，我原来只听说过一些零散情节，读完作品之后才对回民支队英勇抗日的事迹有了全面了解。

　　小说中的主人公马志新同志给我的印象尤其深刻。抗战期间，他努力学习毛泽东思想及其战略和战术并灵活运用，创造过多次战斗奇迹。他遵照毛主席"自己动手，丰衣足食"的指示，学习三五九旅在南泥湾开荒的壮举，抽调一个连队去种地，解决了整个部队的吃、穿、用等补给问题，为人民减轻了负担；他按照上级指示搞多种经营，想方设法打破禁运，为其他根据地提供了大批急需物资。他是一位既有政治策略又有经济头脑的领导人。他谦虚谨慎、不骄不躁，对党、国家和民族的前途充满信心，在教育下级时经常说："在共产党领导下，没有过不去的火焰山！"马志新同志曾在大围河、回回营长期居住，他待老百姓如亲人，当地老幼妇孺对他一直怀着爱戴之情，人们至今提起他还能历数其为老百姓解难分忧的一件件往事。我为回回民族有马志新同志这样的好领导而感到自豪！

　　我想，《大清河回民支队》对各族青年就像一本人生教科书，确属饱含正能量的精神食粮。同时，也为文安、霸州地方文史资料研究填补了一项空白。

2017年2月

讲好大围河的抗战故事

大围河镇村支书　马　军
大围河镇村长　　马　超

我们是土生土长的大围河人,是从小听着回民支队的抗战故事长大的,马本斋、马老太太、马玉槐、干一、马志新等英雄人物的事迹都耳熟能详,像印在脑子里一样,我们为回回民族能涌现出这样杰出的英雄群体感到自豪和骄傲。

也有一些疑惑一直没有搞清楚,如带有回族背景的抗日队伍到底有哪几支?他们是什么关系?看了《大清河回民支队》,结合长辈们的讲述,基本上能理清头绪了,那些英雄人物似乎离我们更近了。

先说说干一同志到大围河的前后背景。

大围河是文安县的一个普通回民村庄。由于这一带村镇密集,缺少土地,大部分村民从事饮食、养殖、屠宰牛羊和皮毛行业。解放前,十年九涝的灾情使不少商铺倒闭,很多家庭沦为赤贫。为了生计到关外(山海关)、口外(张家口)寻找生路的不在少数。

生活环境虽然艰难困苦,但作为京南四大清真寺之一的大围河清真寺,因具有独特的文化优势,在伊斯兰教传播方面一直具有较大的影响力。多年来,这个清真寺千方百计筹集经费,坚持举办《古兰经》学习班。很多信教青年为求学和深造,从四面八方蜂拥而至,大围河的声誉逐渐远扬。冀中地区流传着一首小诗叫《哭围河》,像悼词一样描述了黄骅县一个张姓青年追求伊斯兰信仰,在大围河学习时不幸英年早逝的故事,他的妻子以花儿开谢作比喻哭诉了他们之间坚贞不渝的感情和对丈夫的浓切思念,真正的如泣如诉,感动着每一个信徒。这首小诗也从侧面反映了大围河清真寺在伊斯兰教文化传播方面显而易见的重要地位。另外，大围河的回民家庭都十分重视伊斯兰教知识的传承，形成了父传子承的延续方式，青年人耳濡目染，会自觉地下苦功夫学习。那些学业有成者，经正式考试合格，就穿衣挂幛，被授予阿訇的资格，会被各地聘为清真寺主持人。上个世纪初，中国四大著名阿訇之一的王静斋阿訇，曾在大围河清真寺任教。现任中国伊斯兰教协会会长、中国伊斯兰教经学院院长陈广元大阿訇，也出生在大围河，并从这里走向中国伊斯兰教最高领导职位。

"七七事变"以后，中国共产党领导的冀中回民抗战建国联合会十分注重回民的抗战教育和政治引导问题，大围河被列为重点村镇，特派干一（王福顺）同志到这里做地下工作，其公开身份是清真寺二阿訇，秘密任务是利用伊斯兰讲台，揭露日寇的暴行，引领人民群众加入到抗战的洪流中。

干一是定州人，中学毕业后就参加了农民运动，1928 年加入了中国共产党。他被派到大围河后，利用阿訇在清真寺讲沃尔兹的机会，大力宣传抗日救国的道理。他讲课引经据典，又能结合实际，特别生动感人，所以，除了伊斯兰教信众外，周边各族进步青年也纷纷前来听课。干一同志还利用业余时间编写一些琅琅上口的儿童歌谣，供经学班和村小学的儿童学习朗诵。很多歌谣在课下不胫而走，在流传习诵中启迪教育了广大群众，至今还有前辈能背上几首：

麻雀叫，青蛙跳，日本鬼子真残暴。
抢我土地和财富，杀我亲人与同袍。
游击队员驻我家，村边站岗又放哨。
全民动员打鬼子，八路伯伯逞英豪。

燕儿鸣，狗儿叫，鬼子秘密进村了。
日本糖果我不吃，东洋玩具我不要。
鬼子问话我不答，发现日探我报告。
中国人民团结紧，日本鬼子长不了。

随着抗日斗争的进程，干一被文新县委调任五区区委书记。也正是在这个时候，曾任大围河清真寺阿訇的杨春圃拉起了一支队伍，叫"大围河回民抗日挺进队"，得到了干一书记的肯定和支持。此后，干一同志被安排进入阜平抗日军政大学学习。

《大清河回民支队》的故事是从1941年干一同志再次接受上级命令，会同房玉岭、杨春圃建立文新回民中队展开的，他们在半年之内就拉起了300人的队伍，当时，大围河就有30多人参加了这支队伍。文新回民中队的指战员在掉伪据点、摧毁日伪岗楼、截击包运船的各次战斗中，得到了实战锻炼。1942年"五一大扫荡"，由于部队在转移中指挥失当，连队严重受挫，元气大伤。巨大的损失深深触动了干一同志，他主动承担责任，进行了深刻反思检查，取到了指战员的谅解。干一同志是在大围河结婚并生育儿女的，与大围河的父老乡亲结下了深厚的感情，热爱这里的一草一木，他常说："大围河是我的第二故乡。"当他接到调往九分区的命令时，心情凝重，依依难舍之情形于言表。

1943年初，马志新来到文新县回民中队任职，开始常驻回回营，后到大围河蹲点搞社会调查，他凭直觉就感到这里的抗日氛围很浓，进步和适龄青年较多。通过十天的走访和多个座谈会，他发现了很多积极因素。第一，日本人打算把岗楼建在大围河镇，柴恩波知道后急忙告诉景田队长说，穆斯林每周五聚礼，但说不清是讲经还是进行反日宣传；还说，得罪一个穆斯林就等于得罪了全村百姓。他建议，建岗楼躲开大围河为上策。景田采纳了柴恩波的建议，无意之间等于为后来共产党和游击队的活动留下了宝贵的回转空间。第二，大围河还没有占有很多土地的大地主，但小地主不少，所以，赤贫户也不是少数。他们绝大多数都盼望改变命运，一是祈求真主相助，二是期望社会变革，最现实的目标是耕者有其田，居者有其屋，吃穿不愁。第三，干一阿訇在讲沃尔兹时，都会宣传共产党革命胜利后分田地、建农会等主张，特别吸引广大群众，每次讲演，大殿里都挤满了人。干一在讲到日寇占领华北时烧杀抢掠等罪恶时，声泪俱下，每次都会激起广大信众的巨大愤慨。当地群众同仇敌忾，摩拳擦掌，盼望着与日寇大干一场，为争取中华民族的自由独立而不惜捐躯牺牲。马志新觉得，干一在大围河两年间搞宣传教育，已经把当地人民群众的抗日积极性推到了一个新高度，像晒干的麻秆，遇着一个火星就会燃起熊熊火焰。第四，大围河清真寺阿訇的爱国爱教传统代代相传，多数阿訇是贫苦人出身，对共产党和八路军的主张都抱有同情心，所以在讲经、讲圣训时能够结合信众生活实际，群众受到了潜移默化的熏陶，十分清楚大是大非的界限。大围河有近500户人家，在抗战中每家都是八路军的堡垒户。

听老人讲，马志新政委为人诚恳，谦虚谨慎，办事认真，特别注意接触穷苦百姓，深入了解他们的疾苦，给他们出谋划策寻找生计。对于一些被生活所迫当过土匪的人，他通过说服教育，千方百计动员他们加入革命队伍。马志新虽是政委兼队长，但没有官架子，在老百姓眼里他就是兄弟、亲友、师长，不管是在部队还是解放后进了城，他和这里的百姓一直没有断了联系。在队伍里，他关怀下级也是出了名的。20世纪80年代，抗战胜利已经35年了，他听说老连长辛桂田在农村生活有困难，就经常寄钱接济，辛桂田说起来就会感动得老泪纵横。

1943年春，在马志新到文新县上任仅仅3个多月的时间里，大围河参加文新回民支队的就有60余人。在前期回民中队和后期回民支队里，大围河籍担任连长、指导员的共有6人，抗战时期牺牲的共有7人，解放战争和抗美援朝牺牲的共有12人（包括在大围河报名参军的战士：小围河1人，西营1人，史各庄1人）。大围河清真寺专为烈士们建立了纪念碑，供信众瞻仰凭吊，也成为了当地青少年革命传统和爱国主义教育的基地。

《大清河回民支队》翔实生动地记述了抗战时期大清河流域回族与各族人民在共产党领导下英勇抗争、保家卫国的真实故事。我们的前辈在祖国最危难时刻，毫不犹豫地挺身而出，毅然决然地投入了抵御外侮、保卫家园的残酷斗争，不怕苦不怕死，为家庭、为全村、为国家争得了荣誉，后代一辈辈村民都倍感骄傲，他们的精神永远是我们的宝贵财富，也值得我们永远怀念、继承并发扬光大。

大围河是从明朝建村设镇的，六百多年来最光荣的峥嵘岁月莫过于抗日战争年代。那时，大围河是抗日游击队和八路军的安全港湾，尤其是那座宏伟的清真寺，把伊斯兰文化融入了抗御外侮、保家卫国的大目标里，在关键时刻发挥了不可替代的作用。我们生于斯长于斯，相比其他村镇也没有觉出有什么异样。通过小说的分析和描写，我们对家乡的革命传统、伊斯兰文化和人文精神有了更深层次的认识。经过抗日战争的革命洗礼，现在的大围河显得更加坚强了。

　　我们俩都是新时代的年轻人，对祖国、对党和人民有着深厚的感情，群众把我们推到村干部的位置上，是对我们的信任。抗日战争胜利至今已有72年，我们计划筹备建设抗日战争展览室，带头讲好大围河和回民支队的故事，想方设法让更多的人感受领会爱国爱教的先辈英雄们在祖国危难时刻乐于奉献、勇于牺牲的精神境界，继续发挥清真寺在当代经济社会发展进程中的作用，重点搞好和谐和社会文明教育。作为基层干部，一言一行都应该不愧对烈士先辈，不愧对这个伟大的时代。大围河党支部和村委会将按照党的要求和国家的部署，瞄准村镇发展规划，带领群众埋头苦干奔小康，把各族人民群众的幸福梦在我们这一代人手里变成现实。

2017 年 8 月

图书在版编目（CIP）数据

大清河回民支队/李伍全著. ---北京：华夏出版社，2017.10
ISBN 978-7-5080-9331-4

Ⅰ.①大… Ⅱ.①李… Ⅲ.①纪实小说-中国-当代 Ⅳ.①I247.5

中国版本图书馆CIP数据核字（2017）第235700号

大清河回民支队

著　　者	李伍全
责任编辑	贾洪宝
封面设计	殷丽云　李媛格
出版发行	华夏出版社
经　　销	新 华 书 店
印　　装	三河市少明印务有限公司
版　　次	2017年10月北京第1版　2017年10月北京第1次印刷
开　　本	720×1030　1/16开本
印　　张	23.5
字　　数	350千字
定　　价	49.00元

华夏出版社　社址：北京市东直门外香河园北里4号　邮编：100028
网址：www.hxph.com.cn　电话：010-64663331（转）
投稿合作：010-64672903；hxkwyd@aliyun.com

若发现本版图书有印装质量问题，请与我社营销中心联系调换。